Sibel Hodge
Sei auf der Hut

AF202206

amazon crossing

Das Buch

Chloe Benson wurde entführt – sie erwacht gefesselt in einem unterirdischen Grab, ohne Erinnerung, was mit ihr geschehen ist. Sie kann entkommen, aber niemand glaubt ihr die Geschichte der Entführung – weder die Polizei noch die Ärzte und schon gar nicht Liam, ihr Ehemann. Als sie vermutet, dass Liam sie belügt, ist Chloe gezwungen, auf Spurensuche in ihre Vergangenheit zu gehen, um die Wahrheit aufzudecken und ihr Leben zu schützen. Aber wer verfolgt Chloe? Sei auf der Hut. Du weißt nie, wer auf dich lauert.

Die Autorin

Sibel Hodge liebte es schon immer, zu schreiben. Seit einigen Jahren widmet sie sich ganz dieser Leidenschaft.

Hodge ist in zahlreichen Literaturgattungen und Stilrichtungen erfolgreich und hat sowohl Kinder- als auch Erwachsenenliteratur veröffentlicht.

Zu ihren Auszeichnungen gehören *Best Children's Book* des *eFestival of Words 2013*, der zweite Platz beim Wettbewerb *Best Indie Books 2012* von *Indie Book Bargains* und die Nominierung für *Best Novel with Romantic Elements 2010* von *The Romance Reviews*.

SIBEL HODGE

SEI AUF DER HUT

THRILLER

Aus dem Englischen von Katarina Rösner

Die Originalausgabe erschien 2014 unter dem Titel »Look Behind You«
bei Thomas & Mercer, Seattle.

Deutsche Erstveröffentlichung bei
AmazonCrossing, Amazon Media E.U. Sàrl
5 Rue Plaetis, L-2338, Luxembourg
März 2015
Umschlaggestaltung: bürosüd⁰ München, www.buerosued.de
Lektorat: Gaby Hoffmann
Satz: Satzbüro Peters
Printed in Germany
by Amazon Distribution GmbH
Amazonstraße 1
04347 Leipzig, Germany

ISBN: 978-1-503-94453-4

www.amazon.com/crossing

Teil 1

ENTFÜHRT

Kapitel 1

Überall Schmerzen. Im Rücken, den Handgelenken, den Beinen. Selbst meine Haare tun weh.

Am schlimmsten sind die Schmerzen in meinem Kopf. Heiße, weiße Stiche durchbohren meinen Schädel. Wenn ich versuche, meine Augen zu öffnen, werde ich von Übelkeit übermannt.

Die Dunkelheit verschluckt alles. Ich weiß nicht, wo sie aufhört und ich anfange. Warum ist es so furchtbar dunkel?

Ich versuche es noch einmal. Ich schließe meine Augen. Und öffne sie. Schließe. Und öffne. Immer noch bin ich von erdrückendem Nichts umhüllt. Ich kann nichts sehen.

Wo bin ich? Bin ich tot?

Langsam schärfen sich meine Sinne. Die kalte, raue Härte unter mir, an meinem Rücken. Der muffige Geruch feuchter Erde. Das Geräusch von ... Ich lausche angestrengt, aber ich höre nur meinen Puls in meinen Ohren pochen, mein Herz gegen meinen Brustkorb schlagen, Luft durch meine Nasenlöcher pfeifen. Und jetzt noch etwas. Tropf. Tropf. Tropf.

Wenn ich fühlen und hören kann, bin ich nicht tot. Aber was ist mit mir passiert? Hatte ich einen Unfall?

Das muss es sein. Ein Unfall. Ich bin im Krankenhaus. Ich liege auf dem Operationstisch und das Narkosemittel hat nachgelassen, sodass ich weder schlafe noch wirklich wach bin. Deswegen kann ich mich nicht bewegen. Deswegen tut alles so weh. Das Gleiche ist einmal einer Bekannten passiert. Mitten in der Blinddarmoperation ist sie aufgewacht. Einfach so! Sie konnte nichts spüren und sich nicht bewegen, aber sie konnte genau sehen, was die Ärzte taten. Sie konnte auch sprechen. Die Ärzte waren völlig schockiert, als sie ihnen sagte, dass sie sie sehen konnte.

Kann ich sprechen?

»Hallo?« Ich versuche es, aber mein Mund ist wie mit Watte gestopft, meine Stimme klingt fremd und gedämpft.

Warum kann ich nichts sehen? Warum ist es so dunkel? War es ein Autounfall? Eine Bombenexplosion? Ein Terroranschlag?

Ich atme ein und schlucke meinen Atem. Es riecht nicht wie in einem Krankenhaus. Es hängt nicht der typische Geruch nach Desinfektionsmittel und Antiseptika in der Luft. Und worauf liege ich hier? Auf einer Trage? Einem Bett?

Ich hebe meine rechte Hand von meinem Bauch, um zu fühlen, was unter mir ist, und meine linke Hand hebt sich auch.

Wie ist das möglich? Warum sind sie aneinander befestigt?

Instinktiv, obwohl ich nichts sehen kann, hebe ich den Kopf, und der Schmerz schießt in Stichflammen durch meine Augen. Die Finger jeder Hand suchen die der anderen, berühren, fühlen. Meine Handgelenke sind mit etwas Grobem festgebunden. Wahrscheinlich einem Seil. Ich berühre das kratzige Material. Ja, ganz klar ein Seil. Ich ziehe meine Hände auseinander – nein, es bringt nichts.

Warum bin ich gefesselt? Was habe ich getan?

Das Fragment einer Erinnerung sucht seinen Weg in mein Bewusstsein. Irgendetwas daran ... wie ich auf ein Bett gedrückt werde. An ein Bett gefesselt werde. Wie ich schreie. Nein ... es ist wieder weg.

Also, noch mal, denk nach. Warum bin ich gefesselt? Habe ich versucht, mir etwas anzutun? Oder einer anderen Person?

Mit beiden Händen taste ich den Bereich rechts von mir ab. Liege ich etwa auf Zement? Backstein? Ich weiß es nicht genau. Es ist nicht glatt wie eine Trage. Nicht bequem wie ein Bett. Ich fühle keine Bettwäsche unter mir. Ich hebe meine Hände, um mein Gesicht und meinen Kopf zu berühren. Dabei fühle ich etwas Sandiges, wie Schmutz. Ich zucke vor Schmerz zusammen, als ich direkt über dem rechten Ohr eine riesige, geschwollene Beule berühre. Vor lauter Schmerz sehe ich schwarze und weiße Sterne. Mein Magen dreht sich; ich muss mich auf die Seite rollen und mich übergeben. Heiße Galle brennt in meiner Kehle. Meine Augen tränen. Ich stöhne, halte den Kopf in den Händen und drehe mich mit krächzenden Atemzügen wieder auf den Rücken.

Dann herrscht nicht mehr nur vor meinen Augen Dunkelheit. Sie breitet sich auch in meinem Kopf aus. Ich verliere das Bewusstsein.

Wie lange habe ich geschlafen? Eine Stunde? Einen Tag? Zwei Tage?

Ich habe Hungerkrämpfe, aber ich bin nicht hungrig. Im Gegenteil. Bei dem Gedanken an Essen zieht sich mein Magen zusammen. Aber ich bin durstig. Meine Kehle ist so trocken wie die afrikanische Steppe. Ich schlucke, lecke über meine aufgesprungenen, trockenen Lippen.

Ich versuche mich zu bewegen, aber ich bin steif. So steif. Die Körperteile, die nicht schmerzen, sind entweder taub oder sind eingeschlafen und kribbeln. Ich versuche meine Beine zu bewegen, aber auch sie sind gefesselt und rühren sich nicht. Noch mehr Seil? Ich wackle mit den Zehen; das ist alles, was ich zustande bringe.

Wenn ich nicht in einem Krankenhaus bin, dann muss ich im Gefängnis sein. In Einzelhaft. Aber irgendetwas stimmt an dieser Theorie nicht. Gefangene werden nicht mit Seilen gefesselt. Dafür gibt es Handschellen.

Gut. Denk nach.

Meine Knöchel und Handgelenke sind gefesselt. Ich bin an einem feuchten, modrigen Ort. Ich liege auf dem Boden.

Langsam ziehe ich meine Knie an die Brust. Ein riesiger Schmerz durchfährt meinen linken Knöchel.

»Aua!«, schreie ich und meine Stimme hallt an Wänden wider, die für mich unsichtbar bleiben. Ich bin vollständig angezogen. Ich trage ... ein Kleid ... flache Stiefeletten. Okay, gut. Was noch?

Ich weiß nicht.

»Hallo?« Meine Stimme ist heiser und krächzend.

Keine Antwort. Nur das Tropfen irgendwo.

Ich muss unter der Erde sein. Daher dieser Geruch nach modriger Erde. Unter der Erde in erdrückender Dunkelheit. Und ich bin gefesselt. Ich habe am ganzen Körper Schmerzen. Mein Kopf bringt mich um. Aber ich kann nicht im Krankenhaus sein und auch nicht im Gefängnis, was für eine Möglichkeit bleibt also?

Ich wurde entführt!

Bei dem Gedanken zieht sich mein Magen zusammen. Mein Herz schlägt wie wild. Ich kämpfe gegen den Drang, mich erneut zu übergeben. Mit tiefen Atemzügen schlucke ich die muffige Luft. Ein. Aus. Komm schon, atme. Ein. Aus. Nur keine Panik. Denk nach!

Wer würde mich entführen? Warum?

Denk nach!

Wir sind nicht reich. Man könnte uns wahrscheinlich als gut situiert bezeichnen. Nicht wohlhabend genug, dass jemand ein Lösegeld fordern könnte. Das heißt also, es gibt einen anderen, finsteren Grund. Bin ich lebendig begraben in dieser Dunkelheit?

Oder gefangen, um ... oh mein Gott! Gefangen, um vergewaltigt und umgebracht zu werden. Oder gefoltert und umgebracht. Ist es ein gutes Zeichen, dass ich noch nicht tot bin oder bedeutet das, dass mir noch viel Schlimmeres bevorsteht?

Ich zittere unkontrollierbar. Ich weiß nicht, ob es an der Kälte oder der Angst liegt. Vielleicht an beidem. Zwischen meinen Beinen ist es feucht. Ich habe mich eingenässt, ich muss also schon länger hier sein.

Ich drücke meine Hände zusammen und konzentriere mich darauf, nicht zu hyperventilieren, während ich darüber nachdenke, was ich genau weiß.

Ich weiß, dass ich Chloe Benson bin. Ich bin siebenundzwanzig Jahre alt. Verheiratet mit Liam. Ich lebe in Poplar Close 16 in Welwyn Garden City in der Grafschaft Hertfordshire. Ich unterrichte Englisch am Downham College. Liam arbeitet für Devon Pharmaceutical. Also, wie gesagt, wir sind gut situiert, aber nicht wirklich reich.

Liam wird sich fragen, wo ich bin. Er wird die Polizei verständigen. Sie werden einen Suchtrupp nach mir aussenden. Sie werden mich finden. Oder? Wo zum Teufel bin ich? Woher werden sie wissen, wo sie mich suchen müssen?

Ich beiße mir auf die Lippe, um einen Schrei zu unterdrücken.

Ruhig. Ich muss ruhig bleiben. Falls jemand mich hier unten festhält, soll er nicht wissen, dass ich wach bin. Er könnte ganz in der Nähe sein und auf jede meiner Bewegungen lauschen. Ich lebe, zumindest jetzt noch. Ich will, dass das auch so bleibt.

Was ist das Letzte, woran ich mich erinnere?

Die Kopfschmerzen machen ein klares Denken fast unmöglich. Meine Erinnerungen sind verschwommen, ohne klaren Übergang, wie ein unscharfes Foto.

Ich erinnere mich ... an eine Party. Es gab reichlich Alkohol. Ein ungewöhnlich warmer Märzabend. Ein Haus. Mein Haus. Ja, genau. Liams vierzigster Geburtstag. Eine Überraschungsparty für ihn. Etwas, womit ich ihn aufmuntern wollte. Um die Wogen zu glätten. Es war ... schwierig in der letzten Zeit. Was ich auch mache, es passt ihm nicht. Er schreit mich an, beschimpft mich. Diese Blicke, mit denen er mich bestraft. Er hat viel Stress bei der Arbeit. Stress im Leben, denke ich – wie üblich. Also, die Party ... ja, mit der Party wollte ich ihm zeigen, wie viel er mir noch immer bedeutet. Und danach ... wollte ich ihm etwas sagen. Etwas Wichtiges. Ich versuche, mich an mehr zu erinnern, aber ich kann nicht. Der Rest ist irgendwo in meinem Kopf versteckt. Sara, meine beste Freundin, war nicht da, sie war am Tag zuvor nach Indien abgereist. Aber ich hätte sie sowieso nicht einladen können. Liam hasst sie. Es waren nur Liams Freunde und Arbeitskollegen da. Ich kann mich aber an niemanden wirklich erinnern.

Ist es immer noch März? Die Party ist das Letzte, woran ich mich wirklich erinnern kann. Alles andere schwimmt.

Schwimmt? Sagt man das so? Nein, es ist verschwommen.

Ich rolle meine Zehen ein. Balle die Hände zu Fäusten und löse sie wieder. Ich muss mich aufwärmen. Die Krämpfe bekämpfen. Mich bewegen. Ruhig bleiben. Hier rauskommen. Ich will am Leben bleiben.

Ich drehe mich auf die Seite, stütze mich mit den Handflächen auf dem kalten Boden ab und ziehe mich in eine Sitzposition. Mein Schädel brummt. Ein Schwindelgefühl überkommt mich.

Atme ruhig. Komm schon, Chloe. Ein. Aus. Du schaffst das.

Ich schlucke die in der Kehle brennende Galle und warte. Fünf Minuten. Zehn. Atme einfach. Beruhige dich. Lass dir Zeit.

Aber ich weiß nicht, wie viel Zeit mir bleibt, bevor die Person, die mich verschleppt hat, wiederkommt.

Bewegen. Ich muss mich bewegen. Etwas tun. Ich befehle meinen Kopfschmerzen, zu verschwinden, aber es ist zwecklos.

Ich schiebe mich auf dem Rücken liegend mit langsamen, unsicheren Bewegungen nach vorne. Es dauert nicht lange, bis meine Füße auf etwas stoßen. Ich strecke meine verbundenen Hände zu diesem Hindernis aus; meine Finger ertasten eine kalte und raue Oberfläche. Backstein. Eine Backsteinmauer.

Ich drehe mich auf die Knie, stütze mich mit den Händen vom Boden ab, bis ich stehe. Alles dreht sich. Ich suche Halt an der Wand und atme tief ein. Ich bin geschwächt und nur das Adrenalin, das von meinem Körper ausgeschüttet wird, hält mich auf den Beinen.

Meine Knöchel sind so fest zugeschnürt, dass ich jeden Fuß nur ungefähr einen Zentimeter bewegen kann und mich so, mit den Händen an der Wand, nach links schiebe. Es dauert nicht lange, bis ich die Ecke zur nächsten Wand erreiche. Ich halte an und atme tief ein und aus, bevor ich wieder zurückgehe. Ich erreiche die nächste Ecke und schätze, dass die Wand ungefähr sieben Meter lang ist. Ich gehe ungefähr fünf Meter weiter rechts entlang dieser neuen Wand, bis ich wieder auf eine Ecke stoße. Ich komme ungeheuer langsam voran. Ich gehe rundherum, bis ich sicher bin, wieder da zu sein, wo ich angefangen habe.

Dann wird es mir plötzlich klar, und ich stoße einen kehligen Schrei aus. Ich breche zusammen und schlage mit den Knien auf dem harten Boden auf.

Ich bin in einer Art unterirdischem Grab.

Kapitel 2

Nein, nein, nein, nein! Das ist ein Traum. Ein Albtraum. Es muss einer sein.

Oder vielleicht werde ich verrückt. Das ist eine Halluzination. Habe ich irgendwelche Medikamente genommen, die die chemischen Reaktionen in meinem Gehirn durcheinandergebracht haben?

Reaktion, Reaktion, Reaktion. Das kommt mir irgendwie bekannt vor.

Nein. Ich schlafe nicht und ich kann auch nicht unter Drogen stehen. Ich spüre die Schmerzen. Ich höre die Tropfen. Ich rieche die Feuchtigkeit und den Verfall. Also muss ich wach und bei klarem Verstand sein.

Meine Eingeweide werden von der Furcht zusammengedrückt wie von einer geballten Faust. Angst durchströmt mich. Jemand hat mich an diesen Ort gebracht. Jemand hat mich entführt und in einem unterirdischen Grab zurückgelassen. Werde ich hier sterben oder wird er wiederkommen? Was wäre besser? Alleine hier unten zu sterben oder gefoltert, vergewaltigt und umgebracht zu werden?

Ich stopfe meine Faust in den Mund, um nicht laut zu schreien. Heiße Tränen laufen meine Wangen herunter. Ich muss hier raus. Irgendwie. Aber mein Kopf ... oh mein Kopf.

Ich drehe mich auf die Seite, mit meinem Kopf in meinen gefesselten Händen. Es tut so furchtbar weh. Und ...

✳✳✳

Ich öffne die Augen und blicke in das schwarze Nichts, das dunkel ist wie ein Grab. Ich habe wieder geschlafen und von meinen Flitterwochen auf Menorca geträumt. Vor wie vielen Jahren war das? Wie lange sind wir verheiratet? Zwei Jahre, glaube ich. Hängt davon ab, welches Datum ist.

Scheiße! Warum kann ich mich nicht erinnern?

Aber egal, der Traum. Ja, wir hatten eine Villa in einer einsamen Gegend gemietet und uns mit Vorräten für Barbecues versorgt. Salat, direkt vor Ort gefangener Fisch, regionale Käsesorten, frisches Brot. Nur wir zwei in unserem kleinen Versteck in der Sonne. Damals war alles perfekt zwischen uns. Liam sagte mir jeden Tag, wie sehr er mich liebte. Wie er von dem Augenblick an, als er mich zum ersten Mal sah, wusste, dass ich die Richtige für ihn sei. Wie stolz er darauf sei, dass ich nun seine Frau war. Wir liebten uns bei jeder Gelegenheit. An einigen Tagen fuhren wir an den Strand und schwammen im klaren Wasser, das warm war wie ein Bad.

Meer.

Wasser.

Wie lange kann man ohne Wasser überleben? Wenn man mitten im Meer auf einem Boot gestrandet ist, kann man das Wasser nicht trinken. Es ist zu salzig. Ich habe von Menschen gehört, die ihren eigenen Urin getrunken haben, um zu überleben. Bei dem Gedanken muss ich würgen.

Meine Kehle ist so trocken, dass meine Zunge sich geschwollen anfühlt, als sei sie zu groß für meinen Mund. Verzweifelt wackle ich mit der Zunge, um Speichel zu bilden, den ich dann runterschlucke. Wackeln. Schlucken. Kann man nur mit Speichel überleben?

Ich strecke meine zitternden Arme über meinem Kopf aus. Beuge meine Beine und Zehen. Setze mich auf. Mir wird wieder schwindlig und ich muss meinen Kopf in den Händen halten, bis es nachlässt. Ich zittere, meine Zähne klappern, ich beiße mir auf die Zunge. Ich schmecke Blut.

Okay, Chloe, beweg dich!

»Ja«, sage ich laut. Der Laut wird zurückgeworfen, ein Spott in der Dunkelheit. Ich atme auf meine Hände, in der Hoffnung, sie so zu wärmen. Wenn ich nicht mehr zittere, kann ich ruhig und rational denken. Ich darf hier unten nicht sterben. Nein. Nein, nein, nein. »Also …«, sage ich zu mir selbst, »beweg dich.« Ich bringe mich wieder in eine stehende Position und stolpere mit ausgestreckten Armen zur nächsten Wand.

Da. Rauer Ziegel.

Ich greife nach oben und kann auf Zehenspitzen die Decke erreichen. Könnte es ein Untergeschoss sein? Ein Tunnel? Ein Keller?

Ich horche noch einmal angestrengt. Bis auf das Tropfen irgendwo ist nichts zu hören. Tropft es hier oder hinter der Wand? Tropfendes Wasser.

Nein, denk jetzt nicht an Wasser. Ich wackle wieder mit der Zunge. Schlucke.

In die Panik mischt sich ein Gedanke: Wenn es einen Weg hinein gibt, gibt es auch einen Weg hinaus. Es sei denn, ich wurde eingemauert. Aber die Wände fühlen sich alt an und sind mit Schmutz und Schleim bedeckt. Der Putz zwischen den Ziegelsteinen bröselt leicht, wenn ich mit den Fingernägeln daran kratze.

Mit gespreizten Fingern suche ich vom oberen Rand aus die Wand nach etwas ab. *Wonach genau suche ich?* Mein Gehirn ist für einen Moment benebelt. Ah ja, eine Öffnung. Ich kann hier nur entkommen, wenn ich konzentriert bleibe. Denk nach. Geh methodisch vor. Ich bin daran gewöhnt, methodisch vorzugehen. Zumindest zu Hause. So mag Liam es. Für alles einen Platz und alles an seinem Platz.

Das Bild meiner Küchenschränke erscheint vor meinem inneren Auge. Dosen, Einmachgläser und Flaschen in einer perfekten Reihe angeordnet, als hätte eine magische, linealbesessene

Fee sie aufgestellt. Die Etiketten zeigen nach vorne. Eine vorschriftsmäßige Lücke von einem Zentimeter zwischen ihnen. Weit und breit kein Durcheinander. Genau so, wie er alles mag.

Keine Ahnung, wie lange die Finger schon über die Wand gleiten.

Nichts.

Ich gelange an die Ecke und lasse die Beule an meinem Kopf von der Wand kühlen. Ein Augenblick ohne Schmerzen. Betäubung. Ah, das ist schön.

Komm schon. Komm schon. Beweg dich.

Ich arbeite mich an der Wand entlang. Ungefähr in der Mitte, ganz am Boden, stoßen meine Finger auf eine grobe Kante. Der Ziegel dort ist zum Teil abgebrochen und ragt hervor.

Mein Herz flattert, setzt aus und legt wieder los.

Ich setze mich unbeholfen auf den Boden und presse das Seil an meinen Handgelenken mit Vor- und Rückwärtsbewegungen meiner Arme gegen den spitzen Ziegel. Sägen, sägen, sägen. Es ist anstrengend. Ich spüre die Erschöpfung in den Knochen. Will schlafen.

Mein Kopf wird schwer. Meine Augen rollen nach hinten.

✳✳✳

Ich erwache mit einem Ruck. Wo bin ich?

Dunkelheit.

Oh mein Gott. Alles wird wieder klar. Ich werde sterben. Ich werde sterben. Ich werde sterben.

Etwas Pelziges berührt meine Hand. Ich schreie auf und krabble auf dem Rücken über den Boden. Was war das? Eine Ratte? Eine Maus?

»Sie wird dich nicht umbringen«, sage ich laut. Nein, die Ratte wird mich nicht umbringen.

Will nicht sterben.

Denk nach!

Ich wackle mit der Zunge. Schlucke.

Der Ziegel! Ich krieche zurück und scheuere das Seil wieder dagegen. Scheuern. Ausruhen. Scheuern. Ausruhen. Wackeln. Schlucken. Scheuern. Ausruhen.

Ich habe keine Ahnung, wie lange ich das schon mache. Es ist auch egal. Ich darf nicht aufgeben.

Es ist so langsam. Ich werde ewig hier sein. Man wird wiederkommen, bevor ich mich befreien kann. Dieser Gedanke bringt mich dazu, wie im Rausch zu scheuern, jede Bewegung zum und vom Ziegel mitzuzählen. Ich muss mich auf etwas konzentrieren, damit ich nicht vollkommen den Verstand verliere.

Eins. Zwei. Drei. Zwanzig. Zählen, zählen. Sechzig. Zweihundert.

Meine Arme verkrampfen. Ich bin zu schnell. Ich lege mich auf die Seite, um mich auszuruhen, und lausche der Panik, die in mir wütet. Ich zähle von vorne. Bei hundertfünfzig fange ich wieder an zu scheuern. Eins. Fünf. Einundachtzig. Drei. Nein, ich zähle rückwärts.

Wach auf!

Ich blinzle schnell, damit meine Augen nicht zufallen.

Komm schon. Versuch es noch mal.

Scheuern. Ausruhen. Scheuern. Ausruhen. Wackeln. Schlucken.

Nach einer gefühlten Ewigkeit gibt ein Teil des Seils ein wenig nach. Ja, es bringt etwas!

Tropf. Tropf. Tropf. *Dieses Scheißtropfen in meinen Ohren! Halt's Maul!*

Scheuern. Scheuern. Scheuern.

Endlich ist das Seil zerschnitten und ich kann meine Hände auseinanderziehen. Ich atme tief ein und entferne die restlichen Fesseln an meinen Handgelenken. Meine Hände zittern und ich frage mich, was mich als Erstes erledigen wird. Kälte. Durst. Hunger. Angst.

Nein. Nichts wird mich erledigen. Ich werde einen Weg in die Freiheit finden.

Ich kreise mit den Handgelenken, um die Durchblutung anzukurbeln. Ich balle meine Hände zu Fäusten und das Blut schießt in meine Finger. So ist es etwas besser.

Meine Knöchel. Ich muss sie losmachen. Ja, genau. Ich finde einen Knoten am Seil und bohre die Fingernägel rein, um ein Ende anzuheben.

Komm schon!

Da. Ein Knoten.

Wackeln. Schlucken.

Tropf. Tropf. Tropf.

Nachdem ich den Knoten gelockert habe, wickle ich das Seil an meinen Knöcheln ab und versuche aufzustehen, was wieder mit explodierenden Sternen in meinem Kopf bestraft wird. Meine Beine zittern und ich falle sofort auf alle viere.

Atme. Ein. Aus. Ein. Aus. So ist's gut.

Ich stütze mich an der Wand ab und stehe langsam auf. *Du schaffst das. Gib jetzt nicht auf. Wenn du aufgibst, stirbst du.*

Ich warte. Eine Minute vergeht. Zwei.

Ich suche die Wand weiter ab. Jetzt, wo ich richtig gehen kann, ist es leichter, auch wenn ich mich darauf konzentrieren muss, meine Beine vom Zittern abzuhalten. Ich fahre mit den Händen über die Wand und komme zur nächsten Ecke. Nichts.

»Irgendwo muss doch eine Öffnung sein!« Meine Stimme gleicht dem mörderischen Geschrei der Krähen.

Mörderisch. Warum sollte mich jemand ermorden wollen? Mich hier zurücklassen, damit ich sterbe? Oder werden sie wiederkommen? Sucht schon jemand nach mir?

Was wird Liam sagen, wenn ich nicht nach Hause komme?

Ich stelle mir die Beerdigung vor. Es sind kaum Menschen da. Liam ist natürlich da und sein Blick ... Was sagt sein Blick aus? Mitleid? Reue? Wut? Ein paar Kollegen vom College. Mein Boss Theresa. Jordan. Der Gedanke an Jordan bringt mich zum Lächeln. Sein freundliches Lächeln, diese warmen, hellbraunen Augen, die zu sehen scheinen, was ich ihm nicht sage. Sara wird immer noch in Indien sein. Ist das alles? Lässt sich mein ganzes

Leben auf ein paar wenige Menschen zusammenfassen? Aber ich weiß ja, weshalb. Liam konnte meine Freunde nie leiden, deswegen war es mit der Zeit leichter, nach und nach den Kontakt abzubrechen. Leichter, genau. Alles für ein ruhiges Leben.

Würde es irgendjemanden kümmern, wenn ich es nicht hier raus schaffe? Würde mich jemand vermissen?

Ja. Mich würde es kümmern. Chloe Benson würde es kümmern. Nur daran muss ich mich klammern.

In der Mitte der nächsten Wand finde ich, wonach ich gesucht habe. Ich weiß nicht, wie ich es bei meiner ersten Runde nicht bemerkt haben konnte. Vielleicht lag es an der Angst, die jede Zelle meines Körpers ausfüllt. Und ich habe sie nicht sehr genau untersucht. Vielleicht ist die methodische Vorgehensweise doch die richtige. Ich muss Liam sagen, wie recht er damit hat. Das wird ihn freuen.

Es ist eine Stelle, die nicht aus Ziegelsteinen ist. Es ist Holz, rau und fest.

Eine Tür.

Ich untersuche jeden Millimeter. Kein Schlüsselloch. Kein Griff. Die Tür ist wohl zwei Meter hoch und unter einem Meter breit. Zwischen den Außenkanten der Tür und den Ziegelsteinen ist noch mehr bröckeliger, grobkörniger Putz. Dort, wo die untere rechte Ecke der Tür den Boden berührt, kann ich meine Hand so gerade durch ein kleines Loch zwängen. Es wurde vielleicht im Laufe der Jahre von Tieren gegraben, vielleicht ist auch ein Teil der Wand weggebrochen. Ich wackle mit der Hand auf der anderen Seite hin und her, aber ich spüre nur Luft und den Zementboden. Ich frage mich, ob mich dahinter noch ein Grab erwartet oder etwas anderes. Ein Gang. Ein Weg in die Freiheit.

Unter einem Schrei der Anstrengung drücke ich die Hände gegen die Tür.

Sie rührt sich nicht. Ich schiebe mit meiner Schulter. Nein, das bringt nichts. Frustriert trete ich dagegen.

»Lass mich raus! Lass mich hier raus!« Tränen rinnen mir übers Gesicht.

Tropf. Tropf. Tropf. Das ist die einzige Antwort, und das ist vielleicht auch gut so. Zumindest ist noch niemand zurückgekommen, um mich umzubringen. Keuchend sacke ich auf den Boden. Meine Hand kommt gegen etwas Kaltes und Hartes. Ich erinnere mich an die Ratte und schrecke sofort zurück. Aber das ist kein Tier. Das ist nichts Lebendiges.

Ich hebe es auf und befühle die Länge. Ungefähr fünfzig Zentimeter. Ein Ende ist abgerundet, das andere scharf, gezackt. Nein, das ist ganz und gar nichts Lebendiges.

Das ist etwas sehr, sehr Totes.

Kapitel 3

Ich bin starr vor Angst. Ein Schluchzer steigt in meiner Kehle auf, meine Lungen ringen nach Sauerstoff. Es ist ein Knochen. Er muss von einem Tier stammen. Er kann nicht menschlich sein. Kann nicht, kann nicht, kann nicht. Denk nicht darüber nach.

Ich versuche, mich an den Biologieunterricht in der Schule zu erinnern. Sektion von Ratten. Untersuchung des Kniegelenks einer Kuh. Ja, das muss ein Kuhknochen sein. Wahrscheinlich vom Oberschenkel. Ich habe keine Ahnung, wie ein Kuhknochen hierhergekommen sein soll oder wie eine Kuh sich unter der Erde verirrt hätte. Also vielleicht doch keine Kuh. Ein Hund. Ein großer Hund.

Ich schiebe die Gedanken beiseite und hebe den Knochen auf. Keine Zeit, darüber nachzudenken, wo er herkam oder was er genau ist. Für mich ist er eine Waffe. Nein, keine Waffe. Ein Werkzeug. Mehr nicht. Ich kratze mit dem scharfen Ende am Putz zwischen Türrahmen und Ziegelstein, angefangen beim Loch. Graben, kratzen. Graben, kratzen, aushöhlen. Kalte, lautlose Tränen strömen mein Gesicht herunter. Ich höre Körner in der Dunkelheit fallen. Es funktioniert.

Wackeln. Schlucken. Bitterer Speichel in meinem Mund. Aushöhlen. Kratzen. Tropf, tropf, tropf. Das Geräusch kann einen verrückt machen. Oder bin ich schon verrückt?

Der Hauch einer Erinnerung kämpft sich an die Oberfläche. Wieder ein Krankenhaus. Ich und ... etwas. Ich weiß nicht. Es ist weg. Was ist nur mit meinem Gehirn los? Warum kann ich mich nicht daran erinnern, wie ich hierhergekommen bin? Liegt es an der Beule an meinem Kopf? Habe ich einen Hirnschaden?

Wer bin ich? Was weiß ich wirklich?

Ich bin Chloe Benson. Ich bin siebenundzwanzig. Das ist es, was ich weiß. Das muss fürs Erste reichen.

Meine Arme zittern. Alles zittert. Ich bin ein großes, zitterndes Gefäß.

Bin ich wirklich hier? Träume ich, schlafe ich tief und fest in meinem Bett? Ich will aufwachen. Ich will aufwachen!

»Hör auf!«, sage ich. »Verstand, hör auf zu wandern. Konzentrier dich.« Und das tue ich, denn ich will hier unten nicht sterben. Ich will nicht die arme Chloe Benson sein, die in einem Loch unter der Erde gestorben ist.

Ich bearbeite die eine Türseite. Ich kratze, höhle aus, grabe mich mit meinen Nägeln und dem Knochen voran. Etwas Klebriges ist jetzt an mir. Blut an meinen Fingerspitzen und Knöcheln, das sich mit dem Putz vermischt. Schmerzen. Kalter Schweiß auf meinem bereits eiskalten Körper.

Ignorier es!

Ich versuche, mir etwas Beruhigendes vorzustellen. Ein in der Luft schwebender Kolibri, der den Nektar aus einer hellvioletten Blume trinkt. Ein Sonnenuntergang in den Bergen, der den Himmel in Gold, Rot und Orange taucht. Wie heißt es noch – »Abendrot verspricht dem Bauern Lohn und Brot«? Na also. Ich bin entspannt. Vollkommen sorglos. Delfine gleiten in perfekter Einstimmigkeit durch den Ozean. Ein Strand in der Karibik, weißer Sand, türkisfarbenes Wasser. Und ich bin wieder bei Wasser!

Wie lange bin ich schon hier? Ich habe keine Ahnung.

Wie lange wird es noch dauern?

An einer Seite des Türrahmens ist der Putz jetzt weggebröckelt und eine Lücke entstanden. Okay, gut. Jetzt kannst du dich ausruhen. Ich sacke auf den Boden. Kalt. Es ist so kalt. Ich lege die Arme um den Körper.

Ich muss wieder eingeschlafen sein, denn das nächste, was ich mitbekomme, ist, wie jemand mich mit einem Schrei aufweckt. Das war ich selbst.

Wie lange habe ich geschlafen? Wie kann ich schlafen, wenn ich versuche zu überleben?

Ich gebe meinen Wangen einen Klaps und stehe wieder auf. Ich muss es versuchen. Ich muss es schaffen.

Ich bearbeite die andere Türseite. Der Putz zwischen Rahmen und Ziegelstein bröckelt heraus. Langsam. Furchtbar langsam. Ich denke an eisgekühlte Wasserflaschen. Ich stelle mir vor, wie ich den Verschluss aufdrehe und trinke. Trinke und trinke. Ich kann nicht aufhören. Ich kriege nicht genug. Ich tauche in einen Swimmingpool und trinke das ganze Becken. Ich wackle wieder mit der Zunge. Wie viel Speichel kann ein Mensch bilden? Unendlich viel?

Ich bin jetzt zur Hälfte mit der Tür fertig. Meine Armmuskeln brennen. Die Hoffnung entgleitet meinen tauben Fingern.

Vielleicht bin ich in der Hölle. Ich habe etwas wirklich Schreckliches getan und bin jetzt in der Hölle. Nein, in der Hölle wäre es auf jeden Fall wärmer. Was habe ich getan? Wie bin ich hierhergekommen?

Ich weiß nicht. Ich weiß nicht. Kann nicht denken.

Ich stelle mir ein knisterndes Lagerfeuer vor. Das Holz knallt und spuckt. Aber ich weiß, dass es nicht echt ist. Das merke ich an meinen klappernden Zähnen.

Eine Dunstwolke aus meinem eigenen abgestandenen Schweiß und ranzigen Atem trifft mich.

Ein Bad nehmen. Ein glühend heißes Bad. Diese Wintertage, an denen nur ein Bad die Kälte aus deinen Knochen verjagen kann. Keine Dusche. Ein Bad. Mit nach Jasmin duftendem Badeöl. Weiche, auf der Heizung vorgewärmte Handtücher. Mmm, so angenehm und …

Der Gedanke findet ein abruptes Ende, als ich den Boden der Tür erreiche. Der Putz ist oben und an den Seiten, von ein paar kleinen Stücken abgesehen, weg. Ich atme tief ein und aus, um neue Energie zu gewinnen.

Okay, es ist so weit. Schieb!

Ich stelle meine Füße fest auf den Boden, einen vor den anderen. Ich beuge mein vorderes Knie, um einen stabileren Stand zu haben, und schiebe, so fest ich kann. Die Tür knarrt und ächzt.

Schieb. Komm schon, Chloe Benson, die am Leben bleiben möchte.

Sie bewegt sich leicht. Dann fällt sie in tiefschwarze Dunkelheit und landet mit einem Knall irgendwo auf der anderen Seite. Durch den Schwung werde ich mit nach vorne gerissen und fliege durch die Luft, bis meine ausgestreckten Hände eine andere Wand treffen.

Ich drehe mich um, wobei die Finger mehr Ziegel ertasten. Ich bin in einem Gang oder einem Tunnel, aber ich kann immer noch nichts sehen.

Okay, das ist gut. Das ist sehr gut. Geh. Lauf! Flieh!

Links oder rechts? Wo geht es lang?

Egal! Geh einfach!

Ich stürze mit ausgestreckten Armen durch den Gang, in der Hoffnung, irgendwo eine andere Tür zu finden.

Klatsch! Meine Hand trifft auf das Ende des Gangs und ich werde von der Wucht zurückgeworfen. Ich falle ungeschickt auf mein rechtes Bein. Ich stehe auf. Ich bin verletzt, aber es ist nichts gebrochen.

Hier ist auch eine Tür. Nicht aus Holz. Das Material ist glatt. Metall. Ich suche nach einem Griff und finde ihn. Ich hebe ihn an und ziehe. Die Tür ächzt beim Öffnen wie der Schrei eines verletzten Tiers.

Ich bin durch und in einem anderen Gang. Stufen führen nach oben.

In der Ferne, Millionen Kilometer weit weg, erkenne ich undeutlich Licht.

Mit gummiartigen Beinen laufe ich ihm entgegen.

Am Ende angekommen wartet noch eine Tür, wieder aus Metall. Ich stoße sie auf.

Dunkelheit, aber keine vollkommene. Zwischen den Umrissen von Bäumen glitzern Sterne. Ich rieche Luft. Keine abgestandene Feuchtigkeit, sondern frische Luft. Wald. Blätter. Ich höre den Ruf der Eulen auf ihrer nächtlichen Jagd.

Dann wird alles verschwommen. Pochendes Herz. Rennen, rennen, rennen. Atemwolken. Blut strömt in meinem Kopf. Wald. Gebüsch. Ich rutsche auf einem umgekippten, glitschigen Baumstamm aus. Schmerzen am Knöchel. Aufstehen und weiterrennen. Stolpern. In der Nähe flattert eine Fledermaus. Hämmernder Puls in meinen Ohren. Tiere schnuppern und kratzen. Hasen jagen. Äste schürfen mein Gesicht und meine Arme, ziehen an meinen Haaren. Die Lunge brennt. Zweige knacken unter meinen schweren Füßen. Eine Eule ruft. Muskeln schreien. Der Mond hoch oben.

Dann eine asphaltierte Straße.

Ich halte abrupt an und lehne mich nach Atem ringend vornüber, mit beiden Händen auf den Oberschenkeln. Meine Brust hebt und senkt sich voll Anstrengung und Erschöpfung. Ich darf nicht anhalten.

Und ich renne weiter, die Straße entlang. In der Ferne sind Scheinwerfer. Renne ihnen entgegen.

Wild winkend gehe ich auf die Mitte der Straße. Das Licht kommt näher, wird langsamer.

Ich falle auf die Knie und versinke wieder in Dunkelheit.

Teil 2

LEICHEN IM KELLER

Kapitel 4

Stimmen dringen in meine Bewusstlosigkeit. Das Echo von Stimmen.

Nein – keine Stimmen. Pieptöne. Langsam und gleichmäßig. Piep, piep, piep, piep.

Überall Schmerzen.

Einen Augenblick lang ist alles leer. Dann erinnere ich mich an das Grab. Ich bin noch immer dort.

Ich öffne die Augen und schnappe nach Luft, sauge mehr ein, als ich atmen kann. Ich muss husten und spucken. Das Piepen wird schneller.

Als mein Sehvermögen wiederhergestellt ist, erscheint eine Krankenschwester. »Schön, dass Sie wach sind«, sagt sie mit einem erfreuten Lächeln.

»Was ist passiert?« Ich schaue auf meine mit Mull verbundenen Hände.

»Wir haben gehofft, das könnten Sie uns sagen. Eine Autofahrerin hat Sie ohnmächtig auf der Straße gefunden.« Sie wirft einen Blick auf die Geräte, die mich überwachen. »Ihre Werte sind stabil. Sie waren seit Ihrer Einlieferung bewusstlos.« Sie kritzelt etwas in eine Akte am Fußende meines Bettes und kommt dann an meine Seite. »Wie geht es Ihnen, Kleines?«

»Mein Kopf tut weh. Meine Kehle. Hände.« Ich bemerke einen Tropf, der über eine große Nadel in eine Vene an meinem Ellbogen führt.

»Sie sind etwas dehydriert und haben eine Beule am Kopf. Sie hatten einen CT und eine Kernspintomografie, aber die Ärzte haben keine Schäden an Ihrem Gehirn entdeckt, was ein gutes Zeichen ist.«

»Welcher ...« Ich befeuchte meine Lippen. Versuche, den Kloß im Hals herunterzuschlucken. »Welcher ... Tag ist heute?«

»Heute ist Donnerstag.«

»Nein.« Meine Stimme ist nur ein heiseres Flüstern. »Welches Datum?«

»Neunter Mai.«

Neunter Mai? Was? Nein, das kann nicht stimmen.

»Sagten Sie neunter *Mai*?«

»Ja, genau.«

Aber wenn das Letzte, woran ich mich erinnere, Liams Geburtstagsfeier am dreiundzwanzigsten März ist, fehlen mir ungefähr sieben Wochen.

Ich führe eine Hand an den Kopf und befühle die Beule. Der Schmerz löst eine brodelnde Übelkeit aus. »Mir wird schlecht.«

Die Krankenschwester greift in dem Schrank neben meinem Bett nach einer Nierenschale aus Pappe und schiebt sie gerade rechtzeitig unter mein Gesicht, bevor ich mich übergebe. Nachdem die letzten Zuckungen durch meinen Körper gezogen sind, wischt sie mir das Gesicht mit einem Wattebausch ab, den sie ebenfalls aus dem Schrank genommen hat.

»Alles ist gut, machen Sie sich keine Sorgen. Ich werde den Arzt ausrufen lassen und er wird einen Blick auf Sie werfen.« Sie rollt einen Nachttisch neben mich und füllt ein Glas mit Wasser aus einem Krug, den sie von dem Schrank geholt hat, und stellt beides auf dem Tisch ab. »Sie können etwas trinken, aber nicht zu viel auf einmal. Kleine Schlucke, o. k.?«

Ich nicke. »Mein Mann. Weiß mein Mann, dass ich hier bin?«

»Wir konnten leider niemandem sagen, wo Sie sind. Sie hatten keinen Ausweis bei sich, als Sie eingeliefert wurden, wir wussten also nicht, wer Sie sind.« Sie holt Stift und Block aus ihrer Brusttasche. »Geben Sie mir Ihren Namen, Ihre Adresse und Telefonnummer, und ich werde ihn kontaktieren.«

»Ich bin Chloe Benson. Mein Mann heißt Liam.« Instinktiv greife ich mit meinen wunden Händen nach meiner heiseren Kehle, während ich ihr unsere Adresse, Festnetznummer und seine Handynummer gebe.

Sie tätschelt mir die Schulter so sanft, dass ich es gar nicht spüre. »Ich werde ihn kontaktieren. Und der Arzt wird gleich bei Ihnen sein.«

»Ich wurde entführt.« Meine Augen füllen sich bei der Erkenntnis, was alles vorgefallen ist, mit Tränen.

Ihr Mund bleibt offen stehen. »Entführt?«

Tränen strömen über mein Gesicht; ich kann nur nicken. Ich weiß, wie es klingt, selbst für mich. Verrückt. Lächerlich. Wer würde eine Ehefrau und Lehrerin aus einem Vorort entführen?

»Gut. Dann setze ich am besten die Polizei mit auf meine Telefonliste. Keine Sorge, jetzt sind Sie sicher, Kleines.« Ihre Schuhe knatschen auf dem Linoleumboden, als sie den Raum, mit der Nierenschale in der Hand, mit zielstrebigen Schritten verlässt.

Ich hebe den Plastikbecher mit meiner verbundenen Hand, und der pochende Schmerz in meinen Fingerspitzen lässt mich zusammenzucken. Ich will eigentlich nur ein paar Schlucke trinken, aber ich kann mich nicht zurückhalten und trinke alles in einem Zug aus und fülle mehr Wasser nach. Ich spüre die Übelkeit in mir brodeln, aber ich schlucke sie herunter und trinke den nächsten Becher langsamer, während ich mich in meinem Einzelzimmer umblicke.

Von meinem Bett aus kann ich die Schwesternstation sehen. Die Schwester, die eben bei mir war, ist am Telefon, aber ich kann nicht hören, was sie sagt. Sie runzelt die Stirn, schaut zu mir und spricht mit einem Kopfschütteln weiter. Mein Blick wandert weiter die restliche Station entlang. Jemand wimmert vor Schmerzen. Jemand anderes schnarcht laut. Stühle schrammen über den Boden. Schritte hallen.

Ich trockne meine feuchten Wangen und lasse mich mit geschlossenen Augen auf das Kissen fallen.

Als ich die Augen wieder öffne, steht ein Mann am Bettende und liest meine Akte. Er trägt einen weißen Kittel über einem Anzug. Er ist also Arzt. Er hat gewelltes, rötlich-braunes Haar und ein mit Sommersprossen bedecktes Gesicht. Unter seinen Arm hat er einen anderen, ungefähr vier Zentimeter dicken Ordner geklemmt.

»Wer sind Sie?« Ich hebe den Kopf leicht vom Kissen und verspüre ein Schwindelgefühl. Ich lehne mich wieder zurück. Meine Augenlider flattern bei meinem Versuch, sie offen zu halten.

»Ah, schön, dass Sie wach sind.« Er lächelt, schiebt die Akte in einen Schlitz am Bettende und setzt sich auf den Plastikstuhl neben mir. Er legt den Ordner unter seinem Arm auf seinem Schoß ab. »Ich bin Doktor Traynor. Ich bin Neurologe. Und Sie sind Chloe Benson, stimmt das?«

»Ja. Haben Sie meinen Mann erreicht? Und die Polizei?«

»Ja. Ihr Ehemann war offenbar in Schottland, aber ist jetzt auf dem Rückweg. Die Polizei ist auch auf dem Weg.« Er holt eine schmale Taschenlampe aus seiner Brusttasche und leuchtet mir damit in die Augen. Durch die plötzliche Helligkeit muss ich blinzeln und mich weiter in das Kissen sinken lassen. »Schon o. k. Ich möchte Sie nur untersuchen.« Er hält meine Lider geöffnet, bis er fertig ist, und schaltet die Taschenlampe wieder aus. »Gut. Können Sie meinem Finger mit den Augen folgen?« Er hält seinen Finger vor mich und bewegt ihn nach unten, nach oben und zu jeder Seite.

»Ja, sehr gut. Wissen Sie, was passiert ist?«

»Ich wurde entführt«, antworte ich mit zitternder Stimme. »Ich bin irgendwo unter der Erde aufgewacht und konnte entkommen. Ich bin einfach immer weiter gelaufen. Ich habe keine Ahnung, wie ich dahin gekommen bin. Ich kann mich nicht –« Ich muss einmal tief einatmen, um mich zu beruhigen. »Ich kann mich nicht erinnern, was passiert ist.«

Er runzelt die Stirn, nickt und blickt in seine Akte. »Chloe, können Sie mir bitte Ihr Geburtsdatum bestätigen?«

Ich nenne es ihm.

»Und Ihre Adresse?«

Auch die sage ich ihm.

»Bevor Sie ... ähm ... entführt wurden, was ist das Letzte, woran Sie sich erinnern?«

»Eine Feier. Die Geburtstagsfeier meines Mannes.«

»Und wann war das?«

»Am dreiundzwanzigsten März.«

Er kneift die Augen leicht zusammen. »Sie können sich an nichts nach dem dreiundzwanzigsten März erinnern?«

Das habe ich doch gerade gesagt, oder? »Nein«, antworte ich ruhig, die Frustration bekämpfend.

»Wissen Sie, welches Datum wir heute haben?«

»Die Krankenschwester meinte, heute sei der neunte Mai. Das bedeutet, ich habe irgendwie sieben Wochen meines Lebens verloren. Habe ich einen Hirnschaden? Kann ich mich deswegen nicht erinnern?« Ich befühle die Beule über meinem Ohr.

»Sie wurden bewusstlos eingeliefert, deswegen haben wir ein paar Scans vorgenommen. Abgesehen von der Beule an Ihrem Kopf und einigen Abschürfungen an Ihren Handgelenken, Händen und im Gesicht konnten wir nichts Wesentliches finden, was ein gutes Zeichen ist. Es liegen keine Verletzungen oder Schäden am Gehirn vor. Sie sind etwas dehydriert, aber darum kümmert sich der Tropf und es werden keine langfristigen Schäden zurückbleiben. Aber ...« Sein Lächeln verfliegt, während er mich einen Moment lang eingehend anschaut, bevor er auf den Ordner in seinem Schoß klopft. »Das sind Ihre Arztberichte.«

Verwirrt runzle ich die Stirn. »Ja?«

»Erinnern Sie sich daran, dass Sie im April ins Krankenhaus eingewiesen wurden?«

»Was? Nein. Das habe ich Ihnen eben gesagt. Ich erinnere mich an die Feier für meinen Mann und dann ...« Ich bringe den Satz nicht zu Ende. Wovon zum Teufel redet er? »Wurde ich operiert oder so?«

»Nein.« Er schlägt den Ordner auf und liest mir vor. »Am vierundzwanzigsten März erlitten Sie eine Fehlgeburt. Offenbar waren Sie danach sehr deprimiert und bekamen von Ihrer Hausärztin Zolafaxine verschrieben, das ist ein Antidepressivum.«

Seine Worte lösen eine Erinnerung aus, die mich mit der Wucht einer Abrissbirne trifft. Natürlich! Das war es, woran ich mich während meiner Gefangenschaft versucht habe zu erinnern. Die wichtige Sache, die ich Liam nach seiner Feier erzählen wollte. Ich war schwanger. Ich verstehe nicht, wie ich das vergessen konnte.

Ich blende den Arzt aus und berühre instinktiv meinen Bauch. Ein leerer Bauch, kein Leben mehr in ihm. Ich schnappe nach Luft. Tränen brennen in meinen Augen. Aber ich habe keine Zeit, darüber nachzudenken, was ich verloren habe, denn er spricht weiter und ich muss mich auf das konzentrieren, was er sagt. Es ist wichtig.

»… anscheinend eine Nebenwirkung der Antidepressiva. Das kommt manchmal vor.«

»Was meinen Sie mit ›Nebenwirkung‹? Was für eine Nebenwirkung?«

»Sie litten unter psychoseähnlichen Nebenwirkungen.«

Das Blut in meinen Adern gefriert. »W-was hat *das* zu bedeuten?«

»Sie hatten Halluzinationen. Sie waren verwirrt, aufgebracht und paranoid. Ihr Mann und das Krankenhaus hielten es für das Beste, Sie zu Ihrer eigenen Sicherheit einzuweisen, bis die Wirkung der Medikamente nachließ.«

»Zu meiner eigenen Sicherheit?«, kreische ich. Ich kann nicht glauben, was ich da höre.

Er sieht mich scharf an. »Ja. Sie wurden gemäß dem Gesetz zur psychischen Gesundheit zwangsweise in der Psychiatrie untergebracht.«

Ich schüttle den Kopf und die Bewegung sendet pochende Schmerzen in mein Gehirn.

»Können Sie sich an nichts davon erinnern?«

»Nein!« Ich kann nur schwer Ruhe bewahren.

»Als Sie aus dem Krankenhaus entlassen wurden, waren die Nebenwirkungen der Medikamente vollständig abgeklungen. Sie waren wieder auf den Beinen, wenn auch noch etwas traurig. Wir waren uns sicher, dass die Medikamente keine bleibenden Schäden hinterlassen würden, aber wir waren aus naheliegenden Gründen nicht bereit, wieder welche zu verschreiben. Selbst bei einem anderen Antidepressivum wären Sie wahrscheinlich anfälliger für Nebenwirkungen gewesen.«

»Warum kann ich mich nicht daran erinnern?«

Er schließt den Ordner und sieht mir in die Augen. »Ich bin nicht sicher. Sie könnten unter anderen, verzögerten Nebenwirkungen durch das Zolafaxine leiden. Oder Sie haben eine Amnesie durch die Beule.« Er zeigt auf meinen Kopf. »So oder so ist es sehr besorgniserregend.«

Besorgniserregend, was für eine Untertreibung. »Was passierte danach?«

»Wonach?«

»Nachdem ich aus dem Krankenhaus entlassen wurde. Als es mir besser ging. Was passierte dann?«

Er überfliegt ein paar Berichte. »Sie hatten in der Folgewoche einen Nachsorgetermin bei Ihrem Psychiater Dr. Drew. Es schien alles in Ordnung zu sein. Er hat vermerkt, dass Sie noch wegen der Fehlgeburt trauerten, aber er hielt Sie nicht für depressiv. Er schrieb Sie noch einmal für drei Wochen krank. Sie lehnten einen wöchentlichen Termin bei ihm ab und sagten, Sie wären dazu in der Lage, Ihr Leben selbst zu meistern. Er war erfreut, dass die psychotische Episode nur von den Medikamenten ausgelöst worden war und Sie an keiner versteckten psychischen Erkrankung litten.«

»Was habe ich getan, als ich halluzinierte?«

»Ihr Ehemann fand Sie zu Hause, als er von der Arbeit zurückkehrte. Er sagte, Sie seien im Garten gewesen und hätten mit den Fingern einen Weg gescharrt und gegraben. In Ihrer Halluzination wurden Sie von einem Mann gejagt, der Sie umbringen wollte. Sie gruben, um vor der Person, von der Sie sich verfolgt fühlten, zu fliehen.«

Alles Blut ist aus meinem Gesicht gewichen. Schweiß klebt auf meiner Haut. Die Person, die er beschreibt, bin nicht ich. Halluzinationen? Paranoia? Vielleicht ist das jetzt gerade eine Halluzination. Das ist ein bizarrer und unglaublicher Albtraum.

Oder?

Ich starre ihn mit offenem Mund an und versuche, das alles zu begreifen.

Er schaut auf meine Hände. »Abgesehen von den Abschürfungen, die Sie jetzt an den Handgelenken haben, sahen Ihre Hände genauso aus, als Sie letztes Mal hier waren. Blutige, aufgekratzte Haut und abgebrochene Fingernägel.«

»Wie ist das möglich? Wie konnte ich so halluzinieren? Wie konnte ich von einer gesunden Person zu einer mit psychotischen Episoden werden?«

»Wie gesagt, das war eine Nebenwirkung der Medikamente. Das ist sehr, sehr selten, aber es kann vorkommen. Wir haben sofort, als wir sicher waren, einen Pharmakovigilanz-Bericht bei dem Hersteller eingereicht.« Er scheint sich unbehaglich zu fühlen, als würde ich dem Krankenhaus mit rechtlichen Schritten drohen wollen.

»Ich weiß nicht einmal, was das bedeutet.«

»Wir sind gesetzlich dazu verpflichtet, alle Nebenwirkungen eines Medikaments zu melden. Vor allem, wenn sie so stark sind wie bei Ihnen.«

»Also …« Ich atme tief ein und lehne den Kopf gegen die kalten Kissen. Ich bin erschöpft. Möchte die Augen schließen und schlafen. Für immer schlafen. »Ich wurde aus dem Krankenhaus entlassen und es ging mir gut, abgesehen davon, dass ich noch wegen der Fehl–…« – Tränen schießen mir in die Augen – »…

Fehlgeburt traurig war. Und was ist dann passiert? Was ist mit der Entführung? Ich kann mich nicht erinnern, wie ich dahin gekommen bin. Ich kann mich an nichts davon erinnern. Was, wenn mein Entführer mir auf den Kopf geschlagen hat? Was, wenn er weiß, wo ich bin?«

Er nickt verständnisvoll, so wie Ärzte es tun, wenn sie keine Ahnung haben, was mit dem Patienten nicht stimmt. Er stützt sein Kinn zwischen Daumen und Zeigefinger und denkt angestrengt nach. »Wir überlassen diesen Punkt der Polizei. Sie wird sicher gleich eintreffen. Aus medizinischer Sicht sind noch ein paar Tests nötig. Ich komme später zurück, wenn Sie sich ausgeruht haben.«

Und dann begreife ich. Der Zweifel in seinen Augen. Die Sorge in seinem Gesicht, als blicke er auf ein Kind, das beim Lügen ertappt wurde.

Er glaubt mir nicht, dass ich entführt wurde. Er denkt, dass ich noch eine ›psychotische Episode‹ hatte.

Kapitel 5

Ich werde von schlurfenden Schritten aufgeschreckt. Mit wild schlagendem Herzen öffne ich die Augen. Mein Blick fällt auf zwei Männer an der Tür.

»Chloe Benson?«, sagt der Große. Er ist ein breitschultriger Endvierziger mit dunkelbraunem Haar, das an den Schläfen mit Grau durchzogen ist. Sein schwarzer Anzug ist zerknittert. Der andere ist kleiner, hat den Körperbau eines Boxers und eine Nase, die so aussieht, als sei sie schon ein paar Mal gebrochen worden.

Ich schlucke. Meine Kehle fühlt sich trocken und kratzig an. »Ja«, sage ich argwöhnisch, bereit, den Alarmknopf neben meinem Bett zu drücken.

Er macht einen Schritt auf mich zu und zeigt mir eine Karte mit einem Foto und Text darauf. »Ich bin Detective Inspector Summers. Das ist Detective Sergeant Flynn.« Er zeigt auf seinen Kollegen.

Ich schiele auf seinen Polizeiausweis. Das Foto zeigt einen jüngeren Summers, der eher einem Kriminellen als einem Polizisten ähnelt. Ich nicke, unsicher, was man in so einer Situation sagen soll. Ich musste noch nie mit der Polizei sprechen, nicht mal wegen eines Strafzettels. Durch ihre Anwesenheit fühle ich mich irgendwie schuldig, als hätte ich etwas getan, was ich zu verbergen suche. Genau das gleiche Gefühl habe ich jedes Mal, wenn ich am Flughafen durch den Zoll muss. Obwohl ich eine vollkommen unschuldige Reisende bin, die nicht einmal eine Schachtel Zigaretten aus dem Duty-free dabei hat, *fühle* ich mich schuldig, wenn ich durch den »Nichts zu verzollen«-Bereich gehe, wenn alle Augen auf mich geheftet sind und sich fragen, ob die leger gekleidete Englischlehrerin nicht doch ein Drogenkurier ist.

»Klingt ganz so, als hätten Sie ein ziemliches Martyrium hinter sich.« Summers setzt sich auf den einzigen Plastikstuhl im Zimmer, der neben meinem Bett steht.

Flynn lehnt am Türrahmen und holt einen Kugelschreiber aus seiner Brusttasche. Einen kleinen Notizblock hält er bereits in der Hand. Er blättert einige Seiten um und lässt den Stift über dem Papier schweben.

»Können Sie uns sagen, was passiert ist?«, fragt Summers.

Ich erzähle ihm alles, woran ich mich erinnern kann, von dem Zeitpunkt, als ich unter der Erde aufgewacht bin, bis zu dem Zeitpunkt, als ich entkommen konnte und auf die Straße gelaufen bin. Ich versuche ruhig zu bleiben, aber mein Herz rast und auf meiner Stirn und Oberlippe bilden sich Schweißperlen. Als ich fertig bin, schaut Summers mich mit ausdrucksloser Miene an.

»Fällt Ihnen ein Grund ein, warum jemand Sie entführen würde?«

»Nein! Ich ... ich bin ein normaler, gewöhnlicher Mensch. Ich bin nicht reich. Ich verkehre nicht mit Kriminellen. Ich habe noch nie ein Knöllchen bekommen.«

»Was machen Sie beruflich?« Flynn unterbricht seine Kritzelei und schaut mich an.

»Ich unterrichte Englisch für die Oberstufe am Downham Sixth Form College.«

»Sind Sie verheiratet?«, fragt Summers.

»Ja. Ich bin seit zwei Jahren mit Liam Benson verheiratet.«

»Was macht Ihr Mann beruflich?«

»Er ist Produktleiter für die Herstellung von Pharmazeutika bei Devon Pharmaceutical.«

»Arbeitet er in schwierigen Bereichen?«, fragt Summers mit gerunzelter Stirn. »Vielleicht mit Tierversuchen?«

»Nein. Er trägt die Verantwortung für die Herstellung aller von dem Unternehmen produzierten Medikamente. Soweit ich weiß, hat er keine Verantwortung im Bereich von Tierversuchen. Wieso?«

»Sagen wir mal so, einige Tierschutzgruppen werden beim Thema Tierversuche manchmal übereifrig. Es wäre nicht das erste Mal, dass pharmazeutische Angestellte oder deren Familien in ihr Visier rücken. Das sollten wir also in Betracht ziehen. Wo ist Ihr Mann jetzt?«

»Die Krankenschwester hat mit ihm gesprochen und er sagte, er sei beruflich in Schottland. Die Medikamente werden in einem Werk in Aberdeen hergestellt. Er ist auf dem Weg zurück.«

»Wir werden auch mit ihm sprechen müssen.«

»Ja, natürlich.«

»Sie können sich also an nichts vor Ihrer Entführung erinnern? An irgendwelche merkwürdigen Vorkommnisse?«, fragt Summers.

Ich schaue auf meine Hände mit den pochenden Fingern. »Nein. Das Letzte, woran ich mich erinnere, ist die Geburtstagsfeier für meinen Mann. Das war am dreiundzwanzigsten März. Ich kann mich überhaupt nicht an die letzten sieben Wochen erinnern.« Ich denke daran, was Dr. Traynor mir gesagt hat, und lege eine Hand auf meinem Bauch, als könnte diese Berührung mein Baby wieder zum Leben erwecken.

Summers beugt sich leicht nach vorne. »Haben Sie finanzielle Probleme? Schulden Sie jemandem Geld?«

»Nein. Ich meine, wir haben eine Hypothek für unser Haus aufgenommen, aber wir haben keine Kredite oder so. Wir sind finanziell abgesichert.«

»Wurden Sie von irgendjemandem auf irgendeine Art bedroht?«

»Nein.«

»Wurden Sie in letzter Zeit verfolgt? Haben Sie merkwürdige Anrufe erhalten?«

»Nein.«

»O. k., hatten Sie mit anderen Menschen Probleme? Kollegen, Familie, Freunde?«

»Nein, nichts. Wie gesagt, ich bin nur ein normaler Mensch, der ein ziemlich ruhiges Leben lebt.« Ich zögere. Ich weiß nicht, wie ich es ihnen sagen soll. »Aber ...« Ich schließe einen Augenblick die Augen.

»Ja?« Summers' Stimme zwingt mich, sie wieder zu öffnen.

»Nun ... mein Arzt hat mir eben gesagt, dass nach der Party etwas mit mir passiert ist.«

Summers neigt den Kopf und wartet darauf, dass ich fortfahre.

Ich erzähle ihm alles, was ich bislang weiß, und es ist so, als würde ich über eine andere Person sprechen. Das, was Dr. Traynor mir erzählt hat, kann nicht wirklich passiert sein, oder? Es ist so abwegig. Erst bin ich die glückliche Chloe, die sich auf unser erstes Baby freut, und dann die verrückte Chloe, die sich einbildet, dass man sie verfolgt und die sich auf der Flucht vor diesen Verfolgern selbst verletzt.

Summers schaut mich einen Augenblick mit erhobenen Augenbrauen an. »Hatten Sie schon vor der Fehlgeburt Depressionen?«

»Nein, soweit ich weiß, nicht.« Ich frage mich, an was für andere gefährliche Einzelheiten aus meiner Vergangenheit ich mich nicht erinnern kann. »Und davor keine allergische Reaktion auf verschreibungspflichtige Medikamente?«

»Naja, ich darf kein Penicillin bekommen, weil ich dann wie ein Streuselkuchen aussehe, aber ich ... nein, ich hatte nie eine ...« – mein Gott, ich schaffe es nicht einmal, das Wort ›psychotisch‹ zu sagen – »... ich hatte nie eine Reaktion, wie Dr. Traynor sie beschrieben hat.«

Summers blickt kurz zu Flynn rüber, dann wieder zu mir. »Was sagen die Ärzte zu Ihrem Gedächtnisverlust?«

»Dr. Traynor sagt, es liegen keine Verletzungen oder Schäden am Gehirn vor. Es könnte damit zusammenhängen ...« Ich fuchtle mit den Armen, während ich versuche, mich an seine genauen Worte zu erinnern, aber der Schock sitzt noch zu tief. »Ähm ... es könnte eine verzögerte Nebenwirkung der ursprünglichen Antidepressiva sein. Sie werden noch ein paar Tests machen.«

»Haben wir Ihre Erlaubnis, mit Ihren Ärzten über Ihre Krankengeschichte zu sprechen?«

»Ja. Ja, natürlich. Ich habe nichts zu verbergen. Ich möchte nur, dass das geregelt wird. Ich werde mich nicht sicher fühlen, bis mein Entführer gefasst wird. Können Sie herausfinden, was passiert ist? Der Mann ist immer noch da draußen und ich habe keine Ahnung, wer er ist oder wie er es geschafft hat, mich zu entführen.« Ich schaue Summers flehend an. Mein Herz wird jeden Augenblick explodieren.

»Der Mann? Deutet für Sie irgendetwas darauf hin, dass es sich um einen Mann handelt?«

»Nun ... nein, aber warum sollte eine Frau so etwas tun? Es ist wahrscheinlich, dass es ein Mann war, oder?«

»Das ist sehr gut möglich. Machen Sie sich keine Sorgen, Mrs Benson, hier sind Sie sicher.«

Ich schlucke die aufsteigende Panik hinunter. »Bitte, nennen Sie mich Chloe. Und ich werde nicht für immer hier bleiben, oder? Was, wenn er wieder zurückkommt?«

»Wir werden alles in unserer Macht stehende tun, um herauszufinden, was passiert ist«, sagt Summers, auch wenn er nicht gerade überzeugt aussieht. »Aber ich fürchte, aufgrund Ihres eingeschränkten Erinnerungsvermögens wird es etwas schwierig.«

»Wissen Sie, wer mich gefunden hat?«, frage ich.

»Eine Frau rief an ...«, sagt Flynn mit Blick auf seinen Notizblock. »Anne Casey. Sie war auf dem Rückweg von der Arbeit auf der Great North Road unterwegs. Sie rief mit ihrem Handy einen Krankenwagen und wartete vor Ort auf die Sanitäter.«

»Die Great North Road? Das ist ungefähr acht Kilometer von meinem Haus entfernt.«

»Sie hat Sie auf einem Straßenabschnitt gefunden, der entlang der Sherrardspark Woods führt«, sagt Summers. »Waren Sie schon mal in dieser Gegend? Vielleicht für einen Spaziergang im Wald?«

Ich will den Kopf schütteln, aber die Schmerzen machen das unmöglich. Ich lehne mich zurück auf das Kissen und atme tief ein, um die Übelkeit zu verscheuchen. »Nein. Nie. Liam nimmt die Straße, wenn wir nach Welwyn fahren, aber ich war nie in dem Wald.«

»Wären Sie dazu bereit, mit uns zu dem Ort zu gehen, wo Sie gefunden wurden, für den Fall, dass Sie erkennen, von wo Sie gekommen sein könnten?«, fragt Summers.

Bei dem Gedanken läuft mir ein Schauer über den Rücken, aber ich sage mir, dass ich in Sicherheit sein werde. Polizisten werden bei mir sein. Dann kann nichts mehr passieren, oder?

Bevor ich antworte, eilt Liam in das Zimmer und schiebt sich an Flynns massigem Körper vorbei. »Oh, Chloe, ich habe mir solche Sorgen gemacht.« Er setzt sich auf das Bett und drückt mich mit beiden Armen um meinen Körper an sich. Er hält mich so fest, dass es wehtut.

»Au!« Vor Schmerzen jaule ich auf.

Er lässt mich los. »Es tut mir leid. Hast du Schmerzen? Geht es dir gut?« Er lehnt sich zurück und sieht mich eingehend an. Seinen hellblauen Augen blicken besorgt auf mein Gesicht und meine verbundenen Hände. Behutsam berührt er die Kratzer in meinem Gesicht. »Ich habe mit der Krankenschwester telefoniert, aber sie hat mir kaum etwas erzählt. Sie sagte, du hast das Gedächtnis verloren. Stimmt das? Was ist passiert, mein Schatz?«

»Ich weiß nicht so genau. Ich wurde ... entführt.« Ich wiederhole alles, was ich Summers und Flynn erzählt habe, und irgendwie erscheint die Geschichte immer unrealistischer, je häufiger ich sie erzähle.

»Was?« Liam schaut mich mit großen Augen an. Seine Lippen sind nur noch ein dünner Strich. »Oh, Chloe. Es ist schon wieder passiert, nicht wahr?« Er schüttelt leicht den Kopf. »Ich dachte, jetzt wäre alles wieder in Ordnung. Es ging dir viel besser.

Die Ärzte meinten, du würdest keine bleibenden Schäden davontragen.«

»Es kommt nicht von den Medikamenten. Es ist passiert. Es ist wirklich passiert. Ich wurde entführt.« Ich riskiere einen Blick über seine Schulter in Richtung Summers. Er sieht mich ausdruckslos an.

»Aber genau das Gleiche ist schon mal passiert.« Liams Stimme wird ganz ruhig.

»Liam, es ist nicht das Gleiche«, sage ich, obwohl ich gar nicht weiß, wie es vorher war, weil ich mich verdammt noch mal nicht erinnern kann. »Jemand hat mich entführt und irgendwo unter der Erde versteckt. Ich bin entkommen. Ich bin um mein Leben gerannt und habe es bis an die Straße geschafft, wo eine Frau mich gefunden und Hilfe gerufen hat.«

Er schaut auf meine verbundenen Hände. »Aber deine Hände?« Sanft streichelt er meinen Unterarm. »Das hast du letztes Mal auch getan.«

»Ja, scheint so.« Auch wenn ich die Müdigkeit in den Knochen spüre, steigt Wut in mir auf. Mit Mühe schlucke ich sie herunter. Mit Wut kommt man bei Liam nicht weit, und ich will, dass er mir glaubt. Ich will, dass alle mir glauben. »Aber ich weiß, was passiert ist. Und er ist immer noch da draußen. Der Mann oder … oder wer auch immer mich entführt hat.« Ich beginne zu weinen. Dicke Tränen fließen unkontrollierbar meine Wangen herab. Meine Schultern beben. Meine Nase ist verstopft.

»Aber du sagst, du weißt nicht mehr, was passiert ist, Chloe.« Liam stößt einen kaum hörbaren Seufzer aus.

»Doch. Ich erinnere mich daran, wie ich an diesem Ort aufgewacht bin. Ich erinnere mich daran, wie ich geflohen bin. Ich kann mich nur nicht erinnern, wie ich dahin gekommen bin.«

Liam legt beschützend einen Arm um meine Schulter und dreht sich auf dem Bett, um Summers zum ersten Mal anzusehen. »Sie sind von der Polizei?«

»Ja. DI Summers.« Er streckt seine Hand aus, aber Liam ignoriert die Geste.

»Und was denken Sie?«, fragt Liam ihn.

»Wie bitte?«

»Ihre Geschichte.«

»Es ist keine Geschichte.« Ich wische mir die Nase an meiner verbundenen Hand ab und schaue Summers an, um ihm eine stumme Botschaft zu übermitteln: Ich sage die Wahrheit. Das ist kein wirrer Rückfall. Ich habe mich nicht getäuscht, ich bin nicht verwirrt.

Summers' Blick wandert zwischen Liam und mir. »Ihre Frau hat offensichtlich ein traumatisches Erlebnis hinter sich und es ist mein Job herauszufinden, was es ist.«

Liam verkrampft an meiner Seite.

Ich schnaube mir geräuschvoll die Nase. Das Geräusch durchdringt die entstandene Stille.

»Sie waren beruflich in Schottland?«, wendet Summers sich an Liam.

»Ja.«

»Wie lange waren Sie dort?«

»Ich bin vor drei Tagen nach Aberdeen geflogen.«

»Und Chloe war zu Hause, als Sie sie das letzte Mal gesehen haben?«

»Ja. Hat sie Ihnen gesagt, warum sie letztes Mal ins Krankenhaus eingewiesen wurde?«

Summers nickt. »Das hat sie. Aber es wäre hilfreich, es von Ihnen zu hören. Schließlich kann Chloe sich eindeutig nicht an den Vorfall erinnern. Das Letzte, woran sie sich erinnern kann, ist Ihre Feier.«

»Ja. Es war mein vierzigster Geburtstag. Wir hatten viele Freunde bei uns. Es war ein schöner Abend. Und dann ...« Liam schaut mich traurig an. »Am Tag nach der Feier sagte Chloe mir, sie sei schwanger.«

Ich unterdrücke einen Schluchzer.

»Aber ... früh am nächsten Morgen hatte sie eine Fehlgeburt.« Liam hält meine Schulter fester. »Nach der Fehlgeburt wurde sie deprimiert. Sie aß nicht mehr, konnte nicht schlafen

48

und verlor das Interesse am Leben. Deswegen habe ich darauf gepocht, dass sie zu ihrer Hausärztin geht, die ihr Antidepressiva und Schlaftabletten verschrieb. Leider reagierte sie aber irgendwie allergisch auf die Antidepressiva und ... nun ...« Er schaut zu mir rüber, um sicherzustellen, dass es mir gut geht.

»Sprich weiter. Ich will das hören«, sage ich. ›Wollen‹ ist vielleicht der falsche Ausdruck. Ich *muss* das hören. Ich muss wissen, ob ich den Verstand verliere. Schon wieder.

Liam gibt einen Laut von sich, der einem Seufzer gleicht. »Chloe litt an Halluzinationen und verhielt sich paranoid. Sie war davon überzeugt, dass ein Mann sie verfolgte und sie umbringen wollte. Ich kam von der Arbeit nach Hause und fand sie im Garten, wie sie scharrte und einen Weg grub. Sie schrie, sie versuchte, vor der Person, die sie angeblich verfolgte, zu fliehen. Als ich ihr helfen wollte, war sie verwirrt und desorientiert. Sie wehrte sich.«

Meine Wangen brennen vor Scham, Selbsthass, Unglauben. »Wir mussten sie zu ihrer eigenen Sicherheit einweisen.«

Ich schnappe unwillkürlich nach Luft. Falls Liam es hört, ignoriert er es und spricht weiter über mich. Ich bin nichts weiter mehr als ein einfacher Zuschauer in meinem Leben.

»Die Antidepressiva wurden sofort abgesetzt und sie erhielt Antipsychotika, bis es so schien, als sei sie wieder ganz sie selbst.«

»Wie lange war ich im Krankenhaus?« Ich zwinge die Frage über meine Lippen, auch wenn die Wörter an meiner Zunge zu kleben scheinen.

Liam wirft mir einen Blick von der Seite zu. »Eine Woche. Dann hattest du einen ambulanten Termin mit dem Psychiater. Aber wir dachten alle, es ginge dir besser. Niemand dachte, dass die Medikamente bleibende Schäden hinterlassen würden, nachdem dein Körper von ihnen gereinigt wurde. Aber jetzt ist das hier passiert und ... du musst verstehen, wie es klingt, Chloe. Es ist alles so weit hergeholt. Und genau wie das, was vorher passiert ist. Wir wollen doch nicht die Zeit der Polizei verschwenden, oder?« Er streichelt meine Schulter und blickt Summers entschuldigend an.

Und dann fange ich an, mich selbst infrage zu stellen. Bin ich wirklich an diesem Ort aufgewacht? Bin ich wirklich entkommen? Oder habe ich mir das alles nur eingebildet? Ist das eine Art Rückfall?

»Ich glaube, das können Sie schon uns überlassen, ob wir hier Zeit verschwenden.« Summers lächelt Liam höflich an. »Was ist passiert, nachdem Chloe aus dem Krankenhaus entlassen wurde?«

»Sie war krankgeschrieben, deswegen war sie nur zu Hause, um sich von allem zu erholen. Es schien ihr gut zu gehen. Noch ein bisschen deprimiert, weil sie das Baby verloren hatte. Sie hatte auch Schlafprobleme, aber es wurde alles wieder normal. Zumindest dachte ich das.«

»Haben Sie sie kontaktiert, während Sie in Schottland waren? Vielleicht können wir ermitteln, an welchem Tag genau Sie verschwunden sind, Chloe.« Summers sieht mich demonstrativ an.

»Ich habe auf ihrem Handy angerufen, als ich angekommen bin, aber danach steckte ich bis zum Hals in Arbeit und hatte keine Zeit, um sie noch mal zu kontaktieren. Wir bringen demnächst ein neues Diabetesmedikament auf den Markt, deswegen ist es zurzeit sehr hektisch.«

»Sie arbeiten für Devon Pharmaceutical?«, fragt Summers.

»Ja.«

»Was machen Sie genau?«

»Unter anderem beaufsichtige ich die Herstellung unserer Medikamente.«

»Macht Devon Pharmaceutical Tierversuche?« Summers schlägt die Beine übereinander.

»Ja. Und ich weiß, worauf Sie hinauswollen, aber unser Unternehmen war noch nie eine Zielscheibe.«

»Sie wurden also nie persönlich in Verbindung mit Ihrer Arbeit bedroht?«

»Überhaupt nicht.«

»Könnten Sie bitte kurz bestätigen, dass Sie das letzte Mal am sechsten Mai, nach Ihrer Ankunft in Schottland, mit Chloe gesprochen haben?«, fragt Flynn.

»Ja.«

Flynn notiert es in seinem Block. »Hat sie gesagt, dass sie irgendwo hingehen wollte oder etwas Besonderes vorhatte?«

»Nein.« Er schaut mich bekümmert an. »Seit der Fehlgeburt hat sie das Haus kaum verlassen.«

»Und sie hat nichts gesagt, was Sie hätte beunruhigen können?«, fragt Summers.

»Definitiv nicht.«

»Sind Sie heute aus Schottland zurückgeflogen?«, fragt Flynn.

»Ja, auch wenn ich erst in vier Tagen zurückkommen sollte. Ich bin vom Flughafen Stansted mit dem Taxi nach Hause gefahren, habe meinen Koffer dort abgestellt, meine Autoschlüssel gegriffen und bin direkt hierhergefahren.«

»Gab es in Ihrem Haus irgendwelche Anzeichen für einen Einbruch oder gewaltsamen Zutritt?« Summers hat das Fragen wieder übernommen.

»Nein, mir ist nichts in der Art aufgefallen, aber ich habe natürlich auch nur kurz vorbeigesehen.«

»Es wäre schön, wenn Sie es gründlich prüfen könnten, wenn Sie nach Hause kommen, und mich benachrichtigen.«

»Natürlich.«

»Können Sie uns den Namen von Freunden oder Familienmitgliedern geben, die Sie vor Ihrem Verschwinden vielleicht gesehen haben?«, fragt Summers mich jetzt.

»Liam ist meine einzige Familie«, sage ich. »Und meine beste Freundin Sara reist gerade durch Indien.«

»Was ist mit Ihrer Familie?«, fragt Summers an Liam gerichtet. »Könnten sie nach Chloe geschaut haben, während Sie weg waren?«

»Nein. ich bin Einzelkind und meine Eltern waren bereits älter, als ich geboren wurde. Sie sind vor einigen Jahren gestorben. Da sind nur mein Cousin Jeremy und seine Frau Alice, aber sie wohnen in Kent. Wir haben sie zuletzt auf meiner Feier gesehen. Sie haben bei uns übernachtet und sind am nächsten Morgen abgefahren.«

»Was ist mit Arbeitskollegen?«, fragt Summers mich. »Gibt es am College jemanden, mit dem Sie sich gut verstehen und den Sie vielleicht getroffen haben?«

Ich muss an Jordan denken, aber er würde nicht zu mir nach Hause kommen. Liam würde durchdrehen, wenn er das herausbekäme. »Nein«, sage ich leise. »Sie sind nur Kollegen, keine Freunde.«

Summers atmet geräuschvoll aus und steht auf. »Gut, wir werden mit den Nachforschungen beginnen. Ich werde mit Dr. Traynor besprechen, wann Sie fit genug sein werden, um mit uns in den Wald zu gehen. Und falls Ihnen noch etwas einfallen sollte, sagen Sie uns Bescheid, o. k.?« Er holt eine Visitenkarte aus der Tasche und reicht sie mir, aber Liam ist näher und ergreift sie, bevor ich sie nehmen kann.

Liam steckt sie in die Tasche seiner Anzugjacke. »Das werden wir.« Er steht auf. »Kann ich vielleicht noch kurz mit Ihnen sprechen, bevor Sie sich auf den Weg machen?« Er deutet mit dem Kopf auf die Tür und sie tauschen einen Blick aus. Liam führt die beiden auf den Flur und ich sehe, wie er ernst mit Summers und Flynn spricht. Summers schaut kurz zu mir.

Ich spiele an dem Bettlaken herum, während ich beobachte, wie Summers mehrmals nickt und Flynn etwas in seinem Block notiert, bevor die beiden gehen. Als Liam zurückkommt, setzt er sich neben mich aufs Bett und nimmt meine Hand in seine. Ich versuche, ihm in die Augen zu schauen, aber ich schaffe es nicht. Also starre ich auf die Bettwäsche.

»Was soll ich nur mit dir machen, mein Schatz?« Sanft streicht er mir über das Haar.

Kapitel 6

»Wie fühlen Sie sich?« Dr. Traynor betritt das Zimmer und bringt die panischen Gedanken, die in meinem Kopf umherwirbeln, zu einem abrupten Ende.

»Müde. Ich habe Kopfschmerzen und mir ist noch etwas schlecht.«

»Das wird an der Gehirnerschütterung liegen. Es ist nur eine leichte. In ein paar Tagen werden Sie sich wieder normal fühlen.«

Aber wie bin ich, wenn ich normal bin? möchte ich ihn am liebsten fragen. Ich weiß es nicht mehr, nicht nachdem, was er und Liam mir erzählt haben. Ich setze mich auf und schiebe den Beistelltisch beiseite. Beim Anblick der Reste einer pappigen Lasagne und der aufgeweichten Pommes wird mir schlecht. Ich hatte etwas darin rumgestochert, aber die Angst und die Unruhe haben mir den Appetit verdorben.

»Keinen Hunger?«, fragt er.

»Nicht wirklich.«

»Sie müssen essen, um wieder zu Kräften zu kommen.«

»Haben Sie das Essen hier schon mal probiert?«

»Punkt für Sie.« Er lächelt und setzt sich neben mich. »Ihr Mann ist gegangen?«

»Ja. Er musste duschen und etwas essen. Er kommt nachher mit Kleidung und ein paar Toilettenartikeln wieder.«

»Gut. Lassen Sie uns in der Zwischenzeit ein paar Tests machen, sofern Sie einverstanden sind?«

»O. k.«

»Ich werde Ihnen eine Reihe von Fragen stellen, um die verschiedenen Bereiche des Gedächtnisses zu untersuchen. Antworten Sie einfach, so schnell Sie können.« Er öffnet die Notizen in seinem Schoß und hält seinen Kugelschreiber bereit. »Wie lautet Ihr vollständiger Name?«

»Chloe Benson.«

»Wie alt sind Sie?«

»Siebenundzwanzig.«

»Wo wohnen Sie?«

»Poplar Close.«

»Wie lange wohnen Sie schon dort?«

»Etwas mehr als zwei Jahre.«

»Gut. Wer bin ich?«

»Dr. Traynor.«

»Welches Jahr haben wir?«

»2014.«

»Welchen Monat haben wir?«

»Mai.«

»Wer ist der Prime Minister?«

»David Cameron.«

»Können Sie ab fünfhundert in Dreierschritten rückwärtszählen?«

»497, 494, 491, 488, 485, 482, 479, 476, 473, 470 –«

»O. k., das ist gut. Können Sie in Siebenerschritten rückwärtszählen?«

Mit sieben ist es schwieriger, aber ich schaffe es. Er sagt fünf Zeilen eines Gedichts auf und bittet mich, sie zu wiederholen. Auch das schaffe ich.

Er reicht mir ein Blatt Papier, auf dem unterschiedliche Formen abgebildet sind. Nachdem ich es mir genau angesehen habe, nimmt er das Blatt weg und fragt: »Wo sind Sie aufgewachsen?«

»Hier in Welwyn City. Dann habe ich in London studiert und bin danach wieder zurückgekommen.«

Er schreibt etwas auf. »Was haben Sie studiert?«

»Englisch. Dann habe ich einen Ausbildungskurs für Lehrer absolviert.«

»Welche Formen waren auf dem Blatt Papier, das ich Ihnen eben gezeigt habe?«

»Sterne, Dreiecke, Quadrate, Rechtecke, etwas, das wie eine Palme aussah.«

Er sagt mir eine Reihe von Wörtern vor, die ich wiederholen soll. Dann eine Zahlenreihe. Er hält Karten mit Bildern verschiedener Tiere hoch und bittet mich, das Tier zu benennen, das er hochhält. Endlich schließt er seine Notizen und legt seinen Kugelschreiber darauf ab. »Gut. Sehr gut.«

»Für mich fühlt es sich nicht gut an.«

»Was Sie haben, nennt man Amnesie. Sie könnte von der Beule an Ihrem Kopf herrühren. Nach einer solchen Verletzung werden Gehirnzellen zerstört und bleiben manchmal eine Zeit lang empfindlich, aber letzten Endes heilen sie von selbst. Sie könnte auch mit einer verzögerten Nebenwirkung der Antidepressiva zusammenhängen.« Er hält inne, so als ob er mich auf schlechte Neuigkeiten vorbereiten möchte. Auch wenn ich keine Ahnung habe, wie es noch schlechter kommen könnte. »Wir haben nach Ihrer Einweisung einen Bluttest gemacht und haben Silepine gefunden, ein Schlafmittel. Offenbar hat Ihre Hausärztin Ihnen die Tabletten zur gleichen Zeit verschrieben wie die Antidepressiva, damit Sie besser schlafen können. Es ist möglich, dass Sie eine ähnliche Reaktion wie mit dem Zolafaxine hatten.«

»Was? Aber ich … sie … nein.« Ich versuche, etwas zu sagen, aber mein Mund klappt nur auf und zu. Es dauert einen Moment, bis mein Gehirn meinen Mund eingeholt hat. »Ich nehme keine Schlaftabletten. Ich habe nur einmal im Leben welche genommen, als ich an der Universität Schlafprobleme hatte. Ich habe mich am nächsten Tag so erbärmlich und schläfrig gefühlt, dass ich seitdem nie wieder welche angerührt habe.«

»Silepine ist nicht wie die Tabletten früher. Sie hinterlässt am nächsten Morgen keine verkaterte Schläfrigkeit.« Er blickt auf seine Notizen. »Wir haben nur eine geringe Menge gefunden, aber trotzdem, wenn Sie eine allergische Reaktion darauf hatten, könnte das dazu geführt haben, dass Sie die gleichen psychose-ähnlichen Symptome wie letztes Mal an den Tag gelegt haben. Halluzinationen und Amnesie zählen auch zu den Nebenwirkungen von Silepine, obwohl sie nur selten auftreten.«

»Ja, aber ich habe keine genommen. Ich ...« Ich kann nichts sagen. Es ist einfach nicht möglich. Nichts von alledem. Das ist nicht echt. Wie könnte es auch? Aber ich kann nicht leugnen, dass ich die Tabletten genommen habe, wenn die Bluttests es beweisen.

»Als Sie nach dem Vorfall mit den Antidepressiva aus dem Krankenhaus entlassen wurden, haben wir Ihnen davon abgeraten, andere Medikamente einzunehmen. Manchmal reagiert man bei einer Allergie auf ein Medikament auch auf andere Medikamente allergisch.« Dr. Traynor räuspert sich. »Aber es sieht so aus, als hätten Sie sie genommen. Welche Erklärung gibt es sonst dafür, dass sie in Ihrem Blut nachgewiesen wurden?«

»Warum sollte ich sie denn nehmen, wenn Sie mir gesagt haben, dass ich es nicht tun soll?«, fordere ich ihn heraus.

»Leider können wir unseren Patienten nur Ratschläge geben. Bedauerlicherweise werden unsere Ratschläge nicht immer befolgt. Liam hat erwähnt, dass Sie noch immer unter Schlafproblemen litten, es ist also möglich, dass Sie trotzdem welche einnahmen. Oder aber der Kummer wurde stärker und führte erneut zu einer Depression und Sie wollten sich etwas antun.« Er rutscht unruhig in seinem Stuhl hin und her. »Eine Depression lässt sich manchmal nur schwer erkennen.«

Ich weiß ganz genau, wie schwer sie zu erkennen ist. Ich habe bei Mum nichts erkannt, bis es zu spät war. Trotzdem schaue ich ihn beunruhigt an. »Sie meinen, ich ... warten Sie. Sie denken, ich habe die Tabletten genommen, um *mich umzubringen*?«

»Die Möglichkeit besteht. Es könnte auch ein Hilfeschrei gewesen sein. Und dafür sind wir da. Um Ihnen zu helfen.«

»Nein, so etwas würde ich nicht tun. Das würde ich einfach nicht.« Ich muss eine wilde Erscheinung sein, wie mein Blick durch das Zimmer huscht und kaum auf einem Objekt ruhen bleibt, während ich versuche, zu verarbeiten, was er mir sagt. Ich scheine mich in viele kleine Teile aufgelöst zu haben, die nicht mehr richtig zusammenpassen. Alles ist falsch, nicht an seinem Platz, wie ein verstreutes Puzzle.

»Leider können Sie sich nicht genau daran erinnern, was passiert ist, deswegen ist es vollkommen möglich, dass Sie es getan haben.«

»Aber ich weiß, dass ich nie versuchen würde, mich umzubringen.«

Er schweigt weiter. Sieht mich nur auf seine ruhige, ärztliche Weise an, die sagt, dass er das alles schon mal gesehen hat und ihn nichts mehr überraschen kann.

»Und was genau meinen Sie mit einer geringen Menge überhaupt? Wie viele habe ich genommen?« Unter meinem Schädel beginnt es zu kribbeln. Ich reibe meinen Hinterkopf gegen das Kissen.

»Wahrscheinlich drei oder vier Tabletten. Genug, um sehr schläfrig zu werden.«

»Aber ich werde mein Gedächtnis zurückbekommen?«, frage ich zitternd. »Ich habe sieben Wochen verloren. Ich muss wissen, was passiert ist. Ich muss wissen, ob ...« Was soll ich sagen? Ob ich verrückt bin? Ob ich Halluzinationen habe? Ob ich mich umbringen wollte? »Ich muss wissen, ob da draußen jemand ist, der mich noch einmal angreifen wird.«

»Das Gehirn ist ein sehr kompliziertes Gerät, und leider gibt es kein Heilmittel für Amnesie, aber in vielen Fällen verschwindet sie ganz von alleine. Manchmal erlangen Patienten mit Amnesie, die nicht durch eine Verletzung am Gehirn verursacht wurde, ihr Gedächtnis plötzlich zurück, manchmal geschieht das mit der Zeit. Es ist leider ein Geduldsspiel.«

Meine Brust schmerzt, als hätte mir jemand einen heftigen Schlag versetzt. »Ein Geduldsspiel?« Ich soll mich gedulden, bis irgendein Unbekannter zurückkommt und mich tötet. Im Schwebezustand, bis er gefasst und hinter Gitter gebracht wurde.

»Ich kann Ihnen keine endgültige Antwort geben. Ihre Erinnerungen könnten in ein paar Tagen, Wochen oder auch Monaten zurückkehren. Sie könnten stückweise oder alle auf einmal zurückkommen. Sowohl Ihr Langzeit- als auch Kurzzeitgedächtnis scheinen einwandfrei zu funktionieren. Es fehlt nur ein kurzer Zeitraum. Aber ich bin optimistisch, dass Sie vollständig genesen werden.«

»Und in der Zwischenzeit kann ich nicht wissen, ob diese Person noch immer hinter mir her ist.«

»Ich bin mir sicher, dass die Polizei alles tut, was sie kann.« Er lächelt, als ob mich das beruhigen sollte. Das tut es nicht. Nichts kann das, bis ich weiß, was wirklich vorgefallen ist. »Die Ermittler haben mit mir darüber gesprochen, dass Sie mit ihnen in das Gebiet gehen sollen, wo Sie gefunden wurden.«

»Sie hatten mir gesagt, dass sie mit Ihnen sprechen würden.«

»Ich denke, wir sollten mindestens einen Tag abwarten und schauen, wie Sie sich dann fühlen. Rein körperlich haben Sie keine schweren Verletzungen, obwohl Sie noch etwas geschwächt sind. Heute Abend nehmen wir den Tropf ab, aber ich möchte mich vergewissern, dass Sie stark genug sind, bevor Sie das Krankenhaus verlassen, selbst wenn es nur für eine kurze Zeit ist.« Er steht auf und drückt seinen Ordner voll Notizen an die Brust. »Versuchen Sie, sich nicht zu viele Sorgen zu machen. Stress ist für Ihre Genesung nicht förderlich.«

Wie soll ich mir keine Sorgen machen? Die Sorge buddelt schon einen dunklen Tunnel unter meinem Brustbein.

»Nachher wird ein anderer Arzt zu Ihnen kommen, um eine psychiatrische Beurteilung vorzunehmen.«

Zu erschöpft, um zu sprechen, nicke ich nur.

✳✳✳

Ich trinke eine Tasse Tee, die der Krankenpfleger gerade vorbeigebracht hat. Normalerweise trinke ich ihn ohne Zucker, aber für diesen habe ich um drei Stück gebeten. So werde ich schneller wieder zu Kräften kommen. Ich möchte nicht länger als unbedingt nötig an diesem Ort bleiben, falls ich wieder ins Irrenhaus gesteckt werden sollte.

Ich habe es wieder und wieder im Kopf abgespielt und ich bin mir jetzt sicher. Vollständig überzeugt, dass das, was ich beschrieben habe, wirklich passiert ist. Es war keine Halluzination. Es war kein Rückfall.

Ich muss wegen der Kopfverletzung mein Gedächtnis verloren haben. Ich habe nur keine Ahnung, wie ich mir die Verletzung zugezogen habe oder wie ich an diesem Ort aufgewacht bin.

Oder waren es die Schlaftabletten?

Denk nach, Chloe!

Aber je mehr ich nachdenke, umso konfuser wird es in meinem Kopf.

Ich werfe die Bettdecke zurück, schwinge die Beine aus dem Bett und setze mich auf. Das Zimmer neigt sich. Ich atme tief ein und betaste leicht die Beule an meinem Kopf. Sie ist fest, wie ein hartgekochtes Ei unter der Haut.

Ich warte, bis ich wieder deutlich sehen kann, dann stehe ich auf und stütze mich mit der linken Hand am Schrank neben dem Bett ab. Auf wackeligen Beinen versuche ich, das Gewicht auf meinen verletzten Knöchel zu verlagern. Es tut weh, aber zumindest kann ich mich auf den Beinen halten. Ich trage eines dieser Krankenhaushemden mit den vielen Bändern im Rücken, die man nie selbst richtig festmachen kann. Vorsichtshalber halte ich die Rückseite mit der rechten Hand fest, während ich mit kleinen Schritten durch das Zimmer schreite. Wieder zurück, wo ich angefangen habe. Als ich mich umdrehe, um die Übung zu wiederholen, steht ein Mann im Türrahmen und beobachtet mich.

Ich erstarre.

Er hat einen grauen Haarschopf, buschige graue Augenbrauen und einen grauen Kinnbart. Er trägt eine dunkelgrüne Cordhose, ein weißes Hemd mit einem kleinen Fleck vorne, der von Kaffee stammen könnte, und ein Tweedsakko mit

Lederaufnähern an den Ellbogen, das ihm ein großväterliches Aussehen verleiht. Sein Blick ... ist unheimlich, als würde er mich wiedererkennen, ich aber habe ihn noch nie zuvor gesehen.

»Bleiben Sie stehen!«, sage ich und drücke den Notknopf an meinem Bett.

Er lächelt, kommt aber nicht näher. »Sehr gut, Chloe. Sie wollen sichergehen, dass ich keine Bedrohung darstelle, aber ich kann Sie beruhigen, ich bin Arzt.«

Eine Krankenschwester kommt ins Zimmer geeilt. »Ist alles in Ordnung?« Ihr Blick wandert zwischen dem Mann und mir hin und her.

Mit wackeligem Kopf deute ich auf ihn. »Er behauptet, dass er Arzt ist, aber er sieht nicht wie einer aus. Ist er Arzt?«

Sie lächelt mich erleichtert an. »Ja, das ist Dr. Drew.«

In dem Moment bemerke ich den Ausweis an seiner Brust-tasche, auch wenn ich ihn von hier aus nicht lesen kann. Ich setze mich aufs Bett, meine Schultern entspannen sich erleichtert. »Danke«, sage ich zu ihr.

»Brauchen Sie sonst noch etwas?«, fragt sie.

»Nein. Vielen Dank.«

Sie verlässt das Zimmer, und Dr. Drew nimmt seinen Aus-weis ab und hält ihn mir hin, damit ich ihn inspizieren kann. Ich nehme ihn und lese: Dr. Albert Drew, Facharzt für Psychiatrie, Abteilung Psychische Gesundheit, Queen Elizabeth II Kran-kenhaus.

»Tut mir leid«, murmle ich und gebe ihm seinen Ausweis zurück.

»Nein, das war angesichts der Umstände sehr vernünftig.« Er deutet mit dem Kopf auf den Stuhl neben dem Bett. »Stört es Sie, wenn ich mich setze?«

»Nein.« Oder vielleicht doch, kommt darauf an, was für schlechte Neuigkeiten ich jetzt bekomme.

»Erkennen Sie mich wieder?«, fragt er, nachdem er es sich bequem gemacht hat und seine Hände auf seinem üppigen Bauch ruhen.

»Nein. Sollte ich?«

Er lächelt mich freundlich an. »Ich habe Sie behandelt, als Sie im April eingewiesen wurden.«

»Oh. Stimmt. Ich ... ich kann mich daran nicht erinnern.«

»Ja. Dr. Traynor hat mich darüber informiert.« Er befühlt seine Finger. »Können Sie mir vielleicht erzählen, was passiert ist, bevor Sie dieses Mal eingeliefert wurden?«

Ich lasse mich nach vorne fallen und wiege den Kopf in den Händen. Meine langen Haare fallen über mein Gesicht wie ein Vorhang. »Oh Gott«, stöhne ich. Ich möchte das nicht noch einmal alles durchgehen.

»Ich weiß, dass das für Sie sehr traumatisch ist, aber wir sind alle hier, um Ihnen zu helfen.«

Ich hebe den Kopf und suche in seinen Augen nach einer Falle, aber ich finde in seinem Blick nur Freundlichkeit und Mitgefühl.

»Ich mache einen Vorschlag: Ich besorge Tee und ein paar Kekse und bin in einer Minute wieder da.« Er verlässt das Zimmer.

Ich schwinge die Beine wieder ins Bett, lege mich unter die Bettdecke und starre an die Decke. Nach ein paar Minuten kommt er mit einem Tablett mit zwei Bechern Tee, der an schmutziges Spülwasser erinnert, und einem Teller mit Keksen zurück. Er stellt das Tablett auf dem Beistelltisch ab, lässt sich wieder gemütlich in den Stuhl fallen und wartet darauf, dass ich etwas sage. Ich ignoriere den übel aussehenden Tee und erzähle ihm, was ich allen anderen auch erzählt habe.

Er unterbricht mich nicht, sieht mich nur erwartungsvoll an, nickt ab und zu.

Als ich fertig bin, frage ich: »Glauben Sie, dass ich das alles nur erfunden habe?«

»Hat das jemand behauptet?«

Ich denke an Dr. Traynors Blick. Vielleicht habe ich bei ihm Sorge als Zweifel missdeutet. Aber Liam ... nein, er hat mir eindeutig nicht geglaubt. Ich kann nicht einschätzen, ob die Polizei geglaubt hat, dass ich die Wahrheit sage. »Ich glaube nicht, dass mein Mann mir glaubt.« Ich beiße mir auf die Lippe. »Aber ich habe mir das nicht ausgedacht. Ich weiß, dass ich das nicht getan habe.«

Ich weiß, dass ich nicht verrückt bin.

Oder?

Ich meine, nicht so verrückt, wie ich anscheinend war, als ich ins Krankenhaus eingewiesen wurde.

Er schaut mich einen Augenblick lang mit einem freundlichen Lächeln an und beugt sich dann leicht nach vorne. »Ich glaube nicht, dass Sie sich das ausgedacht haben. Wichtig ist, was *Sie glauben*. Und Sie glauben, dass es passiert ist. Aber ...« Er hält inne. »Was Sie beschreiben, ist dem sehr ähnlich, was mit den Antidepressiva passiert ist, bevor Sie eingewiesen wurden.«

»Ich weiß.« Ich seufze niedergeschlagen.

»Auf der anderen Seite haben Sie an den Handgelenken leichte Abschürfungen, die darauf hindeuten könnten, dass Sie gefesselt wurden. Sie sind dehydriert, haben Kratzer und Verletzungen und diese Beule am Kopf. Etwas ist ganz offensichtlich vorgefallen. Und von daher besteht die Möglichkeit, dass Sie sich noch immer in Gefahr befinden.«

Kapitel 7

»Genau davor habe ich Angst. Ich weiß nicht, wer mich verschleppt hat. Ich weiß nicht, *warum* ich verschleppt wurde.« Aufsteigende Schmerzen schnüren meinen Brustkorb ein.

»Natürlich. Es ist normal, Angst zu haben, aber ich denke, wir sollten die Ermittlungen der Polizei überlassen, während wir Ärzte die andere Seite untersuchen. Ich war vor allem besorgt, Sie könnten eine Gefahr für sich selbst gewesen sein.«

»Für mich selbst?«, frage ich vorsichtig.

Er antwortet nicht, aber das ist auch nicht nötig. All das, was er nicht sagt, steht deutlich in seinen Augen geschrieben. Er räuspert sich. »Als Sie letztes Mal aus dem Krankenhaus entlassen wurden, hatten Sie einen Nachsorgetermin bei mir, aber Sie wollten vor allem über den Verlust Ihres Babys sprechen.«

Trauer zerreißt mich so stark, dass ich tief im Innern einen körperlichen Schmerz spüre, der eine Wunde hinterlässt.

»Ich habe Sie dazu ermuntert, Tagebuch zu schreiben oder einen Brief an Ihr Baby, als Ventil für Ihre Trauer.«

»Habe ich es gemacht?«

»Das weiß ich nicht. Wie ich bereits sagte, Sie hatten nur diesen einen Termin. Aber Sie fanden die Idee gut.«

»Aber ich war nicht depressiv, oder? Ich habe nicht darüber nachgedacht, mich umzubringen? Es war nur die Trauer?«

»Der Grat zwischen Depression und Trauer kann schmal sein. Manchmal ähneln die Symptome einer Depression den Gefühlen bei der Trauerarbeit. Aber bei unserem ambulanten

Termin habe ich keine Anzeichen gesehen, die auf eine klinische Depression hingedeutet hätten.«

»Aber ich *war* depressiv, als ich nach der Fehlgeburt zu meiner Hausärztin gegangen bin?«

Er schürzt die Lippen, als ob er abwägt, wie viel er mir erzählen soll. »Ihre Hausärztin dachte offenbar, dass Sie es wären; deswegen hat sie Ihnen die Antidepressiva und die Schlaftabletten verschrieben. Liam glaubte auch, dass Sie depressiv waren.«

»Dr. Traynor glaubt, dass die Trauer nach meiner Entlassung aus dem Krankenhaus wieder zu einer Depression geführt hat. Er glaubt, dass ich versucht habe, mir mit Schlaftabletten das Leben zu nehmen, aber wieder Nebenwirkungen aufgetreten sind und ich mir die ganze Sache nur eingebildet habe.«

»Und was denken Sie?«

»Ich weiß nicht. Ich meine, es ist alles einfach ...« Ich zucke hoffnungslos die Achseln. »Es ist so verwirrend. Ich glaube nicht, dass ich versucht haben könnte, mich umzubringen. Und ich weiß, dass es keine Halluzination war, dass ich an diesem Ort unter der Erde gefangen gehalten wurde. Ich kann mich lebhaft daran erinnern. Die Panik. Wie die Wände sich angefühlt haben. Die Ratte. Das Tropfgeräusch des Wassers. Wie ich am Türrahmen gescharrt habe. Wie ich die Gänge entlang und durch den Wald gelaufen bin.«

Dr. Drew blickt skeptisch drein. »Als Sie Ihre Episode mit den Antidepressiva hatten, glaubten Sie auch, die Halluzinationen wären echt.« Er hält einen Moment lang inne und sagt dann: »Vielleicht sollten wir über die Zeit sprechen, an die Sie sich erinnern. Die Zeit vor der Feier.«

»Wird mir das dabei helfen, mich wieder zu erinnern?« Hoffnung und Verzweiflung erfüllen meine Stimme.

»Die Möglichkeit besteht. Es könnte etwas in Ihrem Gehirn auslösen und es könnte uns dabei helfen, Ihre geistige Verfassung zum Zeitpunkt des neuen Vorfalls zu bestimmen.« Er kratzt sich am Kopf. »Ich denke, dass Sie vielleicht an dissoziativer Amnesie leiden, das heißt, einer durch Trauma oder Stress verursachten

Amnesie. Dabei wird als Bewältigungsmechanismus ein schmerzliches Ereignis geleugnet. Da wir es hier nicht mit einer Verletzung am Gehirn zu tun haben, ist es wahrscheinlich, dass Sie sich mit der Zeit an das Trauma erinnern werden, und dafür könnte es hilfreich sein, wenn Sie über Ihre Vergangenheit sprechen. Es ist möglich, dass die Amnesie durch das Trauma der Fehlgeburt ausgelöst wurde.«

Ich runzle verwirrt die Stirn. »Moment, Dr. Traynor hat nichts dergleichen gesagt. Er sagte, Amnesie könne von einer Gehirnerschütterung herrühren oder eine Nebenwirkung der Schlaftabletten sein, der Sil... Sil...«

»Silepine.«

»Ja, genau.«

»Nun, all unsere Theorien sind durchaus denkbar.« Er klingt, als fühle er sich angegriffen, und ich frage mich, ob meine Diagnose für Rivalität zwischen den Fachbereichen sorgt. »Leider gibt es keinen genauen Test, um die richtige Theorie zu beweisen, von daher müssen wir jede in Betracht ziehen.«

»Ich verstehe«, sage ich, obwohl ich rein gar nichts verstehe. Es ist, als würde ich noch immer durch die Dunkelheit stolpern und blind überall anstoßen. Ich trinke etwas Wasser und schlucke langsam. Unter dem Verband jucken meine Fingerspitzen und ich kämpfe gegen den Drang, sie zu kratzen. »Wo soll ich anfangen?«

»Wie lief es vor Ihrer Fehlgeburt?«

»Nun ... es lief nicht perfekt, würde ich sagen. Ich meine, wessen Leben ist schon perfekt?«

»Ich denke, das hängt von Ihrer Vorstellung von Perfektion ab. Wie war Ihr Leben zu Hause und bei der Arbeit?« Er schaut mich an, als sei ich ein sonderbares wissenschaftliches Experiment.

»Bei der Arbeit war alles gut. Ich unterrichte Englisch für die Oberstufe. Es gibt natürlich den einen oder anderen Schüler, der gerne herumalbert und Späße macht, aber insgesamt ist es ein guter Haufen Teenager. Es ist ein Oberstufenzentrum, das an die

Universität von Cambridge angegliedert ist. Die meisten Schüler kommen aus gutem Hause und wollen in Cambridge studieren, es ist also nicht so, als würde ich an einer innerstädtischen Schule unterrichten, die ganz eigene Probleme mit sich bringt.«

»Das muss eine dankbare Arbeit sein.«

»Das ist es größtenteils auch. Liam gefällt nicht, dass ich unterrichte.«

»Warum nicht?«

Ich atme tief aus. »Er ist altmodisch. Er findet, die Frau sollte im Haus bleiben und jeden Wunsch ihres Mannes erfüllen.«

»Und dem stimmen Sie nicht zu?«

»Das Unterrichten ist es eines der wenigen Dinge, die mir gehören und die ich mir erhalten konnte.«

Er runzelt die Stirn. »Können Sie das weiter ausführen?«

Ich frage mich, wie viel ich ihm sagen kann. Ich mag meine schmutzige Wäsche nicht vor anderen waschen. Ich habe dieses Leben gewählt und manchmal muss man die Dinge einfach hinnehmen, wie sie sind, nicht wahr? Und überhaupt hat jede Beziehung ihre Hochs und Tiefs. Aber ich will herausfinden, was mit mir passiert ist. Vielleicht muss ich darüber sprechen, um mein Gedächtnis zurückzuerlangen. »Liam kann manchmal etwas kontrollsüchtig sein. Sie wissen schon, er möchte, dass die Dinge auf seine Art getan werden.« Ich zucke mit den Achseln. »Und manchmal wiederum ist er wunderbar. Aufmerksam, liebevoll, fürsorglich. Es ist nicht alles schlimm, wirklich; es ist einfach normal. Niemand ist perfekt, oder?« Ich lache freudlos. »Wir haben alle unsere Fehler.«

»Natürlich. Wir wären nicht menschlich, wenn wir keine hätten.«

»Am Anfang war alles perfekt. Er war romantisch und freundlich und witzig. Das hat sich geändert, nachdem wir vor zwei Jahren geheiratet haben. Er musste viel arbeiten und ich schob seine Launenhaftigkeit auf den Stress seiner Arbeit. Dann wurde er befördert, was ihn sogar noch mehr stresste, aber jetzt denke ich ...«

»Ja?«

»Vielleicht liegt es an mir, dass er launisch ist. Ich dachte, das Baby könnte dabei helfen, zwischen uns wieder alles in Ordnung zu bringen. Aber, wie wir wissen, ist es dazu nicht gekommen. Es sieht so aus, als wäre dadurch alles nur noch viel schlimmer geworden.«

»Hat er sich über das Baby gefreut?«

»Ich weiß nicht. Ich kann mich nicht erinnern. Ich wollte es ihm nach der Party sagen, aber da hören meine Erinnerungen auf.«

»Hatten Sie je über Kinder gesprochen?«

»Er wollte nicht, dass ein Baby das, was wir hatten, kaputtmacht. Er wollte uns nur als Paar.« Ich beiße mir auf die Lippe. »Einige Männer sind so, oder? Sie werden eifersüchtig, wenn ein Baby kommt.«

»War er Ihnen gegenüber eifersüchtig?«

Plötzlich trifft mich eine Erinnerung. Es war vor ungefähr einem Jahr, Liam war gerade befördert worden. Wir feierten es mit einem Abendessen bei seinem Lieblingschinesen. Seine engsten Arbeitskollegen waren anwesend, aber zu dem Zeitpunkt schon keiner meiner Freunde mehr. Ich saß neben Liam, auf seiner anderen Seite saß Julianne, sein neuer Boss, der er all seine Aufmerksamkeit schenkte. Er ignorierte mich geradezu. Also wandte ich mich dem Mann an meiner anderen Seite zu, Paul Etherington, der in der Abteilung arbeitete, die Liam nun verließ, und begann ein interessantes Gespräch mit ihm. Liam war glücklich, machte witzige Bemerkungen und war zu allen charmant. Wir tranken viel. Um Mitternacht verließen alle das Restaurant, und als wir in ein Taxi stiegen, sprach Liam kein Wort mit mir.

Sowie wir durch die Haustür kamen, warf er mir vor, mit Paul geflirtet zu haben. Die Heftigkeit seiner Wut verblüffte mich, schließlich wusste ich, wie viel schmeichelnde Aufmerksamkeit er Julianne geschenkt hatte. Ich sagte ihm, dass ich nur höflich gewesen sei und mit den Personen, mit denen er zusammenarbeite, geplaudert habe. Plötzlich packte Liam mich und drückte mich hart gegen die Wand, sein Mund auf meinem, seine Erregung an meinem Oberschenkel spürbar. Ich wollte ihn wegschieben, wollte ihm sagen, dass ich nach seinem Anfall nicht in der Stimmung war, aber im Endeffekt dachte ich mir, es sei besser, einfach mitzumachen. Ich hasste den wütenden Liam, der entweder schmollte oder tagelang nicht mit mir sprach oder mich beschimpfte, abfällige Bemerkungen machte und mir sagte, dass alles meine Schuld sei. Also tat ich nichts, als er mein Kleid hochzog und meine Unterhose zerriss. Tat nichts, als er mich anhob und unsanft auf die Treppe setzte, deren harte Holzstufen sich in meine Wirbelsäule bohrten. Als er in mich eindrang, gab ich vor, genauso erregt zu sein wie er. Es war besser so. Leichter für mich.

Danach küsste er mich grob. Seine Augen waren dunkel wie der Ozean und er sagte: »Du gehörst mir, Chloe. Vergiss das niemals.« Er ging an mir vorbei die Treppe hinauf, und ich blieb zurück, ohne zu verstehen, was zum Teufel gerade vorgefallen war.

Vielleicht *war* es mein Fehler gewesen. Vielleicht hatte ich mich zu sehr auf Paul konzentriert und nicht genug um Liam gekümmert. Ich wusste nicht, ob eine Entschuldigung ihn nicht noch wütender machen würde, also schlich ich in unser Schlafzimmer und zog mich schweigend aus, während ich ihn unter der Dusche singen hörte, ging in mein Bett und hielt die Augen fest geschlossen.

Als ich am nächsten Morgen aufwachte, war es so unwirklich, dass ich zuerst dachte, ich müsste es mir eingebildet haben, aber mein Rücken war verletzt und ich war innen wund, und es war klar, dass es wirklich passiert war. Er brachte mir Frühstück ans Bett und entschuldigte sich ausgiebig. Er sagte, er könne den Gedanken nicht ertragen, dass ich ihn verlasse, und habe sich so hineingesteigert, dass er die Beherrschung verloren habe.

Ich rechtfertigte es, indem ich mir sagte, dass die meisten Frauen das doch schon mal getan hätten. Sex hatten, obwohl sie nicht in der Stimmung waren. Sie hatten es getan, weil ihr Partner sie dazu drängte. Hatten es getan, um den Frieden zu wahren. Und genau das hatte ich getan. Den Frieden gewahrt, damit der liebevolle, fürsorgliche Liam zurückkehrte. Er war schließlich mein Ehemann und ich wollte es ihm so verzweifelt recht machen. Vielleicht klingt das traurig und erbärmlich, aber ich hatte keine Liebe mehr gekannt, seit meine Mutter gestorben war, und jetzt, wo ich sie erlebt hatte, hatte ich ein Verlangen danach wie nach einer Droge. Deswegen beschloss ich, mich mehr anzustrengen, um die Harmonie aufrechtzuerhalten.

»Er wird manchmal eifersüchtig«, beantworte ich Dr. Drews Frage. Ich kann ihm dabei kaum in die Augen blicken.

»Und wie ist das für Sie?«

Ich fummle an der Bettwäsche herum. »Früher fand ich es süß und fürsorglich. Wie einen Beweis dafür, wie sehr er mich liebt.«

»Und jetzt?«

»Manchmal ist es erdrückend. Ich muss vorsichtig sein, mit wem ich spreche und wen ich anschaue, wenn wir zusammen sind. Es ist so, als könnte ich nicht mehr ich selbst sein, weil ich zu große Angst habe, ich könnte ihn verärgern.« Ich riskiere einen Blick auf Dr. Drew. Er tippt gedankenverloren mit der Fingerspitze gegen seine Stirn. Ich weiß nicht, was ich sonst noch sagen soll. Wie kann man über etwas sprechen, das sich so schwer in Worte fassen lässt? »Ich denke, einige Macken schleichen sich ein, oder? Liam würde man wahrscheinlich als etwas festgefahren in seinen Ansichten bezeichnen. Das liegt vielleicht an dem Altersunterschied.« Ich zucke mit den Achseln. »Verstehen Sie mich bitte nicht falsch, es ist nicht alles schlecht. Ich lasse es wahrscheinlich schlimmer klingen, als es ist.«

»Wie alt waren Sie, als Sie Liam kennengelernt haben?«

»Ich war fünfundzwanzig und er achtunddreißig. Ich hatte gerade meine Stelle am College angefangen. Wir lernten uns in einem Club kennen, und er hat mich einfach umgehauen. Er war intelligent, liebenswürdig, mit einem guten Sinn für Humor. Er war mein erster richtiger Freund und wir verliebten uns unsterblich ineinander. Nach drei Monaten haben wir geheiratet.«

»Das ging recht schnell.« Er lächelt.

»Ja.«

»Hat er Sie je geschlagen?«

»Nein!«

»War er je verbal ausfällig?«

»Sind die meisten Männer das nicht manchmal?«

»Das denke ich nicht, meine Liebe.« Er trinkt einen Schluck Tee, verzieht das Gesicht und stellt die Tasse wieder auf dem Beistelltisch ab. »Wie ist es mit psychologischem oder emotionalem Missbrauch?«

Ich seufze. Ich will in Worte fassen, worüber ich nicht gesprochen habe, aber gleichzeitig will ich es auch nicht. Dadurch würde es zu real. »Ich weiß nicht genau, was Sie damit meinen. Vielleicht.«

»Sind Sie glücklich, wie die Dinge sind?«

»Ist irgendjemand *wirklich* glücklich? Ich meine, man schaut sich das Leben der anderen an und denkt, was für einen tollen Job oder eine tolle Ehe sie haben und sie scheinen so glücklich, aber man sieht nur, was sie einen sehen lassen wollen. Wenn Sie jemand fragt, wie es Ihnen geht, ist die automatische Reaktion, zu sagen, es gehe Ihnen gut, oder? Niemand möchte Ihrem Gejammer über die belanglosen Dinge in Ihrem Leben zuhören. Wie soll man also wissen, ob jemand glücklich ist oder nicht?«

»Ich bin nur an Ihnen interessiert, an niemandem sonst. Was wollen *Sie* die Menschen sehen lassen?«

»Alle Paare machen schwierige Zeiten durch. Man kann im Leben nicht *immer* glücklich sein. Was bedeutet Glück überhaupt? Ich wette mit Ihnen, wenn Sie hundert Menschen fragen, erhalten Sie hundert unterschiedliche Antworten. Hochs und Tiefs gehören zu einer Ehe dazu.«

»Das mag stimmen, aber heißt das, Sie halten Ihre Probleme für belanglos?«

»Ich schätze schon. Ich habe einen guten Job. Ein schönes Haus. Einen Mann. Worüber kann ich mich beklagen? Man muss das Leben einfach leben und die Dinge so nehmen, wie sie sind.«

»Kleine Dinge können sich zu einer großen Sache anhäufen.«

Ich sage nichts. Weiß nicht, ob er erwartet, dass ich dazu etwas sage. Was soll ich sagen? Es ist eine Ehe und alle Ehen kennen Probleme. Dann meine ich zu verstehen, was er sagt. Oder nicht sagt. Ich starre ihn einen unendlich langen Augenblick an, bis ich tief Luft holen muss. »Glauben Sie, Liam könnte etwas mit meiner Entführung zu tun haben? Stellen Sie deswegen die Fragen über ihn?«

»Nein, ich unterstelle nichts. Ich möchte einfach mehr über Ihr Leben erfahren, um zu schauen, ob das Ihr Gedächtnis wachrüttelt.«

»Wie gesagt, es läuft nicht perfekt, aber Liam ist Manager in einem pharmazeutischen Unternehmen und kein zwielichtiger Verbrecher. Er entführt keine Menschen und lässt sie irgendwo sterben.«

Dr. Drew nickt ausgiebig. »Natürlich nicht.«

»Was unterstellen Sie dann? Dass das Ganze nur eine Halluzination war? Dass ich das alles aus irgendeinem Grund erfunden habe?« Das Zimmer ist stickig und heiß, aber vielleicht liegt es auch an mir.

Er lächelt mich an. Sein Lächeln ist freundlich und geduldig. »Das Problem ist, wir wissen zurzeit nicht, was passiert ist. Daher müssen wir alle Optionen untersuchen. Haben Sie zum Beispiel mit Freunden oder Verwandten gesprochen? Vielleicht haben Sie mit jemandem darüber gesprochen, wo Sie hingehen wollten oder was Sie machen wollten, bevor Sie im Wald gefunden wurden.«

»Nicht wirklich. Wissen Sie von meiner Mutter?«

»Ja. Als Sie eingewiesen wurden, habe ich mit Ihnen und Liam besprochen, was mit ihr passiert ist und dass es vielleicht einen Zusammenhang zu Ihrer Situation gibt.«

Ich schenke der Angst, die ich so lange mit mir herumgetragen habe, meine Stimme. »Können Depressionen und Selbstmord erblich sein?«

»Depressionen sind eine sehr komplexe Störung, für die sowohl Gene als auch die Umwelt eine Rolle spielen, aber ja, Depressionen liegen häufig in der Familie. Aber Sie wissen nicht, ob Ihre Mutter absichtlich eine Überdosis Kokain genommen hat, oder? Sie wurde während einer Party im Haus ihres Mitarbeiters tot im Badezimmer aufgefunden, oder?«

»Ja.«

»Ich meine mich zu erinnern, dass Sie bei unserem vorherigen Gespräch sagten, weder Sie noch sonst jemand hätten vor ihrer Überdosis Anzeichen für eine Depression bemerkt; Sie hätten es also nicht vorhersehen können. Die offenkundigen Umstände deuten darauf hin, dass Ihre Mutter Kokain als Freizeitdroge konsumierte. Auch der Gerichtsmediziner sagte, ihr Tod sei ein Unfall gewesen.«

»Ja, aber ich war neun Jahre alt, als sie starb. Ich könnte viel übersehen haben. Niemand wird je wirklich wissen, was passiert ist, oder?«

»Da haben Sie recht, aber in dem Alter war es nicht Ihre Aufgabe, die Rolle des Elternteils zu übernehmen.«

»Nein, aber das macht die Sache nicht leichter.«

»Erzählen Sie davon, was nach ihrem Tod passiert ist.«

Ich erinnere mich daran, wie die Polizei zum Haus meiner Babysitterin kam und uns sagte, dass Mum nach einer vermeintlichen Überdosis tot auf der Party eines Freundes gefunden wurde. Danach war ich lange Zeit betäubt. So lange, dass es in meiner Seele verwurzelt und auf meine Knochen geritzt schien, so, als würde ich nie wieder etwas fühlen können. Eines Tages trafen die Fassungslosigkeit und der Schock mich plötzlich so hart, dass ich meine Stimme verlor – ich konnte überhaupt nicht sprechen, und das war gut. Ich wollte mit niemandem sprechen, wollte nicht versuchen zu erklären, wie ich mich fühlte. Ich konnte es nicht.

Langsam machte der Schock überwältigender Trauer und Traurigkeit Platz. Ich dachte, ich würde niemals aufhören zu weinen. Eine dunkle Wolke hing unaufhörlich über mir. Erst nach sechs Monaten konnte ich wieder sprechen; die Wolke verzog sich viel später.

»Es war schrecklich. Ich habe meinen Vater nie gekannt. Er hat meine Mum verlassen sowie er erfuhr, dass sie schwanger war. Sein Name steht nicht mal in der Geburtsurkunde. Ich hatte keine andere Familie, also wurde ich in Obhut genommen und lebte in einem Kinderheim.«

»Es muss schwer gewesen sein, Ihre Mum so jung zu verlieren und in dem Pflegesystem aufzuwachsen.«

»›Schwer‹ ist eine Untertreibung. Niemand adoptiert ein Kind in dem Alter mit dieser Vorgeschichte. Alle wollen perfekte, süße Babys. Ich war praktisch auf mich allein gestellt, und es war hart. Ich wusste, dass Bildung mein Weg zu Unabhängigkeit und einem Neuanfang war. Also habe ich hart gearbeitet, die Schule mit guten Noten abgeschlossen und bin zur Uni gegangen.«

»Was ist mit Freunden?«

»Im Kinderheim stand ich niemandem nahe. Andere Kinder kamen und gingen. Wenn ich mal eine Freundschaft geschlossen hatte, wurde das Kind adoptiert oder kam in eine Pflegefamilie. Und Liam hat immer ein Theater gemacht, wenn ich etwas mit Freunden unternehmen wollte, und ich denke, das war es am Ende einfach nicht wert. Ich habe Kontakt zu meiner alten Schulfreundin Sara, aber das liegt vor allem daran, dass Liam davon nichts weiß. Er mag sie nicht. Er findet sie unbeständig. Sie reist viel. Sie ist Grafikdesignerin, aber sie arbeitet nur so viel, wie sie muss, bis sie Geld gespart hat. Dann ist sie wieder unterwegs und bereist einen anderen Ort auf der Welt und kommt monatelang nicht zurück.«

»Fühlen Sie sich einsam ohne jemanden, mit dem Sie sprechen können?«

Ich spiele an meinen Ohrringen herum, lasse sie durch mein Ohrloch kreisen, während ich darüber nachdenke. »Ja, ich denke schon.«

»Ich finde, Sie sind eine sehr belastbare junge Dame.«

Ich runzle die Stirn und blicke zu ihm rüber, um mich zu vergewissern, dass er keinen Witz macht. »Wirklich?«

»Ja.«

Und zum ersten Mal seit langer Zeit habe ich das Gefühl, jemanden wirklich auf meiner Seite zu haben. Der Knoten in meinem Magen löst sich ein wenig.

»Fühlen Sie sich noch unabhängig?«

»Ich weiß, was Sie sagen werden.«

»Und was, wenn ich fragen darf?«

»Dass ich meine Unabhängigkeit in meiner Ehe verloren habe. Dass Liam eine Art Vaterfigur für mich ist und dass ich verzweifelt auf der Suche nach Liebe war, als ich ihn kennenlernte und deswegen das Offensichtliche so lange ignoriert habe, bis es zu spät war, etwas zu ändern.«

Sein Blick wird weich. »Ist es das, was Sie denken?«

»Hören Sie, er kann manchmal launisch und arrogant und kontrollsüchtig sein, aber er hat mich nie geschlagen. Es ist also nicht so, als sei ich eine misshandelte Frau, oder?« Ich schüttele den Kopf, um meinen Worten Nachdruck zu verleihen. Es schmerzt.

Kapitel 8

Ich öffne die kleine Reisetasche, die Liam soeben vorbeigebracht hat, während er neben dem Bett steht. Er hat seinen Arbeitsanzug gegen eine neue dunkelblaue Jeans und ein schwarzes Shirt eingetauscht. Seine Kleidung ist frisch, sauber und perfekt gebügelt. Selbst in Freizeitkleidung sieht er gepflegt und elegant aus wie geradewegs aus einem GQ-Heft. Sein blondes Haar ist an den Seiten kurz und oben etwas länger, es ist leicht zurückfrisiert und sieht aus, als wäre er sich mit den Fingern durch die Haare gefahren. In Wirklichkeit verbringt er Stunden vor dem Spiegel, um sich zu stylen. Er braucht länger als ich, um sich fertig zu machen. Darauf macht er mich gerne aufmerksam, wenn er mir sagt, wie ungepflegt meine langen gewellten Haare aussehen. Er sagt, ich sollte mich mehr um mein Äußeres kümmern. Aber selbst, wenn ich die Haare hochstecke, sie haben ihren eigenen Willen und auf jeder Seite befreien sich ein paar Strähnen. Meine Haare sind ein wirrer Wischmopp. Seine Worte, nicht meine.

Ich spüre Liams Blick auf mir und schaue in seine eisigblauen Augen. Ich kann seinen Gesichtsausdruck nicht deuten. Sorge? Erschöpfung? Ekel?

»Es ist nicht leicht gewesen für mich, weißt du«, sagt er.

Für ihn? Was glaubt er denn, wie es für mich war? Aber ich will keinen Streit beginnen. Das kann ich jetzt nicht verkraften. Also schlucke ich meinen Ärger runter, so wie immer. Es ist besser so. »Es tut mir leid«, nuschle ich, während ich schwarze Leggings und ein langes, rosafarbenes Oberteil mit Rundhalsausschnitt aus der Tasche nehme, um ihn nicht anschauen zu müssen.

»Es ist verdammt schwer, meinen Job zu behalten und gleichzeitig auf dich aufzupassen. Ich stecke bis zum Hals in Arbeit wegen der Einführung dieses neuen Medikaments und stehe unter viel Druck.« Er seufzt frustriert. »Kannst du dich wirklich an nichts erinnern, oder ist das nur ein Schrei nach Aufmerksamkeit?«

Ich schaue scharf auf. »Wie kannst du so etwas denken?«

Er hebt die Augenbrauen. »Weil ich dich und deine Familiengeschichte kenne.«

»Was soll das heißen?« Meine Stimme wird lauter.

»Hör zu ...« Er blickt zum Flur. Eine der Krankenschwestern schaut uns durch den offenen Türrahmen zu meinem Zimmer an. Er lässt sich auf den Stuhl neben meinem Bett fallen. »Wenn du dich nicht erinnern kannst, dann weißt du offensichtlich nicht, wie sehr es mich mitgenommen hat, dich letztes Mal so vorzufinden. Es war schrecklich. Du warst verrückt. Hast geschrien und gekreischt und mich geschlagen.«

»Ich erinnere mich nicht. Ich habe das Gedächtnis verloren.« Ich kämpfe damit, meine Gefühle in Schach zu halten. Es würde nichts Gutes dabei rauskommen, wenn ich die Nerven verliere. Ich könnte wieder zwangseingewiesen werden, und wie würde mich das weiterbringen? Es würde mich nur wieder in die Psychiatrie bringen. Ich verknote die Kanten des steifen, kalten Bettlakens. Entknote. Verknote. Entknote. »Als du zu Hause warst, hast du da nach weiteren Anzeichen für einen Einbruch gesucht, wie die Polizei gebeten hat?« Ich hoffe auf einen Hinweis darauf, wie ich an diesem Ort im Wald gelandet sein könnte.

»Ja, und es war nichts zu sehen, genau wie ich vermutet hatte.«

Ich krame weiter in der Reisetasche und hole die Toilettenartikel heraus. Deo, Duschgel, Seife, Zahnbürste und Zahnpasta. Ich würde töten für eine Dusche. Der saure Geruch von Schweiß, Erbrochenem und Schmutz klebt an mir. Ich kann meinen Atem riechen, wenn ich spreche. Die Schwester meinte, ich dürfe in den nächsten Tagen noch kein Wasser an meine Hände gelangen lassen, deswegen hat sie mir für später versprochen, mich mit einem Schwamm im Bett zu waschen. Ich Glückspilz. »Danke, dass du das vorbeigebracht hast«, sage ich.

»Gerne geschehen.« Er rümpft die Nase. »Ich dachte mir, die könntest du gut gebrauchen.«

Ich fange wieder an zu weinen. Tränen kullern meine Wangen herunter und landen auf den Leggings. »Dieser Mann, der mich verschleppt hat …« Schlucken. Atmen. »Was, wenn er noch einmal zurückkommt? Was, wenn –«

Er hebt die Hand, um mich zum Schweigen zu bringen. »Er wird nicht zurückkommen.« Er spricht jedes Wort langsam aus, als spreche er mit einer gehörlosen Person.

»Woher willst du das wissen?«

Er atmet tief ein und hält eine Weile den Atem in der Lunge, bevor er wieder spricht. »Weil es nicht passiert ist, mein Schatz. Du hast gehört, was die Ärzte gesagt haben. Es war eine Halluzination. Es war nicht real.«

»Hast du meine Handtasche gesehen, als du nach Hause gekommen bist?« Ich trockne die Tränen am Bettlaken. »Oder mein Handy?«

»Nein. Ich habe nicht danach gesucht.«

»Meine Tasche müsste am Haken an der Küchentür hängen, wie immer.«

»Ich habe nicht darauf geachtet.«

»Es ist nur so … was ist, wenn er meine Handtasche hat? Die Hausschlüssel sind da drin. Meine Kreditkarten. Dinge mit unserer Adresse drauf. Er könnte wissen, wo ich wohne. Er könnte wiederkommen!«

Die Krankenschwester erscheint am Türrahmen. »Ist alles in Ordnung, Chloe?«

Ich schniefe. »Ja. Danke.«

Liam setzt sich aufs Bett, nimmt mich in den Arm und legt meinen Kopf auf seine Schulter. »Es geht ihr gut, sie ist nur ein wenig erschöpft, glaube ich.« Seine Stimme klingt besorgt.

»Sagen Sie mir Bescheid, falls Sie etwas brauchen.« Sie lächelt mich freundlich an, bevor sie zurück an ihren Schreibtisch geht.

»Wenn du dich besser fühlst, lasse ich das Schloss auswechseln und deine Kreditkarten sperren. O. k.?« Liam spricht mit beruhigender Stimme, während er mir über den Rücken streichelt.

»Ich will nach Hause«, krächze ich.

»Ehrlich gesagt, ich denke, hier ist derzeit der beste Ort für dich, mein Schatz.«

Kapitel 9

Die Sonne scheint durch die Heckscheibe des Polizeiautos und wärmt meine Knochen. Ich lehne die Stirn gegen das Glas und schließe die Augen.

»Alles in Ordnung?«, fragt Summers.

Ich öffne die Augen wieder. »Es ist schön, raus aus dem Krankenhaus und an der frischen Luft zu sein.«

»Ich wurde mal wegen eines Leistenbruchs operiert«, sagt Flynn vom Fahrersitz. »Konnte es gar nicht erwarten, wieder rauszukommen. Es liegt an dem Geruch. Nach 'ner Zeit macht er einen fertig.«

»Wir sind fast da.« Summers dreht sich auf seinem Sitz, um mich anzusehen.

Ich starre aus dem Fenster, während wir, vorbei an einem Golfplatz zu unserer Linken und den Sherrardspark Woods zu unserer Rechten, eine Landstraße entlangfahren. Die Bäume sind dick und üppig, eine Explosion von Laub und Moos und Ästen. Am Ende der Straße biegen wir auf die Great North Road ab.

»Genau hier.« Summers zeigt auf ein Straßenschild, das auf eine Kurve aufmerksam macht. »Hier hat die Fahrerin Sie gefunden.«

Flynn stoppt den Wagen und wir steigen aus. Die Türen schließen mit einem metallischen Knall in der Stille. Vögel zwitschern aufgeregt und singen eine angenehme Melodie.

»Erkennen Sie irgendetwas wieder?«, fragt Summers.

Ich schaue mir die Straße von allen Seiten an. Bei Tageslicht sieht alles anders aus. »Ich glaube, ich bin aus dieser Richtung gekommen.« Ich zeige auf die Bäume.

»Dann sollten wir dort anfangen.«

Wir überqueren die Straße und betreten den Wald.

»Wussten Sie, dass dieser Wald zum ersten Mal in dem Grundbuch von 1086 erwähnt wurde?«, fragt Flynn in die Runde.

»Nein, das wusste ich nicht«, sagt Summers mit desinteressiertem Blick, der Flynn nicht davon abhält, mit seiner Geschichtsstunde fortzufahren.

»Ich auch nicht, bis ich die Karten nach Zeichen für unterirdische Strukturen durchsucht habe. Aber interessant, oder?«

»Ist es das?«, fragt Summers mit gelangweilter Stimme.

»Ja. Hier wurden anscheinend Fossilien und Artefakte von Steinzeitkeramik gefunden, obwohl es nie Beweise für altertümliche Siedlungen gegeben hat.«

Summers hebt eine Augenbraue. »Wie wäre es, wenn Sie etwas Nützliches erzählen, zum Beispiel, ob Sie irgendetwas auf den Karten gefunden haben, was uns weiterhelfen könnte?«

»Ähm ... Nein. Der Wald bedeckt eine Fläche von 75 Hektar, aber ich konnte keinerlei Anzeichen für unterirdische Strukturen oder Bauten finden.«

»Das ist ein großes Areal.« Summers sieht mich an. »Was glauben Sie, wie weit Sie gelaufen sind?«

»Ich weiß nicht.«

»Wie lange sind Sie gelaufen? Eine Minute? Zwei? Zehn?«

Ich balle meine Hände zu Fäusten und sehe mich krampfhaft nach etwas um, was ich wiedererkennen könnte. Ich bin nicht gerade fit. Ich gehe eine halbe Stunde zur Arbeit, weil ich keinen Führerschein habe, aber davon abgesehen treibe ich keinen Sport. Ich habe keine Ahnung, wie lange ich unter normalen Umständen laufen könnte. Ich habe es nie versucht. Und das waren keine normalen Umstände. Ich bin um mein Leben gerannt, Adrenalin pumpte durch meinen Körper, Angst trieb mich an. »Es ist alles etwas verschwommen. Vielleicht zehn Minuten?«

Summers blickt mich an. »Sie sagten, der Ort unter der Erde war aus Ziegelstein und Zement?«

»Ja, mit Türen.«

»Und die letzte Tür führt an die Oberfläche, wie eine Falltür?«

Ich bleibe stehen und kneife die Augen zu. Ich versuche nachzudenken. Es ist, als stünde ich mit einem Bein in einer Vergangenheit, an die ich mich nicht erinnere, und mit dem anderen in der Gegenwart. Eine falsche Bewegung, und ich werde in zwei Stücke gerissen. »Ich bin einen Gang entlang zu einer Tür gelaufen. Ich öffnete die Tür und es führten Stufen nach oben. Oben war eine Luke, die ich aufstieß. Dann bin ich durch den Wald gerannt und es war dunkel.«

Flynn und Summers sehen sich an. »Wie groß war die Struktur?« Flynn nimmt meine Hand, um mich über einen umgefallenen Baum zu führen. Ich rutsche auf dem darauf gewachsenen Moos aus und er fängt mich auf.

»Vorsichtig«, sagt er.

»Ich weiß nicht. Der Raum, in dem ich gefangen gehalten wurde, war ungefähr sieben mal fünf Meter groß, aber ich habe keine Ahnung, wie groß die Struktur insgesamt war.« Ich schaue mich um, versuche verzweifelt, etwas zu finden. Etwas, was beweist, dass ich recht habe und dass das Ganze nicht nur ein verrücktes Hirngespinst ist.

Nachdem wir eine Stunde gegangen sind, holt Summers ein paar Flaschen Wasser aus seinem Rucksack und verteilt sie. Ich halte den kühlen Kunststoff an die Stirn und atme schwer, während die Welt um mich herum zusammenbricht.

»Möchten Sie sich hinsetzen?« Summers nimmt meine Hand und führt mich zu einem weiteren umgefallenen Baumstamm, auf den ich mich setze.

»Ich muss erschöpfter sein, als ich dachte.« Alles ist verschwommen und unscharf.

»Ist schon in Ordnung. Wir haben es nicht eilig.« Summers reicht mir einen Schokoriegel. »Hier, essen Sie das.«

Ich warte, bis sich meine Sicht normalisiert hat, dann reiße ich die Verpackung auf und stopfe sie in die Brusttasche meines Oberteils. Ich nehme einen Bissen von der warmen, weichen Schokolade und spüle sie mit etwas Wasser herunter. »Ich konnte es tropfen hören«, sage ich.

»Das wird uns wahrscheinlich nicht viel weiter bringen«, antwortet Summers.

Ich nehme noch einen Bissen. »Der Knochen, mit dem ich den Putz vom Türrahmen weggekratzt habe. Ich glaube, er war von einem Menschen.« Endlich habe ich den Gedanken, den ich in einem verborgenen Winkel meines Gehirns verstecken wollte, in Worte gefasst. »Vielleicht war dort schon mal jemand. Er hat das vielleicht schon mal getan.«

»Warum denken Sie, dass er von einem Menschen stammte?«, fragt Flynn.

»Er war zu groß für eine Katze oder einen Hund oder Fuchs. Was für Tiere könnten sonst hier sein?«

»Rehe? Dachse? Muntjaks?«, schlägt Flynn vor.

»Ich bin mir ziemlich sicher, dass es ein Schenkelknochen war. Ein menschlicher Oberschenkelknochen.«

»Nur ein Knochen?« Summers schenkt mir einen nichtssagenden Blick und trinkt einen Schluck Wasser.

»Ich habe nur einen gefunden, aber da unten war es pechschwarz. Es könnten noch mehr Knochen rumgelegen haben.« Ich stehe auf und wir gehen weiter. Wir wandern eine weitere Stunde durch den dichten Wald, aber es sieht alles gleich aus. Kilometerweit Eichen, Weißbirken, Hainbuchen, Kirschbäume. Ein Specht hämmert in der Ferne gegen eine Rinde. Sträucher, Wurzeln, Baumstämme. Und überall zaubern Glockenblumen einen weichen fliederfarbenen Teppich. Ich will nie im Leben mehr eine weitere Glockenblume sehen. Ich stehe still, versuche durch den farbenfrohen Schleier in die Schatten dahinter zu blicken. Irgendwo auf der anderen Seite liegt der Ort, an dem ich gefangen gehalten wurde. »Es tut mir leid. Ich bin einfach ... Ich bin keine große Hilfe, oder?«

»Gehen wir wieder zurück.« Summers holt sein Mobiltelefon hervor und drückt ein paar Tasten. »GPS. Damit wir wieder zurückfinden.« Er marschiert nach links und geht vorne weg. »Wir haben Erkundigungen beim College eingeholt. Ich habe mit der Schulleiterin, Theresa Higgins, gesprochen. Sie konnte bestätigen, dass Sie seit der Fehlgeburt krankgeschrieben waren.«

»Was hat sie sonst noch gesagt?«

»Dass Sie eine gute Lehrerin sind. Die Schüler lieben Sie. Sie sind professionell und kompetent, aber nicht gerade eng befreundet mit den Kollegen. Ich soll Sie grüßen.

Wir haben auch Ihre Nachbarn befragt, ob irgendjemand sich daran erinnert, Sie oder eine andere Person an Ihrem Haus gesehen zu haben. Aber niemand hat etwas Ungewöhnliches oder Verdächtiges bemerkt.«

Die Luft entweicht aus meiner Brust wie aus einem kaputten Luftballon. Niemand hat etwas gesehen. Niemand weiß etwas. Mich eingeschlossen. »Wenn ich eine Reaktion auf das Silepine gehabt und mich in einem psychotischen Zustand mit Halluzinationen befunden hätte, glauben Sie nicht, dass jemand das gesehen hätte? Ich meine, zwischen meinem Haus und dem Fundort liegen acht Kilometer. Da muss irgendjemandem auf der Strecke doch etwas aufgefallen sein.«

»Haben Sie eine Ahnung«, sagt Summers mit erhobenen Augenbrauen. »Vor ein paar Monaten wurden wir gerufen, um einen Alzheimer-Patienten zu finden, der aus seinem Pflegeheim ausgebüxt war. Sogar ein Helikopter hat nach ihm gesucht. Wir haben ihn schließlich sechzehn Kilometer entfernt gefunden. Und niemand hatte angerufen, um zu melden, dass ein verwirrter älterer Herr umherwandert. Wir haben ihn nur gefunden, weil er in einem Einkaufszentrum gelandet war und sich weigerte, das Gebäude bei Ladenschluss zu verlassen.«

»Heutzutage will sich niemand mehr einmischen«, beschwert sich Flynn. »Die meisten würden, selbst wenn direkt vor ihren

Augen ein Verbrechen geschieht, einfach den Kopf unten halten und vorbeigehen.«

Wir gehen eine Weile stumm weiter, während ich diese Information verdaue. Irgendjemand da draußen muss mich gesehen haben. Werden sie sich jemals melden und helfen? Oder haben sie es schon längst wieder vergessen?

»Liam sagte, er habe das Haus gründlich abgesucht.« Ich riskiere einen Blick in Richtung Summers. »Er sagte, es habe keine Spuren für einen Einbruch gegeben.«

»Ja, das hat er mir erzählt.«

»Hat er das? Wann?«

»Er rief heute Morgen von der Arbeit aus an, um zu fragen, wie wir vorankommen.«

Ich kaue auf der Unterlippe und frage mich, was er ihnen sonst noch erzählt hat. »Hat er erwähnt, ob er meine Handtasche und mein Handy gefunden hat? Er wollte noch mal danach suchen.«

»Nein. Sind die Sachen verschwunden?«

»Ich weiß nicht. Ich muss zu Hause danach suchen. Liam sagte, er würde meine Kreditkarten sperren und das Schloss auswechseln lassen.«

»Das ist eine gute Vorsichtsmaßnahme. Wir sagten ihm gestern, er solle für alle Fälle das Schloss auswechseln lassen«, sagt Flynn. »Wir haben Ihre Konten überprüft. Das letzte Mal haben Sie Ihre Karte am vierten Mai benutzt, um dreihundert Pfund abzuheben.«

»Oh. Das sagt mir nichts. Ich wünschte, ich könnte Ihnen mehr sagen, aber ich ... Ich kann nicht ...« Ich bleibe stehen und atme tief ein.

Summers und Flynn warten auf mich.

Ich schaue Summers direkt in die Augen. »Ich denke mir das nicht aus. Egal, was Liam Ihnen vielleicht erzählt hat und was offenbar vorher mit mir passiert ist, ich lüge nicht.«

»Ich habe nicht gesagt, dass Sie lügen«, sagt Summers mit schmallippigem Lächeln.

»Haben Sie mit Sara gesprochen? Vielleicht habe ich ihr etwas erzählt. Vielleicht wollte ich irgendwo hingehen und sie weiß es.«

»Sara, Ihre beste Freundin, die in Indien ist?«, fragt Flynn.

»Ja. Sie ist am Tag vor Liams Party abgeflogen.«

»Liam hatte ihre Telefonnummer nicht.« Flynn kramt seinen Notizblock aus der Tasche. »Kennen Sie sie zufällig auswendig?«

»Ja.« Ich leiere ihre Handynummer auswendig herunter und Flynn notiert und unterstreicht sie mehrmals. Ich starre auf die Bäume und stoße einen langen und harten, frustrierten Seufzer aus.

»Alles in Ordnung?«, fragt Summers.

Ich schüttle den Kopf. »Es ist nur komisch, dass ich mich an eine blöde Telefonnummer erinnern kann, aber an nichts Wichtiges.«

Eine heiße Sonne steht am Horizont, als wir zum Auto zurückkehren. Sieht ganz so aus, als wäre der Sommer endlich einmal früher da. Ich gleite wieder auf den Rücksitz, während Summers und Flynn vorne einsteigen. Summers holt sein Handy aus der Tasche. »O. k., wie lautet Saras Nummer?«, fragt er Flynn.

Flynn zeigt ihm den Notizblock, blättert dann ein paar Seiten zurück und zeigt auf etwas, was ich nicht sehen kann. Summers nickt, drückt ein paar Tasten und hält sein Telefon ans Ohr. Ich kann das Freizeichen deutlich hören. Es klingelt und klingelt, dann bricht es ab.

»Manchmal kann man sie tage- oder wochenlang nicht erreichen, wenn sie reist. Sie macht all diese merkwürdigen und abenteuerlichen Trips am Ende der Welt, wo sie keinen Handy-empfang oder Internetzugang hat.«

»Wir werden es weiter versuchen«, sagt er. »Ich habe mit Dr. Traynor über Ihren Zustand bei Ihrer Einlieferung gesprochen. Er sagte, Sie seien dehydriert gewesen, aber nicht sehr stark. Sie haben möglicherweise ein oder zwei Tage nichts getrunken. Das ist alles, woran wir einen zeitlichen Rahmen festmachen können.«

Zwei Tage? War ich zwei ganze Tage unter der Erde?

»Wir haben Ihre Festnetznummer zu Hause überprüft, aber innerhalb dieser Zeit wurden keine Anrufe getätigt oder empfangen, die uns weitere Hinweise liefern könnten. Liam gab uns Ihre Handynummer, die wir ebenfalls überprüft haben.« Seine Stirn liegt in Falten.

»Habe ich jemanden angerufen?«

»Es gab mehrere Anrufe von und an die Nummer, die Sie uns eben gegeben haben. Saras Nummer. Wir haben darauf gewartet, dass der Telefonanbieter uns sagt, wem diese Nummer gehört, aber jetzt haben Sie es für uns bestätigt.«

Wenigstens dazu war ich gut.

»Am neunundzwanzigsten April haben Sie Sara angerufen und über eine Stunde mit ihr telefoniert. Sie hatten einen verpassten Anruf von ihr am sechsten Mai, aber danach nichts mehr.«

Vielleicht hatte ich Sara einen wichtigen Hinweis gegeben. Wenn ich sie anrufe, könnte sie mir vielleicht sagen, wie ich an diesen Ort gekommen bin. Ein Funken Hoffnung flammt in mir auf.

»Am neunundzwanzigsten April haben Sie außerdem einen Anruf vom College erhalten.«

»Vielleicht war es Theresa, um sich zu erkundigen, wie es mir ging und wann ich zurück zur Arbeit käme.«

»Sie hat nichts dergleichen erwähnt.«

Dann hat vielleicht Jordan von der Arbeit angerufen.

»Da ist noch etwas.« Summers nickt Flynn zu, der daraufhin den Motor startet. »Liam sagte, er habe Sie auf dem Handy angerufen, um Ihnen zu sagen, dass er gut in Schottland angekommen sei, aber dieser Anruf ist nirgends verzeichnet.«

Die Luft entweicht aus meiner Lunge. Warum sollte er die Polizei belügen? »Haben Sie ihn gefragt, als Sie heute Morgen mit ihm sprachen?«

»Ja. Er sagte, er habe gestern Abend wegen Ihres fragilen Zustands nichts vor Ihnen sagen wollen, aber –«

»Fragilen Zustands?«, huste ich aus. »Jeder wäre fragil, wenn er das gleiche durchmachen müsste wie ich.«

»Das sind seine Worte, nicht meine«, fährt er ruhig fort.

Ich versuche, ruhig zu atmen. Ein. Aus. *Bleib ruhig. Du darfst jetzt nicht ausflippen und ihnen einen Grund geben, dich für verrückt zu halten.*

»Er sagte, vor seiner Abreise nach Schottland wären Sie in einen Streit geraten. Sie sprachen nicht mehr mit ihm, von daher hielt er es für das Beste, Sie nicht anzurufen. Er sagte, er wollte Ihnen Zeit geben, sich zu beruhigen, während er unterwegs war.«

»Ein Streit?« Ich starre ihn mit aufgerissenen Augen an. »Worum ging es bei dem Streit?«

Summers räuspert sich. »Ähm ... Teller.«

»Wie bitte?« Ich schüttle leicht den Kopf. Habe ich richtig gehört?

»Liam sagte, er habe Ihnen vor seiner Abfahrt Frühstück ans Bett gebracht und Sie hätten ihn beschuldigt, den falschen Teller genommen zu haben.«

Ich öffne den Mund. Schließe ihn wieder. Das ergibt keinen Sinn. Es wäre mir egal, welchen Teller er für mein Frühstück nimmt. Solche Dinge sind Liam wichtig, nicht mir. Ich lasse die mir bekannten Erinnerungen durch den Kopf gehen auf der Suche nach etwas, was Liams Aussage erklären könnte.

Ich sehe es deutlich vor mir. Es war kurz, nachdem wir geheiratet hatten. Alles war perfekt. Ich stand summend in der Küche und bereitete ein Thai Curry für Liam vor, eines seiner Lieblingsgerichte. Ich hatte stundenlang in der Küche geschuftet. Und dann schrie er mich plötzlich an, weil etwas Soße über den Tellerrand geschwappt war, als er den Teller in die Hand nahm. Die Soße tropfte an seiner besten Arbeitshose herunter und hinterließ einen Fleck, der selbst in der Reinigung nicht weggehen würde. Erbost warf er den Teller durch das Zimmer gegen die Wand und stürmte aus dem Haus zum Pub. Es dauerte eine Ewigkeit, bis ich die Sauerei gereinigt hatte, und als er drei Stunden später zurückkam, war er voller Entschuldigungen, stank nach Alkohol und hatte einen Strauß verwelkter Blumen dabei, den er an der Tankstelle am Ende der Straße gekauft hatte.

Ich gab ihm nie wieder diesen Teller, aber schon bald hatte er etwas anderes gefunden, worüber er sich aufregen konnte.

»Er sagte, Sie hätten den Teller nach ihm geworfen und gesagt, er solle verschwinden.« Summers' Stimme holt mich zurück in die Gegenwart.

»Ich würde keinen Streit wegen eines Tellers anfangen«, sage ich mit erzwungener Ruhe. So bin ich nicht. Ich mag keine Konfrontationen. Ich mag keine dicke Luft im Haus. Ich bin kein gewalttätiger Mensch. »Ich würde niemals etwas nach ihm werfen.«

Das würde ich nicht. Und wenn ich es nicht getan habe, hat Liam gelogen. Und wenn ich es getan habe ... dann was? Habe ich mich untypisch verhalten? Hatte ich wieder einen Zusammenbruch oder eine Episode? Hatte Halluzinationen?

Oh Gott.

Trotz der erdrückend heißen Luft im Auto zittere ich und muss die Arme um mich legen.

Kapitel 10

»Ich dachte, ich würde da unten sterben.« Ich frage mich kurz, wen es mitnehmen würde, wenn ich gestorben wäre. Sara würde es mitnehmen. Bei Liam bin ich mir nicht so sicher. Meine Schüler wären etwas traurig, aber sie würden darüber hinwegkommen. Ich möchte nicht an Jordan denken. Das wäre zu kompliziert. »Alles, woran ich denken konnte, war, alles Mögliche zu tun, um dort rauszukommen. Zu entkommen.«

»Das muss eine schreckliche Erfahrung gewesen sein«, sagt Dr. Drew mit seinem ruhigen, professionellen Nicken.

»Aber wir konnten den Ort nicht finden.« Ich erzähle ihm, was mit der Polizei am Morgen passiert ist. »Im Tageslicht sah alles anders aus. Und ...« Ich kann gerade noch genug Energie für ein niedergeschlagenes Schulterzucken aufbringen. »Ich habe nicht wirklich aufgepasst, als ich gelaufen bin. Ich bin nur um mein Leben gerannt.«

»Es ist frustrierend, dass Sie nichts erkennen konnten.«

»Das war es. Die Polizei sagte, Sara und ich hätten telefoniert, bevor ich verschwunden bin. Sie haben versucht, sie anzurufen, konnten sie aber nicht erreichen.« Ich fummle an meinen dick verbundenen Fingern herum und blicke mich in seinem Büro im Krankenhaus um. An einer Wand stapeln sich Psychologiefachbücher in einem Regal. An der anderen Wand hängen zahlreiche gerahmte Diplome. Hinter Dr. Drew ist ein Fenster, von dem aus man auf das Krankenhausgelände blickt.

Die Sonne scheint noch immer, der Himmel drückt das letzte helle Licht des Tages heraus.

Dr. Drew nimmt das Telefon auf seinem Schreibtisch, wofür er einige Blätter beiseiteschieben muss. »Möchten Sie es noch einmal versuchen?«

»Darf ich?«

»Natürlich.« Er stellt das Telefon vor mir ab.

Ich wähle die Nummer, bei jeder Bewegung schießen Schmerzen durch meine Finger. Es läutet und läutet und wird schließlich unterbrochen. »Sie geht nicht ran.« Ich lege den Hörer auf. »Wir haben uns in letzter Zeit nicht viel gesehen. Wir treffen uns nur manchmal für eine halbe Stunde auf einen Kaffee, wenn sie in Großbritannien ist, aber wenn irgendjemand dabei helfen kann, herauszufinden, was ich vor meiner Entführung getan habe, dann ist es mit Sicherheit Sara.« Ich presse die Fingerspitzen an die Schläfe, ignoriere dabei den pochenden Schmerz, der durch meinen Kopf zieht. »Wenn ich mich doch nur erinnern könnte! Wenn die Erinnerungen noch irgendwo in meinem Kopf sind, können Sie mich nicht einfach hypnotisieren oder so?«

»Leider nein. Hypnose ist bei dissoziativen Störungen umstritten, da das Risiko besteht, falsche Erinnerungen zu erzeugen.«

»Falsche Erinnerungen?«, frage ich schnell blinzelnd.

»Einige Personen, die an dissoziativen Störungen leiden, scheinen zwar spontan ihre Erinnerungen zurückzuerlangen, aber das Gehirn kann auch falsche Erinnerungen erzeugen, von denen der Patient vollkommen überzeugt ist, die aber kein korrektes oder wahres Ereignis ihrer Vergangenheit sind. Einflüsse von außen können das Gedächtnis eines Patienten aus vielen Gründen beeinflussen. Zum Beispiel sich wiederholende Aussagen einer Autoritätsfigur, oder Informationen, die bei einigen Kulturen von Generation zu Generation weitergegeben werden. Personen, die ein erhöhtes Bedürfnis haben, zu gefallen, sich anzupassen oder gesund zu werden, können von diesen Umständen sehr leicht beeinflusst werden.«

»Woher weiß ich dann, ob es wahr oder falsch ist, wenn ich mich an etwas erinnere?«

»Wir müssen das Syndrom der Erinnerungsverfälschung berücksichtigen. Nach meiner Erfahrung kann das zu einem großen Problem werden, wenn der Patient sich weigert, sich mit Beweisen auseinanderzusetzen, welche die Erinnerung, die er für wahr hält, infrage stellen. Deswegen müssen wir versuchen, alle Fakten zu ermitteln und Beweise oder Bestätigungen von anderen Personen einholen.« Er kratzt sich am Kopf. »Jeder von uns kann falsche Erinnerungen erzeugen, nicht nur Menschen mit Amnesie. Manchmal können wir uns an ein Ereignis nicht erinnern, aber wir erinnern uns an unsere Gedanken oder Gefühle im Zusammenhang mit dem Ereignis. Oder wir erinnern uns so, wie wir uns das Ereignis gewünscht hätten. Es ist leicht, die Einzelheiten zu ändern oder im Laufe der Zeit zu verlieren.«

»Sie meinen, man belügt sich selbst?«

»Nicht ganz. Obwohl wir auch dazu in der Lage sind. Was ich sagen will, einige unserer Erinnerungen sind wahr, andere sind eine Mischung aus Tatsachen und Fantasie und einige sind für gewöhnlich falsch.«

Ich schaue aus dem Fenster. Ein unangenehmes Unbehagen macht sich in meiner Magengrube breit.

»Ich habe mit Dr. Traynor gesprochen, und da Ihnen körperlich nicht viel fehlt, werden Sie morgen entlassen. Wie fühlen Sie sich damit?«

»Gestern wollte ich nur noch nach Hause, aber heute ...« Ich beiße mir auf die Lippe, meine Augen füllen sich mit Tränen. »Heute glaube ich, dass ich hier, die ganze Zeit umgeben von Menschen, vielleicht sicherer bin.«

»Ich bin mir sicher, dass die Polizei alles tut, um herauszufinden, was passiert ist. Auch wenn ich Sie zu Ihrer eigenen Beruhigung gerne hierbehalten würde, das Krankenhaus platzt aus allen Nähten. Wenn Sie zu Hause sind, könnte das eine

Erinnerung auslösen, die Ihnen mehr Informationen gibt. Und ich würde gerne einen wöchentlichen Termin mit Ihnen festlegen, wenn das in Ordnung ist.«

»O. k.«

»Meine Sekretärin wird vor Ihrer Entlassung einen Termin mit Ihnen vereinbaren. Und Sie können mich jederzeit anrufen.« Er reicht mir seine Karte. »Meine Mobiltelefonnummer steht auch drauf.«

»Danke.« Ich nehme die Karte und knicke die Ecken mit dem Daumen ab. »Ich werde nicht verrückt, oder?« Ich lehne mich vor, verzweifelt auf Bestätigung wartend. »Ich meine, Sie würden mich nicht entlassen, wenn ich es wäre, oder?«

»Ich glaube nicht, dass Sie verrückt werden, Liebes. Sie müssen sich von einem traumatischen Ereignis erholen. Ob die Amnesie durch Silepine hervorgerufen wurden oder die Halluzinationen, die es ausgelöst hat, so qualvoll waren, dass Sie sie blockiert haben, kann ich noch immer nicht mit Sicherheit sagen.«

Ich öffne den Mund, um zu widersprechen, aber es würde doch nichts bringen. Niemand glaubt mir. Vielleicht haben sie alle recht, und ich habe mir das Ganze wirklich nur eingebildet. »Das heißt, die Erinnerungen, die ich an meine Gefangenschaft habe, sind auf jeden Fall falsch?«

»Laut Definition bedeuten Halluzinationen, dass man etwas erlebt, was nicht existiert.«

»Aber wir haben alle unsere Grenzen, oder? Was, wenn bei mir ein Schalter umgelegt wurde? Was, wenn die Trauer und der Vorfall mit den Antidepressiva ihren Tribut verlangt haben und da meine Grenze erreicht wurde? Wenn ich Dinge tue, die mir nicht ähnlich sehen, wäre das nicht ein Zeichen dafür, dass ich verrückt werde oder eine Art Zusammenbruch habe?«

»Sprechen Sie von dem Streit mit Liam? Dass Sie den Teller geworfen haben?«

Ich kaue auf dem Daumennagel. Ich habe Angst vor seiner Antwort, aber gleichzeitig will ich sie so verzweifelt hören. »Ja, und dass ich die Schlaftabletten genommen habe, wenn ich angewiesen wurde, keine Medikamente mehr zu nehmen. Warum sollte ich so etwas tun?«

»Ich weiß es nicht. Ich kann nur annehmen, dass Sie nicht schlafen konnten und den medizinischen Rat missachtet haben.«

Die Welt taumelt vor meinen Augen und ich kann mich nur mit Mühe festhalten, bis sie mich vollends zu Fall bringt. »Aber genau das ist es doch, oder? Eine Annahme. Wissen Sie, ich weiß nicht mehr, was ich denken soll. Ich weiß nicht, was wahr ist.«

Kapitel 11

Liam parkt seinen schwarzen BMW-Geländewagen in unserer Auffahrt und stellt den Motor ab. Ich bleibe sitzen und starre durch das Fenster auf unser Haus. Es ist ein Einzelhaus mit drei Schlafzimmern in einer ruhigen, von Bäumen gesäumten Sackgasse, gerade fertig gebaut, als Liam es vor fünf Jahren, bevor wir uns kannten, kaufte. Es hat sich nie wirklich wie ein Zuhause angefühlt, eher wie ein Musterhaus, in dem nichts unordentlich sein darf, falls gleich ein potenzieller Käufer zur Tür hereinkommt. Ich mag Häuser mit Charakter – Bauweise aus einer anderen Zeit, viel Holz, warme Farbtupfer. Liam mag es nackt, weiß, sauber und modern.

Ich schaue es mit den Augen eines Fremden prüfend an, während ich mein Gehirn nach etwas durchforste, was mir Aufschluss darüber gibt, was vor meinem Gedächtnisverlust hier passiert ist.

»Kommst du?« Liam greift nach hinten, um meine Tasche vom Rücksitz zu nehmen, dann öffnet er seine Tür. Er geht den kleinen Weg entlang zu der grellroten Eingangstür. Sie sieht auf einmal unheilvoll aus. Wie eine lodernde, blutende Warnung, dass ich mich nicht nähern soll.

Ich will nicht aussteigen. Ich will zurück ins Krankenhaus, umgeben von Krankenschwestern und Ärzten, die mir versichern, dass es mir gut geht. Will mich in die drückende Hitze des Gebäudes einhüllen, geschützt durch das Wissen, dass immer jemand da ist. Jemand, der es bemerken würde, wenn ich tretend und schreiend von einem Mörder weggezerrt werde. Aber wie sieht ein Mörder aus? Es ist nicht so, als hätte so jemand zur leichten Identifizierung die Worte auf der Stirn tätowiert. Mörder gibt es in allen Formen und Größen. Wie sah die Person aus, die mich verschleppt hat? War er groß, klein, hässlich, pickelig, attraktiv, dick, dünn? Woher sollte ich es wissen? Und egal, was Dr. Drew, Dr. Traynor und Liam denken, die Erinnerung an diesen Ort ist zu real, um eine Halluzination zu sein.

Ich befehle meinem Körper, zu gehorchen, und setze konzentriert einen Fuß vor den anderen, bis ich im Haus angekommen bin.

»Ich setze Teewasser auf«, ruft Liam aus der Küche. Ich schaue mich in der Zeit um, versuche noch so kleine Änderungen zu entdecken, die ein Hinweis sein könnten.

Der Flur führt in die Küche mit Essecke. Links von mir steht die Tür zum Wohnzimmer offen. Durch ein Erkerfenster fällt Sonnenlicht in das Zimmer. Die Tür zum Esszimmer ist geschlossen. Zu meiner Rechten befinden sich das weiß glänzende Treppengeländer und die mit cremefarbenem Teppich ausgelegte Treppe. Im Erdgeschoss ist überall Laminatboden in Holzoptik verlegt. Die in sterilem Weiß gehaltenen Wände sind unpersönlich, nur wenige Bilder hängen hier und da. Überall stehen moderne Möbel: Tische aus Chrom und Glas, schwarze Ledersofas mit violetten Kissen, die einzige Farbe, die Liam mir zugestanden hat, weil er findet, dass ich keinen Geschmack habe. Es ist scheußlich.

Ich gehe ins Wohnzimmer. Alles ist ordentlich. Nirgends liegen Zeitschriften herum. Keine benutzten Tassen verunstalten den Couchtisch. Die Fernbedienungen für Fernseher, DVD-Player und Stereoanlage sind sauber nebeneinander aufgereiht, als hätte Liam Stunden damit verbracht, sie mit vollendeter Präzision anzuordnen.

Ich gehe an der Esszimmertür vorbei. Wir essen dort nur, wenn wir Gäste haben. Liam besteht darauf, dass wir für seine Arbeitskollegen Dinnerpartys veranstalten. Immer will er der überlegene Gastgeber sein, der genau weiß, welcher Wein zu welchem Gang passt. Wozu ist das wichtig? Solange es gut schmeckt und es einem gefällt, ist es nicht weiter tragisch, wenn man zu Fisch keinen Rotwein trinken soll. Seine übergenaue Art setzt mich noch mehr unter Druck, ich bin nur eine mittelmäßige Köchin. Selbst wenn ich mich stundenlang mit ausgefallenen Rezepten abmühe, die Zutaten haargenau abmesse, die Zeitangaben auf die Sekunde genau befolge, irgendetwas geht in der Regel schief. Das Soufflé fällt in sich zusammen, das Hühnchen ist zäh und sehnig, das Gemüse nicht al dente genug. Es ist auch nicht gerade hilfreich, dass Liam eine große Show daraus macht, sich bei unseren Gästen für den schlechten Zustand des Essens zu entschuldigen. Er macht das auf scherzhafte, unbeschwerte Art, sagt, dass nicht jeder wie Nigella Lawson sein kann. Schwört ihnen, mir gesagt zu haben, das Essen nicht so lange im Ofen zu lassen. Aber das ändert nichts an meiner Verlegenheit, wenn alle Blicke sich auf mich richten, wenn jeder auf meine Kosten lacht. Und ich weiß, dass es kein Witz ist. Am Ende des Abends, wenn es an mir hängenbleibt, den Tisch abzuräumen, das Geschirr zu spülen, die leeren Weinflaschen wegzuwerfen, sagt er mir immer, dass ich mich nicht genug anstrenge, eine unterstützende Ehefrau zu sein, oder dass ich ihn vor seinen Freunden blamiert und einen Abend, der perfekt sein sollte, ruiniert habe. Am nächsten Tag werde ich mit seinem schweren, erdrückenden Schweigen und kalten Blicken bestraft und dazu gezwungen, mir selbst einzugestehen, dass ich wieder einmal eine Idiotin war, die nichts richtig machen kann.

Ich stehe am Kücheneingang, lehne meine Stirn gegen den Türrahmen und schaue zu, wie Liam Kaffee in einen Kaffeebereiter löffelt. Er trinkt richtigen Kaffee. Bloß keinen Instantkaffee. Er sieht gut aus in seinem Geschäftsanzug, selbstbewusst und von sich überzeugt. Denselben Anzug hatte er an, als ich ihn zum ersten Mal traf, im Club. Liam war so anders als die Studenten, mit denen ich sonst an der Uni zusammen war, deren Einheitslook aus Frisch-aus-dem-Bett-Frisur, abgenutzter, verblichener Jeans und abgewetzten Turnschuhen bestand. Liam trägt Turnschuhe nur, wenn er frühmorgens, bevor er in den Tag startet, in das Fitnessstudio bei der Arbeit geht.

Seine Kollegen finden ihn alle toll. Ein toller Boss, kann prima Aufgaben verteilen, spielt super Squash, ist witzig und geistreich. Aber Menschen verstecken so einiges hinter einer Fassade. Niemand kennt eine andere Person wirklich – nicht, bis man mit dieser Person zusammenlebt.

»Hier.« Liam reicht mir einen Becher mit Kaffee, was wahrscheinlich keine gute Idee ist. Ich bin schon ohne Koffein hibbelig, aber Liam weiß es schließlich am besten.

Ich strecke die Hand danach aus, aber vor meiner Entlassung wurde im Krankenhaus der Verband von meinen Händen abgenommen. Die vom Becher ausgehende Hitze sticht in die dünne Schorfschicht an den Fingern, und ich lasse den Becher fallen. Er zerspringt auf dem Boden, brühendheißer Kaffee klatscht an meine Beine.

Ich heule auf und wische mir mit dem Handrücken das Bein ab. Als ich zu Liam hochblicke, funkeln seine Augen für den Bruchteil einer Sekunde vor Wut, bevor sie sich an den äußeren Rändern zusammenziehen, als er lächelt.

»Das war mein Fehler«, sagt er.

Wow. Ausnahmsweise mal nicht meiner.

Er fegt die Keramikscherben mit Besen und Schaufel auf, schüttet sie in ein paar Blätter Zeitungspapier, das er vorsichtig zusammenwickelt, damit keine Splitter herausfallen können. Die ganze Situation hat mich so aufgeschreckt, dass ich ihn nach dem Streit mit dem Teller frage. »Summers sagte, du hättest ihm erzählt, dass wir vor deiner Abreise nach Schottland einen Streit hatten. Wegen eines Tellers. Stimmt das?«

Er wirft das Zeitungspapier in den Mülleimer unter der Spüle. »Ja, das stimmt. Ich wollte es dir gegenüber nicht erwähnen, weil« – er dreht sich um und sieht mich mit vor Sorge gerunzelter Stirn an – »naja, du hast keine leichte Zeit hinter dir. Du hast viel durchgemacht und du bist schon ziemlich fragil,

Schatz.« Er winkt mit lässiger Handbewegung ab. »Wie auch immer, der Streit war nicht weiter wichtig.«

Ich starre ihn an. Irgendetwas stimmt nicht. »Aber ich würde keinen Teller zerschmettern. Ich würde nichts nach dir werfen.« Ich verkneife mir, dass das sein Modus Operandi ist. »Also, was genau ist bei dem Streit passiert? Ich meine, habe ich –«

»Um Himmels willen, Chloe, hör doch auf, wegen so etwas Unbedeutendem zu nörgeln. Warum musst du immer alles so kompliziert machen?« In seinen Augen blitzt dunkle Wut und er schlägt mit beiden Fäusten so hart auf die Küchenarbeitsplatte, dass der Teekessel und der Toaster darauf klappern.

Durch den Schreck bricht eine Kälte über mich herein, als sei die ganze Luft aus dem Zimmer entwichen.

Liam atmet in dem Versuch, sich zu beruhigen, übertrieben laut ein. Er drückt seine Finger an die Schläfen und schließt einen Moment lang die Augen. Als er sich wieder gefasst hat, sagt er: »Wie gesagt, es war nicht wichtig. Es ist jetzt egal, lass es uns einfach vergessen. Am Wichtigsten ist jetzt, dass wir versuchen, dich wieder gesund zu kriegen.«

Aber ich bin nicht krank. Ich wurde entführt und zum Sterben zurückgelassen. Das ist nicht gerade wie eine kleine Grippe, von der ich mich erholen kann. Ich beiße auf die Lippe und halte die Worte, die ich sagen will, tief in mir verschlossen.

»Und Dr. Traynor sagte, es wäre nicht gut für dich, wenn du dir die Schuld gibst. Es würde dich nur noch mehr aufwühlen. Deswegen habe ich dir gegenüber nichts davon erzählt.« Er wischt den verschütteten Kaffee mit ein paar Papiertüchern auf und wirft sie auch in den Müll.

»Was hat Dr. Traynor sonst noch über mich gesagt?« Ich koche innerlich, dass mein Arzt hinter meinem Rücken mit Liam gesprochen hat. *Ich* bin seine Patientin, nicht Liam.

»Er macht sich Sorgen um dich. Ich auch. Er glaubt, dass du Ruhe brauchst.« Er schenkt sich Kaffee ein, bietet mir aber keinen anderen an.

Ich suche währenddessen die Küche nach meiner Handtasche ab. Sie hängt nicht am Haken an der Küchentür, wo ich sie für gewöhnlich aufhänge, also ziehe ich eine Schublade auf und krame darin herum. Da ist sie auch nicht. Ich schaue in anderen Schubladen nach. Die Muskeln zwischen meinen Schulterblättern verspannen sich.

»Was tust du da?«, seufzt er.

»Ich suche meine Handtasche. Mein Handy ist da drin und mein Portemonnaie und meine Schlüssel auch.«

Er murmelt leise etwas, was ich nicht hören kann und sagt dann: »Hier ist sie nicht. Ich habe bereits für dich nachgesehen.«

Ich lasse mich in einen Lederstuhl an dem Küchentisch mit Glasplatte plumpsen.

»Ich habe die Kreditkarten sperren und das Schloss auswechseln lassen, du brauchst dir also keine Sorgen zu machen.«

Das bringt mich zum Lachen, auch wenn nichts auch nur im Entferntesten witzig ist. »Ich brauche mir keine Sorgen zu machen? Dieser Mann könnte meine Sachen haben. Und wenn er sie hat, weiß er, wo ich wohne.« Meine Stimme wird schrill.

Liam geht zu mir rüber und geht in die Hocke. Er nimmt meine Hand in seine und streichelt sie sanft. »Schatz, dir wird nichts passieren. Da ist kein Mann.«

»Warum glaubst du mir nicht?«, schreie ich und ziehe meine Hand weg.

Er stellt sich aufrecht, geht zum Fenster und schaut in den Garten. »Willst du das wirklich wissen?«

»Ja! Ich kann mich nicht erinnern, was passiert ist. Ich will wissen, was los ist. Ich muss es wissen!«

Er dreht sich um und starrt mich einen Augenblick lang an. Das Zimmer ist lautlos, abgesehen von einer nervtötend tickenden Uhr im Hintergrund. Dann verlässt er das Zimmer und ich höre seine schweren, stampfenden Schritte auf der Treppe. Als er wieder herunterkommt, gehe ich den Flur auf und ab, die Ellbogen mit den Händen umklammert.

»Hier.« Er drückt mir einen Zettel in die Hand. »Deswegen glaube ich dir nicht.«

Es ist ein gewöhnliches DIN-A4-Blatt, wie wir es für Computerausdrucke verwenden. Meine Handschrift ist darauf, aber merkwürdig krakelig, als hätte ich in höchster Eile oder betrunken geschrieben.

Oder unter dem Einfluss von Drogen.

> *Liam,*
> *ich kann so nicht mehr weitermachen. Ich muss*
> *es beenden.*
> *Es tut mir leid.*
> *Chloe*

»Das ist ein Abschiedsbrief, wie man ihn vor einem Selbstmord schreibt, Chloe. Ich habe ihn in der Küche gefunden, als ich aus Schottland zurückkam.« Seine Stimme klingt merkwürdig verlangsamt und verzerrt in meinen Ohren.

Meine Knie knicken ein und ich breche, den Brief fest umklammert, auf dem Boden zusammen. Fragend blicke ich ihn an. »Ich kann ... Ich kann mich daran nicht erinnern.«

»Du hattest offensichtlich die Absicht, dich umzubringen, während ich weg war. Ich denke, du wolltest eine Überdosis Schlaftabletten nehmen und hattest wieder eine Reaktion, bevor du genug nehmen konntest, um die Sache zu beenden. Depressionen sind erblich, Chloe, und du leidest auch darunter. Du bist wie deine Mutter, merkst du es nicht? Du hast dir nur eingebildet, dass du entführt wurdest.«

Nein. Nein, nein, nein. Das würde ich nicht tun. *Oder?* Ich presse die Hände auf die Ohren, um seinen Worten den Weg zu versperren. Aber Dr. Drew sagte, ich habe noch wegen der Fehlgeburt getrauert. Was, wenn die Trauer sich verschärft hatte? Was, wenn ich keinen anderen Ausweg wusste, als mich umzubringen?

Und ich hatte bereits darüber nachgedacht, nachdem Mum gestorben war und ich im Kinderheim war.

Mit neun war ich noch immer klein für mein Alter. Ich war schüchtern, schrecklich schüchtern. Die ruhige, sanftmütige Chloe, die nicht mehr sprechen mochte, obwohl ihre Stimme zurückgekehrt war. Die perfekte Zielscheibe für einige der größeren, älteren Kinder, die ihre Autorität unter Beweis stellen wollten. Sie haben mich gnadenlos schikaniert und ich gab mir die Schuld daran. Ich dachte, es musste meine Schuld sein, dass die anderen Kinder mich nicht mochten. Es war meine Schuld, dass Mum getan hatte, was sie getan hatte. Es lag alles an etwas, was *ich* falsch machte.

Je älter ich wurde, umso mehr lernte ich, mich zu hassen, und mein Selbstbewusstsein war im Keller. Von daher, ja, ich habe im Lauf der Jahre ein paar Mal an Selbstmord gedacht. Habe darüber nachgedacht, vor einen fahrenden Zug zu springen oder mich zu ertränken oder mir die Pulsadern aufzuschneiden. Niemand wollte mich und die Welt wäre ohne mich ein besserer Ort.

Mir ist schwindelig. Ich schnappe mit zusammengezogener Brust nach Luft.

Liam kniet neben mir und zieht meine Hände von den Ohren. Er nimmt mich in den Arm und wiegt mich sanft hin und her. »Deswegen wollte ich, dass du im Krankenhaus bleibst. Du brauchst Hilfe.«

»Aber Dr. Drew ... Dr. ... Drew.« Ich krame in meinem Gehirn nach einem zusammenhängenden Gedanken. »Er sagte ... er sagte, dass ich nicht verrückt bin. Nicht verrückt werde. Nein.«

»Ist ja gut. Atme tief ein und aus.« Er nimmt mein Gesicht beschützend in seine Hände und bringt mich dazu, ihn anzusehen. »Atme ruhig.«

Ich nicke krampfhaft. Ein. Aus. Ein. Aus. Jeder Muskel wird von einem Zittern durchzogen.

»Na komm, beruhige dich.« Er streichelt mein Haar.

Die Panik lässt nach, aber die Verwirrung bleibt grell und brennend in meinem Kopf, wie ein blendendes Licht, dass alles andere blockt.

»Hast du Dr. Drew gesagt, dass du dich umbringen wolltest?«, fragt Liam mit sanfter Stimme.

»Nein, denn ich wollte es nicht. Ich bin nicht selbstmordgefährdet. Ich will mich nicht umbringen.«

»Tja, das ist offensichtlich der Grund, warum er dachte, es sei sicher, dich aus dem Krankenhaus zu entlassen. Vielleicht ist mit der Amnesie und allem, was du vergessen hast, auch dein Wunsch, dich umzubringen, verschwunden.«

»Ich kann …« Ich breche ab. »Hast du Dr. Drew von dem Brief erzählt?«

»Ja. Ich habe mit ihm gesprochen, bevor ich dich gestern Abend besucht habe.«

»Und was hat er gesagt?«

»Dass du keine Anzeichen für Selbstmordabsichten gezeigt hättest. Ganz im Gegenteil – dass du einen Überlebenswillen an den Tag legtest.«

»Ja. Er hätte mich im Krankenhaus behalten, wenn er davon ausginge, dass ich mir etwas antun könnte, oder?«, frage ich im Versuch, mich zu beruhigen.

»Ich bin nicht davon überzeugt, dass Dr. Drew kompetent ist. Vielleicht sollten wir eine zweite Meinung von einem anderen Psychiater einholen. Dr. Traynor ist meiner Meinung und denkt, dass alles, was in meiner Abwesenheit passiert ist, darauf hindeutet, dass du dich umbringen wolltest. Er stimmt auch meiner Sorge zu, dass Depressionen und Suizidalität erblich sind und dass nach dem, was mit deiner Mutter passiert ist, du wahrscheinlich irgendein dysfunktionales, depressives Gen geerbt hast.«

Ich schließe für einen kurzen Moment die Augen. Ich will sie nicht wieder öffnen, aber ich muss. »Und die Polizei? Hast du ihnen den Brief auch gezeigt?«

»Ja. DI Summers hat ihn kopiert.«

»Und was hat er gesagt?«

»Dass das die Angelegenheit in ein anderes Licht rückt und sie ihre Ermittlungen einstellen werden.«

Oh Gott. Oh Gott. Oh Gott. Was geschieht mit mir? Was ist mit mir geschehen? Habe ich mir die ganze Sache wirklich nur eingebildet?

Ich stecke die Finger in das Revers von Liams Jackett und ziehe ihn an mich heran. Meine Gliedmaßen sind schlaff, meine Bewegungen seltsam langsam, wie wenn ich durch Wasser wate. »Du musst mir alles sagen, was passiert ist, bevor du nach Schottland abgereist bist.«

Kapitel 12

Ich sitze am Küchentisch. Irgendwo in meinem Kopf geht ein Presslufthammer los, der gleichmäßig vor sich hin hämmert.

Liam schenkt sich ein großes Glas fruchtigen Weißwein aus dem Kühlschrank ein. Ich möchte auch ein Glas. Nach allem, was ich bis jetzt gehört habe, will ich die ganze Flasche austrinken, vielleicht auch zwei, und dann in wonniges Vergessen eintauchen und nicht mehr nachdenken müssen. Die Decke über den Kopf ziehen und das Bett nicht mehr verlassen. Mich von jemandem verwöhnen lassen. Der mir heiße Schokolade und Essen bringt, mir die Stirn streichelt und mir sagt, dass alles wieder gut wird.

Liam setzt sich mir gegenüber hin.

»Ich will auch etwas Wein.« Ich schaue auf das Kondenswasser, das sich bereits an seinem Glas bildet.

»Das ist keine gute Idee.« Er nimmt einen Schluck und sieht mich fest über den Glasrand hinweg an.

»Das Letzte, woran ich mich erinnern kann, ist deine Feier.« Ich löse den Blick von ihm und starre auf einen losen Faden an meinen Leggings. Ich knote ihn zu einer Kugel und entknote ihn wieder. Verknote. Entknote. »Was ist danach passiert?«

»Also, Jeremy und Alice sind über Nacht geblieben, weil keiner von beiden zurück nach Kent fahren wollte, weil sie getrunken hatten. Nachdem sie am nächsten Morgen gefahren waren, hast du mir ein in goldfarbenes Papier eingewickeltes Päckchen überreicht. Ich dachte, es wäre noch ein Geburtstagsgeschenk.«

Seine Lippen verziehen sich zu einem Lächeln und seine Augen leuchten auf. »Es war ein Schwangerschaftstest. Er war positiv.«

Ich berühre meinen hohlen Bauch mit zittrigen Händen. Ich hatte Leben in mir. Unser Leben. Schon als kleines Mädchen wusste ich, dass ich Mutter sein wollte. Habe mich danach gesehnt. Wollte einen ganzen Haufen Kinder. Jemanden, den ich lieben und für den ich sorgen konnte, wie es mir als Kind verwehrt geblieben war. Jetzt fühlt es sich so an, als seien meine Innereien herausgeschaufelt worden, um zu verfaulen. »Hast du dich darüber gefreut?«, frage ich, mich vor der Antwort fürchtend.

Das Thema Kinder war natürlich schon mal aufgekommen. Liam fand Ausreden, weil er mit uns beiden allein glücklich war. Zuerst wollte er bis zu seiner Beförderung warten, dann bis es bei der Arbeit weniger stressig sein würde, dann bis wir mehr Geld hätten, bis wir uns komplett eingelebt hätten. Für ihn war es nie der richtige Zeitpunkt.

Und zwischen uns hatte sich einiges geändert. Zum einen seine Launen. Das ewige Auf und Ab. Er war manchmal sprunghaft. Schrie mich an, wenn ihm etwas nicht passte. Das war kein Heim, in dem man ein Kind großzieht. Ich dachte, dass er vielleicht recht habe. Vielleicht würde es nie einen guten Zeitpunkt geben. Aber dann ist es unbeabsichtigt dazu gekommen. Ich hatte einen Magen-Darm-Virus mit Erbrechen und Durchfall und vergaß, die Antibabypille durch ein Kondom zu ersetzen, wie es einem immer gesagt wird.

Liam nimmt meine Hand in seine, zeichnet sanft die Schnitte auf meinen Fingerspitzen nach, zieht mich zurück in die Gegenwart. »Ich war außer mir vor Freude.«

Ich lasse einen fest in mir gefangenen Atem frei.

»Du nahmst an, dass du ungefähr in der achten Woche seist, und es ging dir gut. Keine Übelkeit oder Sonstiges.«

Ein unterdrückter Schrei entweicht meinen Lippen.

»Früh am Morgen, nachdem du es mir erzählt hattest, hattest du eine Fehlgeburt. Dann wurdest du depressiv. Du hast viel geweint und wolltest morgens nicht aufstehen. Du hast unregelmäßig geschlafen. Du wolltest nicht sprechen. Konntest dich nicht dazu aufraffen, dich anzuziehen. Du wolltest nicht mal mehr unterrichten. Die Ärztin schrieb dich krank und verschrieb dir Antidepressiva und Schlaftabletten, aber nach ein paar Tagen mit den Antidepressiva hattest du Nebenwirkungen. Das war, als ich nach Hause gekommen bin und dich im Garten gefunden habe.« Er schüttelt den Kopf, sein Blick wird sanfter. »Es war schrecklich, dich so zu sehen.«

Ich versuche mir vorzustellen, was für ein Anblick ich gewesen sein muss, wie ich mit wilden Augen einen Pfad buddle, lauthals schreiend, dass ich verfolgt werde. Unbedingt von dort wegkommen wollend. Innerlich verendend. Ich hatte Chloe verloren und mich in eine Verrückte verwandelt. Mein Verstand löste sich in paranoiden Wahnvorstellungen auf. Ich kann es mir überhaupt nicht vorstellen.

»Ich habe die Ärztin angerufen und du wurdest in die Psychiatrie eingewiesen. Dr. Drew hat dich mit Antipsychotika behandelt, bis den Ärzten klar wurde, dass es wahrscheinlich eine Nebenwirkung der Antidepressiva war. Also haben sie die Antipsychotika abgesetzt und darauf gewartet, dass dein Blutkreislauf von den Antidepressiva gereinigt wird.«

»Und als ich nach Hause gekommen bin?«

»Du kamst besser zurecht. Aber du warst noch immer sehr traurig, was verständlich ist, und konntest nicht schlafen. Du sagtest, dass das Baby dich nachts heimsuche.«

»Habe ich Tagebuch geführt? Dr. Drew sagte, er habe mich dazu ermuntert, zu schreiben, um die Trauer zu verarbeiten.«

»Tagebuch? Nein, soweit ich weiß nicht.«

Ich schlucke den golfballgroßen Klumpen in der Kehle herunter und befeuchte meine Lippen mit der Zunge. »Was ist dann passiert?«

»Ich habe viel gearbeitet, um dieses neue Diabetesmittel für die Produktion bereit zu machen. Ich musste unsere Produktionsstätte in Schottland besuchen, aber du hast mir versichert, dass du in der Woche, die ich weg sein würde, zurechtkommen würdest.«

»DI Summers hat erwähnt, dass du mich nicht angerufen hast, als du in Schottland warst, wie du angegeben hattest.«

»Nun ja, du warst im Krankenhaus so aufgelöst. Ich wollte dich nicht noch mehr aufregen.«

»Das war sehr rücksichtsvoll von dir«, sage ich.

Seine Augenbraue hebt sich einen Millimeter.

»Was ist bei dem Streit vor deiner Abreise wirklich passiert?« Ich greife seine Hand. »Ich muss es wissen.«

Er lässt meine Hand los und führt sein Glas an den Mund. Nimmt einen Schluck. Ich beobachte, wie sein Adamsapfel sich hebt und senkt, als ob er die Antwort hinauszögern will und sie in seinem Kopf vorformuliert, bevor er es laut sagt. »Ich habe dir Frühstück ans Bett gebracht, bevor ich losmusste.«

»Wie aufmerksam von dir.« Ich lächle. »Was hast du mir gemacht?«

»Was?«

»Was hast du mir zum Frühstück gemacht?«

Er zuckt abweisend mit den Achseln. »Tee und Toast mit Marmelade.«

Ich beiße mir auf die Lippe und verkneife mir, etwas zu erwidern.

»Ist ja auch egal, jedenfalls bist du ausgeflippt und völlig ausgerastet. Du sagtest, ich hätte dir den falschen Teller gegeben. Dass du den, den ich dir gebracht habe, nie benutzt und dass du ihn nicht wolltest. Du warst irrational, wütend. Du hast mir den Teller aus der Hand geschlagen und er ist auf dem Boden zerbrochen. Dann hast du angefangen zu weinen. Du hast dich in die Bettdecke eingerollt und mir gesagt, ich solle verschwinden. Dass du Zeit für dich wolltest und dass ich nicht anrufen sollte, solange ich weg war.« Er nimmt noch einen Schluck Wein, seine Finger halten das Glas fest umklammert. Noch fester und es könnte zerbrechen. »Ich dachte, es würde dich nur noch mehr aufregen, wenn ich versuchte, dich zu beruhigen, also bin ich nach Schottland gefahren.« Er hält einen Moment lang inne. »Und das ist alles, was ich weiß. Als ich ging, warst du aufgebracht und im Bett. Als ich zurückkam, nachdem das Krankenhaus angerufen hatte, fand ich deinen Abschiedsbrief.«

Ich starre auf meine Füße, ignoriere die Übelkeit, die meine Kehle aufsteigt. Die Sache ist die: Ich hasse Marmelade. Ich rühre das Zeug nicht an. Ich kann weder den Geruch noch die Textur ausstehen. Seit wir zusammen sind, hat er mir nicht einmal welche gegeben, weil er weiß, wie sehr sie hasse. Er hat einfach das Erste gesagt, was ihm in den Sinn kam, weil er immer Marmelade zum Frühstück isst.

Und in diesem Augenblick habe ich zum ersten Mal die Vermutung, dass Liam mich belügt.

Kapitel 13

»Kommst du ins Bett?«, ruft Liam die Treppe herunter.

Ich stehe in der Küche, die Lichter sind gelöscht, und blicke in den dunklen Garten. Ganz am Ende, hinter unserem Holzzaun und den ausgewachsenen Bäumen, trennt ein dreieinhalb Meter hoher Maschendrahtzaun unser Grundstück vom Tennisplatz der Gemeinde. Die Häuser der Nachbarn sind ebenfalls an jeder Grundstücksgrenze von dicken Bäumen und Büschen umgeben. Der Fußweg, der unser Haus entlang zu der Auffahrt führt, endet in einem hohen Holztor mit Schloss und mehreren Riegeln. Es wäre für einen unbekannten Angreifer nicht einfach, in den Garten zu gelangen. Nicht einfach, aber auch nicht unmöglich.

Ist er da draußen, der Mann, der mich verschleppt hat? Beobachtet er mich gerade? Ich rechne beinahe damit, dass sein Gesicht wie in einem Horrorfilm plötzlich am Fenster auftaucht.

»Hast du mich gehört?«, ruft Liam.

»Ich komme gleich hoch«, rufe ich ihm zu.

»Mach nicht zu lang.« Seine Schritte knarren auf dem Boden, als er unser Schlafzimmer über der Küche betritt.

Ich öffne den Kühlschrank, schnappe mir die halbleere Weinflasche und trinke in großen Schlucken. Dann stelle ich sie zurück. Schließe die Tür, gehe die Treppe hinauf und lege mich ins Bett. Liam streckt unter der Decke die Hände nach mir aus, zieht mich in seine Arme, sodass mein Kopf auf seiner Schulter ruht. Falls er spürt, wie ich mich verkrampfe, lässt er es sich nicht anmerken.

»Ich kann mir zurzeit nicht freinehmen, um auf dich aufzupassen. Ich ersticke in Arbeit mit all den Vorbereitungen für das neue Medikament.«

»Es geht mir gut. Wirklich. Es geht mir gut. Ich denke nicht an Selbstmord. Du musst dir keine Sorgen machen.«

»Falls etwas passiert, möchte ich, dass du mich anrufst. Oder ruf Dr. Traynor oder Dr. Drew an. O. k.? Wenn du dir etwas antun willst, ruf jemanden an.«

»Ich werde mir nichts antun.«

Er küsst meine Stirn. »Gutes Mädchen.« Er dreht sich auf die Seite, wendet mir den Rücken zu. Nach wenigen Minuten atmet er tief und gleichmäßig und schnarcht leicht.

Ich liege im Bett, starre in die Dunkelheit, meine Gedanken überschlagen sich. Ich gehe vor und zurück, mein Kopf ist in verworrenem Aufruhr. Ich werde mir nichts antun. Der Gedanke könnte nicht abwegiger sein. Aber ich frage mich, wer versucht, mir etwas anzutun.

Der Brief macht es ganz leicht. Lässt es so aussehen, als hätte ich den Verstand verloren. Als hätte ich keinen anderen Ausweg gewusst, als mich umzubringen.

Habe ich das wirklich geschrieben? Es ist meine Handschrift, auch wenn sie krakelig ist. Er könnte gefälscht worden sein und er klingt *wirklich* wie ein Abschiedsbrief vor dem geplanten Selbstmord.

Ich gehe den Brief noch einmal im Kopf durch: *Liam, ich kann so nicht mehr weitermachen. Ich muss es beenden. Es tut mir leid. Chloe.*

Aber was, wenn ich nicht meine letzten Worte aufgeschrieben habe? Was, wenn ich unsere Beziehung beenden wollte? Was, wenn ich ihn verlassen wollte? Und wenn ich das wollte, warum? Warum jetzt? Was hat mir endlich den Mut gegeben, von ihm loszukommen?

***

Als Liam am nächsten Morgen aufsteht, gebe ich vor, zu schlafen. Ich halte meine Augen fest geschlossen und verlangsame meine Atmung, während sich das Gewicht auf dem Bett verlagert. Er trottet in das Bad direkt neben dem Schlafzimmer für seine morgendliche Dusche.

Ich muss nachdenken. Etwas tun. Anrufe tätigen. Das Haus nach Hinweisen zu meinem Verschwinden absuchen. Denn auch wenn Dr. Drew mitfühlend war und der einzige zu sein scheint, der auf meiner Seite ist, ist er trotzdem mit Dr. Traynor und Liam einer Meinung, dass ich freiwillig Schlaftabletten eingenommen und wieder allergisch darauf reagiert habe. Er glaubt immer noch, dass ich mir das alles ausgedacht habe und dass da draußen kein Verrückter herumläuft, der es immer noch auf mich abgesehen haben könnte.

Die Ermittler denken wahrscheinlich auch, dass ich eine spinnende Wahnsinnige bin, nachdem sie mit Liam gesprochen und meinen Brief gelesen haben. Das heißt, die einzige Person, die mir glaubt, bin ich, und bis ich die Wahrheit kenne, ist mein Leben in Gefahr.

Kurze Zeit später kommt Liam zurück ins Schlafzimmer. »Chloe?« Er schubst meine Schulter an. »Ich habe dir einen Tee gemacht.«

Ich öffne die Augen, strecke mich und setze mich auf. Ich gähne ihn sicherheitshalber auch an. »Danke.«

Er stellt den Becher auf dem Nachttisch ab und schaut mich besorgt an. »Wirst du wirklich klarkommen?«

Ich heuchle ein Lächeln und sage so überzeugend wie möglich: »Ja. Ich werde klarkommen.«

»Ich rufe nachher von der Arbeit aus an, um zu hören, wie es dir geht.« So, wie er es sagt, klingt es nach einer Drohung.

Ich führe den Becher an die Lippen, um nichts erwidern zu müssen.

Als ich die Haustür ins Schloss fallen höre, werfe ich die Bettdecke zurück und greife mir das Erste, was ich im Kleiderschrank finden kann, ein gelbes, mit roten Blumen bedrucktes

Sommerkleid. Der Frühsommer hat den Morgen in vielversprechende Hitze getaucht.

Unten mache ich mir noch einen Tee, der stark und bitter ist. Ich lege zwei Scheiben Toastbrot in den Toaster, hole die Butter aus dem Kühlschrank und nehme mir ein Messer. Ich trage mein Frühstück an den Küchentisch und blicke in den Garten, während ich einen ersten Bissen nehme. Niemand ist zu sehen, aber das schmälert meine Angst nicht. Sie dringt aus meinen Poren wie kalter Schweiß.

Der Toast fühlt sich an wie Sandpapier. Ich spüle ihn mit ein paar Schlucken Tee herunter, bis meine Speiseröhre brennt. Aber ich muss etwas essen. Wenn ich vor Schwäche zusammenbreche, komme ich auch nicht weiter. Ich muss stark sein. Muss die kompetente, methodische Chloe sein, die ihr Leben im Griff hat.

Ich esse auf und lasse den Teller auf der Arbeitsplatte stehen. Liam würde das hassen. Er kann Unordnung und Durcheinander nicht ausstehen. Er würde den Teller sofort im Geschirrspüler haben wollen, wo man ihn nicht sehen kann. Naja, was er nicht weiß, macht ihn nicht heiß. Ich lasse den Teller in seiner schmutzigen Pracht stehen, greife das Küchentelefon und wähle Saras Nummer, während ich auf und ab gehe. Es läutet höhnisch in meinem Ohr, bis die Verbindung unterbrochen wird. Ich versuche es noch einmal. Und noch einmal.

Wo ist sie?

DI Summers. Vielleicht hat er sie schon erreicht. *Wo habe ich seine Karte gelassen?*

Dann fällt mir ein, dass Liam sie genommen hat, als Summers sie mir gab. Er hat sie in die Tasche seiner Anzugjacke gesteckt, aber ich weiß nicht mehr, welchen Anzug er anhatte. Es war zu viel auf einmal los. Zu viele entsetzliche Leichen, die aus meinem Keller geborgen wurden.

Ich gehe in unser Schlafzimmer und schiebe die Spiegeltür zu seiner Seite des Kleiderschranks auf. Alle seine Anzüge sind farblich sortiert aufgehängt. Schwarz ist links, gefolgt von Anthrazit, dann Hellgrau und schließlich Blau. Bei seinen Hemden ist es genauso. Die Krawatten hängen sauber und ordentlich an einem Krawattenhalter aus Metall. Seine Schuhe stehen in dem unteren Regal, poliert und glänzend.

Ich durchsuche jede seiner Taschen nach der Karte, bis ich etwas spüre. Ich nehme es heraus. Es ist ein Zettel. Eine Kreditkartenrechnung auf Liams Namen. Sie ist vom einundzwanzigsten März für ein Hotel in Welwyn. Ein Doppelzimmer. Ich starre den Zettel an, bis meine Augen tränen, ein kalter Schauer läuft mir den Rücken runter.

Das heißt, zwei Tage vor seiner Geburtstagsparty war Liam in einem Hotel in einem wenige Kilometer entfernten Dorf, aber mir sagte er, er würde nach Schottland fahren. Ich weiß es ganz genau, weil ich mir Sorgen machte, ob er rechtzeitig für die Party wieder zurück sei. Er versicherte mir, dass er pünktlich da sein würde, sagte, es sei nur für eine Nacht, um ein paar Probleme zu lösen, die bei dem Diabetesmedikament aufgekommen waren. Aber er hatte gelogen. Schon wieder. Ich frage mich, worüber er sonst noch gelogen hat.

Ich durchsuche die anderen Jacketttaschen und finde Summers' Karte in der letzten, zusammen mit einem anderen Zettel. Noch eine Quittung. Dieses Mal für ein herzförmiges Medaillon aus Weißgold mit Diamanten, das zwölfhundert Pfund gekostet hat. Die Quittung stammt vom zweiundzwanzigsten April. Ich befühle den Zettel. Für wen hat er es gekauft? War es ein Geschenk für mich, um mich aufzumuntern, oder war es für jemand anderen?

Ich gehe durch das Zimmer zu meinem Frisiertisch. Meine Schmuckschatulle steht darauf. Sie ist so, wie ich sie mir als Kind immer gewünscht, aber nie erhalten habe, mit einer Ballerina, die sich nach einer Melodie dreht, wenn man die Schatulle öffnet. Liam schenkte sie mir kurz nach unserem Treffen, als ich sie in einem Geschäft entdeckte.

Ich hebe den Deckel hoch und durchwühle den Inhalt. Ich finde etwas Modeschmuck, das Goldarmband, das Liam mir zu unserem ersten Hochzeitstag geschenkt hat, und einen

Ring, dem ein Stein fehlt. Krimskrams, den ich nie weggeworfen habe. Die silberne Kette mit Türkisanhänger, die Liam mir zu unserem ersten gemeinsamen Valentinstag gekauft hatte und die ich behalte, obwohl sie kaputt ist. Nachdem er sie mir in dem romantischen Restaurant, das er für den Abend ausgesucht hatte, übergeben hatte, wartete er voller Vorfreude auf sein Geschenk, das zu kaufen ich vergessen hatte. Je später der Abend, umso ungehaltener wurde er. Er verlangte die Rechnung, noch bevor wir Kaffee hatten. Im Auto auf dem Weg nach Hause wollte ich mich entschuldigen, erklärte, dass ich so viel Stress mit dem neuen Job hatte, dass ich vergessen hatte, ihm etwas zu besorgen. Er hielt das Lenkrad so fest umklammert, dass seine Fingerknöchel weiß hervortraten und fauchte: »Ich habe eine Ewigkeit damit verbracht, diese Kette auszusuchen, und du hast es nicht geschafft, mir etwas zu besorgen, um zu zeigen, wie sehr du mich liebst. Vielen Dank für nichts!« Er griff nach der Kette um meinen Hals und riss sie ab, sodass sie in den Fußraum sauste.

Ich zwinge mich dazu, mich wieder auf die Aufgabe zu konzentrieren, hebe den oberen Einsatz hoch und schaue, was sich darunter befindet. Dort bewahre ich meine persönlichen Unterlagen auf, und ich finde nur meinen Pass und meine Geburts- und Heiratsurkunden. Kein herzförmiges Medaillon aus Weißgold mit Diamanten.

Ich könnte es natürlich getragen haben, als ich verschwunden bin. Es könnte verloren gegangen sein. Die Kette könnte bei einem Kampf mit dem, der mich verschleppt hat, kaputtgegangen sein. Oder habe ich die Kette nie erhalten?

Ich durchsuche den Rest von Liams Garderobe auf der Suche nach etwas anderem, was mir weiterhelfen könnte. Ich finde nichts Wichtiges und hänge alles sorgfältig wieder so ordentlich auf, wie ich es vorgefunden habe. Er muss ein fotografisches Gedächtnis bis ins kleinste Detail haben, er wird wissen, dass ich seine Sachen durchsucht habe.

Als Nächstes krame ich in den Kommoden. Vielleicht hat er die Kette hier versteckt und möchte mich damit überraschen.

Ich schaue unter fein säuberlich gebündelte Socken und unter Boxershorts, die gebügelt aussehen, aber die Kette ist definitiv nicht da.

Ich nehme Summers' Karte und gehe runter, um noch etwas Tee zu machen. Dieses Mal Pfefferminztee, um den Tumult in meinem Magen zu beruhigen. Ich trinke und fühle mich, als würde mein Leben einer anderen Person gehören, jemandem, den ich nicht mehr kenne. Ich nehme das Küchentelefon und wähle mit zittrigen Fingern Summers' Nummer.

»DI Summers«, antwortet er nach dem fünften Klingeln.

»Hallo, hier ist Chloe Benson.«

Eine Pause. Dann: »Hallo Chloe. Ich habe gehört, Sie wurden aus dem Krankenhaus entlassen. Wie fühlen Sie sich?«

»Es geht mir gut. Nur noch immer verwirrt wegen der ganzen Sache. Haben Sie Sara erreichen können? Ich habe es mehrere Male versucht, aber sie geht immer noch nicht ran ...«

»Leider nein.« Er räuspert sich. »Ich wollte Sie heute sowieso anrufen. Leider haben wir keine Hinweise oder heiße Spur zur Weiterverfolgung Ihres ... Vorfalls. Angesichts Ihrer jüngeren Krankengeschichte und nach Absprache mit Ihren Ärzten stellen wir die Ermittlungen ein, sofern keine neuen Informationen bekannt werden.«

Tränen steigen mir in die Augen, aber ich will nicht weinen. Ich will ihn anschreien. Schimpfen und toben und ihm sagen, dass er keine Ahnung hat, wovon er spricht, aber das würde mich natürlich nur noch verwirrter erscheinen lassen.

»Sie haben den Brief gelesen, den ich Liam hinterlassen habe, oder?«

»Er macht sich große Sorgen um Ihre Gesundheit, Chloe. Dr. Traynor ebenfalls.«

»Liam hat Sie überzeugen können, dass es ein Abschiedsbrief war und dass ich mich umbringen wollte.«

»War es nicht auch so? Wenn man alle Fakten berücksichtigt, scheint das die wahrscheinlichste Option, finden Sie nicht?«

»Das ist es nicht. Ich meine, ich glaube nicht –«

»Aber genau das ist es ja, Chloe, Sie wissen nichts mit Sicherheit, weil Sie sich nicht erinnern können.«

Dem kann ich nichts entgegensetzen. Ich frage mich, ob ich ihm von den Quittungen erzählen soll, die ich gefunden habe, aber was kann ich schon sagen? Dass Liam eine Nacht in einem Hotel in Welwyn verbracht hat? Dass er Schmuck gekauft hat, den ich nicht finden kann? Dass er über unseren Streit gelogen hat, weil ich Marmelade hasse? Das würde nur bestätigen, was Summers bereits von mir denkt, dass ich verrückt und paranoid bin.

Nein, er wird mich nur dann ernst nehmen, wenn ich einen Beweis für meine Entführung finde. Dann könnte er mich vor dem Verrückten da draußen beschützen, den ich noch nicht identifizieren kann. Er würde die Ermittlungen fortsetzen und ihn verhaften. Ihn ins Gefängnis stecken, und ich könnte mein Leben wieder leben. Aber er wird mir nicht glauben, bis ich Beweise habe. »Ich werde nicht verrückt«, sage ich. Ob das wohl alle Verrückten sagen? Im Zweifelsfall immer behaupten, man sei nicht verrückt. Verliere ich wirklich gerade den Bezug zur Realität?

Nein. Ich kenne mich. Ich weiß, dass ich verdammt noch mal nichts verliere. Ich bin zurechnungsfähig. Alle anderen haben ein Problem.

»Ich glaube, wir müssen uns hier an den Rat der medizinischen Experten halten. Hören Sie, wenn Sie sich noch an etwas erinnern, können Sie mich unter dieser Nummer anrufen«, sagt er in einem gelangweilten Tonfall, der ganz klar heißt, dass er nicht möchte, dass ich ihn überhaupt noch mal anrufe.

»Gut.« Ich weiß nicht, was ich sonst noch sagen soll.

»Passen Sie gut auf sich auf, Chloe.«

Ich lege auf und starre auf das Telefon, unschlüssig, was ich als Nächstes tun soll. Gedanken schwirren in meinem Gehirn herum wie eingefangene Wespen in einer Flasche. Ich bin vollkommen allein und vollkommen verloren.

Ich gehe ins Esszimmer und nehme ein Blatt Papier aus dem Drucker und einen Stift vom Schreibtisch in der Ecke. Damit gehe ich zurück in die Küche und überlege, ob ich die angebrochene Flasche Wein austrinke. Gott weiß, dass ich es gebrauchen könnte. Aber stattdessen wühle ich im Schrank unter der Spüle und finde eine alte Schachtel Zigaretten, die ich dort versteckt hatte, bevor ich mit dem Rauchen aufhörte.

In der Schachtel sind noch elf Zigaretten, deren weißes Papier jetzt einen Orangestich hat, und ein Feuerzeug mit dem Schriftzug ›I Love You‹. Ein Souvenir, das Liam von einem Trip nach London mitgebracht hatte, kurz nachdem er die Worte das erste Mal ausgesprochen hatte. Ich erinnere mich daran, wie es mein Herz jedes Mal zum Schmelzen brachte, wenn er es sagte oder in einer Nachricht schrieb. Liam liebte mich, das Mädchen, das dachte, niemand würde sie je lieben können.

Ich mache einen starken Kaffee, die nächstbeste Alternative zu Wein, und trage alles raus in den Garten. Mein Blick huscht zu den Bäumen am Ende, um sicherzugehen, dass außer mir niemand hier ist. Ich bin allein. Ganz allein, abgesehen von zwei Elstern und einem Eichhörnchen.

Ich setze mich an den Terrassentisch, zünde eine Zigarette an und nehme einen tiefen Zug. Ein Schwindelgefühl überkommt mich. Das ist schön – für einen Augenblick bin ich etwas benommen und entspannt. Ich nehme noch einen Zug, dann einen Schluck Kaffee.

Also, was weiß ich mit Sicherheit? Was ist nur eine Vermutung?

Zwischen Kaffeeschlucken und Zigarettenzügen schreibe ich in chronologischer Reihenfolge all das auf, dessen ich mir sicher bin.

21. März
Liam war im Royal Lodge Hotel, sagte aber, er
sei in Schottland.

23. März
Liams Party. Wollte ihm vom Baby erzählen.

25. März
Fehlgeburt in den frühen Morgenstunden. Wurde depressiv.

10. April
Ging zur Hausärztin. Bekam Antidepressiva und Schlaftabletten verschrieben.

13. April
Ich werde eingewiesen. Liam sagte Ärzten, er hätte mich gefunden, wie ich am Gartenweg grabe.
In Psychiatrie zur Behandlung. (Dr. Drew und Dr. Traynor sagten mir, ich sei paranoid gewesen und hätte Halluzinationen gehabt. Ich dachte, ein Mann würde mich verfolgen, und versuchte, zu entkommen.)

20. April
Aus dem Krankenhaus entlassen. Immer noch etwas deprimiert, aber ansonsten o. k.

22. April
Liam kaufte Medaillon, das ich nicht finden kann.

29. April
Ich rief Sara an und wir telefonierten über eine Stunde.

9. Mai
Von einer Frau auf der Great North Road geret-
tet. Von einem unterirdischen Gebäude aus, in
dem ich festgehalten wurde, durch den Wald
gerannt. Verlor die Erinnerung an alle Ereignisse
seit der Party.

Ich blicke zum Gartenweg, an dem ich angeblich gegraben habe. Wie bin ich von Punkt A nach Punkt B gekommen?

Ich weiß es nicht.

Ich weiß nur, dass ich es irgendwie schaffen muss, meine jüngste Vergangenheit zurückzuverfolgen und die fehlenden Teile zu finden. Die Antwort ist irgendwo da draußen, der entscheidende Hinweis, der beweist, dass ich das alles nicht nur erfinde.

Das Hotel also. Liams erste Lüge, an die ich mich erinnern kann. Dort fange ich an.

Teil 3

SEI AUF DER HUT

Kapitel 14

Ich schaue auf die Küchenuhr, die dreizehn Uhr anzeigt. Ich habe mehr als genug Zeit, bevor Liam von der Arbeit wiederkommt.

Ich stelle die Zutaten für ein Mittagessen auf die Arbeitsplatte und mache mir ein Schinken-Tomaten-Sandwich mit Mayonnaise. Ich habe keinen Hunger, aber ich muss meine Hände beschäftigen. Um mich abzulenken. Und so abwegig es auch ist, eine alltägliche Aufgabe, die ich schon eine Million Mal verrichtet habe, ist tröstend. Einen Moment lang fühle ich mich fast normal.

Gerade, als ich in das Sandwich beißen möchte, klingelt das Telefon. »Hallo?«, sage ich.

»Mit wem hast du gesprochen?«, sind die ersten Worte aus Liams Mund.

»Wann?«

»Vorhin. Ich habe versucht, dich zu erreichen, aber es war besetzt.«

»Oh, da hatte sich nur jemand verwählt«, sage ich. Liam ist nicht der Einzige, der Lügen erzählen kann. »Wie läuft es bei der Arbeit?«

»Es ist viel los. Was machst du?«

»Nicht viel. Ich lasse es ruhig angehen, wie die Ärzte gesagt haben. Ich wollte gerade zu Mittag essen.«

»Was gibt es?«

»Schinken-Tomaten-Sandwich.«

»Keine Sauerei, o. k.? Ich weiß, dass du immer überall Krümel rumliegen lässt.«

Ich bekämpfe den Drang, ihm zu sagen, dass ich in meinem Haus Krümel rumliegen lassen kann, wenn mir danach ist. Ich bin es schließlich, die danach alles saubermachen muss. Aber es wäre zwecklos. Ich darf nichts unordentlich lassen. Selbst ein einsamer Krümel bringt Liam in Fahrt. »Nein, keine Sauerei«, sage ich beschwingt und klinge dabei etwas manisch.

»Gutes Mädchen. Wie wäre es, wenn du mir etwas Leckeres zum Abendessen vorbereitest, hm? Dann hast du etwas zu tun, was nicht zu anspruchsvoll ist.«

»Natürlich. Ich werde mir etwas überlegen.«

»Weißt du was, ich finde, du solltest dir meinen Vorschlag, ganz mit der Arbeit aufzuhören, noch einmal durch den Kopf gehen lassen. Du weißt, dass ich in zwei Stunden so viel verdiene wie du in einer Woche. Es wäre besser für dich, zu Hause zu sein, wo ich mich um dich kümmern kann. Wir können uns umeinander kümmern.«

Zuhause sein und auf Abruf bereitstehen, meinst du? Ich habe den Spruch schon so oft gehört, dass ich kaum mit der Wimper zucke. »Ich arbeite gerne. Ich gehe bald wieder zurück.«

»Du hättest Zeit, all die Dinge im Haus zu erledigen, für die nie Zeit bleibt. Du würdest weniger unter Druck stehen, Schatz. Du weißt, wie zerbrechlich du bist.«

»Aber ...«

»Wir reden ein andermal darüber. Wenn es dir besser geht.« Er unterbricht mich in einem Ton, der keine Bitte ist, sondern ein Versprechen.

Ich zeige dem Hörer den Stinkefinger. Das mag kindisch sein, aber das ist meine kleine Rebellion.

»Ich muss gehen. Wir sehen uns gegen sieben Uhr.«

»O. k., bis dann.« Ich lege auf, bevor er noch etwas sagen kann.

Mein restliches Mittagessen kaue ich automatisch, vollkommen vertieft in meine verwirrten Gedanken.

Ein paar Minuten später schaue ich auf den Teller und wundere mich, wo das Sandwich geblieben ist. Ich spüle den Teller zusammen mit dem Frühstücksteller ab und stelle beide in den Geschirrspüler. Dann gehe ich nach oben und suche nach etwas, womit ich mich verkleiden kann. Ich stecke meine Haare hoch und setze einen großen Schlapphut auf, den ich für unsere Flitterwochen gekauft hatte und nie trage. Gut – jetzt sieht es so aus, als hätte ich kurze Haare. Als Nächstes setze ich eine große Sonnenbrille auf und beäuge mich von allen Seiten im Spiegel. Ich sehe mir überhaupt nicht ähnlich.

Liam hat mir keinen Ersatzschlüssel für die Haustür gegeben, nachdem er das Schloss hat wechseln lassen, also nehme ich den neuen Schlüssel von der Küchentür und trete hinaus in den Garten. Die Tür fällt lautlos hinter mir ins Schloss. Noch so etwas, was Liam ärgert. Knatschende Türen machen ihn verrückt. Er ölt die Scharniere andauernd, damit sie ja keinen Laut von sich geben.

Ich schließe die Tür ab, lege den Schlüssel in eine alte Handtasche und folge dem Schotterpfad, der das Haus entlang zur Auffahrt führt. Ich habe nie Autofahren gelernt. Die Vorstellung, die Kontrolle über einen riesigen Klotz Metall zu haben, jagt mir ehrlich gesagt Angst ein. Also muss ich mich damit begnügen, zu Fuß zu gehen. Ich brauche dreißig Minuten zur Arbeit, in der anderen Richtung erreiche ich die große Fußgängerzone in fünfundzwanzig Minuten. Am Wochenende, wenn Liam nicht arbeiten muss, fährt er mich zum Einkaufen. Er meckert deswegen, aber ich denke, insgeheim gefällt es ihm, so bin ich abhängiger von ihm. Vielleicht werde ich eines Tages Autofahren lernen.

Ich gehe auf die Straße und blicke mich um. Es ist niemand in der Nähe, aber während ich aus meiner Sackgasse in Richtung Bushaltestelle am Ende des Hügels gehe, werde ich das unheimliche Gefühl nicht los, dass ich beobachtet werde. Ich drehe mich um, um zu sehen, ob mir irgendjemand folgt, aber da ist nur eine junge Mutter, die einen Kinderwagen schiebt. Sie beugt sich über den Griff, spricht zu ihrem darin eingewickelten

Baby und bemerkt mich nicht einmal. Ich suche die Häuser zu jeder Seite ab, aber weder sehe ich jemanden im Garten, noch beobachtet mich jemand durch eines der Fenster.

Ich gehe weiter, immer wachsam nach einer möglichen Gefahr Ausschau haltend. Es ist unheimlich, hier draußen zu sein. Allein. Ungeschützt.

Ich seufze erleichtert, als ich die Haltestelle erreiche und andere Menschen dort warten. Ein Jugendlicher mit fies verpickeltem Gesicht sitzt auf der Bank. Er hört über Kopfhörer Musik und bewegt die Lippen zum Liedtext. Eine ältere Frau lächelt mich an und sagt, wie wundervoll das Wetter in letzter Zeit sei. Ich will mit niemandem sprechen. Ich will einfach nur nachdenken, aber unter Menschen fühle ich mich etwas sicherer, also lasse ich sie weitersprechen. Zumindest kann mir hier am helllichten Tag mit all den Zeugen niemand etwas anhaben.

Ich prüfe den Fahrplan; der nächste Bus in Richtung Welwyn Village fährt in zehn Minuten. Ich verlagere das Gewicht von einem Fuß auf den anderen und bringe ab und zu ein paar Jas und Neins für die Frau heraus, die weiter mit mir spricht, bis mein Bus ankommt.

Bis zur dem Hotel nächstgelegenen Haltestelle sind es fünfundvierzig Minuten. Ich steige aus und biege am Ende der Straße rechts ab. Blicke mich um. Niemand außer mir hier. Ich weiß nicht, ob das gut ist oder schlecht.

Als ich den Parkplatz vor dem Hotel erreiche, steigt das seltsame Gefühl eines Déjà-vu in mir auf. Ich habe hier nie übernachtet, aber ich habe den Eindruck, dass ich schon einmal hier, an genau diesem Fleck, gestanden, das Hotel angeschaut und mich gefragt habe, was ich herausfinden würde. Vielleicht habe ich in einer Regionalzeitung, vielleicht in der *Welwyn Gazette*, eine Anzeige für das Hotel gesehen, mit einem Bild, das genau von hier aufgenommen wurde. Mein Herz flattert in der Brust, während ich mich auf wackeligen Beinen vorwärts zwinge.

Das Gebäude ist schlank, hell und modern, genau wie der Ort, an den Liam mich zu unserem ersten romantischen

Wochenende einlud, als wir zwei Wochen zusammen waren. Wir gingen nach York, weil Liam noch nie da gewesen war und die Stadt sehen wollte. Wir haben aber nicht wirklich viel gesehen. Stattdessen verbrachten wir einen Großteil der Zeit ineinander verwickelt unter der Bettdecke, bestellten beim Zimmerservice, wenn wir Hunger hatten.

Als ich endlich raus aus dem Kinderheim war und mich an die Uni geflüchtet hatte, an der niemand meine Vergangenheit kannte, konnte ich mich neu erfinden. Die neue Chloe war sorgenfrei, witzig und kokett, aber ich war nicht selbstbewusst genug, um die Aufmerksamkeit der Jungs auf mich zu ziehen. Mir schien eine natürliche Begabung zu fehlen, mit der alle anderen Liebe fanden, von daher hatte ich vor Liam erst mit einem Mann geschlafen und auch das war nur eine kurze Affäre. Deswegen war es für mich ein Wunder, dass Liam mich überhaupt lieben konnte – dass irgendjemand mich lieben konnte. Und selbst nach so kurzer Zeit zusammen wusste ich, dass ich genauso empfand wie er.

Als wir im Hotel ankamen, hatte er bereits dafür gesorgt, dass wir Champagner und Erdbeeren aufs Zimmer gebracht bekamen. Er fütterte mich mit den Erdbeeren, die er in Champagner tauchte, und es war das Eleganteste und Romantischste, was je jemand für mich getan hatte. Später, nachdem wir uns das erste Mal geliebt hatten, wanderte sein Blick über meinen nackten Körper, als versuche er, jeden Teil von mir in sein Gedächtnis einzubrennen.

»Du bist so schön«, sagte er, während seine Finger über die Rundungen meiner Brüste fuhren. »Was ist schon dabei, dass dein Busen klein ist?«

Seine Worte versetzten mir einen Schlag, aber ich hatte lange Zeit versucht, die Schmerzen meiner Vergangenheit und mein schlechtes Selbstbewusstsein vor allen zu verstecken, also lachte ich darüber, um den Eindruck zu erwecken, dass es mich nicht störte, was er gesagt hatte. Hätte er gewusst, wie vorbelastet ich war, hätte er mich sofort verlassen. »Ich dachte, mehr als eine Handvoll sei Verschwendung«, witzelte ich.

Er begutachtete mich weiter, als habe er mich nicht gehört. »Warum kaufe ich dir nicht einfach Brustimplantate?«

Das war das erste von vielen Malen, dass er meinen Körper kritisierte, und eine Zeit lang versuchte ich, es zu ignorieren. Als das nicht mehr möglich war, versuchte ich, soweit es ging, zu vermeiden, dass er noch einmal meinen nackten Körper sah.

Ich verdränge die Erinnerung daran. An diese Augenblicke möchte ich mich nicht erinnern. Meine verlorenen Erinnerungen, die möchte ich wiederfinden.

Ich gehe auf die Rezeption zu und nehme meine Sonnenbrille ab. Ein junger Mann in gut geschnittener Uniform sitzt hinter dem Schalter und tippt in den Computer. Als ich mich nähere, sieht er hoch und lächelt. »Kann ich Ihnen helfen?«

Ich zwinge mich zu einem Lächeln, aber es will mir nicht so ganz gelingen. »Hi.« Ich hole Liams Kreditkartenquittung hervor, falte sie auseinander, glätte sie und lege sie auf den Tresen. »Mein Mann hat eine Kreditkartenquittung von diesem Hotel und ich wollte fragen, ob Sie mir sagen könnten, ob er mit einer anderen Person hier übernachtet hat.«

Sein freundlicher Gesichtsausdruck schwindet und wird durch einen anderen ersetzt, der sehr teilnahmsvoll wirkt. Vielleicht bin ich nicht die erste Frau, die hier auftaucht und herausfinden will, ob ihr Mann eine Affäre hat, obwohl das Hotel nicht so aussieht, als könnte man hier Zimmer stundenweise mieten. Er schaut sich die Quittung genauer an. »Leider können wir keine Informationen über unsere Gäste preisgeben. Die Datenschutzbestimmungen des Hotels verbieten es.«

»Ja, das verstehe ich, aber die Quittung gehört meinem Mann. Mir können Sie es bestimmt sagen.«

»Tut mir leid, Madam, aber ich kann Ihnen nicht helfen. Das habe ich Ihnen letztes Mal schon gesagt.«

Meine Wirbelsäule wird starr. »Letztes Mal?«

»Ja.« Er wendet sich wieder seinem Computer zu, nun mit gelangweilter Miene. »Sie waren schon einmal hier und haben dieselbe Frage gestellt.«

»Wirklich?«

Das löst seinen Blick vom Bildschirm. Er runzelt die Stirn, fragt sich wahrscheinlich, mit was für einer Spinnerin er es zu tun hat und ob er den Sicherheitsdienst rufen sollte, um mich vom Grundstück zu führen. »Können Sie sich nicht erinnern? Sie haben sich ziemlich aufgeregt, als ich sagte, ich könne Ihnen nichts sagen.«

»Nein, ich ...« Ich befühle die Beule an meinem Kopf mit den Fingerspitzen. »Ich hatte einen Unfall und kann mich an nichts erinnern.«

Er zieht die Stirn noch mehr zusammen. »Das tut mir sehr leid, aber ich kann Ihnen trotzdem nicht helfen.«

»Wann?«

»Verzeihung?«

»Wann war ich davor schon mal hier? Können Sie sich an das Datum erinnern?«

Nachdenklich neigt er den Kopf. »Ich bin mir nicht ganz sicher. Ich glaube, es war vor etwas mehr als zwei Wochen.«

Ich rechne die Tage im Kopf zurück. Heute ist der dreizehnte Mai, das heißt, ich muss Ende April hier gewesen sein, nachdem ich aus der Psychiatrie entlassen worden war.

»Es tut mir leid, aber ich muss jetzt leider weiterarbeiten«, sagt er, und ich merke, dass ich ihn mit offenem Mund anstarre.

Gedankenverloren gehe ich zurück zur Bushaltestelle. Ich bin schon einmal zu dem Hotel gegangen, also habe ich vermutet, dass Liam eine Affäre hatte. Es bedeutet auch, dass ich die Quittungen schon einmal gefunden habe. Was habe ich sonst noch herausgefunden?

War die Entdeckung, dass mein Mann mich während meiner Schwangerschaft betrügt, der Grund für die Fehlgeburt? War ich so aufgelöst, dass ich das Baby verloren habe?

Nein. Das passt nicht. Die Fehlgeburt hatte ich am fünfundzwanzigsten März. Zu dem Hotel bin ich erst Ende April gegangen und ich kann mich an alles bis zu der Party am dreiundzwanzigsten März erinnern. Ich kann also mit Bestimmtheit sagen, dass ich erst danach herausgefunden habe, dass Liam in dem Hotel übernachtet hatte.

Und überhaupt, hatte er denn eine Affäre oder ziehe ich voreilige Schlüsse? Bringe ich die Dinge vielleicht durcheinander und glaube, er habe gesagt, er würde in Schottland übernachten, wenn er eigentlich hier übernachtete? Vielleicht hat hier im Hotel eine Konferenz stattgefunden.

Auf der anderen Seite ist das Hotel nur wenige Kilometer von unserem Haus entfernt. Er hätte ein Taxi genommen oder wäre selbst nach Hause gefahren, er hätte nicht hier übernachten müssen. Ich weiß, dass zwischen uns nicht alles perfekt ist, aber wir hatten beide stets gelobt, dass die Ehe ein Bund fürs Leben sei. Liams Ansichten über die Ehe und das Sesshaftwerden gehörten zu den Dingen, die ich von Anfang an so anziehend fand. In einer Zeit, in der sich immer mehr Paare entscheiden, nicht zu heiraten, war es erfrischend, dass Liam sagte, er könne es nicht *erwarten*, mich zu heiraten. Wir hatten beide dieselben Ziele und Vorstellungen. Wir fanden, dass wir bei allen Problemen, die wir haben könnten, unbedingt daran arbeiten sollten. Zusammenbleiben. Vor allem, wenn ein Baby unterwegs sein würde. Ich wollte nicht, dass mein Kind so aufwachsen muss wie ich. Ich wollte, dass unser Kind die Liebe beider Elternteile kennt und sich sicher und geborgen fühlt.

Nur habe vielleicht ich mich nicht mehr sicher und geborgen mit Liam gefühlt. Ich habe lange Zeit viel ignoriert. Viel akzeptiert. Viel hingenommen. Bis ich die Chloe, zu der ich geworden war, nicht mehr wiedererkannte. Meine Persönlichkeit wurde abgenagt, um seiner Platz zu machen. Meine Träume und Bedürfnisse waren verschwunden und ich übernahm stattdessen seine Träume und Bedürfnisse. Aber das Baby. Ich kann mich jetzt genau daran erinnern, wie ich mich gefreut habe, ihm nach der Party davon zu erzählen.

Ich hielt es für ein Zeichen. Einen Neuanfang für uns, um wieder auf den richtigen Weg zu kommen. Ich dachte, so würde Liam mich vielleicht wieder sehen und die liebevolle Beziehung vom Anfang wieder aufleben lassen wollen. Gestern Abend sagte er, er sei glücklich gewesen, als ich ihm von der Schwangerschaft erzählte, aber stimmt das wirklich? Wenn er eine Affäre hatte, wäre es für ihn lästig gewesen? Hätte es ihm einen Strich durch die Rechnung gemacht?

Ich schüttle den Kopf. Nein, natürlich hatte er keine Affäre. Wie konnte ich das denken? Fast muss ich laut losprusten. Es ist einfach lächerlich. Vielleicht verliere ich doch den Verstand.

Aber ... was ist die Alternative? Warum bin ich zum Hotel gegangen, um Nachforschungen anzustellen? Etwas muss ich vermutet haben.

Ich bin so in meinen Gedanken versunken, dass ich gar nicht merke, wie ich die Straße überquere und vor ein entgegenkommendes Fahrzeug gehe. Das laute Hupen holt mich auf die Erde zurück, und ich laufe über die Straße, um nicht überfahren zu werden. Auf der anderen Seite angekommen atme ich ein paar Mal tief ein und warte an der Bushaltestelle.

Zuhause hole ich die Liste aus ihrem Versteck unter der Spüle, das sie sich mit den Zigaretten teilt, und füge diese neue Erkenntnis hinzu, gespannt, was für Informationen da draußen noch darauf warten, mich mit der Wucht eines Faustschlags zu treffen.

Kapitel 15

»Warst du heute draußen?« Liam erscheint in der Küche und legt seine Aktentasche auf dem Boden ab.

Ich bin gerade mit den Essensvorbereitungen fertig. Hühnchen in cremiger Estragonsoße, grüne Bohnen al dente und gestampfte neue Kartoffeln. Kein Püree für Liam. Die Kartoffeln müssen ganz leicht und mit der exakten Menge Butter zerstampft werden. Zu viel Butter, und sie werden fettig und ölig. Zu wenig, und sie sind fade. Wieder seine Worte, nicht meine. Immer sind es seine Worte, bis sie zu meinen Worten, meinen Gedanken und meinen Taten werden und ich keine Ahnung mehr habe, wer ich bin, abgesehen von einer Erweiterung von Liam.

»Nein.« Ich hole das Hühnchen aus dem Ofen und stelle es auf der Arbeitsplatte ab. Er nähert sich von hinten, seine Hände umfassen meine Taille und ziehen mich an ihn heran, sodass mein Kopf gegen seine Brust lehnt. Er küsst meinen Hals.

Ich neige den Kopf, schließe die Augen und vergesse einen Moment lang die Angst und den Verdacht. Für einen kurzen Augenblick möchte ich daran glauben, dass zwischen uns alles in Ordnung ist. Dass er mich nicht belügt und keine Affäre hat, und dass alles, was mir zugestoßen ist, nichts weiter ist als ein schrecklicher Traum. Es wäre so viel leichter, Liams Version der Ereignisse zu glauben.

Aber das tue ich nicht. Und ich kann es nicht.

»Ich habe dich vorhin angerufen, und du bist nicht rangegangen«, haucht er gegen meinen Hals, seine Worte erzeugen Schwingungen auf meiner Haut.

»Oh, da war ich wohl im Garten und habe dich nicht gehört. Ich bin dort beim Lesen eingeschlafen.« Ich schaue ihn mit einem, wie ich hoffe, vagen Gesichtsausdruck an, winde mich aus seiner Umarmung und lasse die Bohnen abtropfen, um die Lüge in meinem Gesicht vor ihm zu verstecken. »Hattest du einen guten Tag?« Ich spreche mit gleichmäßiger und fröhlicher Stimme und hoffe, dass er nicht sehen kann, wie sehr mein Kiefer zittert.

»Ja, ich habe viel geschafft.« Er fischt eine Bohne aus dem Sieb und beißt hinein. »Sie sind matschig. Du hast sie zu lange im Wasser gelassen, wie jedes Mal.«

»Tut mir leid.« Ich drehe mich weg und fülle das Abendessen auf die Teller, die Liam mag.

»Was hast du außer Lesen sonst noch getan?« Er setzt sich an den Küchentisch und lockert seine Krawatte.

»Nicht viel. Ich habe etwas ferngesehen. Abendessen gekocht.« Ich stelle seinen Teller vor ihm ab und setze mich ihm gegenüber.

Er nimmt einen ersten Bissen und beobachtet mich eingehend. »Wie ich sehe, war die Müllabfuhr immer noch nicht da. An der Straße liegen haufenweise Müllbeutel. Das wird bald Ungeziefer anlocken. Es ist widerlich. Wie lange wollen sie noch streiken?«

Ich glaube nicht, dass er eine Antwort von mir erwartet, also bleibe ich still. Die Müllabfuhr schert mich einen Dreck. An so etwas Belangloses will ich jetzt überhaupt nicht denken. Ich stochere im Essen herum, ab und zu esse ich einen Bissen. Er hat recht mit den Bohnen, sie sind zu weich. Aber sie schmecken mir so.

Er erzählt, dass er das Squashspiel heute Morgen vor der Arbeit gegen einen Kollegen namens Charles gewonnen hat, lässt sich darüber aus, dass Charles gar nicht erst spielen sollte, dass er nutzlos ist und dass es keine wirkliche Herausforderung darstellt, wenn der Gegner so unsportlich ist. Ich lächle, nicke und mache an den richtigen Stellen kleine Geräusche, um interessiert zu wirken. Nach dem Essen spült er seinen Teller methodisch in der Spüle ab und stellt ihn dann in den Geschirrspüler. Dann schenkt er sich ein Glas Rotwein ein und sagt: »Ich gehe kurz an den Computer. Ich muss noch ein paar Berichte aufarbeiten.«

»O. k.«, sage ich seinem davonziehenden Rücken. »Ich mache sauber und werde duschen. Ich glaube, ich gehe heute früh ins Bett.« Ich stelle das Geschirr in den Geschirrspüler, wische so lange die Oberflächen mit einem Reinigungsspray, bis sie pieksauber sind, und gehe nach oben in unser Schlafzimmer.

Ich dusche und wasche mir die Haare; die Seife und das Shampoo brennen in den Wunden an meinen Fingern. Sie verheilen ganz gut, aber der Schorf weicht im Wasser auf. Auf dem weichen, flauschigen Handtuch, mit dem ich mir die Haare trockne, hinterlässt das Blut eine rötliche Spur. Ich wische den beschlagenen Spiegel ab und schaue mich an.

Ich kann die Frau, die mir entgegenblickt, nicht erkennen. Unter meinen geplagten Augen sind dunkle Ringe, die Augen selbst sind gerötet und geschwollen. Meine Haut und Lippen sind blass, die Wangen hohl. Ich sehe aus wie der Tod, und die Ironie dahinter lässt mich die Frau im Spiegel auslachen. Verblassende Kratzer zieren meine Stirn und meine Wangen, eine Erinnerung an die Äste, die mir auf meiner Flucht durch den Wald ins Gesicht geklatscht sind. Ich ziehe das Haar über meinem Ohr zurück und begutachte die Beule. Die Haut ist in unterschiedlichen Farben gefärbt: Gelbsuchtgelb, verfaulte Pflaume, fleckige Tomate.

Kratzer. Ja, natürlich.

Ich lehne mich näher an den Spiegel und berühre sie vorsichtig mit den Fingerspitzen. Ich kann mir keine Abschürfungen einbilden, oder? Ich kann sie nicht aus den Tiefen meiner Fantasie herbeizaubern. Sie sind echt. Sie sind an meinem Gesicht, den Fingern und den Handgelenken. Niemand hat eine Erklärung für die Beule an meinem Kopf. Wenn ich das alles in meinem Kopf zusammengesponnen hätte, hätte ich keine Beweise.

Ich starre lange mein Spiegelbild an, als könnte diese Frau mir bei der Suche nach Antworten helfen. Letztendlich kann sie das wohl nicht. Vielleicht kann das niemand. Sie werden einfach sagen, dass ich hingefallen bin und meinen Kopf irgendwo angeschlagen habe, oder werden sich eine ähnliche Ausrede überlegen.

Ich gehe ins Schlafzimmer, schiebe die Tür zu meiner Seite des Kleiderschranks auf und suche nach einem sauberen T-Shirt, in dem ich schlafen kann. Meine Kleidung ist nicht teuer und keine Designermode wie die von Liam. Das darf nur er. Meine Sachen sind günstig. Sie sind aus den Geschäften, die man in Einkaufsstraßen so findet, sehen akzeptabel aus und kosten kein Vermögen.

Zuerst fällt mir nichts Ungewöhnliches auf. Aber während ich die Bügel von links nach rechts schiebe, merke ich, dass einige Teile fehlen. Meine Lederjacke. Ein Paar Skinny Jeans. Meine schwarzen Stiefel mit dem Keilabsatz. Ein brauner Pullover mit V-Ausschnitt. Schwarze Leggings. Ein paar T-Shirts. Ein Paar flache Ballerinas. Ich gehe alles ein zweites Mal durch, schiebe die Kleidungsstücke vor und zurück, um sicherzugehen, dass sie nicht irgendwie zwischen die anderen geraten sind.

Okay, meine Klamotten könnten im Wäschekorb sein, aber was ist mit den Stiefeln und den Ballerinas? Ich wühle weiter herum und stelle fest, dass noch mehr fehlt. Ein kariertes Hemd, noch eine Jeans. In den Schubladen unter der Kleidung scheinen weniger Unterhosen zu sein als sonst. Ein gepunkteter BH und mehrere Paar Socken fehlen.

Ich wickle das Handtuch fester um meinen Körper und gehe zurück ins Bad, um im Wäschekorb nachzuschauen. Ich kippe den gesamten Inhalt auf den Boden. Liams Hemden, Hosen, Socken, Boxershorts, ein Paar Socken von mir und meine rosafarbene Strickjacke. Keines der fehlenden Teile ist da.

Ich ziehe ein T-Shirt über und eine Unterhose an und gehe nach unten. Meine nackten Füße schreiten lautlos über den

Teppich. Die Tür zum Esszimmer steht halb offen und ich trete ein. Liam ist gerade dabei, eine E-Mail zu schreiben.

E-Mails. Natürlich! Ich muss nach meinen E-Mails schauen. Vielleicht habe ich Sara eine geschrieben, die etwas Licht in die ganze Angelegenheit bringen könnte.

Als Liam mich hört, erscheint mit einem Klick der Bildschirmschoner. Es ist ein Bild von einem jungen Liam mit seinem Cousin Jeremy, als sie Anfang zwanzig waren. Sie stehen in voller Wanderausrüstung auf dem Gipfel des Mount Snowdon. Im Hintergrund hängen zuckerwatteartige Wolken im strahlendblauen Himmel. Liam ist einen Kopf größer und hat seinen Arm um Jeremys Schulter gelegt. Beide haben dunkle Haare, gleichförmige, kantige Kiefer und königlich gerade Nasen. Beide kommen ganz nach ihren Müttern, eineiigen Zwillingen.

»Ja? Ist alles in Ordnung?« Liam schwenkt den Bürostuhl aus braunem Leder um und sieht mich an.

»Ein paar von meinen Klamotten scheinen zu fehlen.«

Er lächelt mich beruhigend an. »Schatz, erinnerst du dich nicht, du hast einige Teile aussortiert, bevor ich nach Schottland gefahren bin.«

»Wirklich?«

»Ja. Du dachtest, es hätte einen heilenden Effekt, einige Sachen, die du nicht mehr trägst und die nur deinen Kleiderschrank verstopfen, loszuwerden. Ich habe die alten Sachen für dich in einen Secondhandladen gebracht; deswegen kannst du sie nicht finden.«

»Gut.« Ich nicke vage, wohl wissend, dass ich diese Sachen nicht weggegeben hätte, weil sie entweder neu waren oder zu meinen Lieblingsstücken gehörten. Und wer würde schon getragene Unterwäsche weggeben?

Er lächelt und tätschelt meine Hand. »Ist das alles?«

»Ähm ... Ja.« Ich drehe mich um und spüre, wie sein Blick sich in meinen Rücken bohrt. Unbehagen macht sich in jeder Faser meines Körpers breit.

Stunden später liege ich im Bett, starre an die Decke und überlege, ob es eine rationale Erklärung für das alles gibt, aber ich kann keine finden. Ich komme wieder zu der einzigen logisch erscheinenden Schlussfolgerung. Ich muss die Quittungen gefunden und vermutet haben, dass Liam eine Affäre hat. Ich bin zu dem Hotel gegangen, um eine Bestätigung dafür zu bekommen. Vielleicht habe ich noch andere Beweise gefunden. Dann wartete ich ab, bis er nach Schottland gefahren war, bevor ich etwas dagegen unternahm, damit es zu keiner Konfrontation kommen konnte.

Ich bin mir jetzt sicher, dass der Brief, den Liam mir gezeigt hat, kein Abschiedsbrief einer Lebensmüden war. Ich hatte ihn verlassen. *Darum* ging es in dem Brief. Er hatte ihn offenbar gefunden und wusste, dass ich ihn verlassen hatte. Das würde erklären, warum meine Handtasche, mein Telefon und einige Kleidungsstücke fehlten. Die hätte ich mitgenommen. Und in dem Fall hat Liam mich *wieder* angelogen, als er sagte, er habe sie in einen Secondhandladen gebracht. Ich frage mich, ob er die Leute davon überzeugen will, dass ich verrückt bin, oder ob er es tatsächlich darauf anlegt, dass ich verrückt werde.

Wie ich Dr. Drew sagte, wir haben alle unsere Grenzen. Vielleicht war das meine. Vielleicht hatte ich entschieden, dass ich genug hatte und es nicht aushalten konnte, wie Liam mich kontrollierte, alles kritisierte, bestimmte, was ich anziehen und was ich tun sollte. Vielleicht war mir klar geworden, dass das Leben so viel mehr zu bieten hat.

Jordans Gesicht blitzt in meinem Kopf auf, aber ich schiebe es beiseite.

Aber wo bin ich hingegangen? Die naheliegende Wahl wäre Saras Haus. Sie ist noch auf ihrer Reise und das Haus steht leer. Summers sagte, wir hätten miteinander telefoniert. Vielleicht ging es darum, dass ich bei ihr bleibe. Nur das ergibt Sinn.

Ich bin also zu Sara gegangen und dann? Was ist dann passiert? Wie kam es dazu, dass ich entführt und unter der Erde zurückgelassen wurde? Hat jemand mich dort hingebracht, den ich kennenlernte, nachdem ich Liam verlassen hatte? Oder hat Liam es getan? Hat er mich mit Schlaftabletten betäubt, in sein Auto gepackt und dort zurückgelassen? Ist er überhaupt in Schottland gewesen? Schließlich hat er schon einmal gesagt, dass er dort hinmüsse, und war im Royal Lodge Hotel abgestiegen. Wer weiß schon, ob er dieses Mal nicht auch gelogen hat? Hasst er mich so sehr, dass er mich sterben lassen würde?

Als Liam in das dunkle Zimmer schleicht und sich ins Bett legt, habe ich eine Gänsehaut.

Ich frage mich, wen zum Teufel ich geheiratet habe.

Kapitel 16

Er darf nicht misstrauisch werden. Ich muss mich normal verhalten. Zumindest so normal, wie unter diesen Umständen möglich. Also stehe ich am nächsten Morgen mit einem strahlenden Lächeln auf und mache ihm Toast und Marmelade, auch wenn ich allein von dem Geruch schon das Würgen kriege. Als er nach dem Duschen in die Küche kommt, erwartet sein Frühstück ihn auf dem Küchentisch.

»Danke.« Er beäugt mich eingehend. »Schatz, warum trägst du diese schäbige alte Jeans?«

Ich schaue meine Beine herunter. Der Jeansstoff ist weich und mit der Zeit verblichen. Ich liebe diese Jeans. »Sie ist bequem.«

»Darin siehst du fett aus. Zieh die andere an, die schwarze. Du weißt, wie sehr du mir in der gefällst.«

»Mmm«, murmle ich, während ich uns einen Tee mache. »Das mache ich gleich. Es ist ja nicht so, als würde ich irgendwo hingehen.« Ich schütte Milch in die Becher, die exakte Menge. Rühre um. Stelle seinen vor ihm ab und setze mich ihm gegenüber.

»Du solltest wirklich anfangen, mehr auf dein Äußeres zu achten«, fährt er fort. »Dein Gesicht sieht furchtbar aus.« Er zeigt auf die Kratzer. »Warum gehst du nicht zum Friseur? Es wäre Zeit, dass du dir die Haare schneiden lässt. Es würde dir gut tun. Vielleicht fühlst dich dann wieder wie dein altes Ich. Aber geh bloß nicht in dem Aufzug aus dem Haus.« Und so mühelos schafft er es, Kritik als etwas Liebevolles und Fürsorgliches zu verkaufen. Der gute alte Liam – in einem Satz macht er dir ein Kompliment und im nächsten hebt er es wieder auf.

Aber er hat mich auf eine Idee gebracht, also lächle und nicke ich. »Ich glaube, das werde ich sogar tun, ja. Kann ich einen Haustürschlüssel haben? Du hast mir noch keinen neuen gegeben.«

Er schiebt den leeren Teller von sich und steht auf. Aus seiner Hosentasche holt er einen Satz Schlüssel hervor, nimmt einen vom Schlüsselbund ab und legt ihn auf den Tisch. Dann holt er seine Geldbörse aus der anderen Tasche und fragt: »Wie viel Geld brauchst du für einen Haarschnitt?«

«Ich bin nicht sicher. Da ich meine Handtasche nicht finden kann, habe ich kein Geld, bis meine neuen Kreditkarten ankommen. Kannst du mir fünfzig Pfund dalassen?«

»Fünfzig! Das ist ganz schön viel, findest du nicht?«

»Naja, vielleicht gehe ich auch noch kurz zum Supermarkt.«

Er legt dreißig Pfund neben den Schlüssel auf den Tisch und schaut mich misstrauisch an. »Versprich mir, dass du keine Dummheiten anstellen wirst.«

»Natürlich nicht«, sage ich, obwohl er und ich mittlerweile etwas vollkommen anderes unter ›Dummheit‹ verstehen.

»Komm gleich nach dem Friseur zurück. Du bist bestimmt noch ziemlich schwach. Du musst dich viel ausruhen.«

Schwach. Ja. Ich war viel zu lange schwach.

Ich nicke und lächle, um ihn zu besänftigen. Er gibt mir einen Kuss auf die Wange, nimmt seinen Aktenkoffer und geht. Ich stoße bebende Luft aus und rufe Sara an. Gestern habe ich es mindestens fünfzig Mal erfolglos bei ihr versucht. Wieder läutet es nur beharrlich in meinem Ohr, sie geht nicht ran.

Ich knalle das Telefon zurück auf die Basisstation und gehe ins Esszimmer. Ich setze mich an den Schreibtisch und schalte den Laptop ein. Er startet mit surrenden, piependen Geräuschen, während ich die Schreibtischschubladen durchsuche. In der ersten befinden sich die Akten mit den Versicherungsunterlagen, unsere Hypothekbescheinigungen, Bedienungsanleitungen, Quittungen, Stromrechnungen, Kontoauszüge. Ich suche die Kontoauszüge nach weiteren Kreditkartenabwicklungen von Liam ab. Diese Auszüge bekomme ich für gewöhnlich nicht zu Gesicht, weil Liam darauf besteht, sich um die finanziellen Dinge zu kümmern.

»Du bringst nur alles durcheinander, wenn du mitmachst«, sagte er gleich nach unserer Hochzeit und bestand darauf, dass ich mein eigenes Konto schließe und ein gemeinsames mit ihm anlege. Anfangs fand ich es wundervoll, dass er die Verantwortung für die Hypothek und andere Rechnungen übernahm und ich mich nicht darum zu kümmern brauchte, aber jetzt muss ich über jeden Penny, den ich ausgebe, Auskunft geben.

Die Auszüge reichen zwei Jahre zurück und im letzten Jahr wurden regelmäßig, ungefähr einmal im Monat, Abbuchungen vom Royal Lodge Hotel vorgenommen. Ich finde keine anderen Zahlungen an Juweliere. Ich lege die Unterlagen zurück und schaue in die zweite Schublade. Sie enthält einige Telefonbücher und die Gelben Seiten. In der dritten Schublade ist außer Druckerpapier, Briefumschlägen, Klebeband und einer Schachtel Büroklammern nichts zu finden. Auf dem Schreibtisch stecken Stifte in einem blauen Keramikgefäß. Ein altes Geschenk von einer von Liams Exfreundinnen. Wie hieß sie noch mal? Katy, Katya, so was in der Art. Er sagte mir, dass sie für die Arbeit von Moldawien nach England gekommen sei, und als sie ein paar Jahre später in ihr Land zurückkehrte, behielt er das Andenken aus ihrer Beziehung, weil er die Verarbeitung so schön fand.

Er hat recht. Es ist schön. Ein Kaleidoskop aus Indigo, Türkis, Hellblau und Azurblau. Alle Farben des Meeres miteinander vermischt. Ich kippe das Gefäß über den Schreibtisch aus. Heraus fallen fünf Kugelschreiber, zusammen mit einem kleinen Radiergummi und zwei Büroklammern, die ich da hineingetan haben muss, denn Liam würde es hassen, wenn die Büroklammern bei dem Rest liegen. Gott bewahre.

Ich weiß nicht einmal, wonach ich genau suche. Etwas, das beweisen kann, dass mein Mann versucht hat mich umzubringen? Ich öffne Google, rufe mein E-Mail-Konto auf und gebe die Adresse und das Passwort ein.

›Fehler. Passwort nicht korrekt. Ihr Konto wurde gesperrt‹ leuchtet auf dem Bildschirm auf.

Ich runzle die Stirn und versuche es erneut.

›Fehler. Passwort nicht korrekt. Ihr Konto wurde gesperrt.‹

Was? Ich versuche es noch einmal. Aller guten Dinge sind drei, hoffe ich.

›Fehler. Passwort nicht korrekt. Ihr Konto wurde gesperrt.‹

Ich scrolle runter, um zu erfahren, wie ich mein Konto entsperren kann.

›Wenn Sie die obige Nachricht erhalten haben, wurde Ihr Passwort drei Mal falsch eingegeben und Ihr Konto aus Sicherheitsgründen gesperrt. Um Ihr Konto wieder zu aktivieren, füllen Sie die folgenden Felder aus:‹

Ich soll das alternative Sicherheitswort eingeben, das ich bei der Kontoerstellung angegeben hatte. Ich tippe Jordans Namen ein und drücke Enter.

›Ein neues Passwort wird jetzt an die mit diesem E-Mail-Konto verbundene Mobiltelefonnummer geschickt.‹

»Das darf nicht wahr sein!« Ich werfe die Hände in die Luft. »Das wäre prima, wenn ich denn wüsste, wo mein verdammtes Handy steckt!« Frustriert wippe ich mit den Beinen, unsicher, was ich als Nächstes tun soll. Ich kaue auf meinem Daumennagel und öffne das Tab ›Verlauf‹ oben am Bildschirm, um zu prüfen, ob mir das Hinweise darauf gibt, was Liam oder ich uns angesehen haben. Eine Liste der Websites, die wir in letzter Zeit aufgerufen haben, erscheint auf dem Bildschirm: mein E-Mail-Konto, Liams E-Mail-Konto, der Diamond Store, das Royal Lodge Hotel, unser Online-Banking, ein Weinhandel, Amazon, Zolafaxine-Nebenwirkungen und Devon Pharmaceutical.

Ich klicke auf die Zolafaxine-Seite und gehe die Liste der Nebenwirkungen durch.

Häufiger:

Nesselausschlag
Unfähigkeit, still zu sitzen
Juckreiz
Ruhelosigkeit
Ausschlag

Weniger häufig:

Schüttelfrost oder Fieber
Gelenk- oder Muskelschmerzen

Selten:

Angstzustände
Angstschweiß
Verwirrung
Krämpfe
Durchfall
Konzentrationsschwierigkeiten
Schläfrigkeit
Trockener Mund
Übermäßiger Hunger
Schneller oder unregelmäßiger Herzschlag
Halluzinationen
Kopfschmerzen
Vermehrtes Schwitzen
Vermehrter Durst
Mangelnde Energie
Stimmungs- oder Verhaltensänderungen
Überaktive Reflexe
Violette oder rote Flecken auf der Haut
Psychose
Selbstmordgedanken
Herzklopfen
Zittern oder Schütteln

Mit unkontrollierbarer Erregung und Aktivität sprechen, fühlen und handeln
Atemprobleme

Ich klicke auf ›Halluzinationen‹ und werde auf eine andere Seite mit Informationen weitergeleitet.

Die von antidepressiv wirkenden Medikamenten wie selektiven Serotonin-Wiederaufnahmehemmern (SSRI) beeinträchtigte Chemikalie im Gehirn ist dieselbe, die LSD, PCP und verschiedene psychedelische Drogen nachahmen, um die halluzinogenen Effekte zu erzeugen.
SSRIs verhindern, dass Serotonin wieder in das Gehirn resorbiert wird und sorgen so für einen Überschuss an Serotonin. Das führt zur kontinuierlichen Stimulierung des Gehirns und kann zu Depressionen, Gewaltausbrüchen, Selbstmordgedanken, Psychose und Manie führen.

Mein Gott! Wie können sie das Zeug überhaupt verschreiben? Als ich das Seitenende erreiche, wird meine Haut klamm und ein eiskalter Schauer läuft mir den Rücken herunter.
Hergestellt von Devon Pharmaceutical.
Ich muss mich daran erinnern, weiter zu atmen, und wische die Handflächen an meiner Jeans ab, während ich darüber nachdenke, was das bedeuten könnte. Es könnte natürlich nichts bedeuten. Es könnte ein riesiger Zufall sein. Aber Liam ist für die Herstellung der Medikamente verantwortlich. Er hat uneingeschränkten Zugriff auf sie. Ja, dort steht, dass halluzinogene und psychoseartige Reaktionen möglich sind, auch wenn sie nur selten auftreten, aber vielleicht hatte er sie irgendwie manipuliert, sie mit etwas vermischt, was mir mit Sicherheit psychoseähnliche Symptome verschaffen würde.

Die Haare in meinem Nacken richten sich auf, je länger ich mit wachsendem Entsetzen auf die Seite starre. Ich suche nach den Nebenwirkungen von Silepine-Schlaftabletten und lese sie mir durch.

Häufig:
Unscharfes Sehen
Verstopfung
Schwindel
Doppelsehen
Speicheln oder trockener Mund
Schläfrigkeit
Ruhelosigkeit oder Gereiztheit
Libidoverlust
Gedächtnisprobleme
Muskelschwäche
Übelkeit
Hautausschlag
Undeutliches Sprechen

Selten:
Erregung
Aggressivität
Amnesie/Gedächtnisverlust
Gedächtnisstörung
Verwirrtheit
Verringerte Hemmungen/keine Angst vor Gefahren
Depressionen
Gefühl, dass Sie ohnmächtig werden
Halluzinationen
Feindseligkeit
Hyperaktivität
Muskelzittern
Psychose
Krampfartige Anfälle
Selbstmord- oder Selbstverletzungsgedanken

Ungewöhnliche Gedanken oder Verhaltensweisen
Schwache oder flache Atmung

Hier stehen schwarz auf weiß die Gründe, warum alle denken, ich hätte mich umbringen wollen und dann eine seltsame Reaktion auf Silepine gehabt. Ich gehe zur nächsten Seite, auf der steht, dass das Unternehmen Ashe Pharma für die Herstellung von Silepine verantwortlich ist. Also nicht Liams Unternehmen.

Ein lautes Klopfen an der Haustür lässt mich aufschrecken. Ich erstarre, halb auf dem Stuhl sitzend, halb stehend, mit rasendem Herzen.

Klopf, klopf, klopf!

Langsam schiebe ich mich aus dem Esszimmer ins Wohnzimmer, das zur Vorderseite des Hauses führt. Ich stelle mich an die Rückwand des Zimmers und schaue durch die Tüllgardinen des Erkerfensters nach draußen. Vor dem Haus steht ein Van mit dem Schriftzug *Flowers for All Occasions* auf der Seite.

Ich werde nicht öffnen. Woher weiß ich, dass das ein echtes Unternehmen ist? Ich kann mir nicht sicher sein, dass das keine Falle ist. Soweit ich weiß, kann genau das Gleiche letztes Mal vorgefallen sein. Es wäre ein guter Trick. Blumen an eine arme ahnungslose Frau liefern und sie dann entführen, wenn sie die Tür öffnet.

Zitternd beobachte ich, wie ein junger Mann mit einem großen Blumenstrauß in der Hand auf unserem Weg zurück zum Van geht. Er schaut ein letztes Mal zum Haus, bevor er wieder einsteigt. Ich erkenne ihn nicht wieder, aber was heißt das schon. Ich könnte ihm schon einmal begegnet sein und mich einfach nicht daran erinnern.

Als ich mich umdrehe und das Zimmer verlassen will, sticht mir ein Bücherregal in der Ecke ins Auge, auf dem gerahmte Bilder stehen. Ich nehme das Bild von Liam und mir vor dem Standesamt in die Hand. Er wollte eine einfache, private Hochzeit, nur mit uns beiden. Wir hatten nicht einmal Trauzeugen, die wir kannten. Er fand, es wäre witzig und spontan, wenn wir zwei Leute auf der Straße fragen.

Das Bild wurde von einem der Trauzeugen aufgenommen, einem älteren Mann, der sogar weinen musste, als wir uns das Ja-Wort gaben, obwohl er uns nie zuvor gesehen hatte. Es ist etwas unscharf und verwackelt, aber das Lächeln auf unseren Gesichtern strahlt pure Glückseligkeit aus. Meine Wangen sind vor Aufregung und Freude gerötet. Ich sehe nicht mehr so aus wie diese Frau. Nachdem das Foto geschossen wurde, zog Liam mich an sich und flüsterte: »Du gehörst jetzt mir. Du darfst mich niemals verlassen. Ich glaube, das würde ich nicht überleben.« Ich fand das romantisch, dachte, es zeigte eine verletzliche Seite, die er vor dem Rest der Welt verborgen hielt. Etwas, das nur für mich reserviert war, weil ich etwas Besonderes war. Weil er mich so sehr liebte. Jetzt glaube ich, dass es damit überhaupt nichts zu tun hatte. Es war nur eine frühe Warnung.

Ich stelle das Bild wieder ab und erblicke ein anderes. Meine Kopfhaut prickelt, als ich es in die Hand nehme. Es ist ein Bild von Liam in einem silbernen Rahmen. Es scheint erst kürzlich aufgenommen worden zu sein. Im Hintergrund steht auf einem riesigen Banner ›Exalin‹ geschrieben. Devon Pharmaceutical veranstaltet immer Medien-Events, wenn das Unternehmen kurz davor steht, ein neues Medikament auf dem Markt zu bringen. Dieses ist gegen Diabetes, daran hat Liam in letzter Zeit so hart gearbeitet. Die Familienmitglieder der Angestellten sind bei diesen Events nicht eingeladen, sie werden nur zu Werbezwecken abgehalten. Neben ihm steht mit einem breiten Grinsen Julianne Day, Liams Boss. Sie ist ein paar Jahre älter als er, aber das würde man niemals vermuten. Ihre Haut ist glatt und jugendlich, ohne das geringste Anzeichen von Falten oder Krähenfüßen. Sie sieht immer vorbildlich aus. Das perfekte glatte Haar ist zu einem glänzenden, frischen Bob in Schulterlänge geschnitten. Ihr Make-up sieht immer aus, als käme sie geradewegs aus einer dieser Verschönerungs-Shows im Fernsehen. Die Augenbrauen sind zu symmetrischen Bögen gezupft. Dass sie bei der Arbeit zusammen fotografiert werden, ist bestimmt nicht eigenartig. Der Schmuck, der um ihren Hals hängt, ist dagegen sehr eigenartig.

Es ist ein herzförmiges Medaillon aus Weißgold mit Diamanten.

Kapitel 17

Ich hätte es wissen müssen, oder zumindest ahnen. Ich weiß noch, wie ich auf Liams Geburtstagsparty eine witzige Bemerkung darüber machte, dass er so viel Zeit mit Julianne verbrachte und seine anderen Gäste vernachlässigte. Er zog mich ganz nah an sich heran und flüsterte mir ins Ohr: »Verdammte Scheiße, sie ist mein Boss! Natürlich bin ich aufmerksam. Sie ist es, die meine Bonusschecks unterschreibt! Ganz ehrlich, manchmal hast du einfach keine Ahnung. Ich frage mich manchmal, wie du es überhaupt zu einem Abschluss gebracht hast. Werd' erwachsen und hör auf, so neurotisch und eifersüchtig zu sein.«

Für alle, die uns beobachteten, sah es so aus, als hielte er mich in einer liebevollen Umarmung, aber ich konnte die Anspannung spüren, die stoßweise aus ihm herausbrach, und ich wollte vor seinen Freunden keine Szene machen. Ich musste mir selbst die Frage stellen: *Was zum Teufel denkst du denn, Chloe? Das ist verrückt. Du musst damit aufhören.* Aber für mich galten nicht dieselben Regeln wie für Liam; sowie ich mit einem Mann sprach, war er an meiner Seite und passte auf wie ein Schießhund.

Aber nichts konnte meine euphorische Vorfreude auf das Baby trüben. Das kleine Leben in mir war das Einzige, was zählte. Hatte Liam nicht die Chance verdient, sich zum Wohle des Babys zu ändern?

Insofern wusste ich es in meinem tiefsten Innern vielleicht, aber gleichzeitig wollte ich es nicht wahrhaben, so wie ich auch viele andere Dinge nicht wahrhaben wollte. Ich stelle das Bild wieder exakt auf seinen alten Platz, damit nicht auffällt, dass ich es bewegt habe.

Ich muss aus dem Haus raus. Allem entkommen, was mich hier anstarrt. Das Wohnzimmer fühlt sich unglaublich klein an, als würde es das Leben aus mir herauspressen. Ich nehme das Geld und den Schlüssel vom Tisch, wo Liam sie gelassen hat, und will gerade die Treppe hinaufgehen, als ich eine Karte im Briefschlitz entdecke. Sie ist von dem Blumenlieferanten, ich soll die Nummer auf der Vorderseite anrufen, um einen besseren Zeitpunkt für die Lieferung eines Blumenstraußes zu vereinbaren.

Ich hole die Gelben Seiten aus der Schreibtischschublade hervor und schlage Flowers for All Occasions nach. Die Telefonnummer stimmt mit der auf der Karte überein.

Die Blumen können nicht von Liam stammen. Er schenkt mir nur dann Blumen, wenn er die Beherrschung verloren hat, und er bringt sie mit, er lässt sie nicht liefern. Jordan? Nein, er würde nicht so weit gehen. Sara kann sie nicht geschickt haben, weil sie nicht hier ist. Damit bleibt nur noch Theresa übrig, mein Boss.

Ich werfe die Karte auf den Schreibtisch und verkleide mich wieder mit Sonnenbrille und Sonnenhut. Dann stürze ich zur Tür raus und lasse sie hinter mir zuknallen. Liam würde ausflippen, wenn er hier wäre. Er hasst das Geräusch knallender Türen. Aber das ist mir mittlerweile egal. Am liebsten würde ich die Tür treten. Irgendetwas treten. Vor allem ihn.

Als ich das Stadtzentrum erreiche, bin ich außer Atem, heiß und verschwitzt und halte wachsam Ausschau, ob ich von verdächtigen Personen verfolgt werde. Ich betrete den ersten Friseurladen, den ich sehe, und der Geruch nach Dauerwellen-Lotion steigt mir in die Nase.

»Hi, kann ich Ihnen helfen?«, fragt mich eine aufgeweckte junge Empfangsdame, deren kurzes, stacheliges blondes Haar mit violetten Strähnen durchzogen ist, mit einem Lächeln. Als sie die Kratzer in meinem Gesicht entdeckt, bröckelt ihr Lächeln leicht.

»Ja«, antworte ich, ebenfalls lächelnd. Das ist zwar das Letzte, wonach mir gerade zu Mute ist, aber ich möchte normal erscheinen. »Haben Sie heute noch einen Termin frei?« Ich nehme Sonnenhut und Sonnenbrille ab und verstaue beides in meiner Handtasche.

Sie kaut an ihrem Stift und beäugt mein langes, welliges dunkles Haar, das jetzt über meine Schultern fällt. »Was soll bei Ihnen gemacht werden?«

»Äh ...« Ich halte inne und denke nach. Die Sache ist die, auch wenn es offensichtlich ist, dass Liam eine Affäre hatte, war er trotzdem derjenige, der mich unter der Erde zurückgelassen hat? Nach allem, was ich bislang herausgefunden habe, ist es möglich, aber was, wenn er es nicht war? Was, wenn die Lügen, die er mir aufgetischt hat, nichts mit dem zu tun haben, was mir zugestoßen ist? Das würde bedeuten, dass die Person, die mich entführt hat, weiß, wie ich aussehe. Ich brauche also eine Veränderung. Eine drastische.

»Ich möchte die Haare kurz schneiden und färben lassen, in einem helleren Farbton.«

Sie schlägt den Stift gegen ihre Lippen und schaut auf den Kalender auf der Theke. »Also, wenn Sie eine halbe Stunde warten können, wird Denise sich darum kümmern.« Sie schaut erwartungsvoll hoch.

»Das ist perfekt, vielen Dank.«

Sie zeigt auf ein Rattansofa hinter mir. »Nehmen Sie Platz. Möchten Sie einen Tee oder Kaffee?«

Ich überlege, ob ich um etwas Stärkeres bitten kann, aber es ist erst elf Uhr morgens. »Nein, vielen Dank.« Das Sofa knarrt unter meinem Gewicht, als ich mich setze. Zwei Frauen betreten den Laden und setzen sich mir gegenüber. Ich vermeide Blickkontakt, indem ich eine Promizeitschrift durchblättere, aber ich sehe die Seiten gar nicht. Alles ist verschwommen, als könnten meine Augen nicht mehr mit der sich drehenden Welt mithalten. *Was soll ich tun, was soll ich tun?*

Ich sollte Liam einfach verlassen. Jetzt. Heute. Nur werde ich dann nie Gewissheit haben, ob er versucht hat, mich umzubringen, oder jemand anders. Aber wenn ich bleibe, könnte mein Leben in Gefahr sein.

Nein. Ich muss im Haus bleiben, damit ich noch mehr Hinweise finden kann. Es muss etwas geben, womit ich die einzelnen Teile zusammensetzen kann. Ja. Ich bleibe. So lange, bis ich mehr herausgefunden habe und Summers davon erzählen kann.

Die beiden Frauen lachen und ich schaue auf. Ihre Blicke sind auf mich geheftet und mir wird bewusst, dass ich meine Gedanken laut vor mich hin gemurmelt habe wie eine verrückte, obdachlose Person.

Ich blicke aus dem Fenster, um ihren Blicken zu entgehen, und beobachte gewöhnliche Menschen, die ihrem täglichen Leben mit ihren dummen, banalen Plänen folgen – was sollen sie zum Abendessen kochen, was läuft im Fernsehen, haben sie daran gedacht, vor der Arbeit die Katze zu füttern, welches Kleid sollen sie im Ausverkauf kaufen, wann muss die Stromrechnung bezahlt werden. Sie scheinen in einer anderen Welt zu leben, Millionen Kilometer weit weg. Sie sind in der Sonne und ich wurde an einem dunklen Ort zurückgelassen, wo ich ständig mit den Füßen trete, um den Kopf über Wasser zu halten und nicht zu ertrinken.

Ich denke über Liam und Julianne nach und darüber, wie lange das schon andauert und wie ich ihn verlassen habe. Habe ich nur den Brief geschrieben, als er in Schottland war, um ihn wissen zu lassen, dass ich alles beende (unsere Beziehung, *nicht* mein Leben), habe meine Sachen gepackt und bin bei Sara eingezogen? Oder hatten wir deswegen einen Streit? Hat er mich geschlagen? Mich bewusstlos geschlagen und versucht, den Körper loszuwerden? Hat er mich mit Schlaftabletten betäubt und mir dann auf den Kopf geschlagen?

Nein, natürlich nicht. Wie kann ich so was denken? Liam wäre nicht fähig, mir so etwas anzutun. Also muss mein Entführer jemand sein, den ich nicht kenne.

Ich wünschte, ich könnte mich erinnern, aber ich spüre nur ein Kratzen in meinem Kopf, so als ob Maden an meinem Gehirn nagten. Ich bin so tief in Gedanken versunken, dass ich zunächst nicht höre, dass ich angesprochen werde.

»... hier entlang.«

Ich reiße den Kopf hoch und sehe eine Frau mit einem kurzen, wilden karamellfarbenen Bob vor mir. »Wie bitte?«, sage ich.

»Ich bin jetzt so weit, kommen Sie bitte hier entlang.« Sie geht am Empfang vorbei und stellt sich hinter einen Stuhl in der Mitte einer zur Wand zeigenden Reihe. Ich setze mich hin und betrachte mich im Spiegel. Ich habe noch mehr abgenommen, auch in den letzten Tagen. Ich sehe doppelt so alt aus wie ich bin. Und fühle mich auch so. »Ist alles in Ordnung?« Beim Anblick meiner Kratzer kneift sie die Augen zusammen.

Ich mache eine geistige Notiz, nächstes Mal, wenn ich das Haus verlasse, viel Make-up aufzutragen. Wenn ich weiter gefragt werde, ob alles in Ordnung ist, breche ich wahrscheinlich als brabbelndes Wrack zusammen. Ich bringe ein überzeugendes Lächeln zustande. »Ja. Es geht mir gut, danke. Ich bin nur mit dem Fahrrad ins Gebüsch gestürzt.«

Sie nickt. »Und Sie wollen also eine komplette Änderung?« Mit geneigtem Kopf hebt sie meine Haare an. »Eine Schande. Ihre Haare sind umwerfend. Und in gutem Zustand. Worauf haben Sie Lust?«

Unsere Blicke treffen sich im Spiegel. »Können Sie so etwas machen wie bei Ihnen? Einen kinnlangen Bob? Und eine viel hellere Farbe.«

»Soll alles gefärbt werden oder nur ein paar Strähnchen? Wenn Sie Ihre gesamten Haare färben, wird es ziemlich drastisch ausfallen. Strähnchen sind unauffälliger.«

»Die gesamten Haare, bitte.«

»Kein Problem. Und Sie haben Glück«, sagt sie mit einem Lächeln. »Wir haben zurzeit ein Angebot. Zu jeder Haarfärbung erhalten Sie das Schneiden und Föhnen umsonst.«

Glück? Ich muss ein hysterisches Lachen unterdrücken.

Anderthalb Stunden später erkenne ich mich nicht wieder. Wenn ich an Schaufenstern vorbeigehe, erhasche ich flüchtige Blicke auf mein neues Ich, spüre die Luft an meinem nackten Nacken. Liam wird es hassen. Er mag meine Haare lang und offen. Er findet das femininer. Naja, Scheiß auf ihn.

Als ich zu Hause ankomme, schreit mein Magen vor Hunger, aber bei dem Gedanken an Essen wird mir schlecht. Ich schaue in den Kühlschrank. Er ist fast leer, und mir bleiben von dem Geld, das Liam mir dagelassen hat, nur fünf Pfund für etwas zu essen. Ich schließe die Kühlschranktür und schaue in den Obstkorb. Ein einsamer Apfel und zwei Bananen schauen zurück. Ich beiße in den Apfel und versuche es erneut bei Sara. Keine Antwort. Ich frage mich, was sie gerade macht. So wie ich sie kenne, wandert sie wahrscheinlich gerade durch die Berge oder ist beim Wildwasser-Rafting.

Ich werfe das Kerngehäuse des Apfels in den Müll und sehe, dass er voll ist. Ich binde die Enden des schwarzen Müllbeutels zusammen, hebe ihn aus dem Metalleimer und trage ihn vor das Haus zur Mülltonne. Da die Müllabfuhr immer noch nicht gekommen ist, ist sie bis zum Rand gefüllt, der Deckel ist halb geöffnet, als würde die Tonne mich auslachen. Ich stelle den Müllbeutel neben der Tonne auf dem Boden ab, und als ich wieder umkehre, kommt mir ein Gedanke. Der Teller, über den Liam Summers erzählt hat, dass wir uns deswegen gestritten hätten. Den ich laut Liam zerschlagen habe. Wenn das wirklich passiert ist, müssten die Scherben von dem Geschirr in einem dieser Müllbeutel sein.

Ich nehme den Beutel, den ich eben abgestellt habe, in die eine Hand und den obersten aus der Mülltonne in die andere und gehe damit nach hinten in den Garten. Dann hole ich die anderen beiden Müllbeutel und lege sie neben den anderen ab.

Sie geben einen gequälten, melodischen Laut ab, wie von einem sterbenden Vogel. Es ist zwar verzerrt, aber dennoch weiß ich genau, was es ist.

Es ist der Klingelton von meinem verschwundenen Handy, und das Geräusch kommt aus einem der Müllbeutel.

Kapitel 18

Mit zittrigen Fingern löse ich den Knoten des ersten Beutels, den ich eben aus der Küche getragen habe. Das Klingeln hat aufgehört, ich kann also nicht sagen, in welchem Beutel das Handy liegt. Ich kippe den Inhalt auf den Rasen und durchwühle ihn hektisch. Wenn Summers mich jetzt sehen könnte, würde er garantiert denken, dass ich nicht mehr alle Tassen im Schrank habe. Bei dem Gedanken muss ich schnauben, während ich meinen Weg durch glitschige benutzte Taschentücher, Küchenabfall, weggeworfene Briefe, leere Shampoo- und Ketchupflaschen, den Becher, den ich fallen gelassen habe und den Liam in Zeitungspapier eingewickelt hat, und das rote Kleid, das ich anhatte, als ich gefunden wurde und welches das Krankenhaus Liam gegeben haben muss, bahne. Das Kleid ist jetzt eingerissen und kaputt, ich habe keine Ahnung, warum sie dachten, ich könnte es wiederhaben wollen.

Als ich den gesamten Inhalt wieder in den Beutel gelegt habe und mit dem nächsten beginne, sind meine Hände bereits mit widerlichem Dreck überzogen.

Dann finde ich es.

Die Glasoberfläche des Telefons ist so stark zersplittert, dass der Bildschirm unleserlich geworden ist, und es ist mit Schmutz bedeckt. Es sieht aus, als hätte jemand es geworfen oder hätte darauf herumgetrampelt. War ich das? Oder Liam? Ich lasse das Handy im Gras liegen und gehe die restlichen Müllbeutel auf der Suche nach Überresten des zerbrochenen Tellers durch. Es gibt keine Spur davon, das heißt, es ist nie passiert.

Ich werde nicht verrückt. Ich habe mich nicht untypisch verhalten und den Teller nach ihm geworfen. Noch eine Lüge, die Liam erzählt hat, um mich irrational und verrückt dastehen zu lassen. Ich packe den Müll wieder in die Tonne und gehe zurück in die Küche. Ich wasche mir die Hände und wische das Handy so lange mit einem antibakteriellen Wischtuch ab, bis es trocken ist.

Es nützt nichts. Auf dem beschädigten Bildschirm kann ich überhaupt nichts erkennen. Aber wenn es geklingelt hat, funktioniert es noch, vielleicht ist die SIM-Karte noch funktionsfähig. Ich muss mir ein neues Handy kaufen und es ausprobieren. Es ist unwahrscheinlich, dass ich mit fünf Pfund ein neues Handy kaufen kann, ich werde Liam also um mehr Geld bitten müssen. Und wenn ich um mehr Geld bitte, wird er wissen wollen, wofür, und er darf nicht ahnen, dass ich bestimmte Dinge weiß.

Dann stehle ich das Geld aus seiner Geldbörse. Ja, so mache ich das.

In dem Augenblick kommt mir ein anderer Gedanke. Die Schlaftabletten. Ich habe sie im Haus nicht gesehen und sie waren keinesfalls im Müll. Wenn ich sie wirklich genommen habe, müssten sie hier irgendwo sein. Ich suche überall, angefangen in einem der Küchenschränke, in dem wir unsere Medikamente in einem Kunststoffbehälter aufbewahren. Ich nehme alles nacheinander heraus: Pflaster, Verbandszeug, Ohrenschmalz-Tropfen, Optrex, Ibuprofen, Paracetamol, Anadin Extra, ein paar abgelaufene Antibiotika, die Liam wegen eines Zahninfekts nehmen musste, Vitamin-C-Tabletten, Abführmittel. Ich schaue in den Badezimmerschränken und in allen Schubladen im Schlafzimmer nach.

Keine Schlaftabletten.

***

»Was zum Teufel hast du mit deinen Haaren angestellt?« Liam betritt die Küche mit weit aufgerissenen Augen. Sein Hals verfärbt sich rot, ein sicheres Anzeichen dafür, dass er wütend wird. Mittlerweile kenne ich alle Anzeichen. Ich lebe schon so lange damit. Ich will nicht, dass er wieder ein Loch in eine Tür oder Wand schlägt und ignoriere den scharfen Tonfall. Mit einem ruhigen Lächeln lasse ich die Spaghettisoße, die ich im Tiefkühler gefunden habe, ruhen.

»Ich ... Ich wollte einfach mal was Neues ausprobieren, das ist alles.« Instinktiv berühre ich meine Haare, oder was davon übrig ist.

»Es sieht verdammt grässlich aus! Du siehst überhaupt nicht mehr aus wie du. Warum in aller Welt hast du das getan?« Er stemmt die Hand in die Hüften. »Ganz ehrlich, Chloe, manchmal bist du so dumm. Als ich sagte, geh zum Friseur, waren wir uns einig, dass es zum Spitzenschneiden war, jetzt bist du fast kahl!«

»Ich wollte nur –«

»Genau das meine ich.« Mit vor Missbilligung schwerer Stimme richtet er den Finger auf mich. »Du verhältst dich die ganze Zeit so irrational. Morgen rufe ich Dr. Drew an, um ihm meine Bedenken mitzuteilen. *Mal wieder.*«

»Wieso ist es irrational, dass ich mir die Haare schneiden lasse?« Plötzlich Mut schöpfend wage ich es, ihn herauszufordern.

»Weil du solche Sachen für gewöhnlich nicht machst.« Er klingt, als wolle er einem trotzigen Kind gut zureden.

»Was für Sachen? Meine Haare schneiden? Das ist lächerlich!« Ich schüttle den Kopf, obwohl ich genau weiß, was er meint. Er meint, dass ich mich für gewöhnlich nicht seinem Willen widersetze.

Er macht einen Schritt auf mich zu, greift ein Haarbüschel und zieht fest daran.

»Au!« Ich greife nach seiner Hand. »Das tut weh!«

»Du bist völlig durchgeknallt und du merkst es nicht mal.« Er lässt mein Haar los und stürmt aus dem Zimmer und die

Treppen hoch. Als er weg ist, strecke ich meine Zunge dorthin aus, wo er eben noch stand. Ich weiß, es ist eine erbärmliche Geste, aber ich kämpfe jetzt. Kämpfe um meinen Verstand.

Und ich bin nicht dumm. Wenn ich es wäre, wäre ich niemals entkommen.

Als ich die Pasta in das Sieb in der Spüle schütte, jagt mir die Türklingel einen riesigen Schreck ein. Ich verschütte kochendes Wasser auf mein Handgelenk und schnappe nach Luft.

Ich höre, wie Liam die Tür öffnet und mit einem Mann spricht. Die Tür wird geschlossen, und einige Minuten später kommt Liam mit einem Blumenstrauß in der einen und einem kleinen, aufgerissenen Umschlag in der anderen Hand in die Küche. Er hält mir beides mit einem belustigten Lächeln entgegen. »Zuerst dachte ich, du hättest einen heimlichen Verehrer, aber sie sind nur von Theresa.«

»Ja, ich hatte dir sagen wollen, dass jemand sie vorhin liefern wollte, aber ich wollte die Tür nicht aufmachen. Ich habe angerufen, damit der Auslieferer wiederkommt, wenn du da bist.« Ich trockne die Hände an einem Geschirrtuch ab und nehme die Blumen entgegen.

Sie sind wunderschön. Riesige Lilien und leuchtende Rosen, dazwischen grüne Blätter und ein rotes Band. Ich nehme die Karte aus dem Umschlag, den Liam bereits geöffnet hat.

Ich wünsche Ihnen eine schnelle Genesung.
Liebe Grüße
Theresa (und das gesamte Personal von Down-
ham College)

Eine schnelle Genesung? Wie kann man davon genesen, wenn man entführt und zum Sterben zurückgelassen wurde? Wie kann man davon genesen, wenn jemand versucht, einen in den Wahnsinn zu treiben?

Ich frage mich, was Liam ihr erzählt hat und ob Summers bei ihr war und Fragen gestellt hat. Haben die beiden mich als eine

Wahnsinnige beschrieben, die versucht hat, sich umzubringen? Ich riskiere einen Blick zu Liam, der selbstgefällig grinst.

»Soll ich sie für dich ins Wasser stellen, Schatz?« Er nimmt den Strauß aus meiner Hand und füllt eine Vase mit Wasser. Während er sich um die Blumen kümmert, fülle ich Spaghetti auf die Teller und gieße sauber Soße darüber.

Wir setzen uns an den Tisch, aber essen erscheint mir fast unmöglich. Langsam und gründlich kaue ich jeden Bissen, um ihn durch die Kehle, die sich wie zugeschnürt anfühlt, zu bekommen.

Nachdem ich den Tisch abgeräumt und die Küche geputzt habe, zieht Liam sich ins Esszimmer zurück, um an den Computer zu gehen. Ich schenke mir ein Glas Rotwein ein, nehme mir eine Zigarette und das Feuerzeug und gehe in den Garten. Versteckt auf dem Fußweg an der Seite des Hauses ziehe ich abwechselnd an der Zigarette und trinke in großen Schlucken Alkohol. Die Zigarette und der Wein brennen in der Kehle, aber es fühlt sich großartig an. Wenn ich Schmerzen empfinde, bin ich noch am Leben. Wenn das alles vorbei ist, werde ich wieder mit dem Rauchen aufhören. Lungenkrebs ist mir gleichgültig, wenn mein Tod sowieso unmittelbar bevorstehen könnte.

Ich drücke die Zigarette aus und werfe sie über den Zaun, damit Liam sie nicht findet. Dann gehe ich bis zum Ende des Gartens und drehe mich um, blicke auf das Haus, das sich wie ein Gefängnis anfühlt.

Liam steht an unserem Schlafzimmerfenster und beobachtet mich, aber von hier aus kann ich seinen Gesichtsausdruck nicht erkennen. Ich stoße einen erschöpften, niedergeschlagenen Seufzer aus und gehe wieder ins Haus.

Während ich das Weinglas abspüle und es zurück in den Schrank stelle, kaue ich eine Minzpastille, um den Rauchgeruch loszuwerden. Als ich fast fertig bin, kommt Liam die Treppe hinunter. Ich drehe mich um, und da steht er, direkt hinter mir. Er zieht mich an sich heran, hält mich sanft im Arm, und ich muss hart mit mir kämpfen, damit der tief in mir steckende Schrei nicht nach außen dringt.

»Tut mir leid, dass ich wegen deiner Haare genörgelt habe. Es ist nur so, ich liebe dich so sehr, ich mach mir Sorgen.« Er streichelt mir über den Rücken.

Meine Muskeln verspannen. »Du musst dir keine Sorgen machen. Es geht mir gut.« Oder vielleicht macht er sich genau deswegen Sorgen, dass es mir wirklich gut geht und ich weder tot noch im Irrenhaus bin und er nicht tun und lassen kann, was er will.

»Alles, was du in letzter Zeit getan hast, sieht dir überhaupt nicht ähnlich. Ich glaube, diese Medikamente haben dich mehr in Mitleidenschaft gezogen, als wir zunächst dachten. Irgendetwas passiert mit dir.«

Halt's Maul! Das sagst du immer wieder! Willst du mich davon überzeugen oder dich selbst?

»Ich möchte nicht die Ärzte einbeziehen, aber du musst einsehen, dass du dich wie ein anderer Mensch verhältst.«

Nein. Ich sehe es nicht ein! Tu ich nicht, tu ich nicht, tu ich nicht! Du willst mich zerstören! Willst mich in den Wahnsinn treiben!

Ich verkneife mir die Worte, die ich eigentlich aussprechen möchte. »Ein Haarschnitt bedeutet nicht, dass ich mich wie ein anderer Mensch verhalte. Mir gefällt er. In dieser Länge sind meine Haare pflegeleichter.« Ich schnuppere an seiner Schulter.

Er weicht zurück, seine blauen Augen suchen den Kontakt zu meinen. »Naja, sie werden schon wieder wachsen«, murrt er. »Aber lass sie dir nicht wieder schneiden.«

»Nein, werde ich nicht.«

»Gutes Mädchen. Und jetzt mache ich dir eine Tasse Tee. Setz du dich hin und entspann dich. Das alles nimmt dich ziemlich mit, das sehe ich.« Er küsst mich auf den Kopf und setzt vor sich hinsummend Wasser auf. Ich setze mich nervös an den Tisch und beobachte seinen steifen Rücken, nicht sicher, was er als Nächstes vorhat. Als der Tee fertig ist, trägt er ihn zu mir. »Bitteschön. Wenn du ausgetrunken hast, können wir uns einen Film anschauen. Ein bisschen auf dem Sofa kuscheln, was meinst du?«

Der Gedanke daran bringt meinen Magen zum Brodeln. »Das wäre schön«, antworte ich mit einem Lächeln, das er hoffentlich nicht schwanken sieht, und warte auf den richtigen Augenblick.

Kapitel 19

Während Liams morgendlicher Dusche stehle ich fünfundsechzig Pfund aus seiner Geldbörse und verstecke die Scheine in meiner Kissenhülle. Ich ziehe mir gerade ein schwarzes Sommerkleid an, das ihm gefällt, als er mit noch feuchten Haaren und einem Handtuch um die Hüften aus dem Bad kommt.

»Hast du gut geschlafen?« Er neigt den Kopf mit einem kaum merkbaren Lächeln im Gesicht.

»M-mh, wie ein Stein.« Das ist natürlich gelogen. Wie sollte ich schlafen können?

»Vielleicht ist das genau das, was du brauchst, eine erholsame Nacht Schlaf.« Er legt das benutzte Handtuch zusammen und legt es auf dem Schminktisch ab, bevor er die Boxershorts überzieht, die er vorher bereits ordentlich auf dem Bett ausgebreitet hatte.

Ich mustere seinen Körper. Ein Körper, den ich anfangs liebte.

Jetzt hasse ich ihn.

Ich frage mich, wie er sich fühlen würde, wenn ich ihn kritisierte. Wenn ich ihm sagen würde, dass an den Schläfen graue Haare durch den blonden Schopf schimmern. Wie die harten Linien seiner Bauchmuskeln jetzt von einer kleinen Wampe ausgefüllt werden. Wie sein Kiefer sich verändert hat, an dem erste Zeichen schlaffer Haut zu beobachten sind, und die Tränensäcke unter den Augen.

Er bemerkt meinen Blick und missdeutet meinen Gesichtsausdruck als Interesse. »Ich habe noch etwas Zeit, bevor ich zur Arbeit muss.« Mit erhobenen Augenbrauen geht er auf mich zu. Er fährt mit den Fingerspitzen meinen Hals runter zu meinem Schlüsselbein, entlang der Rundung meiner Brüste. Ich will mich seiner Berührungen entziehen, aber ich halte den entsetzten Schauder tief in mir gefangen.

Er verzieht einen Mundwinkel zu einem lüsternen Lächeln und zieht mich langsam aus. Ich schlucke die Abscheu herunter, nicht sicher, wie ich es schaffe, mich zusammenzureißen und ihn nicht zu kratzen. Aber ich bin das Theaterspielen mittlerweile gewohnt – und dieses Mal könnte es mir das Leben retten. Also streichle ich seinen Körper, während ich seinem durchdringenden Blick standhalte.

Er hebt mich hoch und trägt mich sanft zum Bett. Ich lege meine Beine um seine Taille und strecke ihm meine Hüften entgegen, tue so, als könnte ich es nicht erwarten. Ein kalter Schauer setzt sich in meinen Knochen fest, als wäre jemand soeben über mein Grab gelaufen.

»Niemand wird dich je so sehr lieben wie ich.« Sein heißer Atem umspielt meine Ohrmuschel, während er tief in mich eindringt. Ich muss einen Schmerzensschrei unterdrücken. Er bewegt sich nach seinem Rhythmus, und mein ekstatisches Stöhnen ist so überzeugend, dass selbst ich es mir fast abkaufe.

Nachdem er gegangen ist, gehe ich unter die Dusche, versuche, seinen Geruch und seine Berührung von meiner Haut zu waschen. Ich schrubbe so lange, bis das Wasser kalt wird, aber ich fühle mich noch immer schmutzig.

Ich putze mir die Zähne hart, bis das Zahnfleisch blutet, dann gehe ich runter für einen Kaffee und eine Zigarette, wobei meine Hände so sehr zittern, dass ich den Kaffee auf dem Terrassentisch verschütte. Danach spüle ich die Tasse ab, stelle sie in den Geschirrspüler und schaue mich, mit meiner großen Sonnenbrille, im Spiegel an. Ich sehe vollkommen anders aus. Ich bin nicht mehr Chloe Benson. Ich weiß nicht, wer ich bin.

Ich verlasse das Haus und gehe in die Stadt. Die Straßen sind gespenstisch ruhig, aber ich halte aufmerksam Ausschau nach verdächtig aussehenden Personen. Das Gefühl, dass ich nicht allein bin, jagt einen kalten Schauer über meinen Rücken. Es fühlt sich an, als würde jemand ihn mit seinem Blick durchbohren.

Es ist jemand hinter mir. Ich weiß es.

Jeder Muskel verkrampft sich und ich überwinde mich zu einem Blick über die Schulter. Ein Mann geht ungefähr fünfundzwanzig Meter hinter mir. Er ist groß und massig, trägt schwarze Jeans, Turnschuhe und einen weiten grauen Pullover mit Kapuze, die einen dunklen Schatten auf sein Gesicht wirft und es vor mir verbirgt.

Ich gehe schneller, mein Herz hämmert in meiner Brust. Ich bin in einem Wohngebiet, aber ich bin trotzdem in Panik. Flynn sagte, heutzutage wolle sich niemand mehr einmischen. Die meisten würden, selbst wenn direkt vor ihren Augen ein Verbrechen geschieht, einfach den Kopf unten halten und vorbeigehen.

Er beschleunigt seine Schritte.

Ich weiß nicht, ob ich rennen soll. Oder würde es ihm nur zeigen, dass ich Angst habe, und er würde mir hinterherjagen? Ich wechsle die Straßenseite und gehe weiter, prüfe mit einem Blick über die Schulter, wo er ist.

Er dreht den Kopf zu mir, aber ich kann sein Gesicht noch immer nicht erkennen.

Das könnte er sein. Der Mann, der mich entführt hat. Aber ich verstehe nicht, wie er mich jetzt erkennen kann.

Ich presse die Lippen aufeinander, damit ich nicht losschreie, und gehe noch schneller. Mein Herz pocht so laut in meinen Ohren, dass ich seine Schritte nicht mehr hören kann. Ich ringe darum, meine Atmung ruhig zu halten, überlege, ob ich an einer Haustür klingeln soll, aber wer weiß, wer im Haus ist, in den Fenstern sehe ich nur die vom Sonnenlicht zurückgeworfenen starken Reflexionen der Straße.

Dann höre ich ihn wieder. Jetzt sind seine Schritte lauter, dicht hinter mir, im gleichen Takt wie meine, und bei mir ist es schon fast Power-Walking. Schweiß rinnt zwischen meinen Schulterblättern herab.

Jemand ruft: »Dave!«, und ich drehe mich noch einmal um. Der Mann im Kapuzenpullover ist stehen geblieben und wartet auf einen anderen Mann, der auf ihn zugejoggt kommt. Sie begrüßen sich mit einem komischen Handschlag und beginnen ein Gespräch.

Ich stoße abgehackt Luft aus und gehe weiter, ohne meine Schritte zu verlangsamen, nur für alle Fälle. Als ich in der Stadt ankomme, stehe ich kurz vor einem Herzinfarkt, also setze ich mich im Stadtzentrum auf eine Bank, bis sich das Chaos in meinem Kopf wieder löst. Dann stehe ich mit gestreckten Schultern auf.

Ich habe die Wahl zwischen fünf Mobiltelefongeschäften, aber ich entscheide mich für das meines jetzigen Anbieters. Ich betrete das Geschäft, nehme die Sonnenbrille ab und schaue nach dem günstigsten Prepaid-Handy. Es gibt eins für zwanzig Pfund. Das wird genügen.

»Kann ich Ihnen helfen?« Ein Verkäufer, der nicht älter aussieht als meine Schüler, erscheint an meiner Seite.

»Ja, ist dieses Handy entsperrt?«

»Alle Handys hier sind entsperrt. Sie können sie mit jeder SIM-Karte nutzen. Aber dieses hier hat keine Kamera und ist nicht internetfähig.«

»Schon in Ordnung. Ich nehme es.«

Er sieht mich so erstaunt an, als sei mir gerade ein zweiter Kopf gewachsen. »Sind Sie sicher? Wir haben hier drüben ein besseres Modell, das über diese Funktionen verfügt.« Er zeigt auf ein größeres Handy mit Touchscreen.

»Nein, das hier ist perfekt.«

Ich bezahle schnell und eile nach Hause, mit den Augen immer auf der Suche nach Gefahren, die auf der Straße lauern könnten. Das unheimliche Gefühl, beobachtet zu werden, bereitet mir eine Gänsehaut, aber die einzigen Menschen, die ich auf dem Nachhauseweg sehe, sind zwei Mütter, die mit drei lärmenden Kindern die Straße entlang gehen, ein alter Mann, der mit einem noch älter aussehenden Hund spazieren geht, und eine Frau, die am Straßenrand aus einem Taxi steigt.

Im Haus angekommen, reiße ich sofort die Handyverpackung auf und verstecke sie auf dem Boden des Küchenmülleimers. Ich setze den Akku ein und lade das Handy auf. Ich wiege mich am Küchentisch sitzend vor und zurück, beobachte das Telefon auf der Arbeitsplatte, lasse meinen Ohrring durch mein Ohrloch kreisen und warte.

Das Klingeln des Telefons lässt mich hochschrecken. Zuerst denke ich, es kommt vom Handy, aber es ist der Festnetzanschluss.

»Hallo?«, sage ich und erwarte Liams Stimme, der prüfen will, wie es mir geht.

»Ah, spricht da Chloe? Hier ist Dr. Drew.«

»Hallo. Ich habe nicht unseren Termin vergessen, oder?«, frage ich panisch und fürchte, ich könnte wieder einen Aussetzer haben und mich nicht erinnern. *Was für ein Tag ist heute überhaupt?*

»Nein, den haben wir erst in ein paar Tagen. Ich rufe an, weil Liam mich heute Morgen angerufen hat. Er sagte, er mache sich Sorgen um Sie, deswegen wollte ich mich melden. Wie geht es Ihnen?«

Ich verziehe das Gesicht und lege meinen Kopf in meine freie Hand, hole einmal zur Beruhigung Luft. »Es geht mir gut, Dr. Drew, wirklich. Er ...« Ich breche ab. Ich frage mich, wie viel ich ihm sagen soll. Er hatte verständnisvoll gewirkt, auch wenn er mir nicht glaubte. Aber wenn ich erkläre, was ich bislang in Erfahrung bringen konnte, wird ihm bestimmt klar, dass etwas Merkwürdiges vor sich geht. »Liam belügt mich. Und nicht nur mich. Er erzählt anderen Personen Lügen über mich.«

»Was für Lügen?«

»Er versucht die Leute davon zu überzeugen, dass ich verrückt werde.« Da, ich habe es ausgesprochen. Und damit löst sich die Spannung, die mich fest im Griff hatte, etwas.

»Warum denken Sie das?«

»Weil er Dinge zu verheimlichen hat. Wissen Sie, diese Antidepressiva, die mir verschrieben wurden, Zola ... irgendwas?«

»Zolafaxine.«

»Ja. Wussten Sie, dass sie von dem Unternehmen hergestellt werden, für das Liam arbeitet?«

»Ja. Liam bestand sogar sehr darauf, dass wir, nach Ihrem Zwischenfall, die erforderlichen Berichte umgehend bei seinem Unternehmen einreichen.«

»Ich glaube, dass er sie manipuliert hat. Er hat sie mit etwas vermischt, wodurch ich psychotisch wurde. Ich weiß, dass es weit hergeholt klingt. Sogar lächerlich. Aber wenn Sie eins und eins zusammenzählen, ist das die einzige Antwort.«

Die andere Leitung bleibt einen Augenblick lang stumm. »Wie sowohl Dr. Traynor als auch ich Ihnen sagten, es ist möglich, dass die Nebenwirkungen, die Sie hatten, bei diesem Medikament auftreten. Es wurde vorher schon dokumentiert. Es ist zwar ungewöhnlich, aber manchmal kommt es vor. Und es ist auch sehr gut möglich, dass Sie eine weitere Reaktion auf die Schlaftabletten, die Sie genommen haben, hatten, die übrigens nicht von Devon Pharmaceutical hergestellt werden.«

»Ich habe sie nicht genommen.«

»Wie können Sie sich da sicher sein? Sie können sich nicht erinnern.«

»Warum sollte ich die Empfehlung, keine Medikamente mehr einzunehmen, ignorieren? Das ergibt keinen Sinn.«

»Medizinische Empfehlungen werden andauernd ignoriert.«

»Aber sie sind nicht hier. Sie sind nicht im Haus. Wenn ich sie genommen hätte, wären sie hier, oder?«

»Sie könnten sie bei sich gehabt haben, als Sie umhergewandert sind. Sie sagten, Ihre Handtasche sei verschwunden, sie könnten also darin sein. Und vergessen Sie nicht, Sie trauerten noch. Liam sagte, Sie hätten noch immer Schlafprobleme gehabt, und offensichtlich haben Sie sie deswegen genommen.«

»Ja, aber Liam hatte eine Affäre. Ich habe Beweise dafür gefunden.« Ich erzähle von dem Hotel, dem Medaillon und dem Bild mit seinem Boss Julianne.

»Das beweist nicht, dass er eine Affäre hatte. Vielleicht war er in dem Hotel auf einer Tagung, die spät endete, und er wollte dort übernachten, um Sie nicht zu stören. Die Halskette könnte ein unschuldiges Geburtstagsgeschenk für seinen Boss gewesen sein, oder?«

»Würden Sie Ihrem Boss eine zwölfhundert Pfund teure Kette aus Weißgold mit Diamanten zum Geburtstag schenken?«

»Mein Boss ist ein Mann, von daher denke ich nicht, dass ihm das gefallen würde.« Er kichert leise. Ich will die Hand in den Hörer stecken und ihn kräftig schütteln. Ihn verdammt noch mal zur Vernunft bringen.

»Und mein E-Mail-Konto wurde gehackt. Er muss nach etwas gesucht haben.«

»Wissen Sie, wie viele E-Mail-Konten jeden Tag gehackt werden? Mir selbst ist das erst vor ein paar Monaten passiert. Die Person, die das gemacht hat, hat eine E-Mail mit einem Virus im Anhang an all meine Kontakte geschickt! Das kommt häufig vor.«

»Aber wenn man alles andere berücksichtigt, ist es verdächtig. Er hat mich angelogen, als er sagte, der Brief, den ich geschrieben habe, sei ein Abschiedsbrief einer Lebensmüden gewesen. Er hat gelogen, als er sagte, dass ich einige meiner Kleidungsstücke zum Secondhandladen gebracht hätte.«

»O. k., o. k., nun mal langsam. Woher wissen Sie, dass Sie Ihre Kleidung nicht zum Secondhandladen gebracht haben? Vielleicht wollten Sie etwas ausmisten. Das habe ich schon häufig beobachtet, wenn man ein traumatisches Ereignis überwindet. Sie wollen die alten, stillstehenden Dinge in ihrem Leben loswerden und Platz schaffen für das Saubere, Helle und Neue. Das ist sogar eine sehr therapeutische Maßnahme, um das Leben wieder in die Hand zu nehmen.«

»Ich würde keine getragene Unterwäsche zum Secondhandladen bringen. Würden Sie das tun?«

»Tja, nein, das kann ich nicht behaupten, aber ich bin mir sicher, dass es gemacht wird. Ich glaube, dort werden die unvorstellbarsten Dinge gespendet. Was des Einen Müll ist des Anderen Schatz.«

»Nein, so was würde ich einfach nicht tun.« Meine Stimme wird laut und hysterisch. »Und dann ist da noch der Keller.«

»Welcher Keller?«

Nein, nicht der Keller. Falsches Wort. In meinem Gehirn ist alles verschwommen, als hätte sich da drin eine Kluft gebildet. »Ich meine den Teller.«

»Den Teller?«

»Ja! Liam hat Ihnen und der Polizei gesagt, ich hätte einen Teller nach ihm geworfen, bevor er nach Schottland fuhr. Im Müll ist kein zerbrochener Teller, also kann es nicht passiert sein.«

Ich höre ihn seufzen, aber ich weiß nicht, ob es Ungeduld oder Unglauben bedeutet. »Chloe, ist nicht anzunehmen, dass die Müllabfuhr den Müll mit dem Teller bereits abgeholt hat? Es wäre jetzt eine Woche her.«

»Nein, die Müllabfuhr streikt. Es ist überhaupt nicht möglich«, sage ich triumphierend. Und dann fällt mir etwas ein, was Summers mir gesagt hat. »Liam sagte, er habe mich nicht aus Schottland angerufen, weil wir uns wegen des Tellers gestritten hätten und ich gesagt hätte, dass ich ihn nicht sprechen wolle.«

»Ja.«

»Aber das stimmt nicht, denn es gab keinen Teller. Und Liam ruft mich immer an. Oder schickt eine SMS. Er ruft immer jeden Tag an, um zu wissen, was ich mache, wo ich bin, woran ich denke. Manchmal sogar mehrmals täglich.«

»Ich weiß nicht, worauf Sie hinauswollen. Es könnte sein, dass —«

Ich würge ihn mit einem lauten Seufzer ab. »Aber verstehen Sie es denn nicht? Er hat mich nicht aus Schottland angerufen, weil mein Handy kaputt im Müll war, er wusste also, dass ich nicht ans Telefon gehen würde. Er wusste das, weil er mich an diesen Ort gebracht hat, damit ich sterbe!« Meine Stimme wird schrill.

»Beruhigen Sie sich, meine Liebe. Holen Sie tief Luft.«

Ich will mich verdammt noch mal nicht beruhigen. Ich will, dass mir jemand glaubt.

»Sie wissen nicht, wie Ihr Handy kaputt gegangen und im Müll gelandet ist. Es könnte passiert sein, bevor Liam nach Schottland gefahren ist – und in dem Fall hätte er Sie nicht angerufen, weil er es gewusst hätte, nicht wahr?«

»Aber er hat auch nicht auf dem Festnetz angerufen. Summers hat es mir gesagt.«

»Liam sagte, wie viel Arbeit er mit dem neuen Exalin-Medikament hat. Es kann sein, dass er keine Gelegenheit hatte, Sie anzurufen.«

»Aber er ruft *immer* an. Immer. Nur dieses Mal nicht. Das ist verdächtig. Sehr verdächtig.«

»Haben Sie Liam darauf angesprochen?«

Was würde das bringen? Ich weiß, dass er es leugnen würde. Es wäre seine Aussage gegen meine und alle anderen waren auf seiner Seite. »Nein, ich möchte ihn noch nicht wissen lassen, dass ich es weiß.«

»Für all die Dinge, die Sie aufgezählt haben, gibt es eine vernünftige Erklärung, aber wenn Sie sich so fühlen, sollten Sie vielleicht mit der Polizei darüber sprechen. Ich bin mir sicher, dort wird man Sie beruhigen können.« Er sagt es liebenswürdig, aber auch eindringlich.

»Bis ich Beweise habe, wird man mir nicht glauben. Liam hat sie davon überzeugen können, dass ich labil bin. Er sagte, er habe Ihnen den Brief gezeigt, den ich geschrieben habe. Er sagte mir, es sei mein Abschiedsbrief zum Selbstmord gewesen, aber das stimmt nicht.« Mein rechtes Auge zuckt. Ich schließe es und massiere das Lid sanft mit dem Finger.

»Das sehe ich genauso.«

»Hurra! Das ist der erste Punkt, bei dem wir uns einig sind«, blaffe ich. Ich weiß, dass ich versuchen sollte, ruhig zu bleiben, aber das wird immer schwieriger. Ich begreife nicht, wie es für ihn, nach allem, was ich eben gesagt habe, nicht offensichtlich ist, dass Liam irgendwie in die Sache verwickelt ist. Warum hört er mir nicht zu?

Aber dann denke ich an all die psychisch labilen Personen, mit denen er in seinem Job zu tun hat. Personen mit wahnhaften Störungen, die Stimmen hören, paranoid sind und sich Dinge einbilden, die nicht wirklich geschehen. Er denkt bestimmt, ich bin genau wie sie.

Er übergeht meinen Temperamentsausbruch und sagt ruhig: »Wenn ich Sie für selbstmordgefährdet gehalten hätte, hätte ich Ihrer Entlassung aus dem Krankenhaus nicht zugestimmt. Im Gegenteil, ich denke, Sie haben einen großen Überlebenswillen, was ich auch Summers gesagt habe. Liam ist davon überzeugt, dass Sie eine Überdosis Schlaftabletten nehmen wollten und davon abgekommen sind, als Sie die Reaktion darauf hatten. Deswegen ist er so besorgt um Sie.«

»Ja, er kann sehr überzeugend sein, wenn er will«, murmle ich.

»Aber ich glaube nicht an diese Theorie. Ich glaube, Sie haben die Tabletten nur genommen, um schlafen zu können. Nach allem, was Sie mir erzählt haben, glaube ich, dass Sie sehr unglücklich mit Ihrem Leben waren und möglicherweise wieder depressiv wurden, weswegen Sie, genau wie das Mal davor, nicht schlafen konnten. Aber bis Sie Ihr Gedächtnis zurückerlangen, wird keiner von uns mit Sicherheit wissen, wie Sie auf die Straße am Rande des Walds gekommen sind. Wir können Vermutungen anstellen oder nach verdächtigen Dingen suchen, aber die plausibelste Erklärung ist, dass Sie bereitwillig Schlaftabletten genommen haben, die zu einer neuen halluzinogenen und paranoiden Psychose führten. Einige Menschen reagieren sehr empfindlich auf Medikamente.«

»Und was ist, wenn Sie sich irren? Was ist, wenn Liam versucht, mich loszuwerden?« Meine Stimme versagt. Ich war mir so sicher, dass Liam etwas damit zu tun hatte, aber jetzt weiß ich es nicht mehr. Ich kann mir über nichts sicher sein. Ich weiß nicht, was real ist und was mein Verstand verzerrt hat, damit es zu dem passt, was ich für real *halte*. Vielleicht interpretiere ich zu viel in alles hinein. Es könnte sich einfach um unschuldige kleine Zufälle handeln, die sich angehäuft haben. Dr. Drew konnte ihnen allen einen eindeutigen, rationalen Sinn geben. Und er muss es wissen. Schließlich ist er der Psychiater. Ein Experte des menschlichen Verstands. Fast könnte ich seiner Argumentation glauben.

Fast.

Er hält einen Moment lang inne. »Dann, meine Liebe, denke ich, dass Sie das Haus verlassen und an einen sicheren Ort gehen sollten.«

»Das werde ich. So wie ich es mit Sicherheit weiß. Das Problem ist, dass ich noch nichts beweisen kann. Ich muss erst noch mehr herausfinden, denn was ist, wenn es doch jemand anders war? Jemand, von dem ich nichts weiß?«

»Warten Sie mal, habe ich das richtig verstanden? Sie wollten mich eben davon überzeugen, dass Liam versucht, Ihnen etwas anzutun, aber jetzt denken Sie plötzlich, dass es jemand anderes war?« Er zögert. »Seien Sie vorsichtig, in Ordnung, Liebes? Ich möchte Sie nicht wieder im Krankenhaus sehen.« Ich kann nicht sagen, ob das eine Warnung oder aufrichtige Sorge ist. »Wenn Sie irgendetwas brauchen, rufen Sie mich an, o. k.? Ob tagsüber oder nachts spielt keine Rolle.«

»Danke. Darauf werde ich vielleicht zurückkommen.«

Wir legen auf und ich prüfe den Ladezustand auf dem Handy. Es ist immer noch nicht ausreichend aufgeladen, um benutzt zu werden. Verdammt.

Ich habe zu viel nervöse Energie in mir, um hier nur rumzu-sitzen und zu warten. Davon werde ich noch wirklich verrückt. Jede Zelle surrt, jeder Muskel ist angespannt. Ich schnappe mir meine Tasche und verlasse das Haus.

Kapitel 20

Als ich am Downham College ankomme, rüttelt eine entfernte Erinnerung an der Tür zu meinem Gehirn, aber sie schwebt am Rand meines Gedächtnisses und kann sich keinen Weg bahnen, so als ob ich in einen schmutzigen Spiegel schaue, auf den sich das Fett und der Dreck vieler Jahre gelegt hat. Ich schließe die Augen, versuche, mich zu konzentrieren. Es hat etwas mit meinen Schülern zu tun, aber ich weiß nicht, was es ist. Ich massiere mir die Stirn in der Hoffnung, die Erinnerung durch Entspannung wieder hervorzubringen, aber sie kann die unsichtbare Mauer nicht überwinden.

Ich gehe an den Schülergruppen vorbei, die ihr Mittagessen bei dem schönen Wetter auf den Grünflächen essen. Der Lärm ihres Lachens und ihrer Gespräche dringt in meinen Kopf ein und bringt ihn zum Pochen.

»Mrs Benson?«, ruft einer von ihnen, als ich an einer Gruppe vorbeikomme, die Rugby spielt.

Ich drehe mich um. Chris Barnes, einer meiner fleißigeren Schüler, kommt auf mich zu. Schweißgetränkte Strähnen kleben an seiner Stirn, sein Gesicht ist vor Anstrengung gerötet. Er trägt Baggy Jeans und ein blaues T-Shirt, auf dem vorne ein Logo aufgedruckt ist. Er spielt im Rugbyteam der Schule, hat einen stämmigen Körper und ist viel größer als ich, weswegen ich zu ihm hochschauen muss, als er außer Atem vor mir zum Stehen kommt.

»Hi Chris, wie geht es dir?« Ich bemühe mich um ein Lächeln.

»Ich war mir nicht sicher, ob Sie es wirklich sind. Sie sehen anders aus.« Er wischt sich das verschwitzte Haar von der Stirn.

»Ja, es geht mir gut, danke. Ich habe gehört, dass Sie krank waren. Ich vermisse Ihren Unterricht.«

Ich frage mich, welchen Grund Theresa meinen Schülern für meine Abwesenheit genannt hat. »Na, ich hoffe, du benimmst dich bei dem Vertretungslehrer genauso gut wie bei mir.«

Er errötet. »Natürlich. Aber es ist nicht dasselbe ohne Sie. Wann kommen Sie zurück?«

»Äh ... Das weiß ich noch nicht genau. Aber bald.«

Ein anderer Schüler, den ich nicht erkenne, ruft Chris zu, dass er zurückkommen und das Spiel zu Ende spielen soll.

»O. k. ... also ... ich gehe besser wieder zurück.« Er lächelt unbeholfen. »Dann hoffe ich, Sie bald wieder in der Schule zu sehen.« Er joggt zurück zu seinen Freunden und ich mache mich auf den Weg zu den Büros.

Dort klopfe ich an den Türrahmen zum offenstehenden Büro von Gillian, der Schulsekretärin. Sie ist uralt und arbeitet in der Schule, seit sie in den sechziger Jahren gegründet wurde. Mit ihrer gutbürgerlichen Kleidung, die jeden Teil ihres Körpers bedeckt, erinnert sie mich immer an eine altmodische viktorianische Lehrerin. Selbst im Sommer trägt sie schwere Röcke, die auf dem Boden schleifen, und langärmelige Blusen. Aber sie ist ein Schatz.

Sie schaut zu mir auf und es dauert einen Augenblick, bis sie mich erkennt. »Chloe! Wie geht es dir?« Sie steht auf und nimmt mich fest in den Arm. »Deine Haare sind kürzer! Du siehst ganz anders aus.«

Ich lehne meinen Kopf an ihre Schulter und atme den bekannten Duft nach Maiglöckchen ein, der sie immer umgibt. Ich möchte den ganzen Tag so in ihren warmen Armen verbringen. Seit meiner Mum hat mich keine erwachsene Frau mehr im

Arm gehalten, und einen kurzen Moment lang bin ich wieder ein kleines Mädchen.

Viel zu schnell lässt sie mich wieder los. »Wie geht es dir, meine Liebe?« Sie zeigt auf die Kratzer in meinem Gesicht. »Du siehst fürchterlich aus.«

Zerstreut fasse ich mir ans Gesicht. »Ach das, ähm ...« Ich höre Gillians Stimme und merke, dass ich kurz mit den Gedanken woanders war. »Wie bitte?«

»Ich fragte, ob alles in Ordnung ist? Möchtest du dich hinsetzen? Du siehst etwas blass aus. Solltest du nicht zu Hause sein und dich ausruhen?« Sie sieht mich an, als sei ich ein brüchiges Stück Glas, das jeden Augenblick vor ihren Augen zerspringen könnte.

»Nein, es geht mir gut.«

»Wirklich?« Sie wirkt nicht überzeugt. »Wir haben nicht erwartet, dass du so schnell zurückkommst. Ich glaube, Theresa wollte etwas warten, bevor sie mit dir spricht.«

»Mit mir spricht?«

»Oh.« Sie errötet. »Es ist vielleicht besser, wenn ich dich alles mit ihr besprechen lasse. Möchtest du zu ihr gehen?« Mit dem Kopf zeigt sie auf Theresas Büro zu ihrer Rechten. »Sie isst gerade zu Mittag.«

»Danke.« Ich klopfe an Theresas Tür.

»Herein«, sagt sie knapp.

Ich öffne die Tür und sehe Theresa an ihrem mit Papierbergen beladenen Schreibtisch sitzen. In der einen Hand hält sie ein Sandwich, mit der anderen tippt sie. Ihr Äußeres hat etwas Skandinavisches an sich. Groß, schlank, die blonden Haare in einem verwuschelten Dutt und blassgrüne Augen, deren Blick einen zu durchdringen scheinen. Sie hat keinen Sinn für Humor, und, ehrlich gesagt, haben wir uns nie wirklich verstanden. Sie ist häufig schroff und scharf. Bei Theresa dreht sich alles um Budgets und Effizienz und wo sie überall Geld sparen kann. Sie macht mir etwas Angst.

»Chloe, wie geht es Ihnen?«, fragt sie mit erhobenen Augenbrauen. »Wir haben Sie noch nicht zurückerwartet.«

»Ja, ich weiß, ich bin noch krankgeschrieben, aber ich wollte Ihnen für die Blumen danken.«

»Blumen?« Sie neigt verblüfft den Kopf.

»Sie haben mir Blumen geschickt, um mir gute Besserung zu wünschen, nicht wahr?«

»Ach ja, natürlich! Gillian hat sich darum gekümmert. Schön, dass sie Ihnen gefallen haben.« Sie schiebt den Rest ihres Sandwichs in den Mund und kaut langsam.

»War die Polizei bei Ihnen, um nach mir zu fragen?«

Sie nimmt sich eine ganze Minute Zeit, um zu kauen und einen Schluck Wasser zu trinken, ohne mich dabei anzusehen. »Ja. Sie sagten, Sie hätten irgendeinen Unfall gehabt und litten an Amnesie.«

»Unfall?«

»Das sagten sie.«

»Es war mehr als ein Unfall. Ich kann mich an die letzten sieben Wochen nicht mehr erinnern. Ich wurde ...« Meine Stimme bricht ab und ich schaue aus dem Fenster, wo ich Chris und seine Freunde herumrennen und Rugby spielen sehen kann. Ich will auch rennen. Rennen und rennen und niemals umkehren. Irgendwohin rennen, wo mich niemand kennt. Wo mich niemand finden könnte. Ein neues Leben beginnen. Vielleicht meinen Namen ändern.

»Sie sagten auch, Sie hätten eine weitere allergische Reaktion auf Schlaftabletten gehabt, die Ihnen verschrieben worden waren.« Ihre Stimme reißt mich aus meinem Tagtraum. »Ganz ehrlich, an Ihrer Stelle würde ich ganz auf Medikamente verzichten. Sie scheinen darauf besonders empfindlich zu reagieren.« Sie lehnt sich in ihrem Stuhl nach vorne. »Haben Sie je Homöopathie versucht? Es ist vollkommen natürlich und funktioniert sehr gut.«

Ich blinzle zweimal, versuche, aufzunehmen, was sie sagt. »Nein, das habe ich nie versucht. Hören Sie, Theresa, die Polizei hat Ihnen also nicht gesagt, was genau mit mir passiert ist?«

»Sie sind nicht ins Detail gegangen, sie wollten nur wissen, ob Sie seit Ihrer Entlassung aus dem Krankenhaus nach Ihrem Problem mit den Antidepressiva hier waren.« Sie sagt »Problem« in einem vorwurfsvollen Ton, so als wäre es irgendwie meine Schuld, dass ich in der Psychiatrie gelandet war, weil ich mich wie eine Wahnsinnige verhalten hatte.

»Ich wurde entführt und irgendwo unter der Erde zurückgelassen. Ich konnte entkommen, aber ich weiß nicht mehr, was passiert ist. Die Ärzte sind sich nicht sicher, ob die Amnesie durch die Medikamente oder ein Trauma hervorgerufen wurde.«

Ihr Gesicht verzieht sich zu einem Ausdruck erzwungener Toleranz. »Entführt?«

»Ich weiß, das klingt alles völlig seltsam und weit hergeholt, aber ja, genau das ist passiert. Ich will herausfinden, was ich getan habe, bevor ich verschleppt wurde, weil ich mich nicht daran erinnern kann.«

»Die Polizei hat eine Entführung mit keinem Wort erwähnt. Warum sollten sie mir das nicht sagen?«, fragt sie misstrauisch.

»Ich bin mir nicht sicher.« Ich will ihr gegenüber nicht zugeben, dass die Polizei mir nicht glaubt. »Hatten wir vor Kurzem einen Termin oder habe ich hier vorbeigeschaut?«

»Nein.« Sie legt die Unterarme auf den Schreibtisch, so als wolle sie ein Vorstellungsgespräch mit mir führen. »Soweit ich wusste, haben Sie sich noch von der Reaktion auf die Antidepressiva erholt. Sie sollten sowieso noch nicht wieder zur Arbeit kommen, aber kurz nachdem dieser liebenswürdige Inspektor Summers hier war, rief Liam mich an und sagte mir …« Sie blickt kurz weg, bevor sie mich wieder ansieht. »Nun, er sagte, Ihre Depression sei schwerer, als sie zuerst angenommen hätten und dass Sie versucht hätten, sich mit Schlaftabletten das Leben zu nehmen, aber wieder eine Reaktion darauf hatten und deswegen nicht ganz – Ihr Versuch war nicht erfolgreich. Er sagte, Sie würden nun von einem Psychiater behandelt und er hoffte, Sie würden bald wieder normal werden.«

»Mir das Leben nehmen?« Mein Mund klappt auf und zu wie bei einem Fisch. »Hat die Polizei Ihnen das auch gesagt, dass ich versucht habe, mir das Leben zu nehmen?«

Unbehaglich rutscht sie auf ihrem Stuhl hin und her. »Sie haben Selbstmord nicht erwähnt; sie sprachen nur von der Reaktion, die Sie auf Schlaftabletten gehabt hatten und dass Sie sich nicht daran erinnern könnten, was passiert ist. Sie sagten, Sie wurden gefunden, wie Sie auf einer Straße mitten im Wald umherirrten, und fragten, ob ich ihnen irgendwie helfen könnte.«

»Gut. Und was dachten Sie, als Sie das hörten?« Ich massiere den Bereich unter meinem rechten Auge, der zuckt und mir die Sicht nimmt.

»Dass wir Ihnen natürlich einen Strauß Blumen schicken sollten, um Sie aufzumuntern.« Sie schenkt mir ein seliges Lächeln.

»Fanden Sie nicht, dass das alles komisch klang?«, frage ich in bewusst barschem Tonfall.

»Nicht nach meinem Gespräch mit Liam, nein. Er hat alles erklärt. Er ist so ein mitfühlender und fürsorglicher Mann. Sie können sich wirklich glücklich schätzen.« Sie lächelt. »Ich wollte warten, bis Sie wieder bei Kräften sind, um über Ihre Position an der Schule zu sprechen, aber da Sie jetzt hier sind, ist das vielleicht ein guter Zeitpunkt.«

»Meine Position? Was meinen Sie damit?« Ich falte und löse meine Hände immer wieder, kann sie nicht ruhig in meinem Schoß liegen lassen.

»Wenn Sie derartige Probleme haben, fürchte ich, dass das für die Schüler nicht gut ist. Wir haben einen guten Ruf hier und wir sind für den bezirksweiten Standon Award für die Oberstufe des Jahres nominiert. Wir dürfen unsere Chance nicht aufs Spiel setzen, indem wir labile oder psychisch kranke Lehrer beschäftigen. Stellen Sie sich mal den Aufruhr vor, wenn die Eltern das erfahren! Ich habe lange mit Liam darüber gesprochen und wir denken beide, dass es das Beste für Sie ist, wenn Sie kündigen. Das ist für alle die sinnvollste Lösung.«

Ich balle meine Hände so fest zu Fäusten, dass meine Fingernägel sich in die Handflächen graben. »Warum sollte ich kündigen?«

Sie greift über den Schreibtisch und umfasst mein Handgelenk. »Natürlich, damit Sie mehr Zeit zu Hause verbringen und sich erholen können. Das ist zu Ihrem Vorteil, verstehen Sie. Sie haben mit der Fehlgeburt und der Depression eine unglaublich schwere Zeit durchgemacht. Alle denken an Ihr Wohlbefinden: die Ärzte, die Polizei, Liam, ich. Wenn es Ihnen besser geht, können wir noch einmal darüber reden.«

Die beste Lösung für sie vielleicht. Nicht für mich. Ich will sie anbrüllen, mir die Lunge aus dem Leib schreien, aber das würde nur beweisen, wie labil und untauglich ich bin. Also schlucke ich die in mir entflammte Wut herunter. »Habe ich kein Recht auf Krankheitsurlaub?«

»Aber natürlich, ich habe nur nicht den Eindruck, dass ein längerer Krankheitsurlaub hier eine Option ist.« Sie tätschelt meine Hand, wie um zu beteuern, dass es für alle das Beste sei, und lehnt sich wieder in ihren Stuhl zurück. »Sie müssen sich in meine Lage versetzen. Unsere Lehrer müssen ein gutes Beispiel für die Schüler sein.«

»Theresa, ich habe nicht versucht, mich umzubringen«, sage ich mit so viel Überzeugungskraft wie möglich. Ich habe das Gefühl, unsichtbar geworden zu sein. Ich spreche, aber niemand hört zu, was ich überhaupt zu sagen habe. »Liam irrt sich, die Polizei irrt sich und Sie irren sich auch.« Ich stehe auf, unfähig, meine Wut länger zu unterdrücken. Wenn ich hierbleibe, werde ich wahrscheinlich noch etwas sagen oder tun, was ich bereuen werde. »Was ist, wenn ich nicht kündige?«, frage ich mit erhobenem Kinn und begegne ihrem mitleidlosen Blick.

»In dem Fall fürchte ich, dass wir andere Maßnahmen ergreifen müssen.«

»Das bedeutet?«

»Das bedeutet, dass wir Ihren Vertrag aus medizinischen Gründen auflösen werden.«

»Das können Sie nicht machen. Sie können jemanden nicht feuern, nur weil er krank ist. Das ist Diskriminierung. Ich werde damit vors Arbeitsgericht ziehen, wenn es sein muss. Dieser Job ist alles, was ich noch habe.«

»Wollen Sie sich das in diesem fragilen Zustand wirklich antun? Vertrauen Sie mir: Es ist für alle die beste Lösung.« Sie nimmt einen Haufen Blätter von ihrer Ablage und schiebt sie vor sich, um mir zu zeigen, dass das Treffen vorbei ist.

Ohne mich umzublicken und mit vor Wut brennenden Wangen stürme ich aus ihrem Büro. Scheiß Liam, der den Leuten hinter meinem Rücken erzählt, ich hätte mich umbringen wollen! Ich will ihn umbringen. Ihm das Herz durchbohren oder das Haus in Brand setzen, wenn er da ist, oder ... ich weiß nicht, irgendwas. Etwas Schmerzhaftes. Wie viele Male hat er mich überzeugen wollen, dass ich meinen Job aufgebe, damit er mich ganz für sich haben kann, und jetzt hat er endlich, was er wollte.

»Ich habe hart dafür gearbeitet, um dir alles zu geben, was du brauchst. Ist es zu viel verlangt, wenn du dich zur Abwechslung einmal um mich kümmerst?«, ist einer seiner Lieblingssprüche. Ja, das ist die perfekte Lösung für Liam.

Ich renne die Eingangsstufen der Schule geradezu herunter, als jemand von hinten meinen Namen ruft.

»Chloe?«

Ich drehe mich um und sehe Jordan, der mir entgegeneilt. Er ist größer als Liam und schlanker. Aber während Liam blond und blauäugig ist, ist Jordan dunkel. Sein dickes Haar ist kurz geschnitten und glänzt im Sonnenlicht. Seine Augen haben ein ungewöhnliches Haselnussbraun, wie Herbstblätter, und scheinen je nach Stimmung die Farbe zu ändern – manchmal sind sie grün, manchmal goldfarben oder braun. Er bevorzugt lässige Kleidung. Jeans, T-Shirt, Pullover. Ich kann mich nicht erinnern, ihn je in einem Anzug gesehen zu haben.

Sein Blick ist so unglaublich besorgt, dass ich eine Änderung in mir spüre, als ziehe sich mein Herz zusammen.

»Du bist es wirklich. Ich war mir zuerst nicht sicher. Verdammt, ich habe mir solche Sorgen gemacht. Wie geht es dir?« Seine Stirn wird von kleinen Fältchen durchzogen, während er mein ganzes Gesicht untersucht.

»Es ging mir schon besser.« Ich will gleichgültig lachen, aber das Geräusch gleicht eher einer strangulierten Katze.

»Was ist los?« Sanft berührt er einen der Kratzer an meiner Stirn mit dem Daumen. »Wo hast du die her? War das Liam? Hat er dich geschlagen oder so?« Er zieht die Augen zusammen. »Ist alles in Ordnung?«

Ich weiß gar nicht, wo ich anfangen soll. Die rationale Stimme in mir sagt, wenn ich ihm mein Herz ausschütte, wird er glauben, ich sei verrückt, genau wie alle anderen. Aber hier in seiner Nähe fällt alle Angst von mir ab. Ich spüre, wie sich die Verspannung in meinen Schultern löst. Kann leichter atmen, ohne diesen ständigen Schmerz, der meinen Magen zuschnürt.

Er legt eine Hand auf meine Schulter. »Steckst du in Schwierigkeiten? Sag mir, was los ist.«

Ich blinzle die aufsteigenden Tränen zurück. »Können wir irgendwo hingehen und reden oder hast du Unterricht?«

Jordan unterrichtet Mathe für die Oberstufe, und es ist kein Wunder, dass alle Schülerinnen zwischen sechzehn und achtzehn Jahren für ihn schwärmen.

Er zögert keine Sekunde. »Ja. Ja, natürlich. Ich gebe in anderthalb Stunden Unterricht. Ich wollte ein paar Arbeiten korrigieren, aber das kann warten. Möchtest du in die Kantine oder weg vom Schulgelände?«

»Ganz klar weg vom Schulgelände.«

»Gehen wir zu Kelly's Bistro.« Er macht auf dem Absatz kehrt und ich gehe neben ihm her.

Bis zum Café sind es zehn Minuten und ich spüre, wie er mir besorgte Blicke zuwirft, aber er fragt nicht, was los ist.

»Du hast dir die Haare geschnitten. Du siehst total anders aus«, bricht er schließlich sein Schweigen.

»Gut.«

»Wie meinst du?«

»Ich erzähle dir alles, wenn wir im Café sind.«

»O. k. Es steht dir wirklich gut.«

»Danke.«

»Nicht, dass dir der Haarschnitt vorher nicht gestanden hätte.« Er lächelt und trotz allem, was passiert, lächle ich zurück.

Er gibt mir einen Cappuccino aus und wir setzen uns in die Ecke eines kleinen, nach hinten gelegenen Hofgartens, weit weg von den beiden anderen besetzten Tischen. Er wartet geduldig, dass ich beginne. Er trinkt langsam seinen Kaffee und schaut mich verlegen über den Tassenrand an.

»Oh Gott, es ist so schrecklich, ich weiß gar nicht, wo ich anfangen soll.« Ich lasse den Kopf in meine Hände fallen und möchte ihn für immer so lassen.

Sein Stuhl schrammt über den gefliesten Boden, als er ihn näher heranzieht, so nah, dass sein Arm meinen streift. »Was auch passiert ist, du kannst es mir sagen.«

Ich lasse die Hände nutzlos in meinen Schoß fallen. »Was weißt du darüber, dass ich krankgeschrieben bin?«

»Also, ich weiß, dass du nach deiner Fehlgeburt wegen Depression krankgeschrieben warst.«

Das lässt mich an mein Baby denken, und eine frische Welle der Trauer erschlägt mich. Tränen brennen in meinen Augen und ich blinzle schnell, um sie zu vertreiben. Ich bin das Weinen satt. Bin mein Leben satt. Bin es satt, Chloe Benson zu sein.

»Und du hast schlecht auf die Antidepressiva reagiert, die dir verschrieben wurden, und musstest im Krankenhaus behandelt werden. Du wurdest entlassen und musstest dich erholen.«

Ich nicke müde.

»Ich habe dich angerufen«, fährt er fort.

»Hast du? Wann?« Mit gespitzten Ohren beuge ich mich vor.

»Vor ungefähr zehn Tagen, aber du gabst mir deutlich zu verstehen, dass du nicht wolltest, dass ich da hineingezogen werde.« Er greift über den Tisch nach meiner Hand, ändert dann aber seine Meinung und lässt sie wieder auf seinen Oberschenkel fallen. »Ich habe mir solche Sorgen um dich gemacht.«

Ich öffne meinen Mund, um zu beginnen. Schließe ihn wieder. Dann entschließe ich mich, es einfach zu wagen. »Wo hineingezogen? Weißt du, es ist nämlich so, ich habe einen Teil meines Gedächtnisses verloren und weiß nicht mehr, was passiert ist.« Ich platze damit heraus, bevor ich es mir anders überlegen kann.

»Was?«

Ich erzähle ihm die ganze Geschichte, angefangen damit, woran ich mich erinnere, wie ich unter der Erde aufgewacht bin, entkommen konnte und auf einer Straße im Nirgendwo gefunden wurde. Dann erzähle ich ihm, was ich bislang herausgefunden habe, von Liams Affäre, meinen fehlenden Klamotten, meinem Brief, in dem ich die Beziehung beende, meinem zerschmetterten Handy im Mülleimer, Liams Lügen.

Mit aufgerissenen Augen lehnt er sich im Stuhl zurück. »Scheiße. Das ist … verdammt schrecklich«, sagt er so laut, dass ein älterer Herr, der in der Ecke eine Zeitung liest, zu uns schaut. Dann nimmt er meine Hand. Seine Berührung ist sanft und zärtlich, seine Haut an meiner fühlt sich warm an und ich spüre, wie Kraft in mich strömt. »Was sagt die Polizei dazu? Haben sie eine Ahnung, wer dich entführt haben könnte?«, fragt er leiser und der Mann, der uns beobachtet hatte, wendet sich wieder seiner Zeitung zu.

Ich zucke mit den Schultern. »Das ist es ja. Die Polizei glaubt mir auch nicht.«

»Sie können doch nicht glauben, dass du dir das ausgedacht hast? Wieso sollten sie?«, fragt er ungläubig.

»Alle denken, dass ich wieder eine psychotische Reaktion auf ein paar Schlaftabletten hatte, die in meinem Blut nachgewiesen wurden, nachdem sie mich gefunden haben, und dass ich mir das alles nur eingebildet hätte. Die Ärzte denken das auch. Die meisten denken, ich war noch immer so depressiv, dass ich wohl versuchte, mir das Leben zu nehmen.«

Er schüttelt den Kopf, der Schock hat ihm die Stimme geraubt, also fülle ich das Schweigen aus.

»Aber das habe ich nicht. Ich würde nicht versuchen, mir das Leben zu nehmen, das wäre wie aufgeben.« Ich muss an Mum denken. Ist es das, was sie getan hat? Mich aufgegeben, sich selbst aufgegeben? Oder war ihre Überdosis wirklich ein Unfall? »Und ich würde keine Schlaftabletten nehmen. Ich habe einmal welche genommen und mich so schlecht gefühlt, dass ich seitdem die Finger davon lasse. Außerdem haben sie mir im Krankenhaus gesagt, dass ich nach der Geschichte mit dem Zolafaxine keine Medikamente mehr nehmen sollte. Und ich weiß, dass das alles so merkwürdig klingt und so wie die Sache davor, als ich zwangseingewiesen wurde, aber ich *weiß*, was passiert ist. Ich kann mich lebhaft an den Ort unter der Erde erinnern. Das kann keine paranoide Halluzination gewesen sein. Das war echt.« Ich schaudere. »Sehr echt und sehr angsteinflößend.«

Mit entsetztem Blick drückt er meine Hand. »Ich kann nicht fassen, dass die Polizei nichts unternimmt. Die Person, die dich entführt hat, ist immer noch da draußen und du könntest wirklich in Gefahr sein.«

»Ich habe Angst.« Meine Stimme ist so verzerrt, dass sie nicht zu mir zu gehören scheint.

»Das wundert mich nicht. Wie kann ich dir helfen?«

»Ich versuche herauszufinden, was genau passiert ist und wie ich irgendwo mitten im Wald landen konnte. Ich habe Theresa gefragt, ob sie etwas wisse, was mir weiterhelfen könnte, aber nein. Sie sagte mir vielmehr, ich sollte kündigen.«

»Was? Warum sagt sie so was?«

»Weil sie glaubt, was Liam ihr gesagt hat. Dass ich mich umbringen wollte, weil ich depressiv war, und jetzt bin ich scheinbar psychisch labil und sollte nicht in der Nähe von Schülern sein.«

»Sie kann dich nicht zwingen, zu kündigen. Das ist Diskriminierung.«

»Vielleicht nicht, aber sie kann es mir sehr schwer machen. Jedenfalls ist das zurzeit meine kleinste Sorge. Am Wichtigsten ist, am Leben zu bleiben.« Ich drücke seine Hand fest und es fühlt sich an wie ein Rettungsring. »Vielleicht kannst du mir ja etwas sagen, da du mich kurz vor meinem Verschwinden angerufen hast. Was habe ich gesagt? In was für einem Zustand war ich?«

Er entzieht seine Hand und fährt mit beiden über sein jetzt blasses Gesicht. »Gott, ich kann das nicht glauben.« Er legt sein Kinn in seine Hand und sieht mich einen Moment lang eingehend an. Vielleicht hofft er, dass ich das alles als einen großen Scherz auflöse. *Haha, Jordan, stimmt nicht – war nur Spaß!* Als ich nichts sage, schüttelt er wieder langsam den Kopf. »Du sagtest mir, dass Liam eine Affäre mit seiner Chefin hätte. Du sagtest, du hättest herausgefunden, dass er über die Nacht, in der er in dem Hotel war und nicht in Schottland, gelogen hatte und erzähltest von dem Medaillon, das er für Julianne gekauft hatte. Du sagtest, das sei der letzte Tropfen gewesen. Du wolltest ihn verlassen.« Er beißt sich auf die Unterlippe, scheint zu überlegen, was genau er sagen soll. »Hör zu, du hast mir nie wirklich gesagt, was er dir in der Vergangenheit angetan hat, aber ich dachte mir, dass da etwas los war. Ich habe nie blaue Flecken an dir gesehen, aber ...« Er bricht ab und blickt auf den Boden, seine langen Wimpern werfen Schatten auf seine gebräunte Haut. »Als du angefangen hast, hier zu arbeiten, warst du so quirlig und voller Lebensenergie. Nachdem du Liam kennengelernt hattest, hast du dich langsam verändert, als wäre ein Schalter bei dir umgelegt worden. Du hattest Ausreden, um nicht auf Feiern der Kollegen zu gehen. Wenn du wegen einer Lehrersitzung später zu Hause sein würdest, warst du wegen der Uhrzeit gestresst. Während unserer Pausen im Lehrerzimmer klingelte ständig dein Handy. Es waren diese Kleinigkeiten, die mich stutzig machten.

Ich wusste, dass Liam dich nicht verdient hat, aber das war etwas, was du selbst erkennen musstest.« Er lächelt mich unsicher an. »Und es sah so aus, als hättest du es endlich geschafft. Als wir miteinander sprachen, wolltest du gerade deine Freundin Sara anrufen und fragen, ob du in ihrem Haus bleiben könntest, solange sie weg war. Du sagtest, du würdest gehen, während Liam in Schottland war, damit es keine Probleme gebe.«

Ich schaue in den Himmel und denke an all die Kleinigkeiten, die sich summieren, und ehe man sich versieht, steckt man fest. Ist gefangen. Das Selbstbewusstsein und die Selbstachtung sind verloren, aber genau die Person, von der man sich lösen will, ist die, von der man am meisten abhängt. Und man weiß nicht, wann es passiert ist. Es gibt keinen Tag, keine Woche und keinen Monat, denn es ist ein schrittweiser, unmerklicher Vorgang. Es schleicht sich langsam an einen heran. So langsam, dass man gar nicht merkt, wie man sich verbiegt, bricht und eine andere Person wird. Eine Frau, die nicht glücklich ist, die nicht ihr eigenes Leben lebt, sondern das Leben, das ihr Ehemann für sie will.

Sara fragte mich einmal, warum ich bei ihm blieb, und ich wusste keine Antwort. Vielleicht, weil ich ihn liebte, auch wenn es nicht perfekt lief. Ich versuchte, so zu sein, wie er mich wollte, und dieser Drang, ihm zu gefallen, war der Krebs, der sich tief in meine Seele fraß. Er war auch nicht nur schlecht. Es gab zahlreiche Momente dazwischen, in denen er liebevoll und fürsorglich war. Lange Spaziergänge am See, Hand in Hand, romantische Abendessen im Restaurant, Kuscheln bei einem Film, eine Flasche Wein im Bad bei Kerzenschein. Diese Momente gaben mir die Hoffnung, dass er wieder so würde wie am Anfang. Und ich glaubte, dass es mein Fehler sei. Ich nervte ihn. Er hatte zu viel Stress auf der Arbeit. Ich gab mir nicht genug Mühe.

Warum bleibt jemand in einer Beziehung, von der er tief im Innern weiß, dass sie einem nicht guttut? Man weiß nie warum, bis es einem selbst passiert. Man kann sich leicht selbst etwas vormachen. Die Dinge unter den Teppich kehren, wo sie einen nicht verletzen können. Sich einreden, dass alles normal ist. Ausreden finden.

Zwischen Verrücktheit und Liebe liegt nur ein schmaler Grat.

Wäre er gewalttätig gewesen, hätte ich ihn vielleicht nach dem ersten Schlag verlassen. Aber das war er nicht. Im Gegensatz zu blauen Flecken und gebrochenen Knochen war es etwas Unsichtbares. Und Liam füllte die Ruhe nach dem Sturm immer mit Blumen und süßer Aufmerksamkeit aus. Wenn er glücklich war, belohnte er mich mit Liebe und Zuneigung, bis es schließlich mehr schlechte als gute Tage gab.

Nein, ich kann dem, was er ist, nicht wirklich einen Namen geben. Wie lässt es sich in einem Wort zusammenfassen? Wie gesagt, es sind die Kleinigkeiten. Und viel Druck und Zeit, um an den Punkt zu gelangen, an dem man es nicht mehr aushält.

Anfangs beschwerte ich mich noch bei Sara darüber, was Liam so alles tat, aber irgendwann hörte ich auf damit und wurde noch einsamer. Jammern half nichts. Sie hätte die Dinge nicht ändern können; das konnte nur ich und ich war offensichtlich zu schwach, um es zu versuchen. Also versteckte ich es vor ihr. Vor allen – zumindest dachte ich das. Weil ich mich immer als Versager gesehen hatte und keiner wissen sollte, dass ich auch in meiner Ehe versagte.

Aber es sieht so aus, als hätte ich mich endlich durchgesetzt. Aber was ist dann passiert? Habe ich es bis zu Saras Haus geschafft? Hatte ich Liam tatsächlich verlassen? Hat er mich gefunden? Oder war es jemand anders?

»Es ist bei meiner Mum und meinem Dad so gewesen«, fährt Jordan fort. »Mein Vater war Alkoholiker. Er war ein fieser Mistkerl. Er hat sie nie geschlagen, aber wer braucht schon Fäuste, wenn Worte dich wie eine Kugel treffen können? Körperliche Wunden heilen, nicht wahr? Aber es dauert lange, bis man sich davon erholt, dass das Selbstbewusstsein und die Selbstachtung in tausend Stücke zerschlagen wurden. Ich sah, wie er Tag für Tag das Leben aus ihr sog.«

»Das tut mir leid.« Sanft berühre ich seinen Arm. »Was ist aus ihr geworden?«

»Am Ende hat sie ihn verlassen. Eines Tages, als er seinen Rausch ausschlief, schnappte sie sich meine Schwester und mich und lief weg. Sie arbeitete drei Jobs, um über die Runden zu kommen. Mit der Zeit wurde sie wieder stark. Und es gab nie wieder Streit im Haus. Wir mussten nicht die ganze Zeit vorsichtig sein. Wir mussten nicht mehr versuchen, seine Launen einzuschätzen, die die ganze Familie kontrollierten. Ich glaube, meine Kindheit begann erst an dem Tag wirklich, als wir auszogen.«

»Sie klingt mutig.«

»Das ist sie. Es ist nur eine Schande, dass sie so lange brauchte, um sich dessen bewusst zu werden.« Er schaut mir direkt in die Augen und ich habe die Vermutung, dass er nicht nur von seiner Mum spricht.

Ich schaue einen Moment weg. »Was habe ich sonst noch gesagt? Als du anriefst?«

»Ich wollte dir dabei helfen, ein paar Dinge zu Sara zu bringen, weil du nicht Auto fährst und ich viel Platz im Camper habe, aber du sagtest, du wolltest es alleine tun. Du sagtest, du könntest es nicht gebrauchen, dass ich dich unter Druck setze und ich sollte nicht anrufen, weil du dir einen klaren Kopf schaffen müsstest.« Er schaut mich an. Sein Blick ist wehmütig.

»Hast du mich unter Druck gesetzt?«

»Nein, natürlich nicht.« Sein Blick huscht eine Sekunde weg, bevor er wieder auf meinem Gesicht landet. »Aber ich sagte dir, wie ich für dich empfinde. Ich konnte es nicht länger für mich behalten. Als du anfingst, hier zu arbeiten, dachte ich, dass aus uns etwas werden könnte.« Er schüttelt den Kopf. »Nein, das stimmt nicht so ganz. Ich *wollte*, dass aus uns etwas wird. Aber ich war mit Holly zusammen, auch wenn ich wusste, dass es nicht für immer war, und als ich mich von ihr getrennt und den Mut gefasst hatte, mich mit dir zu verabreden, hattest du Liam getroffen.«

Ein warmes Gefühl wird tief in meinem Innern zum Leben erweckt und breitet sich bis in meine Gliedmaßen aus. Mein

Gehirn erinnert sich nicht an seine Worte, aber mein Körper anscheinend schon. »Was habe ich sonst noch gesagt?«

»Das war so ziemlich alles. Du hattest in letzter Zeit so viel durchgemacht und ich verstand, was du sagtest, deswegen habe ich dich nicht mehr angerufen. Ich wollte es – Gott, ich wollte es so sehr, aber ich musste dir Zeit lassen, um darüber hinwegzukommen. Ich hatte nur die Hoffnung, dass wir, wenn du so weit wärst ...« Er bricht ab und zuckt verlegen mit den Schultern. »Du weißt schon, ich bin dein Freund und für dich da, wie immer.«

Ich wusste, dass er mich mochte. Wusste es von dem Augenblick, als ich zum ersten Mal mit ihm arbeitete. Ich ertappte ihn dabei, wie er mir im Lehrerzimmer oder auf Versammlungen Blicke zuwarf, wenn er dachte, ich würde es nicht sehen. Es war mir unangenehm, aber nicht auf schlechte Art. Eher auf die Art, dass ich mich fragte, wie es wohl wäre, mit den Fingern durch sein dickes, dunkles Haar zu fahren. Wie sich seine Lippen auf meiner Haut anfühlen würden. Aber zu dem Zeitpunkt hatte er schon lange eine Freundin und dann kam Liam und, tja, was unsere Anziehung auch war, es war nicht der richtige Zeitpunkt.

»Ich ... Ich weiß nicht, was ich sagen soll. Ich ...«

»Dann sag nichts. Aber das Angebot steht noch. Ich bin für dich als Freund da, wenn du etwas brauchst.« Er sieht mich an und diesmal kann ich meinen Blick nicht lösen. »Vielleicht kann ich dir dabei helfen, Licht ins Dunkel zu bringen, und nach dem, was du erzählt hast, könntest du auf jeden Fall jemanden auf deiner Seite gebrauchen.«

»Danke. Darauf werde ich vielleicht sogar zurückkommen.«

»Das hoffe ich, denn es klingt so, als wärst du in einer gefährlichen Situation. Ich meine, glaubst du, dass Liam wirklich deine Medikamente manipuliert hat? Das alles ist ein merkwürdiger Zufall, oder nicht? Und dich als selbstmordgefährdet darzustellen ist eine sehr bequeme Art, dich aus dem Weg zu räumen.«

»Wirklich sehr bequem. Aber ich war nicht selbstmordgefährdet. Ich weiß, dass ich es nicht war.«

»Als ich mit dir sprach, wolltest du dir definitiv nichts antun. Du wirktest sehr positiv und entschlossen, von ihm loszukommen und neu anzufangen. Du klangst stärker, als ich dich je gehört hatte.«

Ich seufze erleichtert, denn alles, was er sagt, ist mein erster richtiger Beweis, dass Liam versucht ... was genau versucht? Mich zu manipulieren, damit ich glaube, dass ich die Kontrolle verloren habe? Mich zu überzeugen, dass ich verrückt werde? Mich wieder einweisen zu lassen, damit er seine Affäre fortsetzen kann? Zu beweisen, dass ich selbstmordgefährdet bin, damit er mich umbringen und es so aussehen lassen kann, als sei ich es gewesen? Alle diese Punkte? Die plötzliche Kälte in meinen Eingeweiden lässt mich erschaudern. »Es ist offensichtlich, dass Liam etwas im Schilde führt, aber würde er mich wirklich entführen und dem Tod überlassen? Das klingt zu ... zu ...« Mir fällt kein Wort ein, welches das beschreiben könnte.

»Böse?«, fragt Jordan mit geweiteten Augen.

»Ja, wahrscheinlich. Und ich weiß, dass er nicht perfekt ist, aber das würde mit Sicherheit bedeuten, dass er verrückt ist, und dafür halte ich ihn nicht.«

»Viele Menschen, die töten, führen normale Leben. Sie haben Familien, einen guten Job und leben so wie du und ich. Sie müssen nicht verrückt sein.«

»Ich muss wissen, was passiert ist, nachdem ich meine Sachen gepackt und ihn verlassen habe. Wie ist mein Handy im Mülleimer gelandet? Das habe ich bestimmt nicht freiwillig zurückgelassen. Bin ich also wirklich weggekommen oder hat er mich aufgehalten und unter die Erde verfrachtet, damit ich sterbe?« Ich beuge mich vor, meine Arme sind über dem Bauch gekreuzt. »Ich habe das Gefühl, ich drehe mich im Kreis. Und es ist mir wirklich wichtig, dass du mir glaubst, denn sonst tut es niemand.« Ich kämpfe mit Mühe gegen die aufsteigenden Tränen.

»Natürlich glaube ich dir! Warum sollte ich es nicht tun?« Er nimmt meine Hand wieder in seine und drückt sie leicht.

Und ausnahmsweise sehe ich keinen Unglauben im Blick einer anderen Person. Ich sehe Traurigkeit und Entsetzen. »Weil es vollkommen verrückt klingt, oder nicht?«

»Du hast recht. Es ist verrückt. Und unwahrscheinlich und entsetzlich. Aber ist es verrückter oder unwahrscheinlicher, als wenn in weniger als einem Monat zwei unterschiedliche Medikamente eine psychotische Reaktion auslösen?« Eine Zeit lang sagt er nichts, starrt nur gedankenverloren vor sich hin. Dann dreht er sich wieder zu mir. »Hast du schon mal von Ockhams Rasiermesser gehört?«

»Nein.«

»Das ist eine Überlegung, die Detektive anwenden, um Verbrechen aufzuklären. Sie wird auch von Ärzten bei der Diagnose von Krankheiten angewandt. Auch Computerprogrammierer und Wissenschaftler und sogar Mathematiker arbeiten damit. Ich erspare dir eine lange Erklärung, aber im Grunde ist es die Theorie, dass, wenn es für dieselbe Sache zwei mögliche Antworten gibt, die einfachere für gewöhnlich richtig ist. Einige schwören darauf, um ein Problem zu lösen, aber ich persönlich bin skeptisch. Wie zum Beispiel legst du fest, ob etwas einfach ist oder nicht? Das ist alles subjektiv. Und außerdem gefällt mir die Vorstellung nicht, dass Einfachheit Wahrheit bedeutet.«

Ich blinzle schnell. »Ich kann nicht folgen. Ich meine, ich verstehe das Prinzip, dass die einfachste Erklärung für gewöhnlich die richtige ist, aber was hat das mit mir zu tun?«

»Naja, die Polizei und die Ärzte glauben dir nicht, denn da du Schlaftabletten in der Blutlaufbahn hattest, ist die einfachste Antwort, dass du sie selbst eingenommen und eine psychotische Reaktion hattest, weil es vorher schon einmal mit den Antidepressiva passiert ist.«

»Ja.«

»Aber deswegen ist das noch lange nicht die richtige Antwort. Also müssen wir für die andere Antwort, die beweist, dass du die Wahrheit sagst, herausfinden, *wie* die Schlaftabletten überhaupt in deine Blutlaufbahn gelangt sind. Du sagtest, du würdest keine nehmen, weil du dich danach schon einmal unwohl gefühlt hast. Du würdest auch keine nehmen, weil die Ärzte dir davon abgeraten hatten, was bedeutet, dass jemand sie dir verabreicht haben muss, und wenn du das beweisen kannst, dann müssen sie dir glauben.«

»Wie kann ich beweisen, dass ich sie nicht selbst genommen habe? Dass ich mich nicht umbringen wollte?«

»Das weiß ich noch nicht.«

»Ich konnte in meinem Haus keine finden, was mir merkwürdig vorkam, aber jetzt weiß ich, dass ich es verlassen habe und zu Saras Haus gegangen bin. Vielleicht finde ich sie da.«

»Und wenn sie nicht da sind, wäre das ziemlich verdächtig, nicht wahr? Denn wenn du sie genommen hättest, um schlafen zu können oder dich umzubringen, wie sie alle denken, hättest du es in Saras Haus getan. So kannst du es vielleicht beweisen.«

»Dr. Drew denkt, sie könnten in meiner Handtasche gewesen sein, als ich in angeblich psychotischem Zustand umhergeirrt bin, und dass ich sie während meiner Halluzinationen verloren habe.«

»Es gibt nur eine Möglichkeit, das herauszufinden: Du musst zu Saras Haus und nachsehen, ob du sie dort gelassen hast. Und ich würde dir raten, so schnell wie möglich dort hinzugehen, denn wenn Liam was damit zu tun hat, bist du zu Hause nicht sicher. Wenn er nichts damit zu tun hat, bist du vielleicht trotzdem nicht sicher, da du nicht weißt, wo du auf den Entführer getroffen bist. Willst du bei mir bleiben?«

Unsere Blicke treffen sich. Das klingt nach der perfekten Antwort. Ich will ihm vertrauen. Mein Körper tut es offensichtlich und ich fühle mich sicher, wenn ich in seiner Nähe bin, aber mein Verstand ... ich weiß ja nicht mit Sicherheit, dass *er* nichts damit zu tun hat. Jordan hat bereits zugegeben, dass er mich mag und ich ihm wichtig bin. Ich weiß nicht, ob ich mich geschmeichelt fühlen oder zu Tode ängstigen sollte. Ich habe nie die Spur von Wut bei ihm gesehen. Nie gesehen, wie er sich aufregt oder die Beherrschung verliert, selbst wenn sich ein Haufen sechzehnjähriger Jungen daneben benimmt. Aber vielleicht ist er irgendwie von mir besessen. Er könnte mich verfolgt haben, und als er mich nicht haben konnte, hat er sich vielleicht entschlossen, mich zu entführen. Es klingt genauso weit hergeholt wie alles andere, aber es ist möglich, oder?

»Danke, aber ich ... ich glaube, ich muss das alleine machen.«

»Ja, aber das hast du letztes Mal gesagt, und sieh dir an, was passiert ist.«

Kapitel 21

Als Jordan mich aus dem Café begleitet, will ich plötzlich nicht mehr gehen. Ich will sein Angebot annehmen. Will mich sicher fühlen, ohne den Atem der Person im Nacken zu spüren, die darauf wartet, mir etwas anzutun. Oder mich umzubringen. Das will ich mehr als alles andere, aber ich tue es nicht. Ich stehe kurz davor, das nächste Puzzleteil aufzudecken, und ich glaube, mein Handy und Saras Haus könnten der Schlüssel dazu sein.

Es ist fast siebzehn Uhr, als ich zu Hause ankomme. Als Erstes hole ich meine Liste unter der Spüle hervor und notiere alles, was ich herausfinden konnte. Dann schaue ich nach, ob das Handy aufgeladen ist, und lege die SIM-Karte von meinem alten Handy ein. Erfolg. Es funktioniert.

Ich trenne das Telefon vom Ladegerät, das ich ganz hinten in meinem Kleiderschrank in einem alten Schuhkarton verstaue. Ich setze mich aufs Bett und gehe gerade die Anrufliste durch, als Liams Stimme vom Erdgeschoss ertönt. Er ist früh dran und ich habe die Haustür gar nicht gehört.

»Chloe? Wo bist du?«

Schnell schalte ich das Telefon aus und lasse es unter die Matratze gleiten. Ich stehe auf, atme tief durch, setze ein Lächeln auf und gehe nach unten. Liam guckt gerade in den Kühlschrank, als ich die Küche betrete.

»Hi«, sage ich fröhlich.

Innerlich denke ich, *Du Schwein. Du Schwein. Du verdammtes Schwein. Was willst du mir antun?* Es ist, als wäre mein Leben der Film *Der Feind in meinem Bett.*

»Hallo Schatz.« Mit einer Weinflasche in der Hand beugt er sich vor und küsst mich auf die Stirn. »Wie fühlst du dich?«

»Gut, danke.«

Er schaut mich fragend an. »Bist du dir sicher?«

»Ja. Ganz sicher. Wie war dein Tag?« *Heute schon versucht, jemanden umzubringen?*

»Sehr produktiv«, sagt er mit selbstzufriedenem Grinsen. »Ich habe heute mit Dr. Drew telefoniert, um ihm meine Sorgen mitzuteilen, und er meinte, er würde nach dir schauen. Hat er dich angerufen?«

»Ja. Er sagte, es gehe mir gut. Ich wünschte, du würdest mir einfach glauben.«

»Tja, das ist bei allem, was passiert ist, nicht gerade leicht, oder?« Er nimmt ein Weinglas aus dem Geschirrschrank und schenkt sich ein großzügiges Glas Pinot Grigio ein. Mit einem Knöchel lässig vor dem anderen gekreuzt lehnt er sich gegen die Arbeitsplatte und nimmt einen großen Schluck, während er mich genau beobachtet.

»Aber Dr. Drew findet auch, dass es mir gut geht, also können wir bitte einfach –«

»Was? Können wir einfach was?« Seine Augen funkeln kalt und herausfordernd.

Geh nicht zu weit. Du willst wirklich nicht, dass er wütend wird. Ich kann die gefügige Chloe ohne Rückgrat sein, wenn es sein muss. Schließlich war ich lange genug genau so. Ich muss mich nicht großartig verstellen.

»Nichts. Tut mir leid.«

»Gutes Mädchen«, sagt er, und ich will schreien.

Ich bin kein Mädchen – ich bin eine Frau! Eine Frau, die Entscheidungen treffen kann. Eine Frau, die verdammt nochmal nicht verrückt ist!

»Hast du noch kein Abendessen vorbereitet? Was hast du den ganzen Tag über gemacht?« Seine Stimme hat einen leicht vorwurfsvollen Unterton, aber er sagt es mit einem breiten Lächeln.

»Ich habe es ruhig angehen lassen.«

»Wirklich? Warum bist du dann nicht ans Telefon gegangen, als ich vorhin angerufen habe?«

Jetzt möchte ich mich am liebsten selbst ohrfeigen. Wenn ich das Haus verlasse, muss ich bei meiner Rückkehr wirklich die Anruferkennung überprüfen. »Oh, ich habe einen Spaziergang gemacht. Ich wollte etwas frische Luft schnappen.«

»Einen Spaziergang?« Er sagt das, als hätte ich behauptet, einen Spaziergang in den Alpen gemacht zu haben.

»Mmm, einen Spaziergang«, sage ich gleichmäßig.

»Wo?«

»Nur einen Spaziergang. Nirgendwo im Besonderen.« Ich winke gleichgültig ab.

»Du weißt, dass ich mir Sorgen mache, wenn ich dich nicht erreichen kann.« Er setzt sein Weinglas auf der Arbeitsplatte ab, zieht mich an sich heran und legt beide Arme um mich. Es kostet mich all meine Kraft, ihn nicht wegzustoßen.

»Du brauchst ein neues Handy.«

»Wie bitte?« Mein Herz beginnt zu rasen. Weiß er etwas darüber, wie mein Handy kaputt im Mülleimer gelandet ist?

»Du kannst deines nicht finden, oder? Du hast es bestimmt verloren, als du dein Problem mit den Schlaftabletten hattest und umhergeirrt bist. Ich besorge dir am Wochenende ein neues«, flüstert er in mein Haar. »Dann kann ich mich vergewissern, dass du sicher bist, wenn du nicht bei mir bist.«

»Gute Idee«, stimme ich zu, auch wenn er sich keine Sorgen um meine Sicherheit macht. Er will mich kontrollieren können und wissen, wo ich bin, was ich mache, mit wem ich spreche, wann ich nach Hause komme.

»Davon habe ich viele.« Er zieht sich zurück, nimmt meine Wangen in seine Hände und starrt mir in die Augen. Es gefällt mir nicht, was ich da sehe. »Du weißt, wie sehr ich dich liebe, nicht wahr?«

Ich wage nicht zu sprechen, also nicke ich nur und schenke ihm das Lächeln, das ich im Laufe der Jahre perfektioniert habe.

Er küsst mich hart auf die Lippen, bevor er mich loslässt und sein Weinglas in die Hand nimmt. »So, was machst du zum Abendessen?«

»Ich mache ein Omelett.« Ich hole ein paar Champignons und Paprika aus dem Kühlschrank und schneide sie klein.

»Ich werde in der Zwischenzeit ein paar E-Mails schreiben.«

Ich blicke über die Schulter auf seinen sich entfernenden Rücken und würde ihm so gerne ein Messer reinrammen.

Nach dem Abendessen gebe ich Kopfschmerzen vor und sage Liam, dass ich mich hinlege. Er ist wieder am Computer, und es brennt mir unter den Nägeln, mein Handy nach Hinweisen zu durchsuchen. Ich gehe zuerst die Anrufprotokolle durch und finde einen Anruf von Jordan vom neunundzwanzigsten April, genau wie er gesagt hatte. Der Anruf dauerte etwas länger als fünf Minuten. Ein paar Minuten später rief ich Sara an und wir telefonierten fünfundsechzig Minuten. Ich stelle mir vor, wie ich ihr davon erzählte, dass ich Liams Affäre entdeckt hatte. Sie bezeichnete ihn bestimmt als Wichser und bot mir dann an, bei ihr zu wohnen, noch bevor ich danach fragen konnte.

An dem Tag, an dem Liam nach Schottland gereist ist, habe ich einen Anruf von Sara verpasst. Wollte sie sich vergewissern, dass ich noch immer zu ihr gehen wollte? Sichergehen, dass ich meine Meinung nicht geändert hatte? Kontrollieren, dass mein psychopathischer Ehemann mich nicht im Schlaf ermordet hatte?

Der letzte Anruf stammt von gestern, als ich mein Handy im Mülleimer klingeln gehört habe. Er kam von der Schule. Theresa hat nichts davon gesagt, dass sie mich angerufen hatte, ich frage mich, ob er von Jordan war. Sonst habe ich keine Anrufe erhalten, also mache ich mit den SMS weiter, wo einige zwischen Sara und mir sein müssten, aber ich kann keine finden. Komisch. Sonst schreiben wir uns immer mehrmals die Woche, wenn sie auf Reisen ist. Habe ich die Nachrichten gelöscht, damit Liam sie nicht findet? Oder haben wir uns vor meinem Verschwinden nicht geschrieben, weil wir schon telefoniert hatten? Ich habe nur eine SMS von meinem E-Mail-Anbieter mit dem Passwort, mit dem ich mein Konto wieder aktivieren kann.

Ich weiß noch immer nicht, wie mein Handy im Mülleimer gelandet ist. Habe ich es aus Versehen im Haus zurückgelassen, als ich ausgezogen bin? Hat Liam es gefunden und aus lauter Wut zerschmettert, als er entdeckte, dass ich gegangen war? Das scheint mir die wahrscheinlichste Option. Ich muss vollkommen panisch und unfähig zu klaren Gedanken gewesen sein. Habe nur ein paar Klamotten eingepackt und bin geflüchtet, solange er mit Sicherheit über sechshundert Kilometer weit weg war. Ich hatte im Internet bereits die Nebenwirkungen der Antidepressiva recherchiert, also wusste ich, dass sie von Liams Unternehmen hergestellt wurden. Wahrscheinlich vermutete ich damals schon, was ich jetzt vermute, dass er mich in den Wahnsinn treiben wollte. Es wäre so einfach für ihn, mich aus dem Weg zu räumen. Was gibt es Besseres, als wenn die Frau ins Irrenhaus gesteckt wird?

Eine tote Frau. Das wäre noch besser. Das kann niemand bestreiten. Er hatte es nicht geschafft, mich dauerhaft wegzu-schließen, also ging er über zu Plan B. Entführte mich und ließ mich zum Sterben zurück. Ich hatte keinen Beweis dafür, dass Liam wirklich nach Schottland gegangen war. Ich weiß nicht, ob DI Summers das überhaupt überprüft hat. Wahrscheinlich nicht, wenn er Liams Aussagen glaubte.

Ich höre Schritte auf der Treppe und schalte das Handy aus. Mit rasendem Herzen schiebe ich es wieder unter die Matratze und schließe die Augen, zwinge mich zu einer gleichmäßigen Atmung, damit Liam denkt, dass ich schlafe.

Die Nacht nimmt kein Ende. Ich wälze mich hin und her, kann nicht abschalten, schauerliche Gedanken schwirren so schnell in meinem Kopf umher, dass ich Angst habe, ich könnte in ihnen untergehen. Ich überlege, sehr früh aufzustehen und einen Kamillentee zu machen, aber ich will nicht aus dem Bett. Ich kann nicht riskieren, dass Liam das Handy findet, das ich verstecke. Nein, ich muss es bewachen, auch wenn die Tatsache, dass ich ein Handy bewache, so absolut lächerlich ist, dass ich fast laut loslache. Also bleibe ich liegen und denke über den Tod und das Sterben nach und warte auf den nächsten Morgen.

Kapitel 22

Während Liam duscht, schiebe ich die Hände unter die Matratze, hole das Handy hervor und verstecke es in der Küche unter der Spüle. Dann mache ich ihm Tee und Toast mit Marmelade und stelle alles auf den Küchentisch in Erwartung seiner Ankunft, wie es sich für eine gute Stepford-Frau gehört. Ich kann nicht essen. Mein Magen macht eine unkontrollierbare Achterbahnfahrt, bei der er in alle Richtungen geworfen und umhergewirbelt wird.

»Keinen Hunger?« Liam kaut nachdenklich an seinem Toast.

Hunger? Ich könnte mich übergeben. »Im Moment nicht.« Ich halte meinen Becher Tee umklammert. »Ich werde später etwas essen.«

»Das ist vielleicht gar nicht so schlecht. Du musst zugeben, du bist in letzter Zeit ganz schön pummelig geworden. Du musst aufpassen.« Er grinst scherzhaft, aber ich weiß, dass das kein Scherz ist.

Als mein Körper in der Pubertät anfing, sich zu entwickeln, machten sich einige Jungs im Heim einen Spaß daraus, mich als fett zu bezeichnen. Es war ein stetiges Hin und Her zwischen manischem Kalorienzählen mit strenger Disziplin, was ich aß, und Fressattacken. Ich stopfte so viel wie möglich in mich hinein, um einen Hunger zu stillen, der nie verschwinden wollte, und steckte mir dann den Finger in den Hals, um alles wieder zu erbrechen. Ich erzählte Liam davon zu Beginn unserer Beziehung, und in typischer Liam-Manier erwähnt er es gerne von Zeit zu Zeit, um meine Unsicherheiten gegen mich zu verwenden.

»Ja, vielleicht hast du recht«, stimme ich zu; es ist einfacher, mich zu fügen.

»Habe ich meistens.« Er tätschelt meine Hand und trägt seinen Teller zum Geschirrspüler. »Also, ich muss los. Heute Abend wird es wahrscheinlich spät.«

»O. k.«, sage ich, auch wenn es mich nicht im Geringsten interessiert. Ich werde nicht hier sein.

Als er gegangen ist, schaue ich schnell nach meinen E-Mails, aber ich habe in letzter Zeit nichts erhalten außer einer Spam-E-Mail, die mir eine Penisverlängerung verspricht. Ich packe einen kleinen Koffer mit ein paar Klamotten, Unterwäsche und Toilettenartikeln. Bald schon werde ich mich von Liam befreit haben, aber ich frage mich, was mich sonst noch erwartet. Ich weiß nicht, welches das kleinere Übel ist. Was, wenn Liam sich nur einer Affäre schuldig gemacht hat? Was, wenn er sich aufrichtige Sorgen macht, ich könnte wieder psychisch labil sein, und mich nur beschützen will? Was, wenn er die Medikamente nicht manipuliert hat und das nur aus meiner absurden Einbildungskraft kommt? Was, wenn er nicht versucht hat, mich umzubringen?

Was, wenn, was, wenn?

Ich weiß es nicht mit Sicherheit. Vielleicht werde ich es nie wissen, und dieser Gedanke erfüllt mich mit solcher Angst, dass ich ihn von mir schieben muss, bevor ich als brabbelndes Wrack in der Zimmerecke ende. Ich weiß nur, dass ich nicht mehr hier bleiben kann. Um meiner psychischen Gesundheit und meiner Sicherheit willen muss ich gehen. Das einzige Problem ist, dass meine neuen Kreditkarten noch immer nicht angekommen sind, ich habe also kein Geld. Vielleicht rufe ich Jordan an und frage ihn, ob er mir etwas leihen kann. Nur so lange, bis ich alles geregelt habe.

Ich sehe Jordans Gesicht vor meinem inneren Auge und muss lächeln. Irgendwann in der Zukunft kann ich mir in meinem Herzen etwas zwischen uns vorstellen. Vielleicht, weil ich Hoffnung brauche. Ein Licht am Ende des Tunnels. Der Gedanke, dass es nach all dem eine Zukunft für mich geben wird. Dass ich am Leben bleiben werde. Oder vielleicht ist es mehr als das.

Aber ich kann es mir jetzt nicht erlauben, über so etwas nachzudenken. Jetzt kann ich nur ans Überleben denken. Ich muss nur lange genug am Leben bleiben, um mich wehren zu können.

Ich setze mich an den Schreibtisch, nehme ein Blatt Druckerpapier aus der Schublade und einen Stift, um den zweiten Brief an Liam zu schreiben, in dem ich ihn verlasse.

Ich klopfe mit dem Stiftende gegen meine Zähne und starre auf das Blatt, das so leer ist wie mein Kopf. Was schreibt man unter diesen Umständen?

Wer weiß das schon.

Ich führe den Stift zum Blatt. Stoppe. Hebe ihn wieder. Stoppe. Ich habe keine Ahnung, wie ich mein Leben zusammenfassen soll und wie es dazu kommen konnte, dass ich jetzt so hier sitze. Ich denke an den Brief, den ich letztes Mal geschrieben habe. *Ich kann so nicht mehr weitermachen. Ich muss es beenden. Es tut mir leid.* Auch wenn es so zweideutig war, dass es gegen mich verwendet werden konnte, fällt mir nichts Wahreres ein. Aber dieses Mal passe ich auf, dass niemand den Brief missverstehen kann.

> *Liam,*
> *unsere Beziehung ist vorbei.*
> *Ich will dich nicht mehr sehen oder mit dir sprechen. Du kannst meine Meinung nicht ändern.*
> *Bitte halte dich von mir fern.*
> *Chloe*

So. Deutlicher kann ich es nicht machen. Kurz und auf den Punkt gebracht. Einige Dinge lassen sich einfach nicht in Worte fassen.

Ich lehne das Blatt gegen den Teekessel und setze meine Sonnenbrille auf. Ich verlasse das Haus und gehe, den Koffer hinter mir herziehend, zu Saras Haus. Es wäre einfacher, ein Taxi zu nehmen, aber vielleicht habe ich das das letzte Mal getan. Man hört immer wieder von zwielichtigen Taxifahrern, und dieses Risiko kann ich nicht eingehen. Also ignoriere ich die Schmerzen in meinem Arm und gehe weiter.

Der Ersatzschlüssel zu Saras Haus, den ich für Notfälle verwahre, war nicht zu Hause in der Schublade. Ich habe ihn wohl mit meinen anderen Hausschlüsseln verloren, aber ich weiß, dass sie einen im Garten versteckt. Hoffentlich ist er noch da. Mir gefällt die Vorstellung nicht, ein Fenster einschlagen zu müssen, um ins Haus zu kommen.

Vor ihrem Haus ist ein Steingarten. Ich sage »Steingarten«, aber es ist ein Garten ohne Pflanzen. Da Sara so viel unterwegs ist, hat sie den Garten so pflegeleicht wie möglich angelegt. Der Steingarten besteht nur aus Steinen in unterschiedlichen Größen, Farben und Beschaffenheiten. Ich suche den großen Klumpen Granit. Unter ihm finde ich den Schlüssel.

Als ich die Haustür öffne, fällt mir als Erstes der Geruch auf. Abgestanden, muffig, unbewohnt. Danach fallen mir meine schwarzen Keilstiefel und die Ballerinas neben der Heizung im Eingang auf. Ich schließe die Tür und lehne mich dagegen, die Augen einen Augenblick lang geschlossen, um alles aufnehmen zu können.

Ich habe es also hierher geschafft. Ich hatte Liam wirklich verlassen. Ich bin meinen Spuren bis zum nächsten Ort, an den ich gegangen bin, gefolgt, aber ich weiß nicht, was ich noch entdecken werde. Ich spüre schon jetzt ein starkes Gefühl der Freiheit, als hätte ich eine schmutzige Haut abgestreift, die mich erstickte. Endlich habe ich wieder die Kontrolle über mein Leben übernommen. Ich weiß zwar nicht, wie lange ich ein Leben haben werde, falls mein Entführer mich findet, aber zumindest dieser wertvolle Augenblick gehört allein mir.

Ich schreite über einen Haufen Post, die durch den Briefschlitz geschoben wurde, stelle meinen Koffer neben meinen Stiefeln ab und gehe in ihr kleines Wohnzimmer. Es ist vollgestopft mit Büchern und farbenfrohen Überwürfen in strahlenden Orange-, Rot- und Gelbtönen. Türkische Teppiche, afrikanische Holzschnitzereien, Muscheln, ein mit hellen Tribal-Zeichnungen versehenes Didgeridoo, chinesische Schriften. Dinge, die sie im Laufe der Jahre von ihren Reisen mitgebracht hat. Es strahlt eine Wärme und Fröhlichkeit aus, wie jedes richtige Zuhause es sollte. Die Besitzerin hat ein Zeichen ihrer Existenz hinterlassen, anders als die seelenlose Schale aus Backsteinen und Mörtel, in der ich mit Liam gelebt habe.

Das rote Licht ihres Anrufbeantworters blinkt mich aufdringlich an; ich höre die Nachrichten ab. »Hi, ich bin es.« Saras Stimme. »Ich hoffe, du lebst dich gut ein. Ich habe mein verdammtes Handy heute Morgen auf dem Markt verloren und musste mir ein neues besorgen. Ich habe also eine neue Nummer.« Sie leiert die Nummer herunter. Deswegen hatte ich sie also nicht erreichen können. »Ruf mich auf dieser Nummer an und sag mir, ob es dir gut geht. Habe dir noch gar nicht erklärt, wie der Boiler funktioniert. Er kann manchmal etwas dickköpfig sein, vor allem, wenn er ausgeschaltet war. Nimm dir, was du brauchst. Fühl dich ganz wie zuhause. Ich bin so froh, dass du aufgewacht und von diesem kontrollsüchtigen Wichser losgekommen bist.«

Der Anruf stammt vom sechsten Mai, dem Tag, an dem Liam nach Schottland gereist ist. Der Tag, an dem ich ihn verlassen haben muss.

Der Anrufbeantworter piept und spielt die nächste Nachricht ab. Wieder Sara. »Hey, wo bist du? Ich will doch mal hoffen, dass du zur Abwechslung unterwegs bist und Spaß hast! Ich mache die nächsten zehn Tage ein Yoga-Seminar, du wirst mich also nicht erreichen können. Hier darf keine moderne

Technologie rein!« Sie lacht. »Ruf mich an, wenn ich durch bin. Haha, das klingt, als würde mich das Seminar fertigmachen, oder? Naja, ich hoffe, du konntest den Boiler in Gang setzen. Wir hören voneinander. Hab dich lieb.«

Das Datum der zweiten Nachricht ist der achte Mai. Heute ist der fünfzehnte, das heißt, sie ist noch nicht von ihrem Seminar zurück. Ich werde noch eine Weile warten müssen, um zu erfahren, ob sie noch mehr Lücken in meinem Leben auffüllen kann.

Ich gehe nach oben und öffne die Tür zum Schlafzimmer. Auf dem Bett ist keine Bettwäsche und der Raum fühlt sich verlassen an. Im Gästezimmer finde ich Beweise für meine Existenz. Die Decke ist zurückgeworfen und das Laken ist zerknittert, hängt halb vom Bett herunter, so als hätte ich unruhig geschlafen und wäre in aller Eile aufgestanden. Über einem Regiestuhl am Fenster hängen mein gepunkteter BH, die Lederjacke und der braune Pullover mit V-Ausschnitt. Ich sehe keine Schlaftabletten auf dem kleinen Nachttisch, nur einen roten Kugelschreiber und ein Glas Wasser, auf dessen Oberfläche sich eine Staubschicht gebildet hat. Neben dem Bett liegt eine Plastiktüte mit ein paar meiner Unterhosen darin. Vielleicht habe ich darin meine Klamotten transportiert.

Im Badezimmer sind nur eine Zahnbürste und eine neue Tube Zahnpasta, die ich gekauft haben muss. Über dem Waschbecken ist ein Holzschrank mit Spiegel. Ich öffne die Tür und durchsuche den Inhalt. Ich finde eine Packung Paracetamol, eine Flasche Hustensaft, einen Kunststoffbehälter mit Wattebäuschen, eine ungeöffnete Tube Zahnpasta, Wick VapoRub und eine fast leere Schachtel Tampons.

Ich gehe nach unten und kontrolliere alle Fenster und die Hintertür, die von der Küche in den briefmarkengroßen Garten führt. Nirgendwo im Haus gibt es Anzeichen für einen Einbruch oder einen Kampf.

Ich spähe in den Kühlschrank, um zu schauen, ob Sara Lebensmittel in Flaschen oder Dosen zurückgelassen hat, die noch essbar sind. Ich habe zurzeit keine große Lust, einkaufen zu gehen, aber ich muss etwas essen. Ich finde einen Karton haltbare Magermilch, ein Stück Cheddar, sechs Eier, eine Packung Rucola, ein paar Tomaten, eine Zwiebel, eine Flasche Schaumwein, Butter und ein Vollkornbrot in Scheiben. Das Haltbarkeitsdatum des Salats ist abgelaufen, die grünen Blätter unter der Plastikverpackung sind matschig und vergilbt, aber alles andere ist noch essbar, ich war also einkaufen, nachdem ich letztes Mal angekommen war.

Als ich im Schrank über dem Herd nach einem Glas greife, um mir Wasser einzuschenken, entdecke ich meine Handtasche auf der Mikrowelle in der Ecke. Ich stelle das Glas ab und wühle in der Handtasche herum. Mein Portemonnaie ist darin, komplett mit den Kreditkarten, die Liam gesperrt hat. Die gute Nachricht ist, dass ich zweihundertdreiunddreißig Pfund und vierundfünfzig Pence habe. Damit komme ich eine Zeit lang über die Runden.

Ansonsten sind in meiner Handtasche nur eine Packung Taschentücher, ein Kugelschreiber, ein kaputter Zahnstocher, ein Deoroller und eine Menge Fusseln. Die Schlaftabletten sind nicht darin, was keinen Sinn ergibt. Wenn ich sie nirgends finden kann, kann ich sie unmöglich genommen haben. Klar, ich könnte sie verloren haben, wenn ich eine komische Reaktion darauf hatte, aber wenn sie nicht in der Handtasche waren, wo hätte ich sie hingetan? Als ich von diesem Ort floh, hatte ich nur ein dünnes rotes Kleid ohne Taschen an. Es ist unwahrscheinlich, dass ich sie einfach in der Hand hatte. Meine Schlüssel sind auch nicht in der Handtasche, und das bringt mich ins Grübeln. Wenn meine Handtasche hier ist, aber meine Schlüssel nicht, muss ich irgendwohin gegangen sein. Irgendwohin in die Nähe, wo ich zu Fuß hinkonnte. An einen Ort, für den ich kein Geld brauchte. Aber wo?

Vergiss das Wasser. Ich brauche jetzt Alkohol. Ich schenke mir etwas von dem eiskalten Wein ein und spüre beim Trinken, wie mein leerer Magen von der sofortigen Entspannung erfüllt wird. Unter den gegebenen Umständen ist es wahrscheinlich keine gute Idee, zu trinken. Ich muss bei klarem Verstand bleiben. Aber es fällt mir schwer, meine Angst unter Kontrolle zu behalten, und Entspannung ist genau das, was ich brauche.

Ich durchsuche die Schränke und finde ein Paket Pasta. Ich bereite mir eine vegetarische Mahlzeit mit den Tomaten und der Zwiebel und ein paar getrockneten Kräutern zu. Das Ganze garniere ich mit einer dicken Schicht Käse. Zwischen den Bissen und Schlucken denke ich darüber nach, was ich als Nächstes tun soll. Liam wird sich denken können, dass ich hier bin, auch wenn ich meine fortlaufende Freundschaft mit Sara so gut es ging geheim gehalten hatte. Wo könnte ich sonst sein? Vielleicht sollte ich in ein Hotel einchecken. Aber ich habe nicht viel Geld und würde nicht für immer dort bleiben können.

Oder vielleicht sollte ich Jordan doch fragen, ob ich bei ihm unterkommen kann. Ich vertraue ihm. Zumindest glaube ich das. Aber ... naja, man kennt eine Person nie wirklich. Vor allem, wenn man sich nicht an alles erinnern kann. Ich dachte, dass ich Liam kannte, und ich weiß, wie unrecht ich hatte.

Aber wenn ich hierbleibe, könnte alles Mögliche passieren.

Nach dem Essen wasche ich meinen Teller und mein Glas ab und stelle sie zum Trocknen auf das Abtropfbrett. Dann rufe ich die Bank auf meinem neuen Handy an und durchlaufe das nervtötende automatisierte System, drücke erst die eine, dann die andere Taste, bis ich endlich mit einer echten Person und keiner Maschine mehr spreche.

»Hallo, mein Ehemann hat vor ein paar Tagen meine Kreditkarte gesperrt, weil ich meine Handtasche verloren hatte, und ich wollte Ihnen nur eine neue Adresse geben, an die Sie die neue Karte bitte schicken.«

Die Frau am anderen Ende der Leitung fragt nach meinem Namen und meiner vorherigen Adresse, dann nach meiner Telefon-PIN. Ich höre ihr Tippen und spiele in der Zwischenzeit mit meinem Ohrring.

»Oh, es sieht so aus, als hätten Sie uns die neue Adresse bereits durchgegeben, Mrs Benson.«

»Wirklich?« Ich schnappe nach Luft. »Wann?«

»Am sechsten Mai.«

Der Tag, an dem ich Liam verließ und hierher kam.

»Ich habe keinen Vermerk dazu, dass Ihr Ehemann Ihre Karten sperren ließ, und selbst wenn er angerufen haben sollte, er hätte sie nicht sperren können, weil sie auf Ihrem Namen laufen. Auch wenn es sich um ein gemeinsames Konto handelt, müssen wir aus Sicherheitsgründen immer mit dem Karteninhaber persönlich sprechen.«

Sieh mal einer an. Liams Lügen stapeln sich. Ich kann keinem Wort aus seinem Mund Glauben schenken. »Sie sind sich ganz sicher, dass er Sie nicht angerufen hat?«

»Ja, absolut.«

Ich bin sprachlos. Warum hat er sie nicht gesperrt, wie er behauptete? Ich habe ihm gesagt, dass meine Handtasche und mein Portemonnaie verschwunden waren und er hätte sicherlich nicht gewollt, dass jemand sie findet und sich bedient. Zwei Szenarien sind für mich denkbar: Erstens, er wusste die ganze Zeit, wo mein Portemonnaie war. Wohlbehalten hier in Saras Haus. Das würde bedeuten, dass er schon einmal hier gewesen ist und mich gefunden hat. Oder zweitens, er dachte tatsächlich, dass ich mir die Geschichte mit der Entführung nur ausgedacht habe, und glaubte nicht, dass die Sachen wirklich verschwunden waren.

Ich erinnere mich an einen Samstag vor ungefähr sechs Monaten. Liam wollte mich zum Supermarkt fahren, und ich konnte meine Handtasche nicht finden. Er wurde immer gereizter, während ich das Haus danach absuchte, die Schubladen öffnete, in den Schränken und selbst unter dem Bett nachsah. Ich suchte überall und konnte sie nicht finden.

»Verdammte Scheiße, ich werde nicht länger warten. Wir können uns im Supermarkt treffen. Nur, weil du ein Gehirn wie ein Sieb hast, werde ich nicht meinen freien Tag vergeuden.« Er stürmte aus dem Haus und fuhr davon.

Als ich den Supermarkt nach zwanzig Minuten erreicht hatte, war ich aufgewühlt und bemühte mich, die Kränkung in

Schach zu halten. Ich sah ihn im Café, er hatte Plundergebäck und einen Milchkaffee bestellt und las seelenruhig die Zeitung.

Am nächsten Tag fand ich die Handtasche beim Staubsaugen in der kleinen Ecke zwischen Wand und Sofa. Gott weiß, wie sie dahin gekommen ist – und ich hätte schwören können, dass ich dort nachgesehen hatte.

Die Stimme der Frau holt mich zurück auf die Erde. »Kann ich sonst noch etwas für Sie tun, Mrs Benson?«

Ja. Herausfinden, wer mich umbringen will.

»Äh ... nein, danke.« Ich lege auf und starre mein Handy an. Wenn ich die Bank an dem Tag, an dem ich Liam verlassen habe und hierhergekommen war, angerufen habe, was habe ich danach getan?

In meinem Kopf blitzt etwas auf. Ein verschwommenes Bild. Eine entfernte Erinnerung. Etwas über mein Handy. Ich versuche, mich daran festzuklammern, aber sie ist verschwunden, außer Reichweite. Ich weiß, dass ich sie nicht von meinem alten Handy angerufen habe, denn es lag zerschmettert im Mülleimer zu Hause und im Anrufprotokoll auf der SIM-Karte war der letzte Anruf von Sara an mich. Das heißt also, dass ich die Bank über Saras Festnetznummer angerufen haben muss. Vielleicht habe ich noch weitere Anrufe getätigt. Ich gehe in ihr Wohnzimmer, nehme den Hörer in die Hand und drücke die Anruftaste. Es läutet in meinem Ohr und bringt mich wieder zum automatisierten System der Bank. Verdammt. Jetzt kann ich nicht herausfinden, ob ich noch jemanden angerufen habe, weil nur die letzte gewählte Nummer gespeichert wird.

Als ich das Telefon wieder in die Basisstation setze, trifft mich die Erinnerung mit voller Wucht ...

Ich eilte durch den Flur im ersten Stock meines Hauses, Klamotten in den Händen, das Handy unter dem Arm, bereit zu gehen. Liam war bereits nach Schottland abgereist. Als ich am oberen Treppenabsatz stand, klingelte das Telefon. In meinem panischen Zustand machte ich bei dem plötzlichen Geräusch einen Satz und ließ das Telefon vor Schreck fallen. Es purzelte alle Stufen herunter und landete schließlich mit einem lauten Krach auf dem Boden. Ich hob es auf, um mir den Schaden anzusehen; der Bildschirm war zerbrochen und unlesbar. Aber ich dachte, dass das vielleicht ganz gut sei. Ich wollte eh nicht, dass Liam mich anrufen konnte. Ich warf es in den Mülleimer in der Küche und kritzelte in aller Eile den Brief an ihn, den ich auf der Küchenarbeitsplatte zurückließ. Dann stopfte ich meine paar Kleidungsstücke in eine strapazierfähige Tüte und stürzte die Haustür hinaus.

Ich atme in harten Stößen. Das ist die erste Erinnerung, die ich wiedererlange, und sie ist lebhaft und scharf, bis ich zur Tür gelange, dann verdunkelt sich wieder alles. Ich lasse mich aufs Sofa fallen und zwinge mein Gehirn zum Nachdenken. Aber es bringt nichts. In meinen Kopf herrscht wieder ein schwarzes Loch.

Das könnte aber bedeuten, dass ich mich irgendwann an alles wieder erinnere.

Zitternd lege ich die Arme um mich, während ich all die kleinen Teile, die ich kenne, zu einem Ganzen zusammenfüge. Ich habe mein Haus verlassen und bin hierhergekommen. Ich habe die Bank angerufen und Saras Adresse durchgegeben. Ich bin offensichtlich zum Supermarkt gegangen. Nach den Etiketten auf den Lebensmitteln zu urteilen, zu Waitrose. Dann bin ich zurückgekommen und habe ... was gemacht?

Ich gehe in die Küche, hole meine Notizen und einen Kugelschreiber aus der Handtasche und aktualisiere sie.

> 21. März
> Liam war im Royal Lodge Hotel, sagte aber, er
> sei in Schottland.

> 23. März
> Liams Party. Wollte ihm vom Baby erzählen.

25. März
Frühgeburt in den frühen Morgenstunden.
Wurde depressiv.

10. April
Ging zur Hausärztin. Bekam Antidepressiva
und Schlaftabletten verschrieben.

13. April
Ich werde eingewiesen. Liam sagte Ärzten, er
hätte mich gefunden, wie ich am Gartenweg
grabe.
In Psychiatrie zur Behandlung. (Dr. Drew und
Dr. Traynor sagten mir, ich sei paranoid gewesen
und hätte Halluzinationen gehabt. Ich dachte,
ein Mann würde mich verfolgen, und versuchte,
zu entkommen.)

20. April
Aus dem Krankenhaus entlassen. Immer noch
etwas deprimiert, aber ansonsten o. k.

22. April
Liam kaufte Medaillon, das Julianne auf dem
Bild von der Einführungsfeier für das Exalin-
Medikament trägt.

Um den 26. April
Ich ging zum Royal Lodge Hotel, um herauszu-
finden, ob Liam mit jemandem dort gewesen
war.

29. April
Jordan rief an, um zu hören, wie es mir ging. Ich
erzählte ihm von Liams Affäre mit Julianne und

sagte, ich würde Sara fragen, ob ich in ihrem Haus wohnen könnte.

Ich rief Sara an und wir telefonierten über eine Stunde.

6. Mai

Liam ging nach Schottland? (Ist er wirklich dort hingegangen?)

Ließ Handy fallen und es ging kaputt. Ließ es im Küchenmülleimer.

Ich packte meine Sachen und hinterließ einen Brief für Liam.

Ging zu Saras Haus.

Telefonierte mit der Bank von Saras Haus aus und gab meine neue Adresse durch.

Kaufte Lebensmittel bei Waitrose.

Verbrachte die Nacht in Saras Haus? (Jemand hat im Gästezimmer geschlafen und meine fehlende Kleidung war dort.)

Sara rief mich bei sich an und hinterließ eine Nachricht auf dem Anrufbeantworter. Habe ich sie zurückgerufen?

8. Mai

Sara hinterließ eine weitere Nachricht auf ihrem Anrufbeantworter. Sie ging zu einem Yoga-Seminar und hatte eine neue Telefonnummer. (Vermutlich war ich zu dem Zeitpunkt schon verschwunden, wenn Dr. Traynor glaubt, dass ich ein oder zwei Tage nichts getrunken hatte.)

9. Mai

Von einer Frau auf der Great North Road gerettet. Von einem unterirdischen Gebäude aus, in dem ich festgehalten wurde, durch den Wald

gerannt. Verlor die Erinnerung an alle Ereignisse
seit der Party.
Bluttest ergibt, dass ich die Schlaftabletten
Silepine eingenommen hatte. Dr. Drew und Dr.
Traynor dachten, ich hätte wieder allergisch auf
sie reagiert und Halluzinationen gehabt.

Ich kaue am Stift und starre auf die Notizen. Irgendwann zwischen dem sechsten und dem achten Mai bin ich verschwunden.

Irgendetwas macht mir dabei zu schaffen, aber ich weiß nicht, was. Je mehr ich nachdenke, umso verschwommener fühlt sich mein Gehirn an und umso unerreichbarer werden meine Erinnerungen. Ich mache mir einen Kaffee, gieße etwas Milch aus der Tüte, die ich gekauft haben muss, dazu und gehe zurück ins Wohnzimmer. Ich rolle mich aufs Sofa und starre auf die Dielen.

Komm schon, Chloe – denk logisch!

Bislang deutet alles darauf hin, dass Liam an meiner Entführung beteiligt war, aber ich frage mich, ob die Möglichkeit besteht, dass er nichts damit zu tun hatte.

Wenn Liam wirklich denkt, dass mein Brief ein Abschiedsbrief einer Selbstmordkandidatin war, dann weiß er nicht, dass ich ihn verlassen hatte. Wenn die Dinge so abgelaufen sind, wie er behauptet, reiste er am sechsten Mai nach Schottland und rief nicht an, weil wir uns gestritten hatten. Dann erhielt er am neunten Mai einen Anruf vom Krankenhaus, dass ich eingeliefert worden war und mein Gedächtnis verloren hatte. Dann flog er zurück, um mich zu sehen.

Ist es möglich, dass er die ganze Zeit über in Schottland war und wirklich nicht weiß, dass ich ihn verlassen hatte? Dass er wirklich denkt, dass ich wieder einen Zusammenbruch oder eine allergische Reaktion hatte?

Aber viele Punkte sprechen dagegen. Zunächst einmal haben wir uns in seiner Version über einen Teller gestritten, den ich nach ihm warf. Das habe ich keinen Augenblick geglaubt und im Müll war keine Spur von einem zerschlagenen Teller. Das war die perfekte Ausrede, die er der Polizei auftischen konnte, warum er mich nicht kontaktiert hatte, aber in all der Zeit, die wir zusammen waren, ist nicht ein einziger Tag vergangen, ohne dass er mich angerufen hat. Kein einziger. Das deutet darauf hin, dass er wusste, dass mein Handy schon kaputt und im Müll war, oder aber er wusste, dass ich nicht ans Telefon gehen würde, weil er mich schon entführt hatte. In dem Fall muss er wirklich hier gewesen sein, als er in Schottland hatte sein sollen.

Dann hat er eine Affäre und hat gelogen, als er sagte, ich hätte Kleidung zum Secondhandladen gebracht, und als er sagte, er hätte meine Kreditkarten gesperrt. Er war der Herstellungsleiter der Firma, die Zolafaxine herstellte, er hatte also zahlreiche Gelegenheiten, dieses Medikament zu manipulieren.

Es gibt nur einen Weg, um mit Sicherheit herauszufinden, ob Liam was mit der Sache zu tun hat. In dem Koffer, den ich heute Morgen gepackt habe, finde ich zwischen meinen paar Kleidungsstücken Summers' Karte. Ich wähle seine Nummer.

»DI Summers«, meldet er sich nach einer Ewigkeit.

»Hi, hier spricht Chloe Benson.«

»Chloe. Wie geht es Ihnen?« Er klingt höflich, aber auch gelangweilt.

Einen Moment zögere ich, wie ich die Frage beantworten soll. Letztlich ist es mir egal. »Ich habe versucht, herauszufinden, was passiert ist, und ich muss dringend ein paar Dinge klären.«

»Haben Sie Ihr Gedächtnis zurückerlangt?«

»Nein. Nicht wirklich. Haben Sie Zeit?«, frage ich atemlos, besorgt, dass er eine Ausrede erfinden wird – und ich muss es wissen. Muss es sofort wissen.

Eine Pause. Dann: »Wollen Sie aufs Revier kommen? Ich kann mir in einer Stunde Zeit nehmen.«

»Ja. Vielen Dank. Ich werde da sein.«

Kapitel 23

Nachdem ich zu Ende erzählt habe, reiche ich Summers das Blatt, auf das ich meine Notizen gekritzelt habe. Er liest es mit einem ungeduldigen Augenrollen, von dem er glaubt, dass ich es nicht sehen kann. Ich rutsche auf meinem Stuhl gegenüber seinem unruhig hin und her, versuche, mich abzulenken, indem ich den verkrusteten Schorf von meinen Fingerspitzen abpule. Als er schließlich zu mir hochblickt, kann ich seinen Gesichtsausdruck nicht entziffern. Vielleicht ist es Mitgefühl, oder Unglaube.

Auf dem Weg zum Revier bin ich in meinem Kopf immer wieder durchgegangen, was ich sagen wollte, damit es so unverrückt wie möglich klingt. Summers' Gesichtsausdruck nach zu urteilen hat das aber nichts gebracht.

Er lehnt sich vor und legt die Unterarme auf den Tisch, die Hände gefaltet. »Also, verstehe ich das richtig: Sie haben Liam an dem Tag, als er nach Schottland gereist ist, verlassen, weil er eine Affäre hatte, und sind in Saras Haus eingezogen?«

»Ja. Sie sehen also, das beweist, dass der Brief, von dem er Ihnen sagte, es sei ein Suizid-Abschiedsbrief, keiner gewesen sein konnte, oder? Ich habe Liam den Brief geschrieben, um ihm zu sagen, dass ich ihn verlasse, das ist alles. Er hat Ihnen auch erzählt, dass er mich nicht aus Schottland angerufen hat, weil wir einen Streit über einen Teller hatten, aber das können wir nicht, denn im Müll war keine Spur von einem kaputten Teller.« Die Worte sprudeln nur so aus mir heraus und ich weiß, dass ich plappere, aber es ist mir egal. Ich bin verzweifelt.

»Sie haben den Müll durchwühlt?«

»Ja.«

»Woher wissen Sie, dass die Müllabfuhr den Müll nicht schon abgeholt hat? Das wäre jetzt neun Tage her.«

»Weil sie doch streiken. Wir hatten vier Müllbeutel und ich habe alle durchsucht. Kein Teller. Und es gibt nur zwei mögliche Erklärungen, warum er mich nicht aus Schottland angerufen hat. Erstens, er wusste, dass mein Handy kaputt und im Müll war, oder zweitens, er ist derjenige, der mich entführt hat und wusste, dass ich nicht rangehen würde. Bei beiden Erklärungen müsste er aus Schottland zurückgekommen sein.«

Summers schaut mich ziemlich verdutzt an. »Halten Sie es nicht für möglich, dass er einfach nicht angerufen hat, weil er zu viel Arbeit hatte?«

Ich schüttle den Kopf so stark, dass ich meinen Halswirbel knacken höre. »Nein. Er ruft mich *immer* an, wenn wir getrennt sind. Und wenn ich seinen Anruf verpasse, muss ich ihn sofort zurückrufen.«

»Selbst nach einem Streit?«

»Ganz besonders dann! Er hat auch gelogen, als er sagte, ich hätte meine Kleidung zum Secondhandladen gebracht, oder?«

Summers rutscht unbehaglich auf seinem Stuhl hin und her. Es fällt ihm schwer, die Geduld zu wahren. »Woher wissen Sie, dass Sie nicht ein paar Kleidungsstücke zum Secondhandladen gebracht haben?«

»Weil ich sie zu Saras Haus gebracht habe.«

»Sie sind sicher, dass Sie nicht vielleicht auch ein paar Sachen zum Secondhandladen gebracht haben? Haben Sie schon einmal Kleidung gespendet?«

»Ja schon, ein paar Mal, aber —«

»Es ist also möglich, dass Sie das auch dieses Mal gemacht haben?«

Ich denke an die paar Sachen, die nicht in meinem Kleiderschrank oder der Kommode waren und die ich bei Sara gefunden habe. Fehlt sonst noch etwas? Ich glaube nicht, aber es kann sein, dass einige fehlen, die mir jetzt nicht einfallen. »Ich bin mir ziemlich sicher, dass alle Sachen, die bei mir zu Hause fehlten, bei Sara sind.«

»Ziemlich sicher?«

»Ja. Dann ist da noch die Tatsache, dass er für die Firma arbeitet, die Zolafaxine herstellt. Woher weiß ich, dass er sie nicht manipuliert hat, damit ich eine allergische Reaktion habe?«

Summers macht große Augen. »Sie glauben, dass Ihr Mann Sie vergiften will?«

Ich schlucke schwer. Ich weiß, wie das gleich klingen wird. Weiß, dass Summers nur denken wird, dass da wieder meine verdrehte Fantasie mit mir durchgeht. »Nein, nicht vergiften.«

Er wirkt erleichtert.

»Ich glaube, dass er mich umbringen wollte.«

Summers schaut mein Gesicht einen Moment lang eingehend an, dann lehnt er sich langsam in seinem Stuhl zurück. Sein Mund ist halb offen. »Sie glauben, dass er Sie umbringen wollte?« Er spricht jede Silbe langsam aus.

»Nun, das ergibt doch Sinn oder?«

»Tut es das?«

»Ja!« Ich kämpfe gegen den Impuls, meinen Kopf mehrmals gegen den Schreibtisch zu schlagen.

»Warum?«

Ich zähle bis sechs, bevor ich spreche. Ich weiß, man soll eigentlich bis zehn zählen, aber so lange würde ich nicht durchhalten. »Wegen allem, was ich eben gesagt habe.«

»Chloe, für alles, was Sie erzählt haben, gibt es durchaus plausible Erklärungen. Für –«

»Ockhams Rasiermesser«, murmle ich.

»Wie bitte?« Er sieht mich an, als hätte ich japanisch gesprochen.

»Ockhams Rasiermesser. Das ist eine Theorie von Polizisten und Ärzten. Sie sagt, dass die einfachste Erklärung häufig die richtige ist. Aber sie ist nicht *immer* die richtige, nicht wahr? Ich weiß, wie es aussieht, wenn Sie die Dinge einzeln betrachten, aber wenn Sie alles zusammennehmen, deutet es auf Liam. Wenn der Brief keinen Suizid ankündigte, wollte ich mich nicht umbringen, also warum hätte ich dann entgegen ärztlichem Rat Schlaftabletten genommen? Wenn Liam nicht wirklich in Schottland war, wusste er, dass mein Handy im Müll war, und das ist der wahre Grund, warum er nicht angerufen hat. Wenn er darüber, dass ich meine Kleidung zum Secondhandladen gebracht habe, gelogen hat, dann wusste er, dass ich sie schon woanders hingebracht hatte, weil ich ihn verlassen hatte. Sehen Sie? Es ergibt absolut Sinn.«

Summers kneift seine Augen leicht zusammen, während er das Ganze abwägt.

»Die Schlaftabletten sind der Schlüssel. Wenn ich sie wirklich freiwillig genommen habe, wo sind sie dann? Ihre Theorie und die der Ärzte, dass ich sie entweder genommen habe, um schlafen zu können oder um mich umzubringen, kann nicht stimmen, oder? In meinem Haus sind sie nicht, und auch bei Sara konnte ich sie nicht finden.«

»Ja, aber das heißt nicht —«

»Warten Sie. Ich bin noch nicht fertig.« Ich halte meine Hand hoch, um ihm das Wort abzuschneiden. »Wenn Sie Schlaftabletten nehmen würden, wo würden Sie sie hintun?«

Er presst kurz die Lippen aufeinander und denkt nach. Oder er überlegt sich eine Ausrede, um mich loszuwerden. »Wahrscheinlich in meinen Arzneischrank oder ans Bett.«

»Genau! Aber da sind sie nicht. Also ist Ihre Theorie nun widerlegt, oder? Wenn ich die Schlaftabletten genommen habe, um schlafen zu können, oder selbst um mich umzubringen, hätte ich sie mit zu Saras Haus genommen, nachdem ich ausgezogen bin.« Am liebsten würde ich jetzt ›Ta-da!‹ rufen und eine kunstvolle, triumphierende Geste mit der Hand machen.

Summers starrt mich nur an.

»Deswegen muss ich wissen, ob Liam wirklich zu dem Zeitpunkt in Schottland war. Wissen Sie, er hat mich schon einmal belogen, als er sagte, er ginge dorthin.«

»Als er in dem ...« Er nimmt sich meine Notizen und liest sie noch einmal, bevor er seinen Blick wieder auf mich richtet. »Royal Lodge Hotel war?«

»Ja. Anscheinend mehrere Male.«

Er klopft mit den Fingerspitzen auf den Tisch und mustert mich. »Möchten Sie etwas trinken? Tee oder Kaffee?«

»Nein, danke. Ich möchte nur erfahren, was Sie wissen.«

»Nachdem ich mit Ihnen im Krankenhaus gesprochen hatte, haben wir einen Antrag bei der schottischen Polizei gestellt, damit die ein paar Untersuchungen anstellt. Liam flog am sechsten Mai von Stansted nach Aberdeen, wie er sagte, und stieg im Murray Inn ab. Unsere schottischen Kollegen konnten bestätigen, dass er während seiner Zeit in Aberdeen nur acht Stunden weder von dem Hotelpersonal noch von dem Personal am Devon-Pharmaceutical-Werk gesehen wurde.«

»Ja, aber was ist mit diesen acht Stunden? Hätte er nicht zurückfliegen und mich finden können?«

»Wir haben die Passagierlisten für alle Flüge aus Schottland geprüft. Sein Name war auf keiner der Listen vor dem zehnten Mai, als er zurück nach Stansted flog, von daher kann er in der Zeit nicht zurückgekommen sein.«

»Dann hat er vielleicht ein Auto gemietet und ist zurückgefahren.«

»Für eine Strecke allein braucht man schon knapp achteinhalb Stunden. Die nicht belegte Zeit ist nicht lang genug, um hin- und zurückzufahren.«

»Aber hätte er nicht ein richtig schnelles Auto mieten können?«

»Haben Sie schon mal ein Auto gemietet?«

»Nein, ich kann nicht Autofahren.«

»Natürlich. Also, wenn Sie ein Auto mieten, wollen sie die nervigen kleinen Informationen wie Führerschein und Adressnachweis. Sie können es nicht riskieren, dass jemand das Auto nimmt und nicht zurückgibt, deswegen prüfen sie alles Mögliche, um sicherzugehen. Von daher, nein, er hätte kein Auto mieten können, ganz gleich, ob Ferrari oder Smart.«

»O. k., und wie steht es mit Zügen? Das ginge schneller, oder?«

»Wir haben auch die Fahrpläne der Bahn überprüft. Der schnellste Zug von London nach Aberdeen braucht sieben Stunden und fünf Minuten und er müsste von London hierher und den ganzen Weg wieder zurück.«

»Ja, aber ... aber ...« Aber was? »Könnten die Zeugen, die ihn gesehen haben, lügen?«

Summers gibt ein Geräusch von sich, das eine Kreuzung zwischen Husten und Prusten ist. »Alle neun? Nein, tut mir leid, es ist überhaupt nicht möglich, dass Liam hierher zurückgekommen ist.«

Seine Worte treffen mich wie ein eisiger Wind, der mir ins Gesicht weht. Nicht möglich. Nicht möglich.

Ich dachte, Liam würde mich belügen. Würde versuchen, mich in den Wahnsinn zu treiben. Würde versuchen, mich umzubringen. Aber das heißt, dass er nicht gewusst haben konnte, dass ich ihn verlassen hatte, also dachte er tatsächlich, dass es ein Abschiedsbrief zum Suizid war, den er bei seiner Rückkehr aus Schottland, nachdem das Krankenhaus ihn benachrichtigt hatte, vorfand. *Deswegen* macht er sich solche Sorgen um mich. Und wenn das keine Lüge war, dann hat er vielleicht auch über die anderen Dinge nicht gelogen. Vielleicht habe ich wirklich ein paar Klamotten, die ich noch gar nicht vermisse, zum Secondhandladen gebracht. Vielleicht hat er wirklich nicht aus Schottland angerufen, weil er so beschäftigt war. Oder vielleicht haben wir uns wegen eines Tellers gestritten, der aber nicht wirklich kaputtgegangen ist. Ich war so damit beschäftigt, Liam für den Schuldigen zu halten, dass ich das Offensichtliche womöglich übersehen habe.

In diesem Augenblick weiß ich nicht, was schlimmer ist: zu denken, dass mein Ehemann etwas mit meiner Entführung zu tun hatte, oder herauszufinden, dass er nichts damit zu tun hatte. Denn jetzt habe ich wirklich keine Ahnung, wer mir das angetan haben könnte. Das heißt, dass noch immer jemand da draußen in der Dunkelheit lauert. Jemand, der mich wieder verschleppen könnte und den ich nicht mal erkennen würde.

Ein gurgelndes Geräusch erfüllt meine Ohren und ich merke, dass es von mir kommt. Ich möchte weinen. Den ganzen Frust, die Angst und den Terror rauslassen, aber ich fürchte, wenn ich das tue, werde ich niemals mehr aufhören können.

Muss ruhig bleiben. Muss mich mehr bemühen. Muss klar denken!

»Also, ich besorge Ihnen einen Kaffee mit etwas Zucker, o. k.? Sie sehen etwas krank aus.« Summers steht auf und verlässt den Raum.

Ich reibe mir über den Bauch, um das mulmige Gefühl loszuwerden. *Es war nicht Liam. Es war nicht Liam. Es war nicht Liam.*

Wer zum Teufel war es dann?

Ein paar Minuten später kommt er mit einem lauwarmen Kaffee aus dem Automaten zurück. Er stellt den Becher vor mir auf dem Schreibtisch ab und unsere Blicke treffen sich. Dieses Mal glaube ich, Mitleid zu erkennen. Ich nehme den Becher und halte ihn zum Trost an meine Brust. »Also ... also, wenn Liam es nicht war, wer war es dann?« Meine Stimme zittert.

»Chloe«, sagt er ruhig und geduldig. »Ich hatte mich bereits mit Dr. Traynor und Dr. Drew in Verbindung gesetzt und sie denken beide, dass Sie wieder schlecht auf die Schlaftabletten reagiert haben. Sie halluzinierten und irrten irgendwo im Wald umher, bis Sie an der Straße ankamen, auf der Sie von der Autofahrerin gefunden wurden.«

»Das weiß ich! Aber sie haben unrecht! Dr. Drew hätte Ihnen gesagt, dass ich geistig völlig gesund bin.«

Er hält einen Moment inne. »Dr. Drew hat mir auch von dem Syndrom der Erinnerungsverfälschung erzählt. Sie könnten —«

»Das sind keine verfälschten Erinnerungen! Ich habe mit Jordan telefoniert und ihm gesagt, dass ich Liam verlasse. Ich habe meine Sachen bei Sara gefunden, aber keine Schlaftabletten. Das sind Beweise und Erhärtungen, oder etwa nicht?« Meine Augen füllen sich mit Tränen. Ich schließe sie und presse die Finger in der Hoffnung, die Tränen zurückdrücken zu können, gegen die Lider, bis ich weiße Lichter sehe.

»Es zeigt, dass Sie aus dem Haus ausgezogen sind, mehr nicht.« Er lehnt sich vor. »Wir haben alle uns zu dem Zeitpunkt zur Verfügung stehenden Beweise angesehen, und diese Beweise deuteten darauf hin, dass es sich um ein medizinisches und kein kriminelles Problem handelte. Sie konnten uns keine weiteren Informationen geben, um die Ermittlungen fortzusetzen, also haben wir die professionelle Entscheidung auf Grundlage der uns bekannten Tatsachen getroffen.«

»Aber es ist nicht wahr. Etwas ist passiert. Ja, ich weiß nicht mehr, was, aber es *ist* passiert. Ich bin unter der Erde aufgewacht, wo mich jemand zum Sterben zurückgelassen hat!« Jetzt schreie ich, ich kann mich nicht länger kontrollieren. Ich habe versucht, ruhig zu bleiben, habe versucht, die Hysterie, die sich wie eine Schlange in meine Gedärme eingerollt hat, zu unterdrücken, aber jetzt ist es zu spät. All die angestauten Gefühle werden freigelassen. »Wenn mir etwas zustößt, dann tragen Sie die Verantwortung. Wenn ich wieder verschwinde oder wenn Sie mich tot auffinden, dann wissen Sie, dass ich die Wahrheit gesagt habe, nicht wahr?« Ich starre ihn zornig an. Ich habe das Gefühl, dass meine Augen aus den Augenhöhlen schießen. »Und dann ist es zu spät!«

Er weicht zurück, als hätte ich ihm eine Ohrfeige verpasst. »O. k., o. k. Regen Sie sich nicht auf.«

»Wie soll ich mich nicht aufregen? Verstehen Sie es denn nicht? Jemand hat versucht, mich umzubringen!« Ich bin vollends entschlossen, weitere Schritte zu ergreifen, mich wenn nötig an seine Vorgesetzten zu wenden, aber das scheint ihn endlich zum Handeln zu bewegen.

Er atmet langsam ein, schaut mich mit konzentriertem Blick eingehend an. »Nach dem, was Sie mir heute gesagt haben, gebe ich zu, dass einige Fragen offen sind.«

»Sie glauben mir jetzt also, dass ich entführt wurde?«

»Ich finde es merkwürdig, dass Sie die Schlaftabletten nicht finden können.«

Er beantwortet nicht meine Frage, aber es ist ein Anfang. »Genau.«

»Aber da Sie offensichtlich welche genommen haben, weil Spuren davon in Ihrer Blutlaufbahn nachgewiesen wurden, ist es immer noch möglich, dass Sie eine Art halluzinogene allergische Reaktion darauf hatten und sich *einbildeten*, dass man Sie gefangen hielt. Oder vielleicht haben Sie die Tabletten während dieser halluzinogenen Phase mit sich genommen und sie irgendwo verloren.«

»Nein, das ist nicht möglich.«

»Warum nicht? Das ist schon vorgekommen.«

»Wenn ich sie nicht bei Sara finden kann, dann muss jemand sie mir irgendwie verabreicht haben. Er muss mich damit bewusstlos gemacht haben, um mich entführen und an diesem Ort unter der Erde zurücklassen zu können. Selbst wenn ich sie freiwillig genommen haben sollte, wie bin ich kilometerweit entfernt auf einer Straße im Nirgendwo gelandet? Jemand müsste mich gesehen habe, wie ich überall halluzinierend umhergeirrt bin!«

Er wirkt nicht überzeugt. »Das Problem ist aber, dass Sie sich nicht erinnern, was vorgefallen ist, nachdem Sie zu Sara gegangen sind. Sie können woanders untergekommen sein. Vielleicht bei einer anderen Freundin? Sie könnten die Tabletten an einem anderen Ort eingenommen haben und finden sie deswegen nicht. Wir drehen uns im Kreis.« Er schaut auf seine Uhr.

»Aber ich konnte nirgendwo sonst hin.«

Er seufzt unwillig, als würde er der verrückten Frau nur ihren Willen lassen, damit er sie loswird. »Haben Sie bei Sara irgendetwas gefunden, was Ihnen dabei helfen könnte, Ihren nächsten Schritt nachzuvollziehen?«

Ich schüttle heftig den Kopf. »Nicht wirklich. Ich habe die Bank angerufen, das war der letzte Anruf von ihrer Festnetznummer. Ich war irgendwann im Supermarkt und habe Lebensmittel eingekauft. Ich habe mindestens eine Nacht dort geschlafen, denn meine Sachen sind im Schlafzimmer und die Bettwäsche ist zerwühlt.« Ich hole Luft und halte sie an, während ich im Kopf eine Formulierung zurechtlege. »Dr. Traynor sagte, meine Dehydration deutete darauf hin, dass ich weniger als zwei Tage nichts getrunken hatte.«

»Gab es in Saras Haus Hinweise auf einen Kampf oder einen Einbruch?«

»Nein, ich habe nachgesehen. Die Türen und Fenster waren alle verschlossen und gesichert und es gab keine Spuren eines Kampfs oder Handgemenges.«

»O. k., dann lassen Sie uns eine Zeitleiste für die fehlenden Tage erstellen.« Er zieht meine Notizen näher an sich heran und wirft einen Blick auf sie. »Sie wurden am neunten Mai auf der Straße gefunden. Am sechsten gingen Sie zu Sara und verbrachten dort vermutlich die Nacht, wenn die Bettwäsche benutzt war. Was auch immer vorgefallen ist, fand zwischen dem siebten und dem neunten statt. Stimmen Sie dem zu?«

»Ja.«

»Dann habe ich eine hypothetische Frage.« Nachdenklich klopft er mit dem Finger auf den Tisch. »Sie scheinen instinktiv zu wiederholen, was Sie bereits getan haben. Sie haben von Liams Affäre erfahren, Sie sind in Saras Haus eingezogen. Sie haben die Bank angerufen, um Ihre Adresse zu ändern. Was würden Sie als Nächstes tun? Wohin würden Sie gehen? Mit wem würden Sie sprechen?«

»Darüber habe ich so viel nachgedacht, und nichts weist in eine Richtung oder eine andere. Danach endet alles in einer Sackgasse.«

»Dann denken Sie noch einmal nach«, sagt er ruhig. »Sara ist noch ein paar Monate unterwegs, Sie hätten also eine Weile dort bleiben können. Hätten Sie das getan oder hätten Sie nach einer eigenen Wohnung gesucht?«

»Ich ... ich weiß nicht. Ich meine, Liam hätte höchstwahrscheinlich gewusst, wo ich bin, und ich hätte nicht gewollt, dass er versucht, mich zu finden und meine Meinung zu ändern. Ich hätte wahrscheinlich nach einer anderen Wohnung gesucht. Von der er nichts weiß.«

»Gut, das ist ein Anfang. Und Sie waren noch immer krankgeschrieben, also wären Sie nicht zurück zur Arbeit gegangen? Theresa sagte, sie habe Sie nicht gesehen, aber wären Sie zur Schule gegangen, um mit anderen Kollegen zu sprechen?«

Jordan ist der Einzige, den ich hätte sehen wollen, und er hat nichts dergleichen erwähnt. Er meinte sogar, er habe anrufen wollen, sich aber zurückgehalten, weil ich ihm gesagt hatte, dass ich es so wollte. »Ich glaube nicht.« Ich beiße mir auf die Lippe und starre an die Decke, als würde ich dort die Antworten finden, die ich brauche.

»Sie hatten eingekauft, Sie brauchten also nicht sofort Lebensmittel.«

»Das ist korrekt.«

»Was ist mit Ihrem Handy? Sie sagten, es ging kaputt, als Sie das Haus verließen. Hätten Sie sich ein neues gekauft?«

»Vielleicht. Es ist möglich, aber ich habe bei Sara kein neues Telefon entdeckt.«

»Haben Sie Quittungen gefunden? Oder sonst etwas?«

»Ich habe eigentlich nur nach den Schlaftabletten gesucht und ich hatte es eilig, mit Ihnen zu sprechen, deswegen weiß ich es nicht. Es könnte etwas dort sein.«

»Ich denke, wir sollten zurück zu Saras Haus gehen und uns einmal umschauen.« Gerade, als er sich erhebt, klingelt sein Handy. »DI Summers«, meldet er sich und hört einen Moment zu. »Chloe ist gerade bei mir.« Er sieht mich an. »Ich bin gleich da. Ich bringe sie mit. Gut, bis dann.« Er legt auf. »Das war

Theresa. Sie sagte, es sei etwas zum Vorschein gekommen, wovon Sie wissen sollten. Sie will mir etwas zeigen und es könnte helfen, wenn Sie auch dabei sind.«

Kapitel 24

An der Schule angekommen parkt Summers sein Polizeiauto neben Jordans altem VW Camper, den er selbst restauriert hat. Ich steige aus und sehe mich nach Jordan um, in der Hoffnung, einen Blick auf ihn erhaschen zu können, aber er ist nirgends zu sehen. Ich gehe voraus zu Theresas Büro und Gillian errötet. Vor Summers bringt sie keinen Ton heraus. Genauso nervös machte die Polizei mich vor ein paar Tagen auch noch. Jetzt denke ich bloß noch, dass Summers keinen Schimmer hat, was er tut.

Theresa ist umgeben von einem Stapel Papieren, ihre Lesebrille sitzt tief auf ihrer Nase. Sie schaut zu uns hoch und steht auf, reicht zuerst Summers die Hand und nickt mir dann verlegen zu. »Wie geht es Ihnen?«, fragt sie und zieht ihre zusammengekniffenen Lippen einen Bruchteil nach oben. Das ist das erste Mal seit Jahren, dass ich so etwas wie ein Lächeln auf ihrem Gesicht sehe.

»Nicht so gut, um ehrlich zu sein.«

Sie meidet meinen Blick und wendet sich an Summers. »Danke, dass Sie gekommen sind.« Sie winkt uns zu den zwei Stühlen gegenüber von ihr. »Als Sie bei mir waren, um wegen Chloes Krankschreibung zu fragen, gaben Sie mir keine genauen Informationen darüber, was mit ihr passiert ist.« Sie blickt ihn streng an, und ich habe Mitleid mit den armen Schülern, die für eine Standpauke in ihr Büro geschickt werden.

Summers dreht sich in seinem Stuhl und hat den Anstand, gescholten auszusehen. »Wir waren zunächst nicht sicher, womit wir es zu tun haben, aber es sind einige weitere Dinge ans Licht gekommen.«

»Ja.« Sie schaut kurz zu mir herüber, dann wieder zu ihm. »Als ich gestern mit Chloe sprach, erzählte sie mir eine ziemlich schockierende Version der Ereignisse.«

Ich werfe nicht ein, dass sie mir nicht geglaubt hatte und mir praktisch befohlen hatte, zu kündigen.

»Heute Morgen hatte ich ein routinemäßiges Treffen mit Chloes Vertretungslehrerin, und als ich ihr mitteilte, was Chloe mir erzählt hatte, wurde sie kreideweiß und zeigte mir sofort das hier.« Sie nimmt ein paar aneinandergeheftete Blätter von ihrem Schreibtisch und reicht sie Summers. »Sie sollten sich das hier durchlesen.«

Ich will über Summers' Schulter mitlesen oder ihm die Blätter am liebsten aus den Händen reißen. Was ist das und was hat es mit mir zu tun? Ich werfe Theresa einen fragenden Blick zu, aber ihr Blick heftet sich sofort wieder auf Summers. Die ganze Zeit über winde ich mich in meinem Stuhl.

Als er fertig ist, macht er ein ernstes Gesicht und reicht mir die Blätter.

Es ist eine Hausaufgabe in kreativem Schreiben, die ich meinen Schülern aufgegeben hatte, bevor ich wegen der Fehlgeburt krankgeschrieben wurde. Ich gab ihnen den Titel ›Dunkelheit‹ vor und wollte, dass sie eine Kurzgeschichte zu diesem Thema schreiben. Der Name des Schülers, der diese Arbeit verfasst hat, steht oben auf der Seite: Chris Barnes.

Die ersten Absätze handeln von einem Mann, der heimlich eine Frau verfolgt. Er beobachtet sie in ihrem Haus, folgt ihr, wenn sie ausgeht, bemerkt Dinge an ihr, die ihr selbst wahrscheinlich gar nicht auffallen, die Art, wie sie mit ihren kleinen Ohrringen spielt, sie nachdenklich im Ohr kreisen lässt. Dieser Mann hat zuvor anderen Frauen nachgestellt und sucht nach der perfekten Frau, von der er meint, dass sie seine Liebe erwidern wird.

Er wartet auf den richtigen Moment. Sie allein in ihrem Haus. Ihr Ehemann ist bei der Arbeit. Der Stalker kann problemlos Schlösser aufbrechen und betritt das Haus durch die Küchentür. Sie liegt schlafend im Bett und hört nichts. Er schlägt ihr mit einem kleinen Stab, den er mitgebracht hat, auf den Kopf.

Sie verliert das Bewusstsein und er bindet ihre Hände und Füße mit einem Seil fest und knebelt sie, bevor er sie in sein Auto in der Einfahrt hievt, dessen Nummernschild bereits durch ein gefälschtes ersetzt wurde. Es ist früh am Morgen, die Straße ist ruhig. Alle schlafen. Niemand sieht etwas. Er bringt sie in sein Haus mitten im Nirgendwo und lässt sie im Kellergeschoss zurück.

Die nächsten Seiten spielen sich im Kopf des Stalkers ab. Er hat noch nicht entschieden, was er mit der Frau machen wird. Ein Teil von ihm will sie auf der Stelle umbringen. Der andere Teil will sie für immer dort behalten, um sie anzubeten und ihr zu zeigen, wie sehr er sie liebt. Er ist hin- und hergerissen. Die erste Frau, die er entführte, hatte es nicht verdient zu leben. Sie jammerte und stöhnte, bettelte ständig um ihr Leben und ging ihm damit auf die Nerven. Also brachte er sie um. Die zweite brach sofort zusammen. Sie sagte, sie würde alles tun, um am Leben zu bleiben. Alles, wenn er verspreche, sie nicht umzubringen. Die dritte ... nun, die dritte Frau war die im Kellergeschoss.

Er trinkt Whisky, und je mehr er trinkt, umso verwirrter wird er und fällt schließlich in einen trunkenen Schlaf. Als er aufwacht, ist sie verschwunden. Irgendwie hat sie entkommen können. Oder war das alles nur eine alkoholumnebelte Einbildung?

Nachdem ich das letzte Wort auf der Seite gelesen habe, rücken die Wände um mich herum näher. Ich falle vom Stuhl und der Boden eilt mir entgegen.

Kapitel 25

»Chloe? Chloe, ist alles in Ordnung?«, fragt eine Stimme. Jemand klopft mir leicht auf die Hand. »Können Sie mich hören?«

Meine Lider öffnen sich flatternd. Ich liege auf dem Boden, neben mir kniet Theresa und hält meine Hände.

»Sie sind mit einem ordentlichen Knall gelandet. Ist alles in Ordnung?«

Ich befühle meinen Hinterkopf. Er pocht. »Autsch.«

»Sie sind mit dem Kopf auf dem Boden aufgeschlagen, als Sie vom Stuhl fielen.«

Ich versuche, mich aufzusetzen, aber sie führt mich mit der Hand auf dem Rücken wieder auf den Boden.

»Nein, bleiben Sie liegen. Bewegen Sie sich noch nicht. Ich möchte, dass die Krankenschwester erst noch einen Blick auf Sie wirft.«

Wahrscheinlich ist sie nur besorgt, ich könnte sie wegen eines Arbeitsunfalls verklagen. »Es geht mir gut. Wirklich.« Ich blinzle einmal, zweimal, bis ich klar sehen kann.

»Ich möchte sichergehen, dass Sie keine Gehirnerschütterung haben. Ist Ihnen kalt? Möchten Sie eine Decke?«

»Ehrlich, es geht mir gut. Ich fühle mich viel besser.«

Elaine Waters, die Krankenschwester, betritt den Raum. Sie ist Anfang fünfzig und hat freundliche Augen. »Du meine Güte.« Sie kniet sich zu meiner anderen Seite hin. »Wie fühlen Sie sich?«

Ich bin es leid, dass ich das in letzter Zeit immer wieder gefragt werde. Ich möchte schreien, dass sie alle die Klappe halten sollen, aber das wäre undankbar und gemein. »Es geht mir gut. Dieser Aufstand ist überhaupt nicht notwendig. Ich habe nur das Bewusstsein verloren, das ist alles.«

»Ich glaube, sie hat sich den Kopf gestoßen«, sagt Theresa zu Elaine.

»Aber es geht mir gut«, beharre ich, während ich wieder versuche, mich aufzurichten.

»Ist Ihnen nicht schwindlig oder schlecht?« Elaine hilft mir hoch; sie merkt, dass ich nicht einfach nur rumliegen werde.

»Nein. Ich weiß, wie sich eine Gehirnerschütterung anfühlt, und es ist alles in Ordnung. Ehrlich.« Ich bemühe mich um ein Lächeln.

Elaine schiebt eine Hand unter meinen rechten Arm, Theresa nimmt meinen linken und sie helfen mir in den Stuhl. »Haben Sie heute schon gegessen?« Elaine schielt mich besorgt an.

»Ja. Ich hatte eine große Portion Pasta.«

»Sie sehen aus, als würden Sie dahinsiechen, Chloe.« Elaine reibt mit ihrer Hand an meinem Arm. »Sie müssen eine unglaublich stressige Zeit durchmachen.«

Theresa wirft Elaine den gleichen strengen Blick zu, mit dem sie zuvor schon Summers bedacht hatte, und mir wird klar, dass er nicht im Raum ist.

»Wo ist Summers?« Ich habe keine Zeit für gutgemeinte Plauderei. Ich muss herausfinden, was hier vor sich geht.

»Er ist losgegangen, um mit Chris zu sprechen.«

Ich will an meinem Hinterkopf reiben, den pochenden Schmerz lindern, aber ich kann das Risiko, dass sie mich noch einen Augenblick länger hier behalten wollen, nicht eingehen. Ich stehe auf, wobei ich an der Kante von Theresas Schreibtisch Halt suche. »Ich muss herausfinden, was hier vor sich geht. Ich meine, seine Hausarbeit …« Ich schaudere. »Es ist dem, was mir passiert ist, so ähnlich.«

Elaine führt mich sanft wieder zum Stuhl zurück. »Chloe, das ist Sache der Polizei. So, ich besorge Ihnen jetzt gesüßten Tee und einen Keks.«

Ich weiß, dass sie nur versucht, freundlich und behilflich zu sein, aber das ist überhaupt nicht hilfreich. Es geht hier um mein Leben, ich kann nicht nur hilflos herumsitzen und warten. Gesüßter Tee und ein blöder verdammter Keks werden mir nicht helfen.

»Sollten Sie sich unwohl fühlen, rufen Sie mich bitte.« Elaine lächelt, bevor sie das Büro verlässt.

Theresa und ich sitzen stillschweigend zusammen. Als unsere Blicke sich treffen, schaut sie weg. Ich denke, sie glaubt mir noch immer nicht. Sie hat Summers nur benachrichtigt, um ihren Arsch zu retten.

Elaine kehrt zurück, setzt eine Tasse mit Untertasse und einen Teller mit Schokoladenbiskuits vor mir auf Theresas Schreibtisch ab und verschwindet wieder. Ich nehme die Untertasse in meine zitternde Hand und verschütte Tee, der einen flüssigen braunen Graben rund um die Tasse hinterlässt.

Theresa zieht ein Bündel Taschentücher aus einer Box auf ihrem Schreibtisch und reicht sie mir. »Hier, nehmen Sie das.«

Ich stelle die Untertasse wieder ab, falte die Taschentücher zusammen und lege sie unter die Tasse. »Danke.« Und dann breche ich in Tränen aus. Mein ganzer Körper wird von bis in den Schultern bebenden Schluchzern erfüllt; ich lege die Arme um mich und wiege mich vor und zurück. Es ist tröstend, beruhigend.

»Ich weiß nicht, was ich sagen soll.« Theresa errötet vom Hals bis zu den Wangen.

Ich weiß es auch nicht. Ja, Chris ist ein großer Bursche. Er spielt Rugby, ist stämmig und kräftig, aber er ist erst siebzehn! Ich hatte nie Grund zu der Annahme, er könnte mir etwas antun wollen. Genau genommen war er immer sehr höflich und freundlich während des Unterrichts und machte pflichtbewusst seine Hausarbeiten. Er war hilfsbereit. Meldete sich immer als Erster, wenn ich um Hilfe bat. Ich vermutete eine Schuljungenverliebtheit, aber würde er mich entführen? Dazu wäre er sicherlich nicht fähig.

Deswegen, nein, ich weiß nicht, was ich sagen soll. Weiß nicht, was ich denken soll. Hier und jetzt kann ich nur weinen. In der Lücke, die meine fehlenden Erinnerungen hinterlassen haben, hat sich so viel abgespielt, dass ich keine Ahnung habe, wie ich das überhaupt verarbeiten soll. Ich bin ausgelaugt. Erschöpft. Ich will hundert Jahre lang schlafen. Oder schlafen und nicht mehr aufwachen. Das wäre wahrscheinlich besser. Dann müsste ich mich nicht damit auseinandersetzen. Ich müsste überhaupt nicht denken.

Kurze Zeit später erscheint Summers wieder im Büro. Noch bevor er etwas sagen kann, frage ich:

»Was ist passiert? Hat er zugegeben, mich entführt zu haben? Glauben Sie, dass er es war? Haben Sie ihn verhaftet?«

Er sieht sich meine geschwollenen Augen und mein tränenüberströmtes Gesicht genau an, bevor er antwortet. »Chris war sehr schockiert und sichtbar bestürzt, als ich ihn darüber in Kenntnis setzte, dass seine Geschichte unglaubliche Ähnlichkeiten zu den Angaben, die Sie gemacht hatten, hat. Er sagte, Sie seien eine seiner Lieblingslehrerinnen und es täte ihm unendlich leid, dass Ihnen etwas Schlimmes zugestoßen ist.«

»Ja, aber natürlich sagt er das, oder! Wenn er es gewesen ist, wird er es leugnen! Und das kann nicht nur Zufall sein, oder?«

Summers holt Luft. »Er sagte, er habe ein Alibi für den Zeitraum, als Sie – nun, für den Zeitraum, als Sie verschwunden waren.«

Wie ich sehe, räumt er meine Entführung immer noch nicht ein. Er ist noch immer nicht überzeugt, dass ich nicht einfach in einem medikamentenbedingten Zustand umhergeirrt bin, aber ich bin zu aufgewühlt, um darum jetzt einen Wirbel zu machen. »Was für ein Alibi?«

»Chris sagte, dass er mit seinem Dad campen war. Die Eltern teilen sich das Sorgerecht, und weil Chris an dem Montag keine Schule hatte, sind sein Vater und er zu einem langen Wochenende aufgebrochen. Sie haben offenbar eine Wandertour im Peak District gemacht.«

»Glauben Sie ihm?«

Er zögert eine Sekunde. »Im Moment ja. Flynn hat ihn mit aufs Polizeirevier genommen. Dort warten wir auf seinen Vater, der das Alibi bestätigen oder entkräften wird. In der Zwischenzeit, sind Sie genug bei Kräften, dass wir zurück zu Saras Haus gehen können, um uns umzuschauen?«

Ich stehe zu schnell auf und der Raum dreht sich. Ich blinzle ein paar Sekunden. »Ja. Ich kann nicht nur hier herumsitzen und nichts tun.«

Auf dem Weg zu seinem Auto kribbelt meine Kopfhaut vor Angst, als stünde sie in Flammen. Ist das noch eine Sackgasse? Oder lügt Chris?

Kapitel 26

Summers öffnet Saras Haustür mit ihrem Schlüssel und macht einen Schritt über die Post. Wieder trifft mich ein unheimliches Déjà-vu, aber ich weiß, dass es nur daran liegt, dass ich das heute schon einmal getan habe.

»Wonach suchen wir genau?« Ich folge ihm ins Wohnzimmer.

Er dreht sich um. »Ich weiß nicht. Nach Beweisen, dass Sie vorher hier waren und was Sie getan haben oder wohin Sie verschwunden sein könnten. Sie hatten keine Gelegenheit, meine Frage auf dem Revier zu beantworten.«

»Welche Frage?«

»Die hypothetische. Was würden Sie hier und jetzt instinktiv als Nächstes tun?«

Ich schüttle den Kopf. »Ich weiß nicht.«

»Denken Sie nach. Das ist die einzige Spur, der wir derzeit folgen können.«

»Meine Handtasche war in der Küche.«

»O. k. Fangen wir dort an.«

Ich gehe vor.

Summers öffnet den Kühlschrank und schaut hinein. »Sind das die Lebensmittel, die Sie eingekauft haben?«

»Das müssen sie sein. Sie sind ziemlich frisch.«

»Wo ist die Rechnung dafür?« Sein Blick wandert durch die Küche. Er öffnet die unteren Schränke, bis er den Plastikmülleimer mit dem Schwingdeckel unter der Spüle findet. Er holt ein Paar Latexhandschuhe aus seiner Tasche und nimmt den Mülleimerdeckel ab, legt ihn auf den Linoleumboden und rümpft die Nase. Er entnimmt einen leeren Pizzakarton der Supermarktmarke. Als Nächstes kommt der Kunststoffboden, auf dem die Pizza gebacken wurde, und eine Kunststoffverpackung, in der sich noch Reste tiefgefrorener Tomatensoße und Käse befinden.

»Tiefkühlpizza«, sage ich automatisch.

»Haben Sie das gegessen?«

Ich zucke mit den Schultern. »Das muss ich, wenn der Karton hier ist. Mit Liam habe ich nie Pizza gegessen, er hasst das. Vielleicht wollte ich mir etwas gönnen.«

Seine Hand verschwindet wieder im Müll und zieht ein zu einer Kugel zusammengerolltes Papier heraus. Er faltet es auseinander. »Der Beleg von Waitrose. Barzahlung.« Er zeigt ihn mir.

»Das ergibt Sinn.«

»Das ist alles. Sonst befinden sich nur noch zwei Tragetüten von Waitrose im Müll.« Er legt die Lebensmittelkartons wieder in den Mülleimer, streift seine Handschuhe ab, dreht sie mit einem lauten Schnalzer um und wirft sie auch hinein. Dann setzt er den Deckel wieder auf den Eimer und wäscht sich die Hände. Als er sie sich am Geschirrtuch abtrocknet, sagt er: »Die Lebensmittel wurden am sechsten gekauft, somit deutet alles darauf hin, dass Ihnen am nächsten Tag etwas zugestoßen ist. Ich stelle ein Team zusammen, das Saras Nachbarn befragen wird. Vielleicht hat jemand Sie gesehen oder eine verdächtige Person in der Nachbarschaft bemerkt.«

»O. k.« Ich hebe leicht die Schultern. Wenigstens tut er jetzt etwas. Wenigstens glaubt er mir. Irgendwie.

Wir durchsuchen gemeinsam das restliche Erdgeschoss, finden aber keine weiteren Hinweise. Gerade, als wir in den ersten Stock gehen wollen, fällt mein Blick wieder auf die Post. »Vielleicht ist etwas hiervon an mich adressiert. Wenn ich der Bank von Saras Adresse erzählt habe, dann vielleicht auch jemand anderem.« Ich hebe sie hoch und gehe sie durch, aber es sind nur an Sara adressierte Rechnungen und Werbung, also lege ich alles auf die unterste Stufe, und wir gehen ins Badezimmer. In der einen Ecke der Badewanne stehen Shampooflaschen, Haarspülungen und Duschgel. Sie sind nicht von der Marke, die ich sonst benutze, also gehören sie mit Sicherheit Sara.

Summers öffnet die Spiegelschranktür aus weiß gekalktem Holz über dem Waschbecken. Er hebt Artikel hoch, untersucht die Gegenstände, die ich mir schon angesehen habe, während ich mit dem Fuß wippend neben ihm warte. Er blickt sich ein letztes Mal im Bad um, aber es gibt keinen anderen Ort, an dem die Schlaftabletten sein könnten.

»Das ist Saras Zimmer.« Ich öffne die Tür und wir treten ein. Zu jeder Seite des Betts steht ein weißer Holznachttisch. Summers geht den Inhalt durch und ich habe ein schlechtes Gewissen gegenüber Sara. Schlimm genug, dass mein Leben unter dem Mikroskop betrachtet wird, aber die arme Sara ist nur eine unschuldige Beteiligte in all dem. Er holt Gegenstände hervor und legt sie auf dem Nachttisch ab. Ätherisches Öl mit Lavendelduft, ein Stift, alte Ohrstöpsel in einem transparenten Kunststoffbehälter, ein *Lonely Planet* Reiseführer für Australien. Als er mit Fell besetzte Handschuhe, einen glänzenden silbernen Vibrator und eine viel genutzte Tube Gleitmittel hervorholt, zucke ich vor Scham zusammen. Abgesehen von ein paar zerknitterten Blättern, auf denen Telefonnummern und Namen notiert sind, ist sonst nichts darin, und so widmet er sich der nächsten Schublade. Mehrere Unterhosen und Paar Socken, ein Strumpfhalter, halterlose Strümpfe.

Die Schubladen auf der anderen Seite enthalten auch nichts Hilfreiches. Keine Schlaftabletten, nichts ist mit einem Kreuz markiert, nirgendwo steht praktischerweise in großen Buchstaben ›HINWEIS‹.

In der Ecke steht ein Wäschekorb aus Plastik. Summers hebt den Deckel, findet aber nur eine einsame schwarze Socke. Ich frage mich kurz, wo die andere Socke ist, aber wen interessiert's? Es ist nicht wichtig. Er öffnet die Türen zu Saras Kleiderschrank und schiebt die wenigen Kleiderbügel von einer Seite zur anderen. Auf dem Boden stehen zwei Schuhkartons, beide leer. Er geht zur Tür hinaus und ich folge ihm in das Gästezimmer.

»Sehen Sie.« Ich zeige auf die zerknitterte Bettwäsche. »Ich muss hier geschlafen haben.« Mein Arm wandert weiter zu meiner Kleidung.

»Die gehören auch mir.«

Er nickt, nimmt alles auf. Außer dem Bett und dem kleinen Nachttisch daneben gibt es in dem Raum nur noch den Regiestuhl in der Ecke. Weder Kommoden noch Kleiderschrank zur Aufbewahrung. Auf dem Tisch liegt ein Stapel Reisebücher: *Alles hinschmeißen und um die Welt reisen, A steht für Afrika, Von Sansibar bis Timbuktu, Ein Führer durch Machu Picchu, Lonely Planet Türkei, Abenteuer an der Ostküste Australiens, Wandern im Himalaya.*

Summers nimmt die Bücher in die Hand und blättert sie durch. »Sind das Saras oder Ihre?«

»Tja ... Saras, glaube ich.«

»Haben Sie nie darüber nachgedacht zu reisen?«

»Nur zum Urlaub.« Ich nehme das Buch über Australien in die Hand und überfliege die Seiten. Sie kommen mir merkwürdig bekannt vor. Ich lege es wieder hin und zeige auf das Zimmer. »Nirgends Schlaftabletten, genau, wie ich sagte.«

Er geht zur anderen Seite des Betts, wo eine schmale Lücke zur Wand ist. Er beugt sich herunter und als er wieder aufsteht, hält er eine Zeitung in der Hand, die auf der Kleinanzeigenseite aufgeschlagen ist. »Das ist die Regionalzeitung«, sagt er. »Vom fünften Mai.«

Ich schaue über seine Schulter und lese die Seite. Neben zahlreichen Anzeigen für Fahrstunden, zum Verkauf angebotene Holzscheite, Kätzchen, Welpen und Hamstern und Bügelservice mit kostenlosem Abhol- und Lieferdienst sind ein paar Mietwohnungen mit einem roten Stift umkreist.

»Sie haben wahrscheinlich nach einer Wohnung gesucht.«

Ich zucke nutzlos mit den Schultern. »Ich schätze, so war es wohl. Ich hätte es mir nicht antun wollen, dass Liam an die Tür hämmert und mich überzeugen will, dass ich zu ihm zurückkehre. Ich habe wahrscheinlich gehofft, ich könnte ihn für immer meiden. Oder zumindest so lange, bis ich mich stärker fühlte.«

»Glauben Sie, dass er das tun wird? An die Tür hämmern? Ärger machen?«

Ich beiße mir auf die Lippe und nicke.

So etwas wie Sorge blitzt in seinen Augen auf. Zur Abwechslung wirkt er fast schon teilnahmsvoll.

»Hat er Sie je geschlagen?«

»Nein. Aber …« Ich breche ab, weiche seinem Blick aus, weil ich mich schwach und erbärmlich fühle. Vielleicht hatte Liam doch recht. Ich bin dumm. Dumm, dass ich so lange geblieben bin.

»Aber was?«

»Worte und Taten können tiefere Wunden hinterlassen als jede Faust. Narben sind nicht immer nur am Körper, oder?«

Er betrachtet mich einen Augenblick. »Nicht immer, nein.«

Ich kann noch nicht darüber sprechen. Kann mich nicht damit befassen. Wenn ich herausgefunden habe, wer mich entführt hat, dann kann ich zusammenbrechen und um das weinen, was hätte sein sollen, aber niemals war. Um die Frau, die sich verloren hat. Um das, was sie für wahre Liebe hielt, was aber nur etwas Giftiges und Entstelltes war.

Aber nicht jetzt. Jetzt muss ich herausfinden, wer mich entführt hat. »Das ist jetzt nicht wichtig«, sage ich abweisend. »Ich habe ihn verlassen. Zweimal. Ich werde mein Leben weiterführen und es wird mir gut gehen. Natürlich nur, wenn dieser Unbekannte mich nicht vorher umbringt.« Ich werfe ihm einen ernsten Blick zu.

»Können Sie irgendwohin? Ich denke, es ist nicht sicher, dass Sie hier bleiben, solange unsere Ermittlungen laufen. Selbst wenn Liam nicht versucht, Sie zu sehen, wissen wir immer noch nicht, was hier vorgefallen ist und ob Sie aus eigenen Stücken gegangen sind. Die Schlaftabletten, oder besser die nicht vorhandenen Schlaftabletten, machen mir zu schaffen.«

»Ich könnte zu Jordan gehen«, sage ich sofort. Er ist die einzige Person, die ich gut genug kenne, und ich kann mich an niemanden sonst wenden.

»Wer ist Jordan?«

»Ein ... ein Kollege.« Ich erröte.

»Rufen Sie ihn an und fragen Sie, ob das möglich ist.«

Ich gehe zurück zu meinem Handy, finde seine Nummer von seinem letzten Anruf und klicke auf ›Rückruf‹.

»Chloe! Ich bin gerade mit dem Unterricht fertig und habe etwas davon gehört, dass Chris befragt wird. Ich wollte dich gerade anrufen. Was ist los? Geht es dir gut?« Er ist außer Atem, so als ginge er sehr schnell. Ich höre den Lärm lachender und schreiender Teenagerstimmen im Hintergrund.

»Ja. Es geht mir gut.« Ich schaue zu Summers. »Die Polizei ist bei mir.«

»Gut. Solange du sicher bist. Aber Chris? Ich meine, glaubst du wirklich, dass er etwas damit zu tun hat? Er ist in meiner Klasse. Ich hätte nie –«

»Sie glauben, dass er ein Alibi hat«, werfe ich ein. »Hör mal, Jordan. Du sagtest doch, ich könnte anrufen, wenn ich Hilfe brauche? Also, ich muss dich um einen Gefallen bitten.«

»Natürlich. Was kann ich tun?«

»Kann ich bei dir bleiben? Nur ein paar Tage, bis ich alles andere geregelt habe.«

»Natürlich«, antwortet er ohne Zögern. »Du kannst so lange bleiben, wie du willst. Ich habe ein Gästezimmer.«

»Danke.«

»Soll ich dich irgendwo abholen?«

»Nein, das brauchst du nicht. Ich kann zu Fuß gehen. Oder DI Summers fährt mich.«

»O. k., gut, ich bin für heute fertig, ich bin in ungefähr zwanzig Minuten zu Hause. Wir können uns dort treffen.«

»Das wäre toll. Wir sehen uns dort.« Ich lege auf. Ich frage nicht nach seiner Adresse, da ich sie schon kenne. Er hatte eine Einweihungsfeier, als ich gerade an der Schule angefangen hatte. Das scheint eine Ewigkeit her zu sein. So weit weg. »Curzon Street fünfundneunzig«, sage ich Summers. »Da werde ich sein. Und bitte, sagen Sie es nicht Liam.«

»Diese Information ist streng vertraulich.« Er notiert die Adresse in seinem Notizblock, wartet, bis ich meine kläglichen Habseligkeiten eingesammelt habe, und begleitet mich nach draußen. »Vertrauen Sie diesem Jordan?«

Vertrauen. Drei kurze Silben, die so starke Auswirkungen auf dein Leben haben können. Ich möchte Summers sagen, dass ich *ihm* nicht vertraue. Er wollte mir anfangs nicht glauben. Er warf mich beiseite, überließ mich meinem Schicksal, auch wenn er es jetzt wiedergutmacht. Ich kann nicht sicher sein, dass er es nicht wieder tun wird. Liam habe ich vertraut und wir wissen, wohin das geführt hat.

Vertraue ich Jordan? Mein Herz tut es, aber mein Kopf weiß nicht, was er glauben soll. »Irgendjemandem muss ich doch vertrauen, oder?«, sage ich. »Wenn ich morgen wieder verschwinde, wissen Sie wenigstens, wo ich mich zuletzt aufgehalten habe.«

Kapitel 27

Als Jordan die Tür öffnet, liegt auf seinem Gesicht dieses besorgte Stirnrunzeln. Wir stehen dort, starren einander an und ein ganzes stummes Gespräch spielt sich zwischen uns ab. Er hebt die Arme hoch, ich denke, dass er mich gleich fest an sich ziehen wird. Ich will das. Will mich einmal geschützt und umsorgt fühlen. Ich weiß, dass ich mich in seinen Armen sicher fühlen werde. Aber der Augenblick ist vorüber, als er Summers in dem Auto am Bordstein sieht.

Ich drehe mich um, winke Summers kurz zu und er fährt davon. Jordan macht einen Schritt zurück, um mich eintreten zu lassen, und ich kann es mir nicht verkneifen, mich umzusehen. Man sagt, das Zuhause sagt viel über eine Person aus.

Sein Haus ist ein kleines Cottage mit zwei Schlafzimmern, mit den original geschliffenen Holzfußböden, Holzbalken und unregelmäßigem Verputz. Ich werfe einen schnellen Blick durch die offene Tür ins Wohnzimmer, in dem ein altmodischer Holzofen und ein gemütlich aussehendes, absinkendes Sofa stehen. Landschaftsaufnahmen und Überwürfe sorgen für Farbkleckse.

Er führt mich in die sonnige Küche hinten im Haus, die in einem Gelb gestrichen ist, das mich an Narzissen erinnert. Die Küchenzeilen sehen handgefertigt aus, mit rustikalen Schränken im Stil von Scheunentoren aus geschlagenem Eisen. An der Rückwand steht ein Range Cooker, wo früher ein offener Kamin stand. Es ist klein, aber warm und gemütlich, wie bei Sara, und es passt perfekt zu ihm.

»Setz dich.« Jordan zeigt auf einen schiefen Holztisch in der Mitte der Küche. Er sieht viel benutzt aus. Auf die Oberfläche haben sich Teller- und Tassenringe eingebrannt, und Kratzer und Schrammen erzählen eine Geschichte, die den Reiz noch vergrößert. Liam würde es hassen. »Möchtest du einen Tee oder Kaffee?« Er lehnt die Hüfte gegen die Arbeitsplatte.

»Hast du vielleicht was Stärkeres?« Ich setze mich auf etwas, was wie ein Teil eines alten hölzernen Kirchenstuhls aussieht, und stelle den kleinen Koffer mit all meinem weltlichen Besitz und meine Handtasche auf dem Boden ab. »Das würde mir echt gut tun.«

Er hebt beiläufig die Augenbrauen. »Klar. Ich habe Bier oder Wein oder ...« Er beugt sich vor und durchsucht einen Schrank. Sein schwarzes T-Shirt spannt sich über seinem muskulösen Rücken und den breiten Schultern, und ich frage mich wieder, wie es sich anfühlen würde, wenn er mich in den Arm nähme. »Wodka?« Er hält eine Flasche hoch und bemerkt meinen Blick.

Hitze steigt mir ins Gesicht.

Er lächelt und mein Magen macht einen Salto. »Irgendwo hier müsste ich auch noch etwas Rum haben.«

Zum ersten Mal seit gefühlten Jahren lächle ich auch. »Bier ist perfekt.«

Er stellt die Wodkaflasche zurück und richtet sich auf. »Bier also.« Er holt zwei Flaschen aus dem Kühlschrank, dreht die Verschlüsse auf und wirft sie weg, bevor er mir eine der Flaschen reicht.

Ich nehme einen Schluck. Ich wusste gar nicht, dass Bier so gut schmecken kann. Oder es liegt an der Gesellschaft.

»Wir können ins Wohnzimmer gehen, wenn du möchtest.«

»Nein, hier ist es gut. Es sei denn, du möchtest gehen?«

»Nein. Hier ist gut.« Er nimmt einen Schluck Bier, seinen Blick weiter auf mich gerichtet. Heute haben seine Augen eine wärmere, honigbraune Farbe und ich frage mich, warum mir so was bei allem, was um mich herum geschieht, überhaupt auffällt. Sein Blick ist mir nicht so unangenehm wie der von Liam. Ich muss nicht aufpassen und darauf warten, dass etwas passiert. Ich fühle mich einfach ... sicher.

Wir sitzen eine Weile schweigend zusammen. Ich schaue aus dem Küchenfenster auf den kleinen Hofgarten. Er ist umgeben von einer hohen, weiß getünchten Mauer, an den Rändern wachsen Wildblumen und er wird von einer ganz privaten Terrasse geschmückt. »Du hast ein schönes Haus. Du hast viel verändert seit deiner Party.«

»Danke. Als ich eingezogen bin, war es in einem miserablen Zustand. Ich habe es selbst renoviert.«

Das überrascht mich nicht. Jordan ist die Art Mann, die selbst anpackt.

»Hat die Polizei noch etwas über Chris herausgefunden?«

»Ich warte noch auf eine Rückmeldung. Chris sagte, er sei zu dem Zeitpunkt, als ich entführt wurde, mit seinem Vater unterwegs gewesen.«

Er verzieht das Gesicht. »Nun, ich konnte es nicht glauben, als ich hörte, was passiert war. Wenn er ein Alibi hat, ist das ein ganz schöner Zufall, oder? Dass seine Geschichte fast genau das erzählt, was dir zugestoßen ist?«

Ich denke an all die Zufälle, die dazu geführt haben, dass ich Liam für den Täter hielt, dabei kann er es unmöglich gewesen sein. »Scheint so, als würde ich von Zufällen verfolgt, aber vielleicht ist das wirklich nur noch einer.« Ich pule am Flaschenetikett, merke dann, was ich tue und höre abrupt auf. Ich will keine Schweinerei hinterlassen. »Tut mir leid.« Ich glätte das Etikett, damit nichts auf den Tisch fällt.

»Hey, kein Problem. Fühl dich ganz wie zu Hause. Wenn du Flaschenetiketten abziehen willst, nur zu.« Er grinst. »Das könnte ein guter Stressabbau sein.«

Ich lache und der Klang ist meinen Ohren so fremd. »Summers wird mich anrufen, wenn sie mit Chris' Dad gesprochen haben. Sie werden in Saras Nachbarschaft herumfragen.« Ich erzähle ihm alles, was ich herausgefunden habe, seit ich ihn das letzte Mal gesehen habe.

»Also weißt du jetzt mit Sicherheit, dass du Liam *tatsächlich* verlassen hast?«

»Ja. Aber Liam wusste es nicht. Er war noch in Schottland, als ich entführt wurde, er muss wegen des Briefs und der Schlaftabletten in meiner Blutlaufbahn wirklich geglaubt haben, dass ich mich hatte umbringen wollen.«

»Was glaubst du, was er tun wird, wenn er herausfindet, dass du ihn jetzt verlassen hast?«

»Glücklicherweise weiß er nicht, dass ich ein neues Handy habe, sonst würde er ständig anrufen. Er wäre zuerst liebevoll und einfühlsam und würde sich entschuldigen, mir sagen, wie sehr er mich liebt, und dann blitzschnell zu einem wütenden Betrunkenen werden und alles wäre meine Schuld. Er würde schreien, fluchen, mich mit allen erdenkbaren Schimpfwörtern beleidigen, fragen, wie ich es wagen konnte, ihn zu verlassen. Wie die kleinlaute und brave Chloe es schaffen konnte, sich für sich selbst einzusetzen.« Ich trinke noch einen Schluck. »Ich kann mich jetzt nicht mit ihm auseinandersetzen. Ich will nur meine Ruhe, um mir Klarheit zu verschaffen, bevor diese Person zurückkommt.«

Jordan nickt zustimmend, aber ich erkenne eine gewisse Traurigkeit in seinen Augen; und ich weiß nicht, ob er wegen mir traurig ist, wegen ihm oder wegen des schlechten Timings.

»Die Polizei war nicht gerade hilfreich, aber wenigstens glaubt Summers jetzt, dass etwas Merkwürdiges vorgefallen ist.« Ich versuche das Thema zu wechseln, damit es nicht zu persönlich wird. Es ist zu viel, und es geht zu schnell. »Er findet es komisch, dass wir die Schlaftabletten nirgendwo finden können.«

»Ich auch. Das heißt, dass jemand sie dir gegeben haben muss, oder? Sie müssen dich damit außer Gefecht gesetzt haben, damit sie dich entführen konnten.«

»Summers sagte, ich könnte eine andere Bleibe gefunden und sie vielleicht dort genommen haben. In Saras Gästezimmer fanden wir die Lokalzeitung von letzter Woche, in der ich ein paar Mietwohnungen eingekreist hatte. Hast du ein Exemplar? Summers hat die Zeitung mitgenommen und ich möchte einen Blick darauf werfen, falls mir etwas bekannt vorkommt. Ich muss ihm irgendwie beweisen, dass ich diese Schlaftabletten nicht genommen habe. Dann kann ich seine These, dass ich mir die ganze Entführung nur eingebildet habe, widerlegen, und er muss mir glauben, dass etwas Schlimmeres vorgefallen ist.«

»Ich glaube, ich habe sie noch hier. Warte kurz.« Er verlässt das Zimmer und ich werfe einen Blick auf seinen sich entfernenden Rücken. Er ist entspannt, gemächlich, immer cool und ruhig, selbst in einer Krise. »Ich habe sie!« Ein paar Minuten später kehrt er zurück und setzt sich wieder hin.

Ich breite die Zeitung auf dem Tisch aus und blättere zu der Seite mit den Kleinanzeigen.

»Wenn du eine andere Wohnung gefunden hättest, hättest du deine Sachen dann nicht von Saras Haus dort hingebracht?«

»Ja, und deswegen bin ich mir sicher, dass ich nicht aus ihrem Haus ausgezogen bin. Hast du einen Stift?«

Er dreht sich auf dem Stuhl zu der Schublade hinter ihm und entnimmt ihr einen Kugelschreiber. »Ein Stift für die Dame.« Er präsentiert ihn, als zeige er mir eine teure Flasche Wein.

Ich lache wieder. Wow, das waren zwei Mal in ungefähr fünf Minuten. Ich hoffe von ganzem Herzen, dass es die richtige Entscheidung war, hierherzukommen. Ich habe in meinem Leben genug Fehler gemacht, ich will das hier nicht für den Rest meines Lebens bereuen.

Wenn mein Leben weitergeht.

Aber Jordan ist zurzeit mein einziger Freund, ich habe keine Alternative. Ich mache einen roten Kringel um die Wohnungen, die ich vorher schon eingekreist hatte, und drehe das Blatt um, um es ihm zu zeigen. »Anscheinend habe ich diese drei markiert.«

»Willst du sie anrufen? Um zu fragen, ob du sie dir angesehen hast?«

»Summers sagte, er würde das übernehmen, aber ich fühle mich so hilflos, wenn ich nur darauf warte, dass jemand anderes die Kontrolle über mein Leben übernimmt. Davon habe ich genug. *Ich* muss zur Abwechslung mal die Kontrolle übernehmen.«

»Ich hole das Telefon. Es kann nicht schaden, sie anzurufen.« Er verschwindet wieder.

Von der Küchentür ertönt ein lautes, knallendes Geräusch. Ich zucke so stark zusammen, dass ich mir auf die Zunge beiße. Ich drehe meinen Kopf in die Richtung und sehe, dass es nur eine kleine schwarze Katze war, die durch die Katzenklappe hereingekommen ist. Sie setzt sich mitten auf den Boden und schaut zu mir herauf, nicht sicher, ob ich Freund oder Feind bin. Sie entscheidet sich für Ersteres und schmiegt sich an meine Beine.

»Ich sehe, du hast John kennengelernt. Er ist mein Mitbewohner.« Jordan setzt sich wieder hin.

»John!« Ich kichere und setze John auf meinen Schoß. Er belohnt mich mit einem lauten Schnurren und stupst mit dem Kopf leicht meine Hand an. »Wie kann man seine Katze ›John‹ nennen?«

»Ich weiß nicht.« Er verzieht den Mund zu einem Lächeln. »Er sieht aus wie ein John, findest du nicht?«

Ich runzle die Stirn. »Wie kann eine Katze wie ein John aussehen? Fluffy oder Tiddles oder Blacky oder irgendwas, aber er sieht ganz bestimmt nicht aus wie ein John.«

Jordan zuckt mit den Schultern. »Wie soll ich ihn dann nennen? Such dir was aus.«

»Ich kann ihm nicht einfach einen anderen Namen geben!«

»Warum nicht? Er wird den Unterschied nicht bemerken, oder?«

»Aber rufst du ihn nicht, wenn er reinkommen soll? Es würde ihn verwirren, wenn du ihm einen anderen Namen gibst.«

»Nein, er kommt und geht, wie es ihm passt. Das mag ich so sehr an Katzen. Sie sind unabhängig und sie kommen zu dir, weil sie es so wollen, nicht weil du es willst.« Er lächelt und ich habe wieder das Gefühl, dass seine Worte eine tiefere Bedeutung über das Gespräch hinaus haben.

Hitze schießt mir in die Wangen. Ich beuge mich vor und küsse John auf den Kopf, damit Jordan es nicht bemerkt.

»Noch ein Bier?« Er nickt zu meiner Flasche. Ich hatte gar nicht gemerkt, dass sie leer ist.

»Ja, bitte.«

Jordan holt noch zwei Flaschen aus dem Kühlschrank und stellt sie auf den Tisch, dann reicht er mir das Telefon.

»Also, willst du die Leute anrufen?«

Ich nehme einen Schluck Bier, um mir Mut zu machen. Was ich wohl herausfinden werde? Ich habe den Eindruck, ein Voyeur in meinem eigenen Leben zu sein, stelle zu mir selbst Ermittlungen an, obwohl ich weiß, dass ich nichts Unrechtes getan habe. Was werden mir diese Leute erzählen? Es gibt nur einen Weg, das herauszufinden, also wähle ich die erste Nummer und lasse läuten.

»Hallo«, meldet sich eine tiefe Stimme. Im Hintergrund sind dröhnende Bassmusik und ein Spielautomat zu hören.

»Oh hi, ja, mein Name ist Chloe Benson. Ich rufe wegen der Wohnung an.«

»Was, noch mal?«, ruft er über den Lärm hinweg.

»Habe ich schon einmal angerufen?« Ich schaue zu Jordan, der mich mit erhobenen Augenbrauen ansieht.

»Ja, aber als ich Ihnen sagte, dass es über dem Pub liegt, wollten Sie sie nicht. Haben Sie Ihre Meinung geändert? Die Wohnung ist noch frei.«

»Ähm ... nein, danke. Entschuldigen Sie die Störung.« Ich lege auf und wähle die Nummer der nächsten eingekreisten Wohnung. »Über einem Pub. Ich wollte sie nicht«, erzähle ich Jordan.

»Hallo? Kann ich Ihnen helfen?«, meldet sich ein Mann mit indischem Akzent.

»Hi, mein Name ist Chloe Benson. Ich rufe an wegen Ihrer Zeitungsanzeige für eine Wohnung.«

»Tut mir leid, die Wohnung ist vermietet.«

»O. k., aber ... ähm ... können Sie sich erinnern, ob ich vorher schon angerufen habe?«

»Nein, ich kann mich nicht erinnern. Ich habe mit vielen Personen telefoniert.«

»Verstehe. Sie können sich also nicht erinnern, ob ich mir die Wohnung angesehen habe?«

»Das können Sie nicht gemacht haben. Der erste Besucher hat sie gleich genommen.«

»O. k. Aber trotzdem vielen Dank für die Hilfe.« Ich lege auf und seufze. »Aller guten Dinge sind drei«, sage ich zu Jordan und wähle die letzte Nummer.

»Ja?«, antwortet eine Frau. Dem Schmatzgeräusch nach zu urteilen kaut sie Kaugummi.

»Oh, hi, ich rufe an wegen der Wohnung.«

»Ja, die ist leider vermietet. Jemand hat sie am Tag, bevor die Anzeige erschien, genommen. Tut mir leid, es war zu spät, um sie zurückzuziehen.«

»Verstehe. Aber trotzdem vielen Dank für die Hilfe.«

»Kein Problem.«

Mit hängenden Schultern lehne ich mich im Stuhl zurück. John reibt den Kopf gegen mein Kinn, um weiter gestreichelt zu werden, und ich gehorche.

»Kein Glück?«, fragt Jordan. »Du hast dir keine der Wohnungen angesehen?«

»Nein.«

»Mach dir keine Sorgen, Chloe.« Er legt seine Hand auf meine mit einer Zärtlichkeit, die mir die Kehle zuschnürt. Sowie er mich berührt, breitet seine Wärme sich über meine abgekühlte Haut aus. »Wir werden es schon herausfinden. Du hast ein paar schreckliche Dinge durchgemacht, aber was auch passiert ist, wir erfahren es gemeinsam. Ich will dir einfach nur helfen.«

Die Luft fühlt sich plötzlich geladen an, schwer von all den Worten, die er nicht ausspricht. Die Gefühle, von denen ich weiß, dass er sie für mich hegt. Und ich weiß nicht, ob ich das kann. Ich weiß nicht, ob ich es verkrafte, wenn jemand jetzt so nett zu mir ist. Es könnte dazu führen, dass ich in mich zusammenfalle, und ich muss stark bleiben.

Kapitel 28

Jordan schneidet Zwiebeln, Champignons, Paprika und Knoblauch. Völlig konzentriert beißt er sich dabei auf die Unterlippe, ein sauberes Geschirrtuch hängt lässig aus seiner Gesäßtasche. Er fühlt sich in der Küche vollkommen wohl. Er wirft einen Blick über die Schulter und ertappt mich dabei, wie ich ihn beobachte. »Was?« Er verzieht die Lippen.

»Du kochst.«

»Ja.«

»Du kochst und du hast eine Katze.«

Er lacht. Es ist tief und kehlig und unbekümmert. Der Klang plätschert durch mich hindurch und mir wird klar, dass ich es öfter hören möchte. »Gibt es ein Gesetz, das es einem Mann verbietet, zu kochen *und* eine Katze zu haben?« Er richtet das Messer, mit dem er das Gemüse schneidet, auf mich, aber es ist keine Drohgebärde. Nicht, wenn seine Augen vor Lachen leuchten.

Ich will ihm sagen, dass es schön ist. Es ist ... erfrischend. Liam kochte nie; das war mein Job. Und würde er eine Katze zu Gesicht bekommen, würde er sie wahrscheinlich treten. Er hasste es, dass sie unseren Garten immer als Toilette benutzten.

Er verteilte sogar einmal Cayennepfeffer auf dem Rasen und an den Rändern, um sie loszuwerden. Er wurde fuchsteufelswild, als beim Verteilen ein plötzlicher Windstoß etwas von dem Pfeffer in sein Auge blies. Die Katzen hat es eh nicht abgehalten.

»Es ist süß«, sage ich.

»Ich weiß nicht, ob es nicht meine Männlichkeit verletzt, wenn ich ›süß‹ genannt werde.« Amüsiert zieht er eine Augenbraue hoch.

»Glaub mir. Süß ist gut.« Ich schaue tief in seine Augen und meine Haut kribbelt. Ich schaue abrupt weg und der Moment ist vorbei.

Als Jordan den Teller mit Rindercurry und Basmatireis mit frisch gehacktem Koriander vor mir abstellt, rumort es in meinem Magen bereits heftig. Ich habe in letzter Zeit wenig gegessen, und plötzlich bin ich ausgehungert.

Ich nehme meine Gabel in die Hand. »Das sieht köstlich aus.«

»Wenn es dir nicht schmeckt, kann ich etwas anderes machen.«

Ich probiere einen Bissen, und es ist das Leckerste, was ich je gegessen habe. »Du bist ein guter Koch.«

»Nur ein Talent von vielen.« Er sieht zufrieden aus, und wir essen eine Weile schweigend, bis er fragt: »Also, wie lautet der Plan?«

»Morgen habe ich einen Folgetermin bei Dr. Drew. Und ich warte darauf, von Summers zu hören, was er herausgefunden hat. Danach ...« Ich zucke mit den Schultern. »Ich weiß nicht.« Ich schaue auf die Wanduhr aus Terrakotta und frage mich, warum Summers so lange braucht, um sich zu melden. Er muss jetzt mit Chris' Dad gesprochen haben, der bestätigen konnte, dass Chris gelogen hat. Bei der Geschichte, die er geschrieben hat, *muss* er es gewesen sein. Summers wird sein Alibi widerlegen können und ihn da einsperren, wo er hingehört, und ich werde endlich wieder atmen können. Aber bis dahin muss ich etwas tun, um die Wartezeit zu überbrücken. »Meinst du, wir können heute Abend einfach nicht darüber reden? Nur einen Abend lang möchte ich alles vergessen. Wenn ich noch länger darüber nachdenke, werde ich verrückt. Können wir einfach was Normales tun, einen Film schauen oder Musik hören oder« – ich hebe meine Bierflasche – »noch was trinken?«

Er legt Messer und Gabel ab und stößt mit seiner Bierflasche an. »Dann werden wir genau das tun.«

∗∗∗

Nach dem Essen lässt er mich nicht abräumen. Genau genommen lässt er mich gar nichts machen.

»Rotwein oder Weißwein?« Er hält in jeder Hand eine Flasche.

»Weißwein bitte.« Das ist wahrscheinlich keine gute Idee. Ich muss mich konzentrieren. Muss bei klarem Verstand bleiben. Aber mir gefällt dieses weiche, unklare Gefühl, und ich will nicht, dass es vergeht.

Er legt die Rotweinflasche zurück, holt zwei Gläser aus dem Schrank und schlendert barfuß ins Wohnzimmer. Ich sitze auf der einen Seite des weichen Sofas und ziehe meine Beine an. Jordan schenkt mir ein Glas Wein ein und setzt sich dann vor seinen Fernsehschrank aus aufgearbeitetem Holz und öffnet eine mit DVDs gefüllte Schublade. Er nimmt einen Stapel heraus und liest die Titel vor.

»*The Mechanic, Alpha Papa, Snatch, Harry Potter und der Feuerkelch, The Lucky One, Mississippi Burning*. Oder *Wie ein einziger Tag*.«

Ich will nichts Romantisches, was mich an den alten Liam erinnert – oder mich über die Möglichkeiten mit Jordan nachdenken lässt. Ich will keinen Horror- oder Actionfilm, in dem Menschen getötet werden, denn das ist zurzeit etwas zu nah an meinem Leben. Also wähle ich etwas, was ich normalerweise nicht schauen würde. Etwas, in dem ich mich für ein paar Stunden verlieren kann. »*Harry Potter*.«

Er wackelt mit der Hülle vor meiner Nase. »Gute Wahl.« Er schiebt die DVD in den DVD-Player, schaltet den Fernseher ein und setzt sich neben mich aufs Sofa. Es gibt unter seinem Gewicht nach, rückt uns näher aneinander. Er riecht nach draußen und nach würzigem Aftershave. Es ist ein vertrauter und tröstender Duft, während ich mich auf Fantasy, Monster und Hexer konzentriere, und eine Weile denke ich an gar nichts. Es ist himmlisch.

Ein lautes, hämmerndes Geräusch weckt mich kurze Zeit später auf. Kurzzeitig desorientiert zucke ich auf dem Sofa zusammen, mein Herz schlägt so laut, dass meine Brust zu explodieren droht.

»Alles in Ordnung. Du bist eingeschlafen.« Jordan steht auf, um an die Tür zu gehen.

»Das könnte Liam sein.« Ich ziehe die Knie an meinen Körper und lege die Arme um sie.

»Bestimmt nicht. Er weiß nicht, wo ich wohne«, sagt er über seine Schulter.

»Hast du eine Ahnung«, sage ich traurig. »Ich traue ihm zu, dass er alles Mögliche weiß.«

»Mach dir keine Sorgen. Ich bin gleich wieder da.«

Ich höre die Tür. Laute Stimmen. Mein Blick fliegt durch den Raum auf der Suche nach einem Versteck für den Notfall. Als die Stimmen näherkommen, erkenne ich die von Summers wieder. Ich presse eine Hand an die Wange und atme tief durch. Ich stehe auf, als er, dicht gefolgt von Jordan, den Raum betritt.

»Was haben Sie herausgefunden?«, frage ich drängelnd. »Das hat eine Ewigkeit gedauert!«

»Ja, und es war etwas komplizierter, als wir angenommen hatten, alles zu überprüfen. Wir haben mit Chris' Vater gesprochen, und Chris war tatsächlich in der Zeit, an die Sie sich nicht erinnern können, mit ihm im Peak District, er kann also nichts mit der Sache zu tun haben.«

»Wie können Sie sich sicher sein? Ich meine, woher wissen Sie, dass sein Vater kein Alibi erfunden hat, um seinen Sohn zu schützen?« Ich reibe meine Hände aneinander.

»Nun, deswegen hat es so lange gedauert. Da sie mitten im Nirgendwo gezeltet haben, weitab von dem Trampelpfad und nicht an einer registrierten Stelle, mussten wir darauf warten, dass unsere Kollegen im Peak District Nachforschungen anstellen.«

»Und was haben sie herausgefunden?«, fragt Jordan.

»Sie wurden von der Sicherheitskamera einer örtlichen Werkstatt gefilmt und mehrere Male im Dorfcafé. Und der Bauer, auf dessen Land sie waren, hat sie dort auch gesehen. Chris hätte nicht die Zeit gehabt, hierher zurückzukommen und etwas Unerwünschtes zu tun.«

Ungläubig schüttle ich den Kopf, gehe auf und ab. »Aber ... wie ist das möglich? Sie haben die Geschichte doch gelesen? Es ist identisch mit dem, was mir passiert ist.«

Summers schürzt die Lippen und schaut mich einen Moment lang an. »Haben Sie in der Vergangenheit von Ihren Schülern E-Mails über die Hausaufgaben, die Sie aufgeben, bekommen?«

»Ja, manchmal. Die Hausarbeiten sind Teil ihrer Endnote, deswegen sollen sie mir eine E-Mail schreiben, wenn sie ein Problem haben oder sich nicht sicher sind. Warum?« Ein kaltes, kribbelndes Gefühl breitet sich auf meiner Kopfhaut aus.

»Weil Chris sagte, er habe Ihnen eine Kopie des ersten Entwurfs für seine Geschichte geschickt, als Sie krankgeschrieben waren, damit Sie ein paar Fragen beantworten würden.«

Ich starre ihn verständnislos an, kann nicht einmal blinzeln.

»Es ist also sehr gut möglich, dass die Geschichte fast identisch ist, weil Sie in Ihrem Gedächtnis geblieben ist, nachdem Sie sie gelesen haben. Nicht wahr?«

Ich öffne meinen Mund, um etwas zu sagen, aber die Verwirrung und der Schock haben mir die Stimme geraubt.

Zum Glück ergreift Jordan für mich das Wort. »Chloes E-Mail-Konto wurde gehackt, sie kann also nicht überprüfen, ob das wahr ist. Haben Sie in Chris' E-Mail-Konto nachgesehen, ob er die E-Mail geschickt hat?«

»Wir haben ihn auf dem Revier gebeten, nachzusehen, aber leider speichert sein Konto gesendete Nachrichten nicht automatisch und er vergaß vor dem Abschicken, das zu tun. Aber ich wüsste nicht, warum er das erfinden sollte und, wie gesagt, er hat sowieso ein bestätigtes Alibi.«

Ich lehne die Hände an meine Wangen und starre auf den Boden. Ist es wirklich das, was passiert ist? Ich habe Chris' Geschichte gelesen, als ich nach der Psychiatrie wieder zu Hause war, und es hat sich irgendwie in meinem Gehirn eingenistet? Und wenn es so ist, bedeutet das, dass ich mir wirklich nur eingebildet habe, dass ich entführt wurde, so wie alle glauben? »Dann ist er ... dann ist er definitiv nicht schuldig?«

»Er hat sich nur einer großen Portion Vorstellungskraft schuldig gemacht. Und ich bin sicher, dass er eines Tages ein ausgezeichneter Krimiautor wird.«

Ich lasse mich wieder aufs Sofa fallen. Nach dem, was ich gelesen hatte, war ich sicher, dass er es war.

»Sind Sie sich absolut sicher?«, frage ich.

»Ganz sicher. Ich befürchte, wir sind keinen Schritt weiter. Wir haben die Nachbarn in Saras Straße befragt, aber keiner kann sich daran erinnern, Sie oder etwas Verdächtiges gesehen zu haben.« Summers setzt sich neben mich.

Ich starre auf den Boden. Hinter meinen Augen entwickelt sich ein dumpfer Schmerz. Ich weiß nicht, ob das am nachlassenden Effekt des Alkohols liegt oder an der Erschöpfung und dem Adrenalin, das ständig durch meinen Körper gepumpt wird.

»Was steht also als Nächstes an?« Jordan setzt sich auf den Boden.

»Wir kontaktieren die Nummern der eingekreisten Wohnungen in der Zeitung. Vielleicht haben sie Informationen für uns.«

»Das habe ich schon getan.« Ich schaue hoch zu Summers und erzähle ihm von meinen Telefonaten.

Er seufzt, legt die Hände auf die Knie und steht müde auf. »Wenn Sie sich an nichts weiter erinnern können, bin ich nicht sicher, in welche Richtung wir als Nächstes ermitteln können.«

»Warten Sie, war es das also?«, fragt Jordan. »Sie werden nichts mehr tun?«

Summers zögert einen Augenblick, als überlegte er, welche Ausrede er uns nennen soll. »Was können wir tun? Für gewöhnlich können wir Verfahren anwenden – Zeugen befragen, mit den Nachbarn sprechen, was wir teilweise auch getan haben, aber Chloe kann sich nicht daran erinnern, was vorgefallen ist. An dem Tag, an dem sie verschwunden ist, könnte sie überall gewesen sein und alles Mögliche gemacht haben. Wie können wir realistisch betrachtet etwas ermitteln, wovon wir nichts wissen? Das ist mehr als nur die Suche nach der Nadel im Heuhaufen. Wir müssen erst einmal den Heuhaufen finden.«

Ich reibe mein rechtes Auge, das gerade zuckt. Ich könnte fast lachen.

»Wenn Sie sich an etwas erinnern oder noch etwas entdecken, rufen Sie mich an und wir werden es überprüfen, aber bis dahin können wir nichts weiter tun. Es tut mir leid, aber ich bin immer noch nicht überzeugt, dass es ein Verbrechen gab, und da wir keine unabhängigen Zeugen haben, um die Ereignisse, die Sie beschrieben haben, zu prüfen ...« Er lässt seine Worte in der Luft hängen wie ein Schulterzucken, blickt mich ein letztes Mal ausdruckslos an und verlässt den Raum.

Jordan folgt ihm und ich höre Gemurmel, bevor die Haustür geschlossen wird. Ich wippe mit meinem rechten Bein, um die in mir aufsteigende harte Energie loszuwerden. Meine Haut sitzt stramm über meinen Muskeln, meine Kleidung ist nervtötend und kratzig.

Als Jordan zurückkommt, bleibt er im Türrahmen stehen. Und jetzt hat sogar er den Schatten eines misstrauischen Zweifels in den Augen. »Also ... ähm ... was möchtest du jetzt tun?« Er fährt sich durch die Haare.

Ich wende meinen Blick ab, nicht dazu fähig, mich mit der Möglichkeit, dass ich meinen einzigen Verbündeten verliere, auseinanderzusetzen. »Was *kann* ich denn tun?«

Kapitel 29

Ich schlafe im Gästezimmer, das sich zwischen dem Bad und Jordans Schlafzimmer befindet. Er hat das Bett für mich mit sauberer, nach Kiefern duftender Bettwäsche bezogen und am Fußende ein zusammengelegtes Handtuch und ein frisches Paket Seife platziert. Ich streiche über die Seife und muss über seine Aufmerksamkeit lächeln.

Die Dielen knarren unter meinem Gewicht und ich nehme das als gutes Zeichen. Ein Frühwarnsystem. Aber trotzdem fühle ich mich nicht vollständig sicher; ich drehe den Schlüssel im Schloss und stelle einen Holzstuhl unter den Griff. Wenn mich jemand mitten in der Nacht holen kommt, werde ich es zumindest hören. Ich ziehe mich aus und nehme ein T-Shirt aus meiner Tasche. Ich hätte mehr Sachen von zu Hause mitnehmen sollen. Morgen gehe ich zurück, wenn Liam bei der Arbeit ist.

Liam. Was er jetzt wohl macht? Sich volllaufen lassen und mir die Schuld an allem geben? Oder tröstet er sich in Juliannes Armen? Wenigstens stehe ich ihrem Glück nicht mehr im Weg. Ich wünsche ihr alles Gute, mehr kann ich dazu nicht sagen.

Ich schalte die Nachttischlampe aus und lege mich ins Bett, lausche den fremden Geräuschen des Hauses: die tickenden Wasserrohre, der brummende Kühlschrank in der Küche, eine rufende Eule draußen auf dem Dach. Jordans Schritte auf dem Weg ins Bad. Das Licht wird eingeschaltet, dann die Toilettenspülung betätigt. Die Dielen vor meiner Tür knarren und ich weiß, dass er auf der anderen Seite steht. Ich halte die Decke umklammert und horche. Ein Teil von mir will die Tür aufmachen und dieses Lächeln sehen, um beruhigt zu sein. Der andere Teil ist verängstigt.

Sekunden vergehen. Er verlagert sein Gewicht. Dann verschwinden seine Schritte auf dem Flur und seine Schlafzimmertür wird geschlossen. Ich schließe die Augen, erwarte, dass ich nicht werde einschlafen können, aber ich bin so erschöpft, dass ich sofort wegsacke. Es ist aber kein erholsamer Schlaf. Ich träume, dass ich wieder dort bin, durch den Wald renne.

Dieses Mal steht kein Mond am Himmel, es ist so dunkel, dass ich kaum etwas sehe. Eine Eule verfolgt mich. Ich höre sie direkt hinter mir rufen, spüre bei jedem Flügelschlag die kalte Luft an meinem Rücken. Jeden Augenblick wird sie ihre Krallen in meinen Kopf vergraben und angreifen.

Aber die Eule ist nicht die Einzige da draußen. Ich kann zwar niemanden sehen, der mich beobachtet, aber ich höre Schritte hinter mir und weiß, dass er da ist.

Äste peitschen mir ins Gesicht, während ich zwischen den Bäumen laufe, reißen die Haut weg, bis kein Fleisch mehr übrig ist und ich nur noch aus Sehnen und Knochen bestehe. Auch meine Augen werden durchschnitten und ich bin vollkommen blind.

Ein ohrenbetäubendes Heulen hallt in meinen Ohren wider. Und dann höre ich nichts mehr. Ich renne und renne, aber ich kann weder sehen noch hören. Ich weiß nur, dass mich jemand verfolgt.

Dann falle ich in etwas Tiefes, Dunkles. Eine Grube ohne Boden. Ich falle und falle und niemand ist da, um mich wieder an die Oberfläche zu ziehen.

Ich setze mich kerzengerade im Bett auf, getränkt in kaltem Schweiß, meine Atmung geht schwer. Ich blinzle in der Dunkelheit, meine Augen gewöhnen sich an die ungewohnten Formen, die in meine Richtung ragen. Ein Stuhl vor der Tür. Eine Kommode in der Ecke. Ein einzelner Kleiderschrank. Und dann erinnere ich mich, dass ich in Jordans Schlafzimmer bin.

Es war nur ein Albtraum. Niemand kann mir wehtun. Ich bin sicher!

Nur war es kein Albtraum. Nicht wirklich. Es ist erschreckend echt. Und ich frage mich, ob ich jemals wieder wirklich sicher sein werde. Denn selbst wenn Summers und die Ärzte mir nicht glauben, selbst wenn alles darauf hindeutet, dass ich mir das Ganze nur eingebildet habe, selbst wenn *ich* die Hälfte der Zeit nicht mehr weiß, ob ich mir glauben kann, was ist mit den Schlaftabletten? Wenn ich sie wirklich freiwillig genommen habe, wo sind sie dann? Irgendetwas stimmt da nicht.

Ich werfe die Decke zurück, schwinge die Beine aus dem Bett und lehne mich vor, den Kopf in den Händen, bis ich wieder normal atme. Ich gehe zum Fenster und ziehe die Vorhänge zurück, schaue mir die Aussicht an, um meine Gedanken irgendwie von den dunklen Wegen in meinem Kopf zu bringen. Der Frust und die Ungewissheit, ob irgendein Verrückter zurückkommen und mich umbringen wird, werden mich noch in den Wahnsinn treiben, bevor er dazu kommt.

Ein Fuchs schleicht verstohlen über den Rasen. Der Mond ist klar und leuchtend, die Sterne glitzern.

Zurück im Bett starre ich in die Dunkelheit, zu ängstlich, um meine Augen zu schließen und wieder einzuschlafen. Summers' Frage geht mir nicht aus dem Kopf. *Was würden Sie als Nächstes tun?* Aber alles, woran ich denken kann, ist *Warum ich? Warum hat er mich gewählt?* Vielleicht wurde ich vor meiner Entführung verfolgt. Oder es war Zufall. Kannte ich die Person? Hatte ich ihn schon mal gesehen? Vielleicht mit ihm gesprochen? Ging ich jeden Tag auf dem Weg zur Arbeit ahnungslos an ihm vorbei? Wie viel Zeit bleibt mir, bis er mich wieder findet?

Um fünf Uhr gebe ich auf, einer Antwort kein Stück näher. Es muss eine Verbindung zwischen all dem geben, aber ich kann mich daran nicht erinnern. Nichts in meinem Kopf kann mir jetzt helfen. Vielleicht ist es besser, nichts zu wissen. Es nicht vorherzusehen.

In diesem Augenblick habe ich den irrationalen Wunsch, dass mein Entführer es einfach endlich zu Ende bringt. Mich jetzt sofort holt und umbringt. Ich ertrage diese Folter nicht, angestrengt zu versuchen, auf irgendeinen Hinweis zu kommen, aber gleichzeitig angestrengt zu versuchen, an nichts zu denken. Die ständige Angst brennt ein Loch in meine Brust, während ich darauf warte, dass etwas Furchtbares und Schmerzhaftes passiert. Ich treibe mich damit in den Wahnsinn. Ich will, dass es vorbei ist.

Mein Gesicht schmerzt durch den Druck nicht vergossener Tränen, aber ich werde nicht mehr weinen. Weinen hilft mir nicht dabei, am Leben zu bleiben. Ich ziehe mich an und gehe ins Bad. Ich spritze mir kaltes Wasser ins Gesicht und betrachte mein Spiegelbild. Meine Pupillen sind geweitet, mein Haar zerzaust, meine Haut blass und wächsern. Ich putze mir die Zähne und gehe nach unten, um mir einen Tee zu machen. Auf der Stufe sitzend, die in die Küche führt, rauche ich eine Zigarette nach der anderen, bis die Sonne über dem Garten aufgeht.

Schmetterlinge und Bienen flattern um Blumen herum, landen hier und da auf einer, die ihnen gefällt. Vögel singen ihr Morgenlied. Wolken ziehen vorüber. Ich verstehe nicht, wie alles so normal aussehen und gleichzeitig das komplette Gegenteil davon sein kann.

Jordan kommt kurze Zeit später zu mir. Er trägt eine verblichene Jeans und ein altes T-Shirt, sein Haar ist vom Schlaf noch zerwühlt. Auf dem Weg in die Küche fährt er sich mit der Hand durch die Haare, summt dabei eine Melodie, die ich nicht erkenne. Er macht Halt, als er mich sieht. Ein Lächeln erscheint auf seinem Gesicht, das sich sofort erhellt. »Oh, hi. Ich habe dich gar nicht gesehen.«

Ich lächle zurück, genieße seinen Anblick. »Hi.«

»Hast du gut geschlafen?«

Aus irgendeinem Grund muss ich loslachen. Es klingt schrill, ein Geräusch, das mich in Stücke reißen könnte. Nein, nicht schrill – es klingt verrückt. Ich verliere jetzt tatsächlich den Verstand. Ich kann es spüren. »Nicht wirklich.«

»Nein, das kann ich mir vorstellen.« Sein Lächeln verfliegt und wird von einem ernsten Ausdruck ersetzt, seine Augen sind freundlich. »Ich bewundere deinen Mut, weißt du.«

»Ich bin überhaupt nicht mutig. Ich habe Todesangst. Hatte ich schon immer.« Ich springe auf und wechsle das Thema, um die Angst zu schwächen. »Hast du Hunger? Ich mache dir Frühstück. Das ist das Mindeste, was ich tun kann.«

Er winkt mich herunter. »Setz dich. Ich kümmere mich darum.«

»Aber du bist schon so freundlich, dass du mich hier bleiben lässt, also sollte ich es machen.«

»Du bist Gast. Und Gäste rühren keinen Finger. Außerdem hast du schon genug durchgemacht. Du hast es verdient, etwas verwöhnt zu werden.«

Das treibt die Hitze in meine Wangen, aber ich weiß nicht, ob das Dankbarkeit ist oder etwas Anderes.

»Also.« Er schaut in den Kühlschrank. »Worauf hast du Lust? Pochierte Eier auf Toast? Müsli? Ich mache aber auch ein geniales Bacon-Sandwich.«

»Ein Bacon-Sandwich klingt perfekt.«

Er steckt Toastscheiben in den Toaster und legt Bacon auf den Grill, und wir sprechen darüber, wie gut das Wetter dieses Jahr für Mai ist, welches Buch wir zuletzt gelesen haben, ich erzähle von dem Fuchs, den ich im Garten gesehen habe und den Jordan Foxy nennt (so originell wie der Name der Katze). Nichts Wichtiges oder schwer Verdauliches. Es gefällt mir, dass er mich nicht dazu zwingt, darüber zu sprechen, was in meinem Kopf vor sich geht. Es ist schön, ein wenig mit Normalität abgelenkt zu werden. Und als er mit dem Frühstück beschäftigt ist, ist es so, als *sei* das die normalste Sache der Welt. Als seien wir ein altes Ehepaar, das den Rhythmus des anderen kennt. Es ist leicht und entspannend, etwas, was ich mit Liam nur ganz am Anfang hatte.

John kommt durch die Katzenklappe gerattert, als Jordan gerade die Bacon-Sandwiches serviert. »Ja, das dachte ich mir, dass du zurückkommst, wenn du das riechst!«, sagt Jordan zu ihm, schneidet etwas von dem knusprigen Fett ab und legt es in Johns Napf. John schlingt es herunter und schnurrt laut, schaut erwartungsvoll, ob es einen Nachschlag gibt.

»Was steht heute auf dem Programm?«, fragt Jordan, als er mir den Teller reicht.

»Heute Vormittag habe ich einen Termin bei Dr. Drew. Und ich muss zurück zu meinem Haus, um ein paar Sachen zu holen.«

»Heute Morgen habe ich Unterricht, aber wenn du möchtest, kann ich dich heute Nachmittag begleiten?« Er beißt von seinem Sandwich ab.

»Bist du dir sicher? Ich will dir keine Mühe machen.«

Er schluckt. »Das ist keine Mühe. Wir kriegen viel im Camper unter. Außerdem, bis wir wissen, was passiert ist, könnte dieser Psychopath noch immer hinter dir her sein. Ich will nur sichergehen, dass du sicher bist.«

Dankbare Tränen stechen in meinen Augen. Das Versprechen, das ich mir mitten in der Nacht gegeben hatte, ist am helllichten Tag nur schwer zu halten. Aber ich muss mich zusammenreißen. Mein Überleben hängt davon ab.

»Hier fühle ich mich sicher.«

»Das freut mich, aber wenn du irgendwo ohne mich hingehst, schick mir eine SMS oder ruf mich an, damit ich weiß, wo du bist. Falls etwas passiert, kann ich dich so finden.«

»Danke.«

»Du musst mir nicht danken.« Er zuckt beiläufig mit den Schultern, aber in seiner Stimme schwebt ein Hauch Verwundbarkeit. »Dafür sind Freunde doch da, oder?«

***

»Ich habe Liam verlassen«, sage ich Dr. Drew.

Er runzelt leicht die Stirn. »Und wie fühlen Sie sich damit?«

»Ich weiß nicht. Ich hatte nicht wirklich viel Zeit, um das zu verarbeiten.«

»Möchten Sie jetzt darüber nachdenken? Wir haben Zeit.«

Ich blicke über seine Schulter hinweg aus dem Fenster. »Es fühlt sich so an, als hätte ich jahrelang mitten auf einem Vulkan gelebt. Ich bin in geschmolzener, brodelnder Lava ertrunken, die jederzeit hätte überlaufen können. Jetzt ist der Vulkan ausgebrochen, und mein Leben ist explodiert.«

»Vulkane sind zerstörerisch. Aber sie schaffen auch Fruchtbarkeit und Leben. Das ist der natürliche Wachstumszyklus.«

»Ja.« Ich nicke. »Ich bin natürlich traurig, aber ich bin auch so unglaublich erleichtert. Und ich habe einen kleinen Hoffnungsschimmer. Die flackernde Aufregung, dass es dort draußen neue Möglichkeiten gibt. Mein Leben wird nicht mehr kontrolliert. Ich kann tun, was ich will, sagen, was ich will, gehen, wohin ich will. Ich fühle mich frei.«

»Dann ist das eine gute Sache. Und körperlich sehen Sie auf jeden Fall besser aus als letztes Mal, etwas muss Ihnen also bekommen.«

»Aber da ist noch das andere Problem, nicht wahr? Die Person, die noch immer da draußen ist und von der ich nichts weiß. Ich meine, es ist merkwürdig, oder? Ich habe Liam schon mal verlassen und kann mich nicht einmal erinnern. Ich muss die gleichen Gedanken gehabt haben, die gleichen Dinge getan haben, aber ich kann mich verdammt noch mal nicht erinnern. Und das ist der Schlüssel, oder? Wenn ich meine Schritte natürlich zurückverfolge, was hätte ich als Nächstes getan?«

»Das können nur Sie beantworten.«

»Aber ich kenne die Antwort nicht!« Ich kaue an meiner Lippe. »Ich konnte mich etwas daran erinnern, wie ich mein Handy habe fallen lassen, bevor ich ihn verließ. Wenn ich mich daran erinnern kann, warum dann an nichts anderes? Etwas Nützliches?«

»Vielleicht denken Sie zu viel darüber nach. Manchmal wird die Antwort offensichtlich, wenn wir nur nicht mehr über das Problem nachdenken.«

»Wie kann ich denn *nicht* darüber nachdenken?«

»Ich weiß, dass es schwer ist, aber Stress und Sorge machen es nur noch schlimmer.«

»Das sagt sich immer so, wenn es nicht das eigene Problem ist. Ich bin in der Schwebe. Warte darauf, dass etwas passiert und halte nach jemandem Ausschau, von dem ich nicht mal weiß, ob er existiert.«

»Wollen Sie, dass wir die Dinge, die Sie mir erzählt haben, durchgehen, um zu schauen, ob wir gemeinsam herausfinden können, wohin Sie gegangen sein könnten?«

Ich setze mich aufrecht hin. »Ja. Das könnte helfen.«

»O. k., mal schauen.« Dr. Drew faltet seine Hände über seinem Bauch. »Sie haben Liam verlassen und sind zu Saras Haus gegangen.«

»Ja.«

»Sie haben Lebensmittel und Vorräte gekauft.«

Ich nicke.

»Dann haben Sie die Nacht im Gästezimmer verbracht und am nächsten Tag sind Sie verschwunden.« Gedankenverloren legt er die Fingerspitzen aneinander. »Sie haben einige Wohnungen eingekreist, weil Liam nicht wissen sollte, wo Sie sich aufhielten, damit er nicht für Ärger sorgte, wenn er erfuhr, dass Sie gegangen waren.«

»Das ist korrekt.«

»Sie riefen die Nummer der ersten markierten Wohnung an, aber sie war über einem Pub und die Vorstellung gefiel Ihnen nicht. Die anderen beiden Wohnungen waren bereits vermietet.«

»Ja.«

»Dann haben Sie vermutlich Saras Haus ohne Ihr Portemonnaie oder Ihre Handtasche verlassen.«

»Warum würde ich mein Portemonnaie nicht mitnehmen?«

Dr. Drew neigt den Kopf. »Ohne Geld können Sie nicht einkaufen gewesen sein, das fällt also weg. Vielleicht haben Sie einen Freund besucht. Oder Sie sind zurück zu Ihrem Haus gegangen, um mehr Sachen zu holen. Sie könnten einen Spaziergang gemacht haben.«

»Ich glaube nicht, dass ich einen Spaziergang gemacht hätte.«

»Warum nicht?«

»Ich mache keinen Spaziergang, um den Kopf freizubekommen oder mir eine neue Perspektive zu verschaffen wie andere Leute. Ein Spaziergang würde nichts bringen.«

»Könnten Sie zur Schule gegangen sein?«

Ich weiß jetzt, dass ich nicht zu Theresa gegangen bin, aber Jordan ... könnte ich zu ihm gegangen sein? Um ihm zu sagen, dass ich Liam verlassen hatte. Nein, das hätte er erwähnt, oder? Und ich hatte ihm gesagt, dass ich Zeit brauchte, um mir einen klaren Kopf zu verschaffen. »Das bezweifle ich. Ich hätte vorankommen wollen. Dinge in Ordnung bringen. Damit beginnen, mein neues Leben ohne Liam zu organisieren.«

»Genau!« Er hält einen Finger hoch. »So wie ich das sehe, wollen Sie die Kontrolle über Ihr Leben übernehmen. Sie trafen die Entscheidung, Liam zu verlassen und Ihr erster Instinkt war es, zu Sara zu gehen, um eine Atempause zu haben. Der nächste Instinkt war, Ihre Bank anzurufen und ihnen Ihre Adresse zu geben, damit Sie eine gewisse finanzielle Sicherheit haben konnten, ohne dass Liam es wusste. *Dann* schauten Sie nach Mietwohnungen.«

Ich runzle die Stirn. »Ja, aber das hilft mir noch immer nicht, denn jetzt bin ich auf eine Mauer gestoßen.«

»Ich glaube, Sie haben die Antwort bereits hier drinnen, meine Liebe.« Er tippt sich an die Seite seines Kopfes. »Hätten Sie die Suche nach einer Wohnung aufgegeben, nur weil sich bei diesen Mietobjekten nichts ergeben hatte?«

Ich denke darüber nach. »Nein, wahrscheinlich nicht.«

Er lächelt. »Das wäre also Ihr logischer nächster Schritt. Sie suchten aktiv nach einer Bleibe.«

»Aber wo? Wo könnte ich hingegangen sein?« Ich hebe meine Hände fragend in die Luft.

»Wo findet man mehrere Mietwohnungen an einem Fleck?«

»Beim Immobilienmakler.«

»Genau. Da sollten Sie beginnen. Hätten Sie in der Gegend bleiben oder woanders hinziehen wollen?«

»Ich hätte hier bleiben wollen. Es ist näher bei der Arbeit und ich kenne mich hier aus.« Ich denke an das Stadtzentrum. Dort sind viele Immobilienmakler.

»Dann ist das der nächste Schritt. Sie müssen nur schauen, wohin er Sie führt.«

Kapitel 30

Ich überlege, ob ich Summers anrufen und ihm von den Immobilienmaklern erzählen soll, entschließe mich aber dagegen. Es ist nicht so, als hätte ich schon konkrete Beweise für ein Verbrechen, er würde mich also eh abspeisen. Er wird mich nicht retten, und er kann nichts tun, was ich nicht auch kann. Nein, es geht nur darum, zu schauen, ob jemand sich an mich erinnert.

Als Jordan von der Schule kommt, gehen wir gemeinsam in die Stadt. Er fragt, ob er fahren soll, aber letztes Mal musste ich zu Fuß gegangen sein, und ich möchte es so genau wie möglich nacherleben, falls es eine Erinnerung auslöst. Wir starten im Zentrum an dem Ende, an dem ich von Saras Haus aus angefangen hätte. Im zweiten Laden zu unserer Linken ist der erste Immobilienmakler. Jordan öffnet die Tür und wir treten ein.

In dem Laden stehen vier Schreibtische, alle unbesetzt. Als wir die Tür schließen, erscheint kauend in der nach hinten gehenden Tür ein Anzug tragender Mann Anfang zwanzig, der eine halbe Flasche Aftershave auf sich gekippt zu haben scheint.

»Sie haben mich beim Mittagessen erwischt!« Er lächelt verlegen. »Zwei meiner Kollegen liegen mit der Grippe flach, die derzeit umherzieht, also versuche ich, alles zu erledigen.« Er schüttelt erst Jordans Hand, dann meine. »Ich bin Guy. Wie kann ich Ihnen helfen?« Sein Blick bleibt einen Augenblick länger als nötig auf meinem Gesicht haften. Ich habe die Kratzer in meinem Gesicht mit Make-up und Abdeckstift kaschiert, ich weiß also nicht, ob er sie sieht oder mich wiedererkennt.

»Ich wollte wissen, ob Sie sich daran erinnern, ob ich vor neun Tagen hier war?«, frage ich. »Ich habe wahrscheinlich nach einer Mietwohnung gesucht.«

»Wahrscheinlich?« Er neigt den Kopf, offenbar nicht dazu in der Lage, den Blick von mir zu lassen. »Wissen Sie es nicht?« Er lacht.

»Nein, ich hatte einen Unfall und kann mich nicht erinnern. Ich sah aber anders aus. Mein Haar war lang und dunkel.«

»Oh, das tut mir leid.« Er sieht unbehaglich aus. »Ähm ... Ich kann mich nicht an Sie erinnern, aber vielleicht haben Sie mit einem meiner Kollegen gesprochen. Wie gesagt, diese Woche sind sie krank. Wenn Sie möchten, können Sie ein anderes Mal wiederkommen und sie fragen.«

»Es ist ziemlich dringend, dass ich es herausfinde.«

»Lassen Sie mich einen Blick in unsere Datenbank werfen, ob jemand Sie in unsere Mailingliste aufgenommen hat.« Er beugt sich über den Monitor auf einem der leeren Schreibtische und tippt etwas ein. »Wie war Ihr Name noch mal?«

»Chloe Benson.«

»Gut.« Mehr Tippen. »Also, ich kann Ihren Namen hier nicht finden, wahrscheinlich waren Sie also nicht hier. Wir versuchen, jeden in unsere Datenbank aufzunehmen, damit wir ihnen die Details zu neuen Angeboten schicken können.«

»Könnten Sie sie vielleicht anrufen, nur um sicherzugehen? Vielleicht haben sie aus irgendeinem Grund vergessen, mich in die Liste einzutragen.« Ich lächle bittend.

Er wirft mir einen merkwürdigen Blick zu. »Wow, Sie wollen ganz verzweifelt eine Wohnung finden, was?« Er zuckt mit den Schultern. »Es kann wohl nicht schaden, sie anzurufen.« Er deutet auf zwei Stühle vor dem Schreibtisch. »Setzen Sie sich.«

Ich kaue an der Haut an meinem Finger, während wir warten und zuhören, wie Guy seinen Kollegen versucht zu erklären, was ich ihm gesagt habe, und mich dann beschreibt.

Zehn Minuten später sind wir wieder auf der Straße. Niemand kann sich an mich erinnern.

Jordan zeigt auf einen anderen Immobilienmakler auf der anderen Straßenseite. »Versuchen wir es hier.«

Zwei Frauen sitzen an ihren Schreibtischen. Eine ältere Frau mit strenger Kurzhaarfrisur und Brille telefoniert. Die andere, stark geschminkte Frau mit schwarzem Pferdeschwanz steht auf und begrüßt uns lächelnd. »Kann ich Ihnen helfen?«

»Ja. Können Sie sich erinnern, ob ich vor neun Tagen hier war und nach einer Mietwohnung gefragt habe?«

Sie schaut mich eingehend an. »Für welches Objekt hatten Sie sich interessiert? Oder wollten Sie nur auf unsere Mailingliste gesetzt werden?«

»Ich weiß nicht. Ich weiß nicht, ob ich wirklich hierhergekommen bin. Erinnern Sie sich an mich? Meine Haare sahen anders aus.« Ich streiche mir über den Kopf. »Es war lang und dunkel und gelockt.«

Sie blickt Jordan fragend an, bevor sie ihren Blick wieder zu mir schleppt. »Erinnern Sie sich nicht?«

Ich seufze ungeduldig, ich habe die Nase voll davon, es zu erklären. »Ich habe das Gedächtnis verloren. Ich hatte eine Kopfverletzung, ich kann mich also nicht erinnern, ob ich hier war oder nicht. Deswegen frage ich Sie, ob Sie sich an mich erinnern.«

»Oh. Mein Gott.« Sie neigt den Kopf, betrachtet mich aufs Neue. »Ähm ... Ich glaube nicht, dass ich Sie erkenne.« Ihre Kollegin legt in dem Moment den Hörer auf und sie dreht sich zu ihr um. »Sheila, weißt du, ob diese Dame vor ungefähr neun Tagen hier war und nach einer Wohnung gesucht hat?«

Sheila schaut zu mir auf.

»Mein Haar war anders«, sage ich. »Es war lang und dunkel und gelockt.«

Ihr Gesicht leuchtet auf, als sie mich erkennt. »Oh ja. Ja, ich erinnere mich. Sie heißen Chloe?«

»Ja, wie können Sie sich daran erinnern?«

»Meine Tochter heißt Chloe. Das vergisst man nicht so schnell.« Sie lächelt. »Möchten Sie sie sich noch einmal ansehen?«

»Was habe ich mir angesehen?«

Sheilas Kollegin sitzt wieder an ihrem Schreibtisch und beobachtet mich interessiert. »Die Dame hatte einen Unfall und hat ihr Gedächtnis verloren. Sie weiß nicht mehr, was passiert ist«, erzählt sie mit einem klatschsüchtigen Funkeln in den Augen.

»Oh, das ist schrecklich.« Sheila schnappt nach Luft. »Geht es Ihnen gut?«

»Ja«, antworte ich schnell. Keine Zeit für Small Talk. »Also, was ist passiert? Haben Sie mir eine Wohnung gezeigt?«

»Das habe ich. Warten Sie kurz, ich suche die Angaben heraus.« Sie geht zu einem Aktenschrank aus Metall hinter ihrem Schreibtisch und öffnet eine Schublade, schiebt Ordner beiseite, bis sie den gesuchten findet. Sie legt ihn auf ihren Schreibtisch, durchblättert ihn und reicht mir ein Blatt Papier, auf dem die Angaben zu einer Wohnung stehen. Oben auf der Seite ist eine Abbildung des Gebäudes, dazu Bilder der Wohnung, Zimmerangaben und eine Auflistung dessen, was in der Miete enthalten ist. »Diese hier.« Sie tippt auf das Blatt.

Ich nehme es in die Hand, um zu sehen, ob es mir bekannt vorkommt. Das tut es nicht. Die Wohnung ist sauber und hell, aber farblos und nichtssagend. Eine leere Leinwand. Ich würde sie wärmer gestalten. Ein paar helle Überwürfe auf dem Sofa, gemusterte Kissen, Bettwäsche in Kontrastfarben, mediterrane Farben.

»Sie wollten eine kleine Wohnung. Wir haben zurzeit vor allem Wohnungen zur Zwischenmiete, aber diese kam ein paar Tage, bevor Sie zu uns kamen, rein. Es ist eine Zwei-Zimmer-Wohnung im Obergeschoss in einer sehr schönen Gegend. Es gibt einen öffentlichen Parkplatz und eine Gegensprechanlage. Ich meine mich daran zu erinnern, dass Sie eine Wohnung mit Gegensprechanlage suchten, die nicht im Erdgeschoss liegt.«

»Und Sie haben mir die Wohnung gezeigt?«

»Ja, sie steht leer, deswegen sind wir sofort hingegangen. Sie hat Ihnen sehr gefallen. Sie ist nur teilweise möbliert und sie wollten komplett möbliert, aber der Preis ist gut, weil der

Besitzer sie schnell vermieten möchte, und die Lage ist super. Sie sagten, Sie hätten nicht gedacht, dass Sie so schnell etwas finden, und hatten kein Geld für die erste Miete dabei. Wir erheben auch eine Provision und brauchen einen Ausweis, und Sie wollten später am selben Tag mit allem wiederkommen, aber das taten Sie nicht. Ich bin davon ausgegangen, dass Sie es sich anders überlegt oder eine andere Wohnung gefunden hatten.«

»Sind Sie in Ihrem Auto zu der Besichtigung gefahren? Oder zu Fuß gegangen?«, fragt Jordan.

»Wir sind in meinem Auto gefahren. Und dann habe ich Sie hier wieder abgesetzt. Sie sagten, Sie wollten auf dem Rückweg einen Schaufensterbummel machen, um neue Sachen für die Wohnung zu finden. Sie wirkten wirklich enthusiastisch, deswegen war ich auch etwas überrascht, dass Sie nicht wiederkamen.«

»Wo haben Sie sie zuletzt gesehen?«, fragt Jordan.

»Wir parkten auf dem Gemeindeparkplatz drüben und Sie gingen mit mir hierher und wir verabschiedeten uns vor der Agentur. Ich habe nicht gesehen, wohin Sie danach gingen.«

In meinem Kopf surren die Fragen, die sie nicht beantworten kann. In welche Geschäfte bin ich gegangen? Habe ich nach Möbeln oder Krimskrams geschaut? Habe ich mit jemandem gesprochen? Einen Unbekannten auf dem Weg zurück zu Saras Haus getroffen?

»Um wie viel Uhr war das?«, frage ich.

»Äh ... so gegen fünf, denke ich.«

Ich stehe auf und lächle sie an, aber meine Gesichtsmuskeln scheinen nicht mehr mit meinem Gehirn verbunden zu sein und es zittert auf meinem Gesicht. »Danke. Sie haben mir sehr geholfen.«

»Gern geschehen. Die Wohnung ist noch frei, falls Sie sie wollen. Sagen Sie einfach Bescheid.«

Wir verlassen die Agentur und ich suche mit dem Rücken zum Eingang die Geschäfte zu beiden Seiten ab. Ich könnte in jedes einzelne oder in keines gegangen sein. Ich könnte mit einem fröhlichen Lächeln und beschwingt zurück zu Sara gegangen sein. Soviel ich weiß, könnte ich zum Mond gegangen sein.

»Dein Portemonnaie war noch bei Sara, oder?«, fragt Jordan.

»Ja.«

»Und du wolltest wiederkommen und die Miete zahlen. Das bedeutet, dass du es wahrscheinlich nicht mehr bis zu Sara geschafft hast.«

»Was auch immer passiert ist, ist also zwischen hier und Saras Haus passiert.«

Meine Knochen fühlen sich hohl an, als würden sie mich nicht mehr lange halten. Meine Beine zittern.

»Ich bin hier, Chloe.« Jordan hält meine Hand fester und ich lehne mich an ihn. »Ich werde nicht zulassen, dass dir etwas zustößt.«

Kapitel 31

Ich bin so weit gekommen und es scheint, als stünde ich kurz davor, herauszufinden, was passiert ist. Ich will die Antwort kennen, aber gleichzeitig habe ich auch unheimliche Angst. Vielleicht ist was Wahres an dem, was Dr. Drew darüber sagte, dass das menschliche Gehirn traumatische Erinnerungen mit einer Amnesie blockiert. Einige Dinge sind zu schrecklich, als dass man sich an sie erinnert. Und wenn ich weiß, wenn ich *wirklich* weiß, was passiert ist, dann werde ich darüber nachdenken müssen. Es wieder erleben. Das entsetzliche unterirdische Grab sehen. Die Panik wieder direkt spüren.

Aber ich habe keine andere Wahl. Ich kann nicht den Rest meines Lebens über meine Schulter blicken und mich fragen, wer es auf mich abgesehen haben könnte. Nein, ich muss es wissen.

»Du siehst wirklich blass aus. Sollen wir uns in ein Café setzen und etwas essen, bevor du umkippst?«, fragt Jordan.

»Ja. Das ist eine gute Idee.«

Jordan führt mich die Straße entlang, die Hand an meinem Ellbogen, vorbei an all den Menschen. Ich frage mich, wie ihre Albträume aussehen. Was ist das Schlimmste, was ihnen je widerfahren ist? Wie viel können sie verkraften, bevor sie zusammenbrechen? Ich lese die Männer in der Menge aus, prüfe ihre Gesichter auf der Suche nach etwas, was ich wiedererkenne. Vielleicht war es einer von ihnen. Der alte Mann in dem Anorak. Der dürre junge Mann mit den langen Haaren und den tätowierten Armen. Der streberhafte Typ mit der Brille. Der Mann im Geschäftsanzug, der telefoniert. Der zwischen den Autos umherfahrende Fahrradfahrer mit der Warnweste.

Jeder könnte es gewesen sein. Wenn man darauf achtet, kann jeder unheimlich oder merkwürdig aussehen. Er könnte mich in genau diesem Moment beobachten, und ich würde es nie erfahren. Wie viele Männer leben in Großbritannien? Dreißig Millionen? Mehr? Wie findet man einen aus dreißig Millionen? Es könnte auch mehr als einer gewesen sein. Zwei Männer, die als Team arbeiten. Ich erinnere mich vage, einmal von zwei männlichen Serienmördern gelesen zu haben, die zusammenarbeiteten. Ich kann mich nicht an ihre Namen erinnern.

Als wir im Café ankommen, kann ich kaum noch atmen und halte Jordans Arm fest umklammert.

»Hier, setz dich. Ich hole dir etwas zu essen.« Jordan zeigt auf einen leeren Tisch auf der kleinen Terrasse vor dem Gebäude, die auf die Straße zeigt. Zwei junge Frauen am Nebentisch unterhalten sich lautstark über den neuesten Promiklatsch. Ein einzelner Mann auf der anderen Seite verschlingt ein getoastetes Sandwich und tippt in seinen Laptop. Keiner von ihnen schaut zu mir, als ich mich setze.

»Was möchtest du?«

Ich bin nicht im Geringsten hungrig. Meine Zunge ist zu groß für meinen Mund. Meine Zähne fühlen sich an, als gehörten sie nicht in meinen Kiefer. Ich schaue auf den Mann, der isst. »So was in der Art vielleicht?«

»O. k. Ich bin gleich wieder da.« Er verschwindet im Geschäft und ich suche weiter die Gesichter in der Menge ab.

Nach zehn Minuten kehrt er mit zwei goldbraunen Käse-Toasts, einer Tasse Tee und einem schaumigen Cappuccino auf einem Tablett zurück. »Ich habe vergessen zu fragen, ob du Tee oder Kaffee möchtest, also habe ich beides geholt.«

Da ist sie wieder, die Aufmerksamkeit, die Jordan ausmacht. Trotz der Sorge und der Angst wird mein Herz von einem elektrischen Schlag voll Fröhlichkeit getroffen. Ich lächle ihn dankbar an.

»Weißt du, wonach du bei deinem Schaufensterbummel geguckt haben könntest?« Jordan stellt alles auf dem Tisch ab und legt das Tablett auf den leeren Stuhl neben ihm.

»Ich hätte nichts aus dem Haus mit mir nehmen wollen. Ich will nicht an alles erinnert werden. Liam kann alles haben.« Ich denke an die spärlich dekorierte Wohnung auf dem Foto. Was würde ich sofort brauchen, was könnte warten? Womit würde ich mich in meinem neuen Zuhause wohler fühlen? Das grundlegende Küchenzubehör war vorhanden, aber so etwas wie einen vernünftigen Kartoffelschäler und Messer hätte ich wahrscheinlich gebraucht. Ich hätte nicht über Töpfe und Pfannen nachgedacht, weil jeweils zwei aufgelistet waren und ich für mich allein wäre. »Vielleicht ein paar Küchenutensilien. Ein paar Möbel wahrscheinlich auch. Einfach ein Nachttisch und vielleicht eine Lampe. Nichts Teures oder Überempfindliches.« Ich schaue zu den Geschäften an der Straße. »Ich mag Sachen aus Holz. Weißt du, so wie dein Küchentisch. Und ich liebe Saras Möbel. Ich wollte immer viel Holz im Haus, aber Liam entschied sich für den modernen, glänzenden Kram – Glas, Chrom. Alles ohne Persönlichkeit.«

»Das einzige Geschäft, das Holzmöbel verkauft, ist Nightingale's.« Er zeigt mit dem Kopf auf die andere Straßenseite. »Und Küchensachen gibt es bei Kitchen Dreams.« Er schaut auf seine Uhr. »Wir könnten da zuerst hin, bevor sie schließen, und wenn wir Zeit haben, gehen wir in die anderen Geschäfte. Was meinst du?«

»Ich liebe die Sachen bei Nightingale's. Ich bin in den letzten Jahren nicht oft reingegangen, weil es Liam nicht gefällt, aber ja, in den Laden wäre ich wahrscheinlich gegangen.«

Also machen wir das. Wir essen auf und gehen auf die andere Straßenseite zu Nightingale's. Das Geschäft erstreckt sich über zwei Stockwerke mit vielen indonesischen Möbeln, Eiche, Mahagoni und aufgewertetem Holz, das in alle möglichen Gegenstände verarbeitet wurde. Die Tür wird von einem Baumstamm, der jetzt Pflanzenkübel ist, offengehalten.

Es ist ein Traum aus Holz. Überall stehen Möbel, man muss sich also drum herum schlängeln. Es ist auch ziemlich teuer. Viel teurer, als ich mir alleine leisten könnte.

Der Verkäufer mittleren Alters trägt eine schwarze Hose und ein weißes Hemd, dazu eine rot-blau-karierte Fliege, mit der er mich an einen alten Landherrn erinnert. Er unterhält sich mit einer Frau über Teak-Öl, seine wohl artikulierte Aussprache klingt in meinen Ohren. Wir gehen im Geschäft umher, im Vorbeigehen berühre ich die Gegenstände – einen Kerzenständer aus Treibholz, einen Holzbilderrahmen, eine geschnitzte Salatschüssel.

Als ich mich umdrehe, um einen Spiegel aus aufgearbeitetem Holz zu inspizieren, starrt mein Spiegelbild mich an und der Funke einer Erinnerung trifft mich mit aufwallendem Schmerz zwischen den Augen. Ich halte inne und stütze mich auf einem Tisch in der Nähe ab, bis der Raum sich nicht mehr dreht.

»Was ist los?«, flüstert Jordan mir ins Ohr, wobei er seinen Arm stützend um meine Taille legt. »Erinnerst du dich an etwas?«

»Ich ... ich war vor Kurzem hier.«

Jordans Blick und meiner kreuzen sich im Spiegel.

»Ich erinnere mich. Ich war hier, nachdem ich bei den Immobilienmaklern war. Ich habe mich umgesehen und ...« Ich blicke zu dem Verkäufer. »Ich habe mit ihm gesprochen. Ich sagte, ich sei auf der Suche nach etwas Günstigerem und er erzählte mir von einem Ort. Etwas ...« Ich schließe die Augen, um mich an alles zu erinnern. »Er erzählte mir von einem Ort in der Nähe, wo günstige Möbel aus Kieferholz gemacht werden. Aber ich weiß nicht mehr, wo, und ich erinnere mich nicht, was danach geschah.«

»O. k.« Er hält mich, aber nicht zu fest. »Das hilft uns weiter.«

Der Verkäufer unterhält sich noch immer mit der Kundin, jetzt über künstlich gealtertes Holz. Ich will zu ihnen stürmen und die Frau anschreien, dass sie die Klappe halten soll. Ich will den Verkäufer am Kragen packen und verlangen zu erfahren, was er mir gesagt hat. Wohin er mich geschickt hat. Ich bin nur einen Atemzug von der Hysterie entfernt. Jordan nimmt meine Hand und führt mich zum Verkäufer. Wir bleiben in der Nähe, bis er fertig ist. Ich trete von einem Bein aufs andere, lasse meinen Ohrring in meinem Ohrloch kreisen. Ich stehe so kurz davor, die Antwort zu entschlüsseln, dass ich das Adrenalin in meiner Kehle schmecke.

Ich erhasche den Blick des Verkäufers, der der Frau ein geduldiges Lächeln schenkt. »Nun, falls Sie noch Hilfe brauchen, fragen Sie einfach. Schauen Sie sich gerne noch etwas um. Schauen kostet nichts.« Er kichert, so als würde er den Spruch häufiger aufsagen. Die Frau wandert ans andere Ende des Geschäfts und ich kann ihn befragen.

»Hi, erinnern Sie sich, dass ich vor neun Tagen hier war?«, platze ich heraus, gegen das Zittern in meiner Stimme ankämpfend.

»Wonach haben Sie gesucht?« Er bedenkt mich mit dem gleichen einstudierten, höflichen Lächeln, dass er bei der Frau angewandt hat.

»Möbel. Meine Haare sahen anders aus. Lang und dunkel. Ich sagte, dass Sie ein paar schöne Stücke hätten, aber ich war auf der Suche nach etwas Günstigerem, und Sie empfahlen mir einen Ort in der Nähe, wo sie Möbel aus Kieferholz herstellen.«

Er hebt einen Finger. »Ah ja, stimmt. Ich erinnere mich. Wissen Sie, unsere Möbel sind von besonders guter Qualität und werden nur aus nachhaltigen Quellen und aufgewerteten Materialien hergestellt, aber unsere Preise sind trotzdem wettbewerbsfähig.«

»Ja, es sieht alles wunderbar aus«, sage ich schnell, »aber Sie hatten mir von einem anderen Geschäft erzählt. Wo Kieferholz verkauft wird. Wo ist das?«

Er nickt leicht, er hat sich damit abgefunden, dass ihm ein Verkauf entgangen ist. »Er ist ein ausgezeichneter Tischler, aber er arbeitet mit billigerem Schnitt, nicht die Art anspruchsvollen Handwerks, die wir hier haben.«

»Können Sie uns sagen, wo es ist?«, fragt Jordan entschieden. Ich habe das Gefühl, dass der Verkäufer den ganzen Tag versuchen könnte, auf uns einzureden.

»Mein Boss bringt mich um, wenn er erfährt, dass ich Ihnen das sage, behalten Sie es also für sich.« Er wendet sich einem antiken Holzschreibtisch zu, der als Ladentheke dient, und öffnet eine der Schubladen. Er entnimmt ihr eine Karte und reicht sie mir. »Das ist es. Tom's Wood Shack. Es ist nicht wirklich ein Geschäft, eher eine Werkstatt, aber er fertigt auch auf Bestellung an.«

»Danke.« Ich zerre Jordan geradezu aus dem Geschäft.

Kapitel 32

Die Adresse ist zu Fuß fünfundvierzig Minuten entfernt. Die Stadt läuft hier auf Felder und Wege zu, von denen aus man freien Blick auf die Landschaft hat. Neben dem letzten Haus auf der Straße setzt ein Feldweg an; auf einem Zaunpfahl steht ein geschnitztes Holzschild mit der Aufschrift »Tom's Wood Shack«. Ein Pfeil zeigt den Feldweg herunter, also gehen wir dort entlang. Nach ungefähr fünfzig Metern sehe ich ein paar alte Schuppen, die wahrscheinlich seine Werkstatt sind, und einige marode Seitengebäude. Hinter den Schuppen bellt in der Ferne ein Hund. Ein Auto saust über die Hauptstraße.

Ich halte an und schnuppere. Der aromatische Geruch von Kiefer steigt mir in die Nase und in dem Augenblick weiß ich genau, dass ich schon einmal hier war. Dieser Geruch, süß und parfümiert, löst etwas in meinem Gehirn aus. Blinkende Lichter tauchen in meinem Kopf auf wie bei einem Feuerwerk. Kalte Angst lässt meine Muskeln erstarren und ich kann mich nicht bewegen. Das Gefühl, dass mich jemand beobachtet, ist so stark, dass ich fast schon spüre, wie sich ein brennender Blick in meine Haut bohrt.

Jordan dreht sich um, als er merkt, dass ich nicht mehr neben ihm auf dem Weg gehe. »Was ist los?« Er kehrt zu mir zurück, legt die Hände auf meine Schultern.

»Ich ... das ... Ich ... nicht ...« Mein Mund zittert so stark, dass ich die Wörter nicht herausbekomme.

»Erkennst du diesen Ort wieder?« Seine Augen sind groß und fragend.

»Ich ... schreckliches ... Gefühl.« Ich keuche jetzt, mache schneidende, stoßartige Atemzüge. Nicht genug Luft. Ich brauche mehr Luft.

»Etwas ... etwas ... Schlimmes.« Ich gehe tief in mich, bemühe mich, die entfernte Erinnerung zu ergreifen und an die Oberfläche zu ziehen. Lebhafte Bilder überfluten meinen Kopf jetzt. Als ich letztes Mal hier war.

Erst zeigte Tom mir ein paar Tische aus Kieferholz, im nächsten Augenblick packte er mich von hinten. Einen Arm um meine Kehle, mich fest haltend. Eine große Hand auf meinem Mund, meinen Angstschrei unterdrückend. Zuerst war ich so schockiert, dass ich mich nicht bewegen konnte. Ich erstarrte. Gelähmt. Als wäre das Leben bereits aus meinem Körper entwichen.

Dann schlug das Adrenalin ein und ich kämpfte. Aber er war zu groß. Zu stark. Konnte mich nicht bewegen. Ich konnte durch seine Hand kaum atmen, zog durch die Nase heftig Sauerstoff ein.

Dann ...

Leere. Hier bricht die Erinnerung ab.

Bevor ich fasse, was passiert, greift Jordan meine Hand und führt mich den Feldweg zurück zur Hauptstraße. In einiger Entfernung, vor den Häusern, steht eine Bank. Er setzt mich dort hin und hockt sich neben mich, nimmt meine Hände in seine und reibt sie energisch.

»O. k., atme einfach, Chloe. Du musst dich beruhigen. Es wird nichts passieren. Ich bin da.« Er hat seinen Blick fest auf mich gerichtet.

Ich nicke und erschaudere gleichzeitig. Atme. Ein. Aus. Ja. Atme. Ich schlucke Luft in großen Mengen. Mein Gesicht brennt, aber meine Hände und Füße sind wie Eisblöcke.

»Atme einfach weiter. Das machst du toll.«

Ich habe keine Ahnung, wie lange wir so bleiben. Es dauert eine gefühlte Ewigkeit, bis meine Atmung langsamer wird und das Zittern aufhört. Meine Wangen sind feucht; ich hatte nicht einmal gemerkt, dass ich weinte.

»Willst du mir erzählen, was passiert ist?« Er setzt sich neben mich. »Hast du dich an etwas Bestimmtes erinnert? Ist es hier passiert?«

»Zuerst konnte ich mich nicht erinnern, aber der Geruch und der bellende Hund haben etwas ausgelöst. Ich hatte ein richtig, *richtig* ungutes Gefühl. Als würde ich sterben. Als würde mich jemand erwürgen. Und dann erinnerte ich mich, wie er mich packte, seine Hand meinen Mund knebelte, damit ich nicht schrie. Aber da hört die Erinnerung auf. Danach ist nur wieder die große schwarze Leere.«

»Ich will nicht, dass du hier in der Nähe bleibst.« Er steht auf und blickt sich um. »Es ist am besten, wenn ich dich sicher nach Hause bringe, dann kannst du Summers anrufen und ihn die Ermittlungen aufnehmen lassen. Kannst du gehen oder soll ich ein Taxi rufen?« Er holt sein Handy aus der Tasche.

»Ich will nicht auf ein Taxi warten.« Ich stelle mich auf meine schwachen Beine. »Gehen wir.«

Er nimmt meine Hand, und wir gehen los, aber ich muss immer wieder über die Schulter zurückschauen.

***

Zurück bei Jordan setze ich mich auf die Stufe vor der Küchentür und zünde eine Zigarette an. Ich nehme tiefe Züge, während John sich um meine Beine windet und mich mit dem Kopf anstupst.

»Hier.« Jordan reicht mir einen Becher starken Kaffee und setzt sich neben mich. »Geht es dir gut?«

Das ist die letzte Frage, die ich hören möchte. Es geht mir nicht gut. Überhaupt nicht. »Ich sehe diesen Ort die ganze Zeit in meinem Kopf. Wie ich unter der Erde war. Leben wollte und nicht wusste, ob ich es schaffen würde. Wie ich durch den Wald um mein Leben renne. Wie ein Teil von mir wünschte, ich wäre schon tot, weil die Angst zu stark war.« Innerlich bin ich ein zitterndes Wrack, aber meine Stimme klingt überraschend ruhig, als hätte ich damit nichts zu tun. Als wäre es einer anderen passiert.

»Es muss grauenvoll gewesen sein.«

»Ich will aber nicht daran denken. Ich will einfach nur vergessen, dass es passiert ist, aber ich kann nicht. Ich will nicht die ganze Zeit über Angst haben, aber so ist es. Es ist, als hätte ich eine Angst gegen eine andere eingetauscht.«

»Du meinst Liam?«

Ich trinke einen Schluck Kaffee und die Bitterkeit trifft meinen Gaumen. »Ja.«

»Aber du hast ihn verlassen und du bist aus der Gefangenschaft geflohen. Du stehst den Rest auch durch.«

»Ich muss Summers anrufen.« Ich stehe auf und gehe in die Küche. Ich wähle seine Nummer auf meinem Handy und warte darauf, dass er rangeht.

»Chloe? Wie geht es Ihnen?«, fragt Summers.

Im Hintergrund höre ich klingelnde Telefone und laute Stimmen, die eindringlich sprechen. »Ich habe etwas herausgefunden, was Sie wissen sollten.«

»Ja?«, sagt er schnell, dann: »Nein, ich bin in zehn Minuten da.«

»Wie bitte?«

»Tut mir leid, ich habe mit jemand anderem gesprochen. Wir haben hier einen großen Zwischenfall. Alle Beamten müssen raus. Was haben Sie herausgefunden?«

»Ich war bei einem Immobilienmakler in der Stadt. Die Frau dort zeigte mir eine Wohnung, die ich mieten wollte. Ich sagte, ich würde zurückgehen und Geld für die Provision holen, weil ich mein Portemonnaie bei Sara gelassen hatte. Sie sagte, dann habe sie mich zurück zur Agentur gebracht, und ich machte einen Schaufensterbummel.«

»Nein, schickt auch das andere Spezialeinsatzkommando«, sagt Summers zu jemandem. Dann zu mir: »Entschuldigen Sie Chloe, reden Sie weiter.«

»Ich war bei Nightingale's in der Einkaufsstraße und dort erzählte man mir von einem Ort namens Tom's Wood Shack.« Ich schaue zu Jordan, der mich genau beobachtet. »Jordan und ich sind dort hingegangen und ich hatte das schreckliche Gefühl, dass davor etwas Schlimmes passiert war, und dann hatte ich eine Erinnerung. Tom hat mich angegriffen. Er packte mich an der Kehle, damit ich mich nicht bewegen konnte, und hielt eine Hand über meinem Mund. Ich versuchte mich zu wehren, aber ich konnte nicht. Er war zu stark. Da hört die Erinnerung aber auf, und ich weiß nicht, was danach passiert ist. Aber ich weiß, dass ich es nicht mehr zu Sara geschafft habe, denn meine Handtasche und mein Portemonnaie waren noch da.« Ich erwarte, dass er kleinredet, was ich gesagt habe, eine Ausrede über plausible Szenarien und rationale Erklärungen erfindet, aber zu meiner großen Überraschung tut er das nicht.

»In Ordnung, Chloe, ich muss jetzt los und mich um das kümmern, was hier passiert. Aber ich lasse diesen Tom von Flynn für eine Befragung herbringen. Sowie er bei uns auf dem Revier ist, sage ich Ihnen Bescheid, o. k.?«

»O. k.«

»Ich rufe Sie später an.« Er legt auf.

Ich rauche noch mehr, drücke eine Zigarette aus und zünde dann sofort die nächste an. Ich kann mich nicht konzentrieren, als Jordan spricht. Mein ganzer Körper ist nur ein Nervenbündel. Ich kann an nichts anderes denken als daran, dass die Polizei Tom von der Straße holt, damit er mich nicht wieder findet. Was wird er sagen, wenn sie ihn befragen? Wird er es leugnen? Wird er blasiert und zufrieden mit sich selbst sein, weil er so lange damit davongekommen ist? Hat er eine andere arme Frau in diesem unterirdischen Loch gefesselt, die meinen Platz eingenommen hat?

»... in Ordnung kommen ... Summers ...« Ich bin so verloren in meinen fieberhaften Gedanken, dass ich Jordan zunächst nicht höre.

Ich schüttle den Kopf und drehe mich zu ihm. »Tut mir leid, was sagtest du?«

»Ich sagte, dass es in Ordnung kommen wird. Sie werden ihn kriegen und dann ist das alles vorbei.« Er drückt meine Hand. Ich drücke zurück und lächle ihn verkrampft an, aber ich bin mir nicht so sicher. Wird es je vorbei sein? Wenn so etwas passiert, hat der Horror irgendwann ein Ende?

Als mein Handy später klingelt, lasse ich vor Schreck die Zigarette fallen, verbrenne meinen Finger. Mein Herz schlägt unregelmäßig, als ich rangehe.

»Ich wollte Sie nur wissen lassen, dass wir Tom haben«, sagt Summers. »Flynn kümmert sich darum, bis ich wieder aufs Revier komme. Ich halte Sie über die Entwicklungen auf dem Laufenden.«

»Danke.« Ich stoße Luft aus, die ich in mir gehalten hatte, und sacke erleichtert nach vorne. Mein Entführer ist von der Straße und kann mir nichts mehr antun. Ich bin endlich in Sicherheit.

Kapitel 33

Jordans Handy klingelt in seiner Tasche. Er nimmt es heraus und antwortet. »Hi Schwesterchen, was gibt's Neues?« Eine Pause.

»Was?« Er steht auf, Schultern verkrampft. »Wann?« Er fährt sich durch die Haare. »Geht es ihr gut?« Eine längere Pause. »Ich bin in zwanzig Minuten da.« Er legt auf und schaut mich mit sorgenvollem Blick an. »Das war meine Schwester. Mum ist gefallen und hat sich die Hüfte gebrochen. Sie ist in der Notaufnahme. Ich muss zu ihr.«

»Natürlich – geh nur. Ich komme klar.« Ich scheuche ihn mit den Händen weg. »Jetzt besteht ja keine Gefahr mehr, oder?«

»Bist du dir sicher?« Er wirkt hin- und hergerissen. »Möchtest du mitkommen? Es wird kein besonderes Vergnügen, aber …«

»Nein. Ehrlich, geh ruhig. Ich geh zurück zu meinem Haus und hole ein paar Sachen, während du weg bist.«

»Was ist mit Liam?«

»Schon gut, er ist bei der Arbeit. Und überhaupt, er kann nichts mehr sagen, was mich verletzen oder meine Meinung ändern könnte.«

»Dann sehen wir uns nachher hier wieder.« Er nimmt die Schlüssel und eilt mit besorgt gerunzelter Stirn aus der Tür.

Ich gehe zu meinem Haus und bleibe davor stehen. Eine Million Erinnerungen prasseln auf mich herein …

Die Nacht, in der ich Liam kennenlernte. Sara und ich waren zum Tanzen in einem Club. Ich war betrunken. Ich wollte die ganze Nacht über tanzen und lachen und flirten. Vorgeben, all das zu sein, was ich so verzweifelt sein wollte. Zu dem Zeitpunkt konnte ich das schon gut.

Er stand am Rand der Tanzfläche, beobachtete mich. Es war nicht, weil er mich beobachtete, dass ich zwei Mal hinsah. Es war die Art, *wie* er mich beobachtete, so als sei ich die schönste Frau, die er je gesehen hatte. Als würde ich ihn faszinieren. Später erzählte er mir, dass er von dem Augenblick an, als er mich zum ersten Mal gesehen hatte, wusste, dass ich die einzige Frau für ihn sei. Er sagte, was es auch koste, ich würde ihm gehören.

An dem Tag, an dem Liam mich fragte, ob wir zusammenziehen wollten, nach nur einem Monat, war ich so glücklich, hoffnungsvoll und verliebt, dass ich natürlich ja sagte. Er erweckte mich zum Leben, als ich nicht einmal wusste, dass ich tot gewesen war. Zum ersten Mal seit einer Ewigkeit war ich wach. Als er mich in der Wohnung, in der ich mit ein paar Krankenschwestern lebte, abholen kam, waren wir beide so aufgeregt. Er ließ während der Rückfahrt meine Hand nicht los, und alle paar Minuten sah er mich mit diesem verzückten Blick an, grinste von einem Ohr zum anderen. Er trug mich über die Schwelle, obwohl wir noch nicht verheiratet waren, und ich lachte so sehr, dass ich Bauchschmerzen bekam. Das sollte mein erstes richtiges Zuhause werden. Mein erstes Haus. Ich dachte, hier würden wir für immer bleiben.

Ich erinnere mich an die Vorfreude jeden Tag auf dem Weg von der Arbeit, dass ich meinen eigenen Schlüssel in meine eigene Haustür stecken würde. Ich genoss sogar den Gedanken an Hausarbeit, nur weil ich dazu beitrug, unser Heim ordentlich und sauber zu halten, so wie Liam es liebte.

Und ich erinnere mich daran, wie wir uns in einer Sommernacht auf einer Decke im Garten liebten. Der Duft des von mir gepflanzten Jasmins schwebte in der Luft. Es war liebevoll und langsam. Danach lagen wir auf dem Rücken, schauten hoch zu den Sternen und Liam erklärte mir die verschiedenen

Konstellationen, unsere warmen Gliedmaßen umeinanderge-schlungen und der kühle Schweiß auf unserer Haut.

Ein paar Wochen vor unserer Hochzeit überraschte Liam mich zu meinem Geburtstag damit, dass er meinen Studenten-kredit, der immer noch eine große Last auf meinen Schultern war, abbezahlt hatte. Es war hart gewesen, alleine, ohne fami-liäre Unterstützung, an der Uni zu überleben. Obwohl ich am Wochenende in einem Schuhgeschäft und abends in einem Pub arbeitete, kam ich kaum über die Runden. Allein die Miete ver-schlang einen großen Teil meines Kredits, ganz abgesehen von den Sachen, die ich fürs Studium brauchte.

Anfangs sorgte er für mich und liebte mich. Ich war fast mein ganzes Leben allein gewesen, und plötzlich war er da. Er wurde meine Familie, und ich war so dankbar für die Sicher-heit und Geborgenheit, die er mir gab. Und ich frage mich, ob es wirklich seine Schuld war, dass es nicht geklappt hat, oder meine? Wenn ich stärker wäre, hätte ich das nicht zugelassen. Vielleicht bin ich so dumm, wie Liam sagt, dass ich dachte, ich könnte jemanden ändern, der nicht glaubt, dass etwas mit ihm nicht stimmt.

Womöglich lag es an meiner Kindheit, dass jemand wie Liam auftauchen und mich manipulieren, die Kontrolle über mich ergreifen konnte. Tief in meinem Innern war etwas ein-programmiert, darauf wartend, an die Oberfläche zu gelangen, ich war also dazu bestimmt, ein Opfer zu werden. Ein inneres Bedürfnis, um jeden Preis geliebt und anerkannt zu werden.

Tja, jetzt nicht mehr.

Ein stechendes Gefühl der Reue und der Traurigkeit trifft mich, als ich die Haustür öffne. Ich gehe durch das Wohnzimmer und das Esszimmer, dann in die Küche. Alles ist so, wie ich es verlassen habe. Alles außer mir.

Ich laufe die Treppe hoch, zwei Stufen auf einmal, nehme eine kleine Reisetasche aus dem obersten Kleiderschrankregal und fange an zu packen. Ich hole zwei Paar Schuhe aus ihren Kartons und packe sie als Erstes ein. Ich nehme Kleidungsstücke von ihrem Bügel, packe sie sorgfältig zusammen und schichte sie in der Tasche auf. Die Unterwäsche aus meiner Kommode ist als Nächstes dran. Ich will nicht einfach irgendwas nehmen. Ich will keine Kleidung, die mich an dieses vergangene Leben erinnert, aber ich kann es mir nicht leisten, eine neue Garderobe anzuschaffen, also bleibt mir keine Wahl.

Ich packe ein paar Toilettenartikel: Parfum, Bodylotion, Shampoo und Haarspray. Dann gehe ich zu meinem Schminktisch und öffne die Schmuckschatulle. Ich will nichts von dem Schmuck, den er mir gekauft hat, aber ich packe alles in einen Kulturbeutel. Vielleicht werde ich ihn verkaufen.

Ich hebe das oberste Fach der Schmuckschatulle hoch und hole die persönlichen Dokumente hervor – Hochzeitsurkunde, Geburtsurkunde, Reisepass. Ich stopfe alles in den Kulturbeutel, als es mich mit greller Klarheit trifft, wie ein Messer, das meinen Schädel durchbohrt. Eisige Kälte gefriert unter meiner Haut und macht mich benommen und fröstelnd. Meine Knie geben nach. Ich falle auf den Stuhl hinter mir, Alarmglocken schrillen in meinem Gehirn.

Reisepass. Geburtsurkunde. Ausweis.

Ich hatte der Frau von der Immobilienagentur gesagt, ich käme mit Geld und einem Ausweis wieder. Das Geld und die Kreditkarten waren in meinem Portemonnaie in Saras Haus, aber meine Ausweispapiere hatte ich hier gelassen.

Was, wenn ich zu Tom's Wood Shack gegangen und nichts passiert war? Was, wenn ich mir nur die Möbel angesehen habe und dann gegangen bin? Was, wenn die Erinnerung, die ich hatte, als ich mit Jordan da war, nur eine Art verfälschte Erinnerung gewesen war, wie Dr. Drew erklärt hatte? Vielleicht wollte ich so verzweifelt, dass es Tom war, dass ich die Wahrheit in meinem Kopf deformiert hatte.

Und wenn ich von dort weggegangen sein sollte, wäre ich als Nächstes hierhergekommen. Um meinen Ausweis zu holen, damit ich die Wohnung mieten und wieder leben könnte. Aber dann bin ich verschwunden. Ich habe es nicht zurück zu Saras

Haus geschafft, ich bin einfach vom Erdboden verschluckt worden.

Das ist der Moment, in dem ich weiß, dass Liam es war. Irgendwie – und ich weiß nicht, wie er es angestellt hat – hat Liam es geschafft, aus Schottland zurückzukommen, ohne dass jemand es bemerkt hat.

Kapitel 34

Drei Dinge passieren.

Ich höre ein Geräusch im Erdgeschoss. Mein Herz bleibt stehen. Ich erstarre.

»Ich weiß, dass du hier bist, Chloe!« Liams Stimme, ruhig, aber beängstigend kalt.

Ich kann mich nicht bewegen. Kann nicht atmen. Ich warte nur darauf zu sterben. Seine Schritte hallen auf dem Laminatboden unten wider, schwer und eilig. Er sucht nach mir. Dann wird er einen Weg finden, mich umzubringen. Es nach Selbstmord oder einem Unfall oder nach einer Nebenwirkung von Medikamenten aussehen lassen. Und hey, wenn das nicht klappt, dann bringt er mich irgendwohin und lässt mich dort sterben. Genial.

Mein Adrenalin schlägt ein und ich stehe auf, suche hektisch den Raum ab. Mein Puls hämmert in den Ohren wie eine Rauschstörung.

Wo kann ich mich verstecken? Unter dem Bett? Dort findet er mich sofort.

Im Kleiderschrank? Gleiches Problem.

Also im Bad. Aus dem Fenster auf die darunter gelegene Küchenerweiterung klettern. Aber es ist zu klein.

Ich eile zum Schlafzimmerfenster. Ich würde drei Meter tief fallen. Ich könnte mir etwas brechen, oder sterben.

Seine Schritte auf der Treppe. »Du bist so scheißdumm, Chloe. So leichtgläubig.«

Meine Hand umklammert den Griff, während ich runterschaue. Ich habe Angst. Fürchte mich. Ich hasse Höhen. Will nicht sterben. Ich versuche, das Fenster zu öffnen, aber der Griff rührt sich nicht. Jeder Muskel in meinem Körper zittert, während ich so fest wie ich nur kann daran ziehe.

Nichts. Das Fenster ist verschlossen.

Die Panik windet sich wie ein Seil um mich, drückt mich immer mehr ein, bis ich kaum noch atmen kann.

»Du dummes Miststück.« Liam zieht mich an der Schulter zurück und ich knalle auf ihn, mit dem Hinterkopf gegen seine Brust.

Ich schreie. Ich schreie und schreie.

Er dreht mich um, als wäre ich federleicht. Seine Faust fliegt mir ins Gesicht, trifft mich hart an der Wange.

Mein Kopf schwingt nach links, ein knackendes Geräusch hallt in meinen Ohren wider. Ich schmecke etwas Metallisches. Dann fliege ich durch die Luft. Krache auf den Schminktisch. Falle auf den Boden. Lande hart auf der Schulter. Die Luft abgeschnürt. Eine Farbexplosion vor meinen Augen.

Er steht über mir, ein manisches, perverses Lächeln im Gesicht. »Du willst einfach nicht sterben, was?«

Ich befühle meine Wange, die von seinem Fausthieb pocht. Tränen strömen mein Gesicht herunter. Ich krabble auf Händen und Füßen, um von ihm wegzukommen, aber als mein Rücken gegen die Wand prallt, wird mir klar, dass es sinnlos ist. Er wird mich einholen. Er ist stärker als ich. Er versperrt die Tür und es gibt keinen anderen Ausweg.

Und am Ende bekommt Liam immer, was er will.

Die Panik wird durch ein anderes Gefühl ersetzt. Eine resignierte Ruhe, als würde in meinen Adern schon kein Blut mehr fließen. Ich weiß, dass ich sterben werde und gebe auf. Es ist leichter, so wie es immer leichter war, aufzugeben und nachzugeben. Das Warten hat endlich ein Ende. Niemand kann mich mehr retten. Summers weiß nicht, wo ich bin. Jordan ist im

Krankenhaus. Ich habe nicht mehr die Kraft, mich gegen ihn zu wehren.

Ich will, dass er es zu Ende bringt. Schnell. Ich will nicht leiden. Soll Liam gewinnen. Das wollte er die ganze Zeit. Und mir ist es jetzt egal. Ich bin zu müde.

Er kniet neben mir und streicht mit der Rückseite seiner Hand sanft über meine bereits anschwellende Wange. Seine Berührung lässt mich zusammenzucken. »Sieh dir an, wozu du mich zwingst.« Er neigt den Kopf, wie ein Hund, der einen Befehl des Menschen zu verstehen versucht.

»Warum?«, schreie ich. »Warum konntest du dich nicht einfach scheiden lassen, wenn du mich nicht geliebt hast? Warum das alles? Warum mich umbringen wollen?«

»Du verstehst einfach nicht, was?« Er schüttelt den Kopf und gibt einen abfälligen Laut von sich. »Du gehörst mir, Liebling. Du bist meine Frau. Du kannst mich verdammt noch mal nicht einfach verlassen. *Ich* entscheide, was passiert. Nicht du!« Er schreit und mehrere Tropfen Spucke fliegen aus seinem Mund und landen auf meinem Gesicht.

Ich bekämpfe die in mir aufsteigende Übelkeit. »Dann wusstest du es? Du wusstest, dass ich dich verlassen würde, bevor du nach Schottland gegangen bist?«

»Natürlich wusste ich es! Ich bin nicht dumm. Ich bin nicht wie du. Ich bin nicht hilfsbedürftig und schwach und erbärmlich.«

»Was ist passiert?« Ich möchte es plötzlich wissen. Wenn ich sterbe, und ich weiß, dass ich sterben werde, dann will ich wissen, was genau passiert ist. Ich will endlich die Lücke in meinem Kopf schließen.

»Halt's Maul, du verlogene Schlampe.« Er schlägt meinen Kopf in die Wand. Glocken läuten in meinen Ohren und die ganze Welt wird schwarz.

Kapitel 35

Als ich aufwache, ist es im Schlafzimmer dunkel. Ich weiß nicht, ob es nachts ist oder ob die verdunkelnden Vorhänge zugezogen wurden.

Ich liege auf der Seite, mit dem Gesicht zur Tür. Jemand gibt ein leises Wimmern von sich. Das bin ich. Meine Hände sind an den Handgelenken hinter meinem Körper zusammengebunden. Auch meine Knöchel sind gefesselt. Ich kann mein rechtes Auge nicht richtig öffnen; es ist geschwollen und schmerzt, genau wie meine Wange. Um meinen Mund liegt ein Knebel. Ich fahre mit der Zunge über meine Zähne, einer fühlt sich lose an. Ich schmecke Blut.

Und ich kann mich an etwas erinnern.

Ich versuche meine Hände und Füße zu bewegen, aber Plastikkabel schnüren in meine Haut und meine Gliedmaßen fühlen sich schwer und geprellt an. Schmerzen in meinem Rücken, an der Seite. Ein Druck in meiner Brust. Ich kann kaum atmen.

Liam lacht. Langsam drehe ich den Kopf in Richtung des Geräuschs. Er sitzt neben mir am Bettrand, beobachtet mich. Grinst seine Frau an, die wie ein dressierter Truthahn daliegt. Er sieht überraschend normal und entspannt aus.

Ich versuche zu sprechen, aber durch den Knebel kommt nur ein gurgelnder Laut. Ich kann meinen Kopf nicht länger hochhalten, lasse ihn wieder auf den Boden fallen.

»Was? Möchte Chloe etwas sagen?« Er nimmt einen Schluck Bier aus der Flasche in seiner Hand. Sein Adamsapfel hüpft mit jedem Schluck hoch und runter.

Ich weiß jetzt, was passiert ist. Nicht alles. Das Meiste. Als mein Kopf gegen die Wand schlug, wurde etwas in ihm ausgelöst. Oder vielleicht wurde mein Gedächtnis dadurch wieder angekurbelt, dass ich so hier mit ihm bin. Kann ein anderes Trauma die Erinnerungen hervorbringen, die das erste Trauma gelöscht hat?

Er geht auf mich zu. Ich bewege mich nicht. Versuche nicht mal, mich zu wehren. Ich liege nur da und schaue ihn an.

»Was? Willst du dich nicht zur Wehr setzen? Nicht wie letztes Mal?« Er kniet sich neben mich. »Ja, du hast dich wie ein wildes Tier gewehrt, bis ich dir das flüssige Silepine gespritzt habe. Dann warst du sofort weg.« Er lacht. »Katya hat sich auch gewehrt, weißt du.«

Ich atme schnell und flach durch die Nase. *Katya? Seine Exfreundin?*

»Das hat mir an euch beiden am Anfang gefallen. Deswegen habe ich dich ausgesucht. Du warst lebendig und unabhängig, aber wenn man etwas an der Oberfläche kratzte, warst du verletzlich und schwach. Es ist so leicht, jemanden zu dem zu formen, was man will. Dabei zuzusehen, wie sie sich in deine perfekte Frau verwandelt und zu wissen, dass das alles nur für einen selbst ist. Ihre Energie stirbt und sie wird gefügig und will um jeden Preis gefallen. Es ist nur eine Frage der Kontrolle und der Zeit. Sie sagte auch, dass sie mich verlassen würde. Sagte, sie würde nach Moldawien zurückkehren und dass ich sie nie wiedersehen würde.« Er lacht, schaut versonnen, als sei er in einer fernen Erinnerung verloren. »Weit gekommen ist sie aber nicht. Vielleicht habt ihr euch da unten kennengelernt, hmm? Jetzt ist wohl nicht mehr viel von ihr übrig. Ich wette, die Ratten hatten ein Festmahl. Staub zu Staub und so.«

Ich schließe die Augen, heiße Tränen fließen mein Gesicht herunter und durchtränken den Teppich. Ich weiß jetzt zweifellos, dass ich nie entkommen werde. Er hat es schon einmal getan und ist damit davongekommen. Er hat seine Freundin umgebracht und hat deswegen nicht eine schlaflose Nacht verbracht.

Mein Mann ist ein Psychopath.

»Warum hast du sie dir geschnitten?« Er streichelt mein Haar und trinkt noch einen Schluck Bier, schwenkt ihn im Mund hin und her, bevor er schluckt. »Das große Schweigen, was?« Er reißt den Knebel mit so einer Kraft herunter, dass es sich anfühlt, als hätte er auch etwas Haut abgerissen. Er beugt sich vor, sein Gesicht nur noch Zentimeter von meinem entfernt. Ich rieche Bier und Schweiß. Er strömt eine Anspannung aus, die ich wie etwas Wildes und Saures fast schmecken kann.

Die Bitterkeit bildet Speichel in meinem Mund. Ich schlucke und befeuchte meine Lippen. Mehr Blut auf meiner Zunge.

»Du kannst schreien, wenn du willst; niemand wird dich hören. Die Nachbarn sind noch bei der Arbeit.«

Die Genugtuung werde ich ihm nicht geben. Stattdessen krächze ich: »Dann mach schon. Worauf wartest du noch?«

Er zuckt mit den Schultern. »Die frühen Morgenstunden. Ich bringe dich wohin. An einen Ort, wo sie dich nicht finden werden. An einen Ort, von dem du diesmal nicht entkommen wirst. Ich wollte letztes Mal nicht, dass du leidest. Ich wollte dich nur dort lassen, damit du stirbst. Aber du hast mich belogen und betrogen und dich mir widersetzt, und ich muss dich bestrafen, Liebling. Das siehst du doch ein, oder?« Er schüttelt leicht den Kopf, seine verrückten Augen glasig mit einem nahezu träumerischen Ausdruck. »Was soll ich tun? Dich erstechen? Erdrosseln? Dir jeden Knochen in deinem Körper brechen?«

Ich sage nichts. Ich werde ihm nicht zeigen, wie verängstigt ich bin.

»Es hat mich überrascht, dass du aus dem Bunker entkommen bist, weißt du.« Kichernd droht er mir mit dem Finger. Er findet das wirklich witzig. »Das hat mich unglaublich überrascht.«

»Bunker?« Ich schlucke erneut, um meinen Mund wieder mit Flüssigkeit zu versorgen.

»Ein alter Militärbunker, der als Lager benutzt wurde. Perfekt versteckt und getarnt. Kaum jemand weiß, dass es ihn gibt, aber Dad hat mich als Kind ein paar Mal mitgenommen. Er war im Zweiten Weltkrieg in der Nähe stationiert und hatte die Verantwortung für die dort gelagerten Vorräte. Und das Beste ist … er ist auf keiner Karte eingezeichnet. Ich hielt das für eine gute Wahl. Aber du musstest ja alles versauen, nicht wahr?« Er fährt mit der Fingerspitze meinen Hals herunter und meine Schulter entlang. Ich bekomme eine Gänsehaut. »Aber der Gedächtnisverlust. Das war gut. Das hat mir geholfen. Das hätte ich nicht besser planen können.«

»Wie bist du von Schottland hierhergekommen, ohne dass es jemand merkt?«

Seine Lippen verziehen sich zu einem Lächeln. »Cousin Jeremy. Erinnerst du dich, dass er und Alice nach meiner Party bei uns übernachtet haben?« Er beugt sich vor und küsst meine Stirn. Ich presse die Augen zu und zwinge mich zu atmen. Als ich sie wieder öffne, starrt er mich an. »Erinnerst du dich?«

»Ja«, flüstere ich.

»Er hat seinen Führerschein hier vergessen. Du weißt, wie ähnlich wir uns sehen? Die Größe ist der einzige wirkliche Unterschied, daher war es einfach, wirklich. Du brauchst keinen Pass, um nach Schottland zu fliegen. Du brauchst nur einen Lichtbildausweis. Den hatte ich. Jeremy Shaw ist nach Aberdeen geflogen und zurück, nicht ich. Ich hatte das perfekte Alibi.

Die Verfälschung der Antidepressiva hatte nicht funktioniert, also musste ich etwas anderes versuchen.« Er setzt sich wieder auf die Fersen und stellt die leere Bierflasche auf dem Boden ab. »Ich wusste, dass du zu Sara gehen würdest, es war also leicht, dich zu finden. Vom Flughafen nahm ich ein Taxi. Es setzte mich in der Nähe ihres Hauses ab und den restlichen Weg ging ich zu Fuß. Zu dem Zeitpunkt war es schon dunkel. Es waren keine Lichter an und du warst nicht da. Ich hatte den Ersatzschlüssel zu Saras Haustür, den du bei uns aufbewahrst, schon nachmachen lassen, also konnte ich einfach reingehen. Es ging nur noch darum, auf deine Rückkehr zu warten.«

»Von Saras Schlafzimmerfenster aus sah ich dich die Straße entlanggehen, dann schienst du plötzlich die Meinung zu ändern und gingst in die andere Richtung; ich folgte dir. Den ganzen Weg bis hierher. Wie praktisch.« Er lächelt mich triumphierend an. »Ich konnte nicht zulassen, dass du mich verlässt. Keinesfalls. Es ist nicht richtig, oder? Das sagte ich dir schon, nicht wahr? Ich sagte dir, dass du mein bist. Wir haben uns einander versprochen. Wir haben unser Ehegelübde abgelegt, etwas, was für dich offensichtlich nicht viel bedeutet. Bis dass der Tod uns scheidet, auf immer und ewig, Chloe, erinnerst du dich?« Er presst die Zähne so fest aufeinander, dass ich seine Kiefermuskeln pulsieren sehe. Ich blicke ihn in erstarrter Stille an. Er lehnt sich nah an mich, sein Atem ist an meinem Ohr.

»Erinnerst du dich?«, schreit er.

Ich zucke zusammen. »Ja.«

»Das ist alles *deine* Schuld. Du hast mich dazu gezwungen. Du hast mir keine Wahl gelassen. Ich konnte dich nicht gehen lassen. Niemals. Du gehörst mir.« Er hebt die Hand, als würde er mich wieder schlagen wollen. Eine bedrohliche Stille liegt in der Luft, während ich die Augen zukneife und auf den Schlag warte.

Aber er kommt nicht.

Stattdessen sagt er: »Ich habe Hunger. Ich glaube, ich mache mir etwas zu essen. Das wird eine lange Nacht.« Ich öffne die Augen, und er ist über mich gebeugt. Er zieht den Knebel grob wieder an seinen Platz, lächelt die ganze Zeit, seine Augen funkeln mit etwas, das wie Vorfreude aussieht. »Du kannst nirgendwohin, denk also nicht mal daran.« Er verlässt das Zimmer.

Der Schlüssel schließt die Tür mit einem lauten Klicken ab, spricht mein Todesurteil aus.

Kapitel 36

Es heißt, bevor man stirbt, läuft das Leben vor einem wie ein Film ab.

Meins nicht. Jedenfalls nicht mein ganzes Leben. Nur die letzten Monate.

Das Baby. Mein Baby. Damit fing alles an. Daran kann ich mich jetzt erinnern. Ich sehe die Bilder klar in meinem Kopf.

Als Jeremy und Alice am Morgen nach der Party abgefahren waren, konnte ich meine Aufregung kaum noch zurückhalten. Zum ersten Mal in meinem Leben hatte ich etwas, was mir gehörte. Wirklich mir. Etwas, was weder Liam noch sonst jemand mir wegnehmen könnte. Ein Leben in mir, an das er nicht herankäme. Auch wenn es ein Unfall war, war ich außer mir vor Freude.

Nur ging es Liam ganz anders.

Ich setzte mich mit ihm an den Küchentisch, mit einem glückseligen Lächeln im Gesicht. Ich hatte Hoffnung. Jetzt würde alles anders. Zwischen uns würde es besser laufen. Er würde einsehen, wie egoistisch und rücksichtslos er gewesen war. Ein Baby würde ihn bestimmt verändern. Ich war mir sicher, sowie er das Neugeborene zum ersten Mal im Arm hielte, würde der alte Liam zurückkommen.

Ich überreichte ihm den positiven Schwangerschaftstest in Geschenkverpackung mit Schleife. Seine Augen leuchteten in Erwartung eines weiteren Geburtstagsgeschenks auf. Aber als ihm klar wurde, um was es sich handelte, versteinerte sich seine Miene, sein Gesicht wurde rot und fleckig, seine blauen Augen abweisend. Mein Lächeln bröckelte, während ich darauf wartete, dass er etwas sagte. Dann stand er auf, blickte mir starr in die Augen und sagte: »Du denkst immer nur an dich, nicht wahr?« In seinem Kiefer pulsierte ein Muskel, ein mir bekanntes Zeichen dafür, dass er gleich in die Luft gehen würde. »Du bist so scheißegoistisch. Nach allem, was ich für dich getan habe!« Er verzog die Lippen vor Wut und zeigte einen anklagenden Finger auf mich.

Ich starrte ihn mit offenem Mund an, sprachlos durch die Ungerechtigkeit seiner Worte.

Er schob sein Gesicht gegen meins. »Du hattest nichts, als ich dich kennenlernte. Verschuldet mit einem Studentenkredit! Kein Haus! Kein Eigentum! Du bist mir verdammt viel schuldig. Ich gab dir alles. Du solltest dankbar dafür sein, dass dich jemand wollte, und du dankst es mir, indem du hinter meinem Rücken schwanger wirst! Für was für einen Idioten hältst du mich?« Er packte mich an den Schultern, schüttelte mich hart, bohrte seine Finger so tief in meine Haut, dass ich dachte, er würde sie tatsächlich durchstechen. Ich war zu verängstigt, um überhaupt aufzuschreien. »Ich werde dich mit niemandem teilen. Lass es wegmachen«, knurrte er und stürmte zur Arbeit, während lautlos Tränen meine Wangen hinunterströmten.

Natürlich konnte ich es nicht ›wegmachen lassen‹. So was würde ich nicht tun. Es ging nicht mehr nur um mich. Ich trug nun die Verantwortung für ein anderes Lebewesen. Auch wenn ich meinem Baby am Ende kein Leben schenken konnte, gab es mir dennoch etwas Wertvolles: den Mut, für mich einzustehen.

Er wusste es. Wusste, dass ich mein Baby nie töten würde. Als er an dem Tag von der Arbeit zurückkam, hatte er einen riesigen Blumenstrauß und Champagner in der Hand. Er entschuldigte sich ausgiebig. Er sagte, es sei ein riesiger Schock gewesen, und er habe nicht gewusst, wie er damit umgehen sollte. Aber er hatte den Tag gehabt, um darüber nachzudenken, und war so glücklich wie ich.

Er ließ ein Bad für mich einlaufen und massierte mir die Schultern. Er brachte ein Glas Champagner für sich mit und ein Glas mit einer winzigen Menge gemischt mit Orangensaft für mich. Er sprach einen Toast auf das Baby und auf uns aus und beobachtete mich, wie ich mit erneuter Hoffnung trank. Ich wollte daran glauben, dass jetzt alles wirklich wieder in Ordnung käme, und wenn man etwas so sehr will, fällt es nicht schwer, sich etwas vorzumachen.

Später in der Nacht begann die Fehlgeburt. Ich erwachte mit Unterleibskrämpfen, zwischen meinen Beinen lief klebrige Flüssigkeit. Ich eilte ins Badezimmer und wusch mich. Überall war Blut. Zu dem Zeitpunkt wusste ich es nicht. Ich hätte niemals erahnt, was ich jetzt weiß. Er muss etwas in meinen Champagner gegeben haben, um die Fehlgeburt auszulösen. Davon bin ich überzeugt. Und plötzlich war in mir kein Leben mehr. Es waren wieder nur ich und Liam, so, wie er es wollte.

Aber das konnte ich nicht mehr. Sein, ohne zu leben. Ich erinnerte mich an die Hoffnung und Fröhlichkeit, die ich während der Schwangerschaft gespürt hatte. Die Vorstellung der Möglichkeiten. Ich wollte das zurück.

Mein Baby war nur der letzte Tropfen.

Als die Depression über mich hereinbrach, dachte ich darüber nach, ihn zu verlassen. Dachte morgens, mittags und abends darüber nach. Als ich die Trauer verwunden hatte und mich besser fühlte, war es so weit. Ich würde gehen. Aber irgendwie hatte er gewusst oder vermutet, dass ich die Beziehung beenden würde, und das konnte er nicht zulassen. Die Antidepressiva von meiner Ärztin waren für ihn das perfekte Mittel, um mich zu verletzen. Ich bin mir sicher, dass er sie manipuliert hat. Vielleicht wollte er, dass ich verrückt werde. Das sollte meine Bestrafung dafür sein, dass ich es gewagt habe, mich seinem Willen zu widersetzen. Ein Vorgeschmack auf das, was mich erwarten würde, wenn ich nicht unter seiner Kontrolle bliebe. Oder vielleicht wollte er mich dann schon umbringen und etwas ging schief.

Als ich von der Psychiatrie wieder nach Hause kam, war ich noch immer unglücklich und trauerte, aber ich war auch etwas anderes. Misstrauisch.

Niemand will sich vorstellen können, dass der eigene Ehemann zu so etwas fähig wäre, aber es gab einfach zu viele Zufälle. Der Verlust des Babys, der Verlust meines Verstandes. Ich wusste nicht, was er mir als Nächstes antun würde. Die Dinge passten zusammen und ich glaubte den Ärzten nicht mehr, wenn sie sagten, ich litte an einer sehr seltenen und unglücklichen Allergie auf die Medikamente. Ich wusste, dass es Liam war und dass es Zeit war, zu entkommen. Und als ich von seiner Affäre erfuhr, begründete das meine Entscheidung und löschte jegliche verbleibende Zweifel aus.

Es war der letzte Nagel im Sarg.

Nur wusste ich damals noch nicht, dass es mein Sarg sein würde.

Ich konnte niemandem von meinen Vermutungen erzählen. Liam ist ein guter Schauspieler vor anderen. Der perfekte Ehemann ist seine Meisterrolle. Es war mein Wort gegen seins, und niemand hätte mir geglaubt, wenn ich gesagt hätte, dass er meine Medikamente manipuliert hatte, wie ich seitdem herausgefunden hatte.

Ich wartete auf den richtigen Augenblick. Als Liam mir sagte, er würde nach Schottland gehen, wusste ich, dass es dann passieren musste. Er konnte mich nicht aufhalten. Ich würde die wichtigsten Dinge für ein paar Tage mitnehmen. Nur, um aus dem Haus zu kommen. Mich in Saras Haus flüchten, bis ich eine eigene Wohnung fände, von der er nichts wusste. Ich hatte eine Woche Zeit, um alles zu klären, bis er wiederkäme. Aber wieder einmal hatte ich ihm in die Karten gespielt. Er hatte geplant, mich zum Sterben zurückzulassen, und er hätte ein perfektes Alibi für den Zeitpunkt meiner Entführung.

Der perfekte Mord.

Kapitel 37

Ich höre, wie die Tür sich knarrend öffnet, und kneife die Augen zusammen.

»Wie kannst du jetzt nur schlafen?« Er tritt meinen Fuß.

Ich öffne die Augen und blicke in das Gesicht eines Mörders. Ich weise ihn nicht darauf hin, wie ironisch es ist, dass die Worte von einem Mann kommen, der jetzt essen kann.

Er holt ein langes, glänzendes Küchenmesser aus seiner Gesäßtasche hervor und setzt sich rittlings auf mich, seine Knie neben meinen Hüften, sein ganzes Gewicht auf meinem Magen, klemmt mich so ein, dass ich kaum atmen kann. Als er das Messer an meinen Hals presst, leuchtet ein Lächeln in seinen Augen auf. Ich drehe den Kopf zur Seite, aber ich kann der Klinge gegen meinen Körper nicht entkommen.

Er zieht meinen Knebel herunter und fährt mit dem Messer langsam meinen Körper entlang. Es sticht wie Feuer. Blut quillt hervor, zeichnet eine Linie von meinem Schlüsselbein bis zur Rückseite meiner Schulter.

»Bitte, tu das nicht! Tu mir nicht weh«, wimmere ich.

»Ich könnte das sehr langsam und schmerzhaft machen. Das hättest du verdient.« Er unterbricht die Arbeit mit dem Messer, beugt sich vor und gleitet mit der Zunge über den Schnitt, leckt das Blut ab, um meine Essenz zu schmecken. »Es würde Stunden dauern, bis du tot wärst. Ein qualvoller Schnitt nach dem anderen.«

Sein Gewicht zermalmt meine Lunge. Mein Puls rauscht hinter meinem Trommelfell. Klebrige, kalte Schweißperlen bilden sich auf meiner Stirn.

Mit etwas Glück ersticke ich, bevor er mich Stück für Stück aufschlitzen kann. Und wenn ich sterben muss, habe ich eine Frage an ihn. »Woher wusstest du, dass ich dich verlassen würde?«, schaffe ich hervorzukrächzen.

»Du hältst dich für so clever, dabei bist du nur dumm. Ich überwache dich gerne, wenn du denkst, dass ich bei der Arbeit bin.« Er schüttelt den Kopf und schürzt die Lippen, als sei ich ein ungezogenes Kind. »Manchmal folge ich dir, ohne dass du es bemerkst. Manchmal komme ich unerwartet nach Hause, um sicherzugehen, dass du hier bist, wenn du es behauptest. Ich bin ein besorgter Ehemann, der gerne weiß, was seine Frau so treibt, wenn ich nicht bei ihr bin. Jemand muss ja auf dich achtgeben, nicht wahr?«

Darauf kann ich nur ein grunzendes Lachen erwidern. Ein brüchiges, erbärmliches Geräusch.

»Ich weiß gerne, mit wem du sprichst und was du sagst, deswegen habe ich dein Handy verwanzt. Ich überwache es schon seit Jahren, und du hattest nicht mal die leiseste Ahnung.« Er zieht die Augen zu Schlitzen zusammen. »Stell dir vor, wie überrascht ich war, als ich dein Telefonat mit Sara abhörte, wie du ihr sagtest, du hättest es satt, meine Frau zu sein und würdest mich verlassen. Und dein Gespräch mit diesem Scheiß-Weichei Jordan, in dem ihr Pläne geschmiedet habt, wie du mich verlassen solltest. Und die ganze Zeit hab ich dich auf Schritt und Tritt abgehört.«

»Verwanzt?« Ungläubig schüttle ich den Kopf. »Wie konntest du es verwanzen?«

»Es war ganz einfach. Ich habe eine einfache Software installiert, die mit dem Handymikrofon Gespräche aufzeichnet. Sie hinterlässt auf dem Handy keine sichtbare Spur, dass jemand virtuell mithört.«

Ich denke an das Gespräch mit Sara. Das Gespräch, an das ich mich jetzt erinnere. Wie ich ihr meine ganzen Pläne erklärte. Wie sie mir sagte, ich könnte so lange bei ihr bleiben, wie ich wollte, aber nein, nein, hatte ich erwidert, es wäre nur für ein paar Tage, bis ich einen sicheren Ort fände, von dem Liam nichts wusste. Ich höre ihre Stimme deutlich in meinem Kopf, wie sie mir sagte, ich hätte es früher tun sollen. Dass ich zur Polizei gehen sollte für den Fall, dass mir etwas zustößt. Aber was sollte ich ihnen sagen, fragte ich sie, wenn die ganze Welt ihn für einen besorgten und liebenden Ehemann hielt? Sie hätten mich für verrückt gehalten, hätten geglaubt, dass die Medikamente mein Gehirn langfristig beschädigt hätten, und ich konnte nicht zurück in die Psychiatrie. Ich konnte einfach nicht. Noch einmal wäre ich nicht herausgekommen; dafür hätte Liam gesorgt.

Liam lässt sich von mir fallen und legt sich neben mich auf den Boden. Er lässt einen Arm um meine Schulter gleiten und drückt mich an sich, sodass mein Kopf gegen seine Brust gequetscht wird. Sein Herzschlag vibriert an meiner Wange.

Ich kann die Tränen jetzt nicht mehr aufhalten. Ich dachte, ich hätte aufgegeben. Dachte, ich hätte gewollt, dass es zu Ende ist, aber das will ich nicht. Ich will leben. Überleben. Aber das ist unmöglich.

Er wird mich niemals gehen lassen, und ich kann nicht entkommen.

»Wein doch nicht, Chloe.« Seine Stimme bebt.

Ich glaube, er weint auch. Aber ich will ihm nicht in die Augen sehen. Ich will nicht, dass sein Gesicht das Letzte ist, was ich sehe.

Stattdessen stelle ich mir Sara und Jordan vor. Zwei Menschen, die mir viel bedeuten. Zwei Menschen, die mir geglaubt haben. Ich frage mich, was sie tun werden, wenn ich weg bin. Alle werden dann natürlich glauben, dass ich entführt wurde. Dr. Traynor, Dr. Drew, sogar Summers und Flynn. Aber sie werden alle glauben, dass es der namenlose, gesichtslose Mann war, der nicht identifiziert werden kann, weil ich mich an nichts erinnern konnte. Sie werden nichts vermuten. Und Liam wird damit davonkommen.

Wieder.

Sanft streicht er mir das Haar aus meinem verschwitzten, tränendurchtränkten Gesicht. Seine Hand fährt sanft meine geschwollene Wange und meinen Hals entlang.

»Wie konntest du dein Kind umbringen?« Ich habe meine Stimme mittlerweile fast ganz verloren, die Angst vor dem bevorstehenden Tod hat mir die Kehle zugeschnürt.

»Ich konnte nicht zulassen, dass es die Dinge zwischen uns ändert. Es sollten nur du und ich sein. Ich wusste, dass du es nicht wegmachen lassen würdest, also habe ich es für dich getan. Es war ein Segen – das musst du jetzt einsehen.« Er wischt mit seinem Daumen die Tränen weg. »Ich liebe dich über alles, Liebling. Sonst würde ich das alles hier nicht tun.« Seine Stimme ist irrsinnig ruhig.

Und dann passiert es.

Jemand hämmert heftig gegen die Haustür. Liam richtet sich in eine Sitzposition auf.

»Chloe! Bist du hier drin?« Jordans Stimme von draußen. Er klopft weiter.

Liam eilt aus dem Zimmer. Von meiner Position auf dem Schlafzimmerboden aus sehe ich durch die offene Tür, wie er am oberen Treppenabsatz stehen bleibt, in seiner linken Hand hält er das Messer umklammert, die rechte ist zu einer Faust geballt.

»Hilf mir!«, schreie ich. »Jordan!«

»Chloe!« Jordan hämmert wieder gegen die Tür.

Liams Schultern heben und senken sich vor lauter Wut und Adrenalin.

Von unten kommen ein lauter Knall und ein Poltern, als Jordan die Tür eintritt.

Liams Rücken verspannt sich und er hält das Messer vor sich. »Bist du gekommen, um deine Schlampe noch einmal zu sehen, bevor ich sie umbringe, Jordan?«, knurrt er.

Ich höre schwere Schritte auf der Treppe, dann kommen Jordans Kopf und Schultern in mein Blickfeld. Liam bedroht Jordan mit dem Messer, schneidet durch die Luft. Jordan weicht zurück, die Klinge verpasst ihn nur knapp. Liam holt mit dem rechten Fuß aus, versucht, Jordan ins Gesicht zu treten. Jordan geht zur Seite. Mit einer flinken Bewegung greift er mit einer Hand unter Liams Knöchel und dreht beide Füße herum. Aus dem Gleichgewicht gebracht kippt Liam auf die Seite, fällt gegen die Flurwand und landet auf seinem linken Arm. Jordan wirft sich auf Liam, ringt mit ihm, um ihm das Messer abzunehmen. Mit seiner freien Hand schlägt Liam auf Jordans Gesicht und Kopf ein.

Keuchend schiebe ich mich auf dem Rücken, die Arme hinter mir verbunden, die Knöchel noch immer gefesselt, in ihre Richtung.

Mit beiden Händen ergreift Jordan Liams linkes Handgelenk, versucht die Kontrolle über das Messer zu erlangen. Die Klinge schneidet durch seinen Unterarm und er brüllt vor Schmerzen. Jordans Gesicht wird von Liams rechter Faust mit schweren Faustschlägen bearbeitet.

Ich schiebe mich noch näher.

Jordans ganzes Gewicht drückt jetzt auf Liam in dem Versuch, ihm das Messer abzunehmen. Blut tropft aus Jordans Wunde.

Im Kampf um das Messer hält Liam den Griff jetzt mit beiden Händen umklammert, will damit Jordans Kehle treffen. Mit bebenden Armen und gurgelnden Lauten schafft Jordan es, das Messer umzudrehen; es zeigt jetzt auf Liams Brust.

Als ich sie auf dem Rücken liegend erreiche, ignoriere ich den brüllenden Schmerz der unter meinem Körper eingequetschten Arme. Ich führe meine Knie an die Brust und trete mit beiden Füßen so fest ich kann gegen Liams Kopf.

Alles spielt sich im Bruchteil einer Sekunde ab.

Liams Kopf kracht in die Wand bei der Treppe und prallt davon ab. Seine Augen rollen in seinem Kopf. Sein Körper sackt leblos zurück und auf die Seite.

Ohne den Widerstand von Liam rammt die Wucht von Jordans Gewicht auf ihm das Messer jetzt direkt in Liams Herz.

Kapitel 38

Ich sitze im Vernehmungsraum des Polizeireviers, eine Decke um mich gewickelt. Der Raum ist heiß, aber ich kann nicht aufhören zu zittern. Ich presse den Kiefer fest zusammen, damit meine Zähne nicht mehr klappern.

Es hat mich nicht sofort erreicht. Es ging zu viel durcheinander.

Wie Summers und ein Spezialeinsatzkommando die Treppe heraufrannten. Wie Jordan von Liam gezogen wurde. Wie ich mittendrin schreie. Kalte Hände auf meiner Schulter. Stimmen. Wie Summers meine Handgelenke und Knöchel losmachte. Jordan – blass, atemlos und blutend. Sanitäter und ein Rettungswagen. Die Fahrt in die Notaufnahme. Wie Jordans Arm desinfiziert und genäht wurde. Wie ich von Ärzten befragt wurde. Eine Untersuchung. Wie meine oberflächlichen Messerverletzungen gereinigt und mit Pflastern versorgt wurden. Eis an meiner geschwollenen Wange. Schmerzmittel gegen den stechenden Kopfschmerz. Verletzte Fersen da, wo ich so stark gegen Liams Kopf getreten habe.

Ein in Anbetracht der Umstände kleiner Preis. Aber ich fühle mich schuldig, dass Jordan bei dem Versuch, mich zu retten, verletzt wurde.

Summers sitzt mir gegenüber, Jordan neben mir. Jordans Anwesenheit allein gibt mir Kraft und Mut.

»Sind Sie sicher, dass Sie jetzt dazu bereit sind, eine Aussage zu machen?«, fragt Summers ernst.

Jordan hat seine Aussage bereits gemacht und es hat nicht lange gedauert. Er hatte nicht viel zu sagen, außer, wie er nach dem Besuch bei seiner Mutter zurück aus dem Krankenhaus gekommen war und merkte, dass ich noch nicht zurück war. Wie er dachte, ich müsste eine Menge Sachen packen, weil ich schon so lange weg war, und er deswegen mit dem Camper zu meinem Haus fuhr, um zu sehen, ob er mir beim Transport helfen könne. Wie er bei seiner Ankunft Liams Auto in der Auffahrt sah. Er hatte gerade an die Tür klopfen wollen, um sicherzugehen, dass es mir gut geht, als er hörte, wie ich Liam anschrie, mir nicht wehzutun. Wie er Summers anrief und dann die Tür eintrat, bevor die Polizei eintraf und – naja, der Rest ist bekannt, nicht wahr?

»Ich will es hinter mich bringen.« Ich nehme den Styroporbecher mit dem starken Kaffee vom Tisch. Meine Hände sind so ungeschickt und verschwitzt, dass ich etwas Kaffee auf die Decke verschütte, als ich den Becher zu den Lippen führe und trinke.

Dann erzähle ich ihm alles. Wie die Dinge am Anfang waren. Der langsame Wandel von Liebe in eine dunkle, kontrollierende Besessenheit. Wie lange ich gebraucht hatte, um einzusehen, dass unsere Beziehung nicht richtig, nicht normal war. Wie Liam zu einer Art Jekyll und Hyde wurde. Wie meine Grenze erreicht wurde – das Baby, das mir klar machte, dass ich so nicht weiterleben könnte. Wie das fragile kleine Leben mir endlich die Entschlossenheit gegeben hatte, von ihm loszukommen. Wie ich es beim ersten Mal fast geschafft hätte, aber natürlich hatte ich Liam stark unterschätzt.

Ich erzähle Summers, dass Liam mir Medikamente verabreicht haben muss, um die Fehlgeburt einzuleiten. Die darauf folgende Depression und die Erkenntnis, dass ich ihn um meines Verstandes willen verlassen musste. Wie ich Liams Affäre mit Julianne entdeckte und es mir Bestätigung gab, dass ich die richtige Entscheidung traf. Ich erzähle ihm, dass Liam die Antidepressiva irgendwie manipuliert hatte. Er hatte gewusst, dass es nur eine Frage der Zeit war, bis ich ihn verlassen würde, und das konnte er nicht zulassen. Und er ließ es nicht zu. Dann erzähle ich ihm, woran ich mich jetzt von der Nacht, in der Liam mich verschleppte, erinnere. »Nach der Immobilienagentur machte ich einen Schaufensterbummel für ein paar Möbel. Ich war in Nightingale's, wo der Verkäufer mir von Tom's Wood Shack erzählte. Ich ging dorthin und fand einen wunderschönen Nachttisch. Ich bat Tom, das Stück für mich zurückzulegen, damit ich es am nächsten Tag oder so kaufen könnte. Natürlich bin ich nie zurückgekommen.«

»Also hat nicht Tom Sie attackiert, wie Sie mir am Telefon erzählt hatten?« Summers zieht die Augenbrauen zusammen.

»Nein. Das war eine verfälschte Erinnerung, die ich für wahr hielt. Vielleicht wollte ich, dass er es war, damit das alles vorbei wäre. Oder vielleicht lag es daran, dass es der letzte Ort war, an dem ich war, bevor ich angegriffen wurde, und mein Gehirn die Ereignisse verzerrt hat.« Ich zucke mit den Schultern. »Ich weiß nicht.«

»Was ist dann passiert, nachdem Sie bei Tom's waren?«

»Ich ging zurück zu Saras Haus und erinnerte mich plötzlich, dass ich meinen Pass in meinem Haus gelassen hatte, und ich brauchte ihn für den Mietvertrag. Also ging ich zurück nach Hause, wissend, dass Liam noch im fernen Schottland war. Nur war er da nicht. Liam nahm Jeremys Führerschein als Ausweis, um zurückzufliegen. Sie sehen sich sehr ähnlich, wissen Sie. Er wartete in Saras Haus auf mich und folgte mir zurück nach Hause.«

»Ich war im Schlafzimmer, holte meinen Pass. Ich hörte nicht einmal, wie er hereinkam. Ich wurde mir seiner Anwesenheit erst bewusst, als er seine Hand über meinen Mund legte und mich an der Kehle packte. Er schlug meinen Kopf gegen die Wand und ich fiel benommen zu Boden. Dann spürte ich einen scharfen Stich, als er mir flüssiges Silepine spritzte, um mich zu betäuben. Ich habe keine Ahnung, wo er es her hatte. Er hat Freunde bei Ashe Pharma, mit denen er früher zusammengearbeitet hat, vielleicht hat er sie besucht und es gestohlen.

Vielleicht hat er es selbst gemacht. Er ist schließlich Chemiker. Aber er war schlau genug, das Medikament zu nehmen, das mir bereits als Schlaftablette verschrieben worden war. Das Nächste, woran ich mich erinnere, ist, wie ich in dem Bunker aufwachte und mein Gedächtnis verloren hatte.«

Jordan holt neben mir tief Luft und presst seinen Kiefer zusammen.

»Ich weiß nicht, wie lange er es geplant hatte, aber er hat an jedes kleine Detail gedacht, damit die Leute meinen Geisteszustand infrage stellen und denken, ich sei verrückt.« Ich stelle den mittlerweile leeren Becher wieder vor mir auf dem Schreibtisch ab.

»Er ist ein Psychopath.« Summers hält in seiner Aufzeichnung meiner Aussage inne und schaut mich mit einem schuldbewussten Gesichtsausdruck an.

»Da ist aber noch was anderes«, sage ich.

»Was?«

»Ich glaube, in dem Bunker ist noch eine andere Frau. Er erzählte mir von einer Exfreundin namens Katya. Wie sie ihn hatte verlassen wollen und er sie nicht ließ.«

Summers schaut einen Augenblick an die Decke. »Scheiße.«

Ich fröstle wieder und reibe mir die Arme. »Ich habe Ihnen gesagt, dass da ein Knochen war. Den, mit dem ich den Putz an der Tür abgekratzt habe. Was, wenn das ihrer war?« Ich möchte mich am liebsten übergeben. Ich möchte auch weinen. »Dem Tod einer armen Frau habe ich es zu verdanken, dass mein Leben gerettet wurde und ich entkommen konnte.«

Jordan ergreift meine Hand. Sie liegt kalt und zitternd in seiner warmen.

»Liam sagte, es sei ein alter Militärbunker. Er ist auf keiner Karte verzeichnet und ich weiß nicht, wo genau er ist. Er ist gut versteckt, deswegen konnte ich ihn davor auch nicht finden.«

»In Großbritannien sind viele Orte dieser Art verstreut«, sagt Summers. »Sie sind entweder verlassen oder stillgelegt und sind im Laufe der Jahre in Vergessenheit geraten. Ich habe eine

Kontaktperson in der Armee, die uns vielleicht helfen könnte. Sie könnte in deren Archiv danach suchen. Wenn wir den Ort finden, müssen Sie uns dorthin begleiten und schauen, ob Sie etwas erkennen.«

»O. k.« Ich halte einen Augenblick inne, versuche, jedes der mich erfüllenden Gefühle aufzunehmen. Die Traurigkeit, die Erleichterung, den Schmerz, die Trauer, die Verletztheit, die Wut, den Verlust. »Werden wir wegen Liams Tod angeklagt?«

Summers schüttelt den Kopf. »Nein, das war ein klarer Fall von Selbstverteidigung. Die Staatsanwaltschaft hat kein Interesse daran, die Sache vor Gericht zu bringen. Vor allem nicht, nachdem wir erfahren haben, was Liam alles getan hat.« Er schreibt weiter an meiner Aussage und ich blicke auf die Uhr an der Wand, deren Sekundenzeiger tickt. Tick. Tick. Tick.

Zeit. Das ist etwas, wovon ich jetzt viel habe. Zeit zum Nachdenken. Zeit, mir die Dinge wieder und wieder durch den Kopf gehen zu lassen. Zeit, um mich zu fragen, was ich anders hätte machen können. Zeit, in der sich die Albträume mitten in der Nacht heranschleichen können.

Aber ich habe auch Zeit, um zu heilen. Irgendwann auch Zeit, mich wieder zu verlieben. Zeit, um noch ein Kind zu haben. Zeit, um glücklich zu sein.

Ich bin am Leben und das ist ein Anfang.

Ich unterzeichne die Aussage in drei Ausführungen mit einem zittrigen Gekrakel, das meiner Unterschrift überhaupt nicht ähnlich sieht.

»Werden Sie zurechtkommen?«, fragt Summers, als er mir an der Tür die Hand schüttelt.

Ich schaue zu Jordan, der mich warm anlächelt, trotz der in sein Gesicht eingravierten Erschöpfung und des blauen Auges, der aufgeplatzten Lippe und der geschwollenen Wange. Trotz allem, was passiert ist, habe ich zum ersten Mal seit langer Zeit wieder festen Boden unter den Füßen. Die Luft in meiner Lunge ist leicht. Hoffnung keimt in mir auf.

Ich habe eine weitere Chance erhalten.

»Jetzt werde ich das.« Ich ergreife Jordans Hand und gehe los. Und dieses Mal schaue ich direkt nach vorn.

Zeitfracht Medien GmbH
Ferdinand-Jühlke-Straße 7
99095 Erfurt, Deutschland
produktsicherheit@kolibri360.de

Druck:
CPI Druckdienstleistungen GmbH
im Auftrag der
Zeitfracht Medien GmbH
Ein Unternehmen der Zeitfracht - Gruppe
Ferdinand-Jühlke-Str. 7
99095 Erfurt